Benjamin Stevenson

Die mörderischen Cunninghams

BENJAMIN STEVENSON

DIE MÖRDERISCHEN CUNNINGHAMS

JEDER IM ZUG IST VERDÄCHTIG

Kriminalroman

Aus dem Englischen
von Marc Alaoui

List

Wir verpflichten uns zu Nachhaltigkeit

- Papiere aus nachhaltiger Waldwirtschaft und anderen kontrollierten Quellen
- Druckfarben auf pflanzlicher Basis
- ullstein.de/nachhaltigkeit

Die Originalausgabe erschien 2024
unter dem Titel *Everyone on this train is a suspect*
bei Michael Joseph,
Penguin Random House
in Sydney, Australien.

MIX
Papier | Fördert gute Waldnutzung
FSC® C083411

List ist ein Verlag
der Ullstein Buchverlage GmbH
www.ullstein.de

ISBN: 978-3-471-36058-3

Gesetzt aus der Janson Text
Satz: Pinkuin Satz und Datentechnik, Berlin
Druck und Bindearbeiten: CPI books GmbH, Leck

Für Jerry Kalajian
Life Changer

Es darf nur einen Detektiv geben – das bedeutet, sich auf einen ermittelnden Protagonisten zu beschränken, einen Deus ex machina. Den Verstand von drei oder vier oder gar einer ganzen Gruppe von Ermittlern auf einen Fall anzusetzen versprengt das Interesse und zerreißt den direkten logischen Faden. Es ist außerdem eine unfaire Vorteilsnahme gegenüber dem Leser. Wenn es mehr als einen Detektiv gibt, weiß der Leser nicht, wer sein Begleiter ist. Das ist, als würde man ihn gegen ein Staffel-Team ins Rennen schicken.

Regel 9, »Twenty Rules for Writing Detective Stories«
von S. S. Van Dine (1928)

Eine Fortsetzung ist das Eingeständnis, dass einem nichts mehr bleibt, als sich selbst zu imitieren.

Don Marquis

DER GHAN – GRUNDRISS

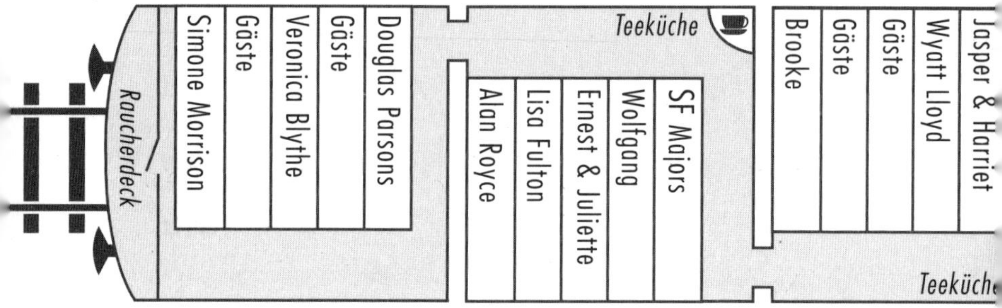

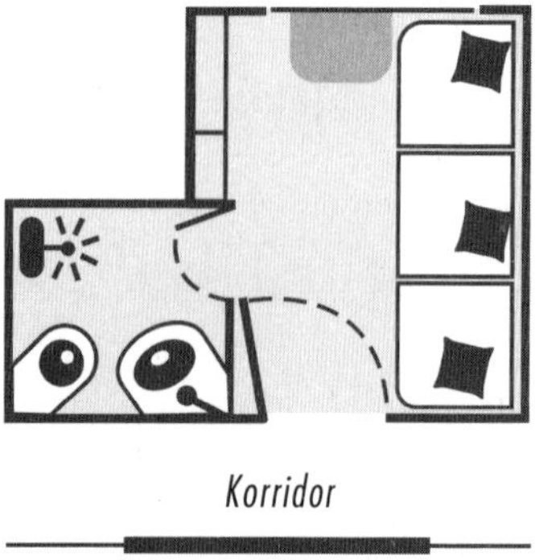

Kabine
tagsüber

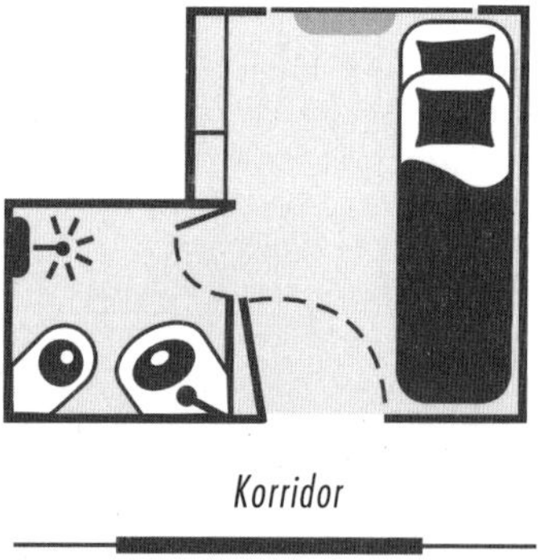

Kabine
nachts

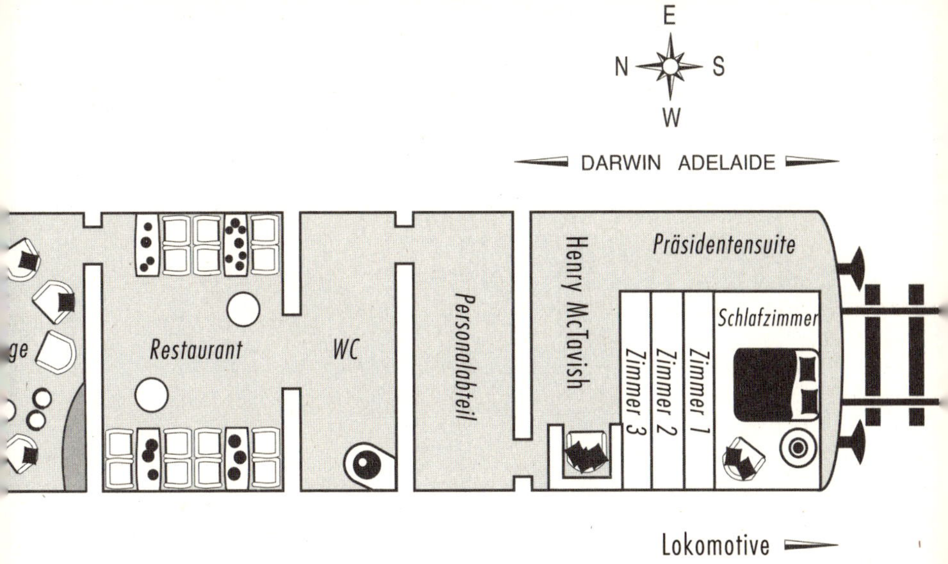
E
N
S
W
DARWIN ADELAIDE
ge
Restaurant
WC
Personalabteil
Henry McTavish
Präsidentensuite
Schlafzimmer
Zimmer 1
Zimmer 2
Zimmer 3
Lokomotive

Darwin
Katherine
Alice Springs
AUSTRALIA
Manguri
Adelaide

50. AUSTRALISCHES KRIMINALAUTOREN-FESTIVAL:

Das AKAF heißt den internationalen Bestsellerautor der *Detective Morbund*-Reihe, Henry McTavish, als diesjährigen Ehrengast herzlich willkommen!

»Unübertroffen, unaufhaltsam: McTavish ist einmalig.« (*New York Times*)

Ernest Cunningham: In seinen Memoiren *Everyone In My Family Has Killed Someone* sind wir mit Ernest Cunningham in die Geschichte von Australiens berüchtigtstem Serienmörder eingetaucht: Black Tongue. Der Autor arbeitet derzeit an seinem ersten Roman.

Lisa Fulton: Ihr Debütroman *The Balance of Justice* erschütterte mit seiner Wut und schonungslosen Ehrlichkeit vor 21 Jahren das Fundament der Kriminalliteratur. Er wurde zum Beststeller und schaffte es auf die Longlist des Justice in Fiction Award 2003 in der Kategorie »Autorinnen«. Aktuell schreibt Fulton an ihrem langersehnten zweiten Roman.

SF Majors: Mit psychologischer Komplexität und haarsträubenden Wendungen ziehen ihre Thriller eine weltweite Leserschaft in den Bann. Zu Majors Werken zählt auch der *New York Times*-Bestseller *Twists and Turns*, dessen Filmrechte sich Netflix sichern konnte. Ihr Young-Adult-Thriller *My Lab Partner Is a Serial Killer* kommt demnächst als Broadway-Musical auf die Bühne. Als Kind las sie die drei Bücher, die in der Schulbibliothek ihrer Heimatstadt verfügbar waren, rauf und runter. Heute lebt sie mit ihrer Partnerin und zwei Hunden in den Blue Mountains.

Alan Royce: Elf Romane und drei Erzählungen umfasst Alan Royces *Doctor Jane Black*-Reihe. Bevor er zum leuchtenden Stern am Krimi-Himmel wurde, war er als Rechtsmediziner tätig. Jetzt bringt er seine Expertise für Autopsien und Leichenhallen erfolgreich zu Papier. »Düster, echt und kompromisslos. Einer, den man im Auge behalten sollte.« (*Time*, 2011)

Wolfgang: Gewinner des Commonwealth Writers' Prize, 2012; Shortlist Bookseller's Favourites Award, 2012; Goodreads Readers' Choice, Kategorie »Belletristik«, 2012; Shortlist Best of Amazon, 2012; Shortlist Justice in Fiction Award, Kategorie »Autorinnen« (Sondergenehmigung), 2003; Longlist, Miles Franklin Award, 2015; Longlist Independent Library Choice Awards, 2015; prämiert mit dem Archibald Packer's Prize, 2018; lobende Erwähnung beim International Poetry Prize Ozeanien, 2020. Zuletzt kündigte Wolfgang ein interaktives Kunstprojekt an. Titel: *The Death of Literature*.

Prolog

Von: ECunninghamWrites221@gmail.com
An: <ZENSIERT>
Betreff: Prolog

Hi <ZENSIERT>,

ganz klares Nein zum Prolog, fürchte ich. Ich weiß, dass sich das für einen Krimi gehört, die Leserinnen und Leser auf den Fall einzustimmen und so – aber hier scheint mir das ein bisschen schäbig.

Selbstverständlich weiß ich, *wie* ich schreiben würde, was ich deiner Meinung nach schreiben soll. Ein allsehendes Auge, das durch die verwüstete Kabine schwebt und auf den Spuren eines Kampfs verweilt: Laken auf dem Boden, die umgestülpte Matratze, ein blutiger Handabdruck an der Badezimmertür. Dazu ein paar flüchtige Hinweise – drei Wörter in blauer Tinte, eilig auf ein Manuskript gekritzelt und im Farbenspiel mit dem Karminrot der tropfenden Mordwaffe –, gerade genug, um Spannung zu erzeugen, doch gleichzeitig so nichtssagend, dass das Ende nicht vorweggenommen wird.

Zum Abschluss dann die Leiche. Ohne dass ihr Gesicht zu erkennen wäre, natürlich. Das Opfer gilt es zu Beginn vor den Leserinnen und Lesern geheim zu halten. Aber vielleicht gibt es ein winziges Detail, einen persönlichen Gegenstand, möglicherweise ein Kleidungsstück (der blaue Schal? Könnte passen), nach dem sie im Laufe der Geschichte Ausschau halten können.

Das war's auch schon: Manuskript, Blut, Leiche. Alle Köder ausgeworfen, Ende des Prologs.
Nicht dass ich deinem Urteil als Lektorin nicht traue. Es erscheint mir nur völlig überflüssig, eine Szene zu beschreiben, die später ohnehin noch mal auftaucht, nur für ein bisschen mehr Spannung. Das schreit förmlich: »*Hey, uns ist klar, dass das Buch ein bisschen braucht, um in die Gänge zu kommen, aber das wird es. Wirklich.*« Und dann müssen die armen Leserinnen und Leser quasi nur noch aufholen, bis wir endlich beim Mord anlangen.
Gut, die Szene beschreibt eigentlich schon den zweiten Mord. Aber du weißt, worauf ich hinauswill.
Ich will nur vermeiden, dass wir zu viel preisgeben. Daher würde ich sagen: kein Prolog. Einverstanden?

Grüße,
Ernest

PS: Nach allem, was passiert ist, versteht es sich wohl von selbst, dass ich einen neuen Agenten brauche. Ich melde mich diesbezüglich noch mal gesondert bei dir.

PPS: Und ja, wir müssen das Festivalprogramm einbauen. Ich finde, da stecken wichtige Hinweise drin.

ERINNERUNGEN

KAPITEL I

Ich schreibe also wieder. Das sind gute Neuigkeiten, zumindest für diejenigen, die sich ein zweites Buch gewünscht haben. Weniger für die, die sterben mussten, damit ich es schreiben kann.

Ich beginne damit im Zug, in meiner Kabine, wo ich schon mal ein paar Dinge runterschreiben möchte, bevor ich sie später vergesse oder zu dick auftrage. Der Zug ist zum Halten gekommen. Nicht etwa an einem Bahnhof, sondern einfach so mitten in der Landschaft, etwa eine Stunde vor Adelaide. Auf die endlose rote Wüste der letzte vier Tage folgten zunächst goldene Weizenfelder und schließlich die saftig grünen Weiden der Milchviehbetriebe; auf den zuvor so weiten Horizont ein wogender Ozean aus Gras, angetrieben von der langsamen, aber stetigen Rotation der Windräder. Wir sollten längst in Adelaide sein, aber wir mussten anhalten, damit die Polizei die Leichen wegschaffen konnte. Ich sage *wegschaffen*, gehe aber davon aus, dass die Verzögerung vor allem daher rührt, dass sie Probleme haben, die Leichen zu finden. Oder zumindest alle Teile.

Hier sitze ich also und habe mit der Schreiberei einen kleinen zeitlichen Vorsprung.

Meine Lektorin meint, Fortsetzungen seien eine heikle Sache. Es gebe da ein paar Regeln zu befolgen wie etwa, dass die Vorgeschichte gleichermaßen für die aufbereitet sein muss, die schon mal was von mir gelesen haben, als auch für jene, die noch nie von mir gehört haben. Mir wurde gesagt, ich solle die Fans nicht langweilen, aber eben auch nichts weglassen, was für

Neulinge relevant sein könnte. Keine Ahnung, zu welcher Kategorie Sie gehören, daher fangen wir mal hiermit an:

Mein Name ist Ernest Cunningham und ich habe so etwas schon mal gemacht. Also ein Buch geschrieben. Aber auch ein paar Morde aufgeklärt.

Damals schien mir das alles ganz natürlich. Das Schreiben zumindest, die Morde waren selbstverständlich das Gegenteil von *natürlich*. Von allen Überlebenden hielt ich mich persönlich für am geeignetsten, die Geschichte zu erzählen, schließlich konnte ich schon eine Art Karriere als Autor vorweisen. Ich habe früher Bücher darüber geschrieben, wie man Bücher schreibt. Genauer gesagt: über die Regeln für Kriminalromane. Wenn ich ehrlich sein soll, waren es eher Broschüren als Bücher, im Eigenverlag erschienen, online für einen Dollar zu haben. Nicht gerade der Traum eines Schriftstellers, aber immerhin eine Einkommensquelle. Als letztes Jahr das Drama in den Bergen überstanden war und die Medien bei mir anklopften, dachte ich mir: Warum soll ich das, was ich übers Schreiben weiß, nicht selbst anwenden und alles aufschreiben? Dabei orientierte ich mich an den Leitlinien aus der Goldenen Ära des Kriminalromans, welche von Größen wie Agatha Christie oder Arthur Conan Doyle aufgestellt wurden, und insbesondere von einem Typen namens Ronald Knox, der die *Ten Commandments of Detective Fiction* verfasst hat, die zehn Gebote des Kriminalromans. Knox ist jedoch nicht der Einzige mit einem solchen Regelwerk. Zahlreiche Autorinnen und Autoren haben über die Jahre versucht, das Genre auf ein festes Schema runterzubrechen. Sogar Henry McTavish.

Wenn Sie denken, Sie selbst hätten keine Ahnung, wie man einen Krimi schreibt, dann liegen Sie falsch. Glauben Sie mir. Es ist ziemlich intuitiv. Ein Beispiel: Ich schreibe das hier in der ersten Person. Ich muss die Geschehnisse dieses Buchs also überleben, damit ich mich im Anschluss hinsetzen und alles auf Papier bringen kann. Also, erste Person bedeutet Überleben.

Entsprechend entschuldige ich mich jetzt schon für den kleinen Spannungskiller, wenn ich in Kapitel 28 eben nur beinahe ins Gras beiße.

Die Regeln selbst sind einfach: nichts Übernatürliches; keine Zwillinge, die aus dem Nichts auftauchen; die Mörderin oder der Mörder muss frühzeitig Erwähnung finden (das habe ich übrigens schon erledigt, und wir sind noch nicht mal mit dem ersten Kapitel durch – allerdings nehme ich an, dass Sie das Vorgeplänkel übersprungen haben) und außerdem eine für die Handlung relevante Figur sein. Letzteres ist wichtig. Die Zeiten, in denen es am Ende immer der Gärtner oder sonst ein Bediensteter war, sind vorbei. Aus Gründen des Fair Plays muss die Täterin oder der Täter regelmäßig erwähnt werden. Um das zu belegen, verrate ich Ihnen jetzt, dass ich seinen oder ihren Namen ab jetzt genau 106-mal nennen werde, in all seinen Abwandlungen. Zu guter Letzt lässt sich die Essenz jeder einzelnen Regel beschreiben mit: Verberge *niemals* offensichtliche Wahrheiten vor den Leserinnen und Lesern.

Das ist auch der Grund, warum ich überhaupt so mit Ihnen spreche. Ich bin, wie Sie vielleicht bemerkt haben, etwas gesprächiger als der Standard-Detektiv, den Sie aus dieser Art von Büchern kennen. Eben weil ich nichts vor Ihnen verbergen werde. Fair Play, wie gesagt.

Ich verspreche Ihnen also eine Rarität des modernen Kriminalromans: einen zuverlässigen Erzähler. Sie können jederzeit darauf vertrauen, dass ich die Wahrheit sage. Keine Tricksereien. Ich verspreche außerdem, den gefürchteten Satz »Es war alles nur ein Traum« lediglich ein einziges Mal zu verwenden – und auch nur, weil er mir im Kontext zulässig erscheint.

Leider hat sich nie jemand die Mühe gemacht, Regeln speziell für Fortsetzungsromane aufzustellen (Arthur Conan Doyle fand bekanntermaßen Freude daran, Sherlock Holmes zu töten, um ihn dann aus finanziellen Gründen doch wieder zum Leben zu erwecken). Ich gehe diesen Weg also allein. Die einzige Hilfestellung kommt von meiner Lektorin deren Vorschläge wiederum offenbar direkt aus der Marketingabteilung stammen.

Ihr erster Rat war es, Wiederholungen zu vermeiden. Ergibt Sinn – niemand will ein und dieselbe Handlung in immer neuen Gewändern präsentiert bekommen. Allerdings war ihr zweiter Rat, kein Buch zu schreiben, das sich gänzlich vom ersten unterscheidet, da Leserinnen und Leser üblicherweise mehr von dem erwarten, was ihnen gefallen hat. Da kann ich nur sagen: Ich habe keinerlei Einfluss auf die Ereignisse in diesem Buch. Ich schreibe auf, was passiert ist. Entsprechend sind beide Regeln gleichermaßen schwer zu befolgen. Eine unfreiwillige Nachahmung findet sich jedenfalls in dem eigenartigen Zufall, dass beide Fälle mithilfe eines Satzzeichens gelöst werden. Letztes Jahr war es ein Punkt, dieses Mal übernimmt ein Komma.

Und was wäre das für ein Krimi, wenn wir es nicht mit mindestens einem Anagramm, Code oder Puzzle zu tun hätten? Keine Sorge, haben wir.

Meine Lektorin hat mich zudem ermahnt, ausreichend Teaser für das erste Buch einzubauen, ohne dabei dessen Ende zu verraten, damit die Leserinnen und Leser es kaufen wollen. Sie nennt das »natürliches Marketing«. Fortsetzungen müssen unterm Strich also zwei Dinge gleichzeitig sein: neu und vertraut.

Dem erwähnten Regelwerk widersetze ich mich bereits in Teilen. S.S. Van Dine, Kriminalautor der Goldenen Ära, empfiehlt, stets nur eine Person ermitteln zu lassen. In diesem Fall haben wir fünf Möchtegern-Detektive. Das scheint mir unvermeidlich, wenn man sechs Krimiautoren in einen Raum steckt. Richtig, sechs Autoren, aber nur fünf Ermittler. Einer von ihnen ist das Mordopfer. Es ist nicht die Person mit dem blauen Schal … die stirbt allerdings auch.

Ich würde ja sagen, Van Dine würde sich im Grab umdrehen, aber damit wäre auch noch die wichtige Regel bezüglich des

Übernatürlichen gebrochen. Es ist also eher davon auszugehen, dass er sehr still in seinem Grab liegt, aber sehr enttäuscht.

Aber, um es zu wiederholen: Welche Regeln hier gebrochen werden, kann man schwerlich mir zu Last legen, schließlich protokolliere ich bloß die Ereignisse. Wie ich überhaupt immer wieder in verzwickte Kriminalfälle gerate, kann ich Ihnen auch nicht beantworten. Sicher werden die Leute, die mir nach meinem letzten Buch angekreidet haben, ich hätte davon profitiert, dass ein Serienmörder Teile meiner Verwandtschaft einen nach dem anderen ausknipste (natürliches Marketing, bitte schön), mir auch dieses Mal Ähnliches vorwerfen. Ich wünschte selbst, all das wäre nicht passiert. Weder dieses noch letztes Mal.

Davon mal ganz abgesehen: Niemand mag Fortsetzungen. Häufig wird kritisiert, sie seien nichts anderes als eine blasse Imitation des Vorhandenen. Angesichts der Tatsache, dass die letzten Morde im schneeverwehten Gebirge und diese hier in der Wüste begangen wurden, geht das hier raus an alle Kritiker: Eine blasse Imitation wird es nicht werden, denn diese Geschichte hat immerhin ein bisschen Sonne abbekommen.

Jetzt wird es Zeit, meine Glaubwürdigkeit als zuverlässiger Erzähler zu untermauern. Das Strafregister für alle in diesem Buch begangenen Verbrechen umfasst: Mord, versuchter Mord, Vergewaltigung, Diebstahl, Brandstiftung, Hausfriedensbruch, Beweismittelfälschung, Verschwörung, Rauchen in öffentlichen Verkehrsmitteln, Kopfnüsse verteilen (ich nehme an, juristisch sprechen wir hier von Körperverletzung), Einbruchdiebstahl (ja, das ist etwas anderes als Diebstahl) und die unangemessene Verwendung von Adverbien.

Hier kommen noch ein paar weitere Wahrheiten: Sieben Autorinnen und Autoren steigen in einen Zug. Am Ende der Fahrt werden ihn fünf von ihnen lebend verlassen. Eine Person wird Handschellen tragen.

Anzahl der Leichen: 9. Etwas weniger als beim letzten Mal.

Und ich? Dieses Mal töte ich niemanden.

Dann wollen wir mal. Zweite Runde.

KAPITEL 2

Den Mord (oder sollte ich sagen: die Hinrichtung) an einem Schriftsteller-Kollegen mitanzusehen war rückblickend weniger furchteinflößend, als an einem überfüllten Bahnsteig von meiner Agentin entdeckt zu werden und erleben zu müssen, wie sie sich den Weg zu mir bahnte und mich fragte: »Wie läuft's mit dem neuen Buch?«

Simone Morrison war die letzte Person, die ich am Bahnhof von Berrimah, Darwin, erwartete. Immerhin lag ihr Arbeitsplatz etwa viertausend Kilometer entfernt. Ihr Mantel, eine irrwitzige Mischung aus Trenchcoat und Daunenjacke in Übergröße, schrie förmlich Melbourne. Allerdings war sie damit deutlich besser gekleidet als ich mit meinen Cargo Shorts und einem kurzärmligen Hemd, das mir in einem Laden für Anglerbedarf als »atmungsaktiv« verkauft worden war. Ich hatte immer gedacht, das sei eine Mindestanforderung an Kleidung, kaufte es aber dennoch. Das Problem war nur, dass ich, auch wenn unsere Reise ordnungsgemäß mit »Start bei Sonnenaufgang« beworben wurde, fälschlicherweise davon ausgegangen war, die kochende Hitze des Tages würde hier im tropischen Klima des Northern Territory bis zum Morgengrauen anhalten.

Das tat sie nicht.

Es war inzwischen zwar hell, aber wir standen auf der Westseite des Zugs, der wie eine schleichende Schlange aus Stahl den Horizont blockierte. Von indirektem Licht allein war keine Wärme zu erwarten. Die Sonne musste sich also noch ein wenig anstrengen. Mein einzig warmes Körperteil war meine rechte Hand, die in einem gepolsterten Handschuh steckte. Nachdem sie während der Mordserie im letzten Jahr gehäutet worden war und nur dank einer großzügigen Spende meiner linken Pobacke wieder zusammengeflickt werden konnte, war sie immer noch ein wenig sensibel. Jedenfalls war mein Outfit eher für *Jurassic Park* geeignet als für eine Zugfahrt. Entsprechend war ich nicht nur ungeduldig mit der Sonne, sondern auch neidisch auf den kuscheligen blauen Wollschal, den Simone um den Hals trug.

Ich sage, Simones Büro ist in Melbourne, weil ich das weiß, nicht weil ich je dort gewesen wäre. Soweit ich das beurteilen konnte, erledigt sie die meiste Arbeit in der Nische eines italienischen Restaurants im Stadtzentrum. Sie hatte dem Küchenchef dort geholfen, ein Kochbuch zu veröffentlichen, das erfolgreich genug gewesen war, um ihm einen TV-Auftritt zu verschaffen. Belohnt wurde sie mit einem Stammplatz in seinem Lokal und einer Alkoholabhängigkeit. Jedes Mal, wenn ich mich dort auf dem roten Kunststoff der Sitzbank ihr gegenüber niederließ, hob Simone einen Finger und tippte mit der anderen Hand die E-Mail auf ihrem Laptop zu Ende. Sie hackte mit ihren manikürten Nägeln auf die Tastatur, sodass ich Mitleid mit den Empfängern der Nachrichten bekam. Dann nahm sie einen Schluck von ihrem teerschwarzen Kaffee mit Schuss (helle pinke Lippenstiftränder auf der Keramik, was eher beunruhigende Schlüsse auf die Geschirrspül-Standards dieses Ladens zuließ, denn Simone trägt Rot) und sagte dann, ungeachtet der Tatsache, dass im Normalfall sie diejenige war, die unser Meeting einberief: »Bitte sag mir, dass du gute Neuigkeiten hast.« Ich verbinde Simone außerdem mit Schulterpolstern, Zahn-Bleaching, tiefen Seufzern und Creolen – nicht zwangsläufig in dieser Reihenfolge.

Völlig unabhängig davon versteht sie ihr Handwerk. Wir sind uns das erste Mal begegnet, kurz nachdem ich den Vertrag für *Everyone In My Family Has Killed Someone* unterschrieben hatte. Sie lud mich zum Mittagessen ein und bat mich, den Vertrag mitzubringen. Ich sah ihr schweigend zu, wie sie ihn durchblätterte, einzelne Wörter unterstrich und jedes denkbare

Synonym zu »unglaublich« vor sich hin murmelte. Dann schien sie sich an meine Anwesenheit zu erinnern, ließ sich nach hinten fallen und sagte: »Ist das Ihre Unterschrift? Die ist nicht … gefälscht oder so? Sie haben das gelesen«, sie wedelte mit den Seiten vor meiner Nase und hob die Augenbrauen, »und sich einverstanden erklärt?«

Ich nickte.

»Es überrascht mich, dass Sie Bücher schreiben, denn lesen können Sie offensichtlich nicht. Wie auch immer, ich verlange 15 Prozent.«

Ich konnte nicht genau sagen, ob das ein Angebot oder eine Beleidigung war. Sie wandte sich wieder ihrem Laptop zu. Die Sache schien erledigt. Ich schälte mich kommentarlos aus der Sitzbank und war mir sicher, dass ich nie wieder von dieser Frau hören würde. Eine Woche später fand ich in meinem Posteingang die Anfrage eines deutschen Verlags und sogar eine von Leuten, die eine Fernsehserie drehen wollten. Außerdem ein Angebot für ein weiteres Buch, diesmal einen Roman.

Weder hatte sie gefragt, ob ich überhaupt Interesse hatte, etwas Fiktionales zu schreiben, noch hatte ich etwas in der Richtung angedeutet. Geschweige denn eine Idee, worüber ich schreiben sollte. Hinzu kam: Mir blieb sehr wenig Zeit. Aber als ich las, wie hoch der Vorschuss war, den sie mir zahlen würden – deutlich höher als beim ersten Mal! –, sagte ich zu. Außerdem, so redete ich mir ein, könnte es ja eine schöne Abwechslung sein, nicht mehr über reale Personen schreiben zu müssen, die sich gegenseitig umbrachten.

Die Rechnung ging offensichtlich nicht ganz auf.

Ich wusste, dass Simone ihren Job ernst nahm, zu ernst vielleicht. Wenn die Verleger nur halb so viel Angst vor ihr hatten wie ich, konnte ich froh sein, sie auf meiner Seite zu haben. Zwar hatte ich in den vergangenen Monaten ihre Anrufe und Nachrichten, in denen sie mich um ein Update zum Roman bat, möglicherweise ignoriert. Aber mir jetzt nach Darwin zu folgen schien mir doch etwas übertrieben. Jedenfalls verhält es sich mit der Frage an einen Autor, wie es mit seinem Buch läuft, ähnlich wie mit der Frage nach dem Lippenstift am Hemdkragen – sie ist überflüssig. Niemand wird sie jemals ehrlich beantworten.

»Ziemlich gut«, sagte ich also.

»So schlimm, hm?«, antwortete Simone.

Meine Freundin Juliette, die neben mir stand, drückte mir ermutigend die Hand.

»So ein Roman … ist mehr Arbeit, als ich dachte.«

»Mehr Arbeit, als einen Vorschuss einzuheimsen?« Sie wühlte in ihrer Handtasche, holte eine E-Zigarette hervor und nahm einen tiefen Zug. »Ich erstatte keine Provision zurück, das ist dir klar, oder?«

Tatsächlich war mir das nicht klar gewesen. »Dann hast du den ganzen Weg nur auf dich genommen, um mich zu quälen?«

»Es dreht sich nicht immer alles um dich, Ernie.« Sie blies eine Rauchwolke mit Blaubeernote in die Luft. »Aber wenn sich Gelegenheiten ergeben, lass ich mich nicht zweimal bitten.«

»Und wo ließe sich besser über Kadavern kreisen als mitten in der Wüste«, mischte sich Juliette ein.

Simone gab ein bellendes Lachen von sich, eher entzückt als beleidigt. Sie mochte es, wenn man ihr Kontra gab. Mir fehlte dazu der Mut. Juliette hingegen bot ihr immer die Stirn, und Simone schien es zu genießen. Sie beugte sich nach vorne, umarmte Juliette steif und mit ausgestreckten Armen, wie man sonst nur ein pinkelndes Kleinkind hält, und deutete zwei Wangenküsse an. »Dich konnte ich schon immer leiden, meine Liebe. Du teilst aus, aber nie ohne Grund. Ich schließe daraus, du glaubst immer noch, dass du keine Agentin brauchst?«

»Zieh nur weiter deine Kreise, ich komme ganz gut allein klar.«

»Du hast meine Nummer …«

Das musste eine Lüge sein, nicht einmal *ich* hatte ihre Nummer. Sie rief mich immer an, nicht umgekehrt, und stets mit unterdrückter Nummer.

»Ich habe gar kein Ticket für dich«, meldete ich mich wieder zu Wort. »Juliette ist mein ›Plus eins‹. Wie hast du es überhaupt in den Shuttlebus geschafft? Tut mir echt leid, dass du den ganzen Weg –«

»Als ob ich mit einem Shuttlebus fahren würde. Außerdem habe ich noch mehr Klienten als dich, Ernie«, gab Simone spöttisch zurück. »Wyatt hat sich um alles gekümmert.« Sie ließ den Blick über den Bahnsteig schweifen. »Wo sind die anderen?«

Ich hatte keine Ahnung, wer Wyatt war, wenngleich Simones Tonlage implizierte, dass ich es eigentlich hätte wissen sollen. Im Festivalprogramm war der Name jedenfalls nicht aufgetaucht. Allerdings hatte ich das auch nur überflogen und kaum eines der erwähnten Bücher gelesen. Die stapelten sich alle anklagend auf meinem Nachttisch. Die größte Lüge eines Autors ist die Aussage, es laufe gut mit dem neuen Buch. Die zweitgrößte ist die, er sei mit dem neuen Buch seines Kollegen schon fast durch.

Ich erinnerte mich, dass im Programm des Australischen Kriminalautoren-Festivals fünf weitere Autorinnen und Autoren angekündigt waren. Die Organisatoren wollten mit dieser kleinen, aber feinen Auswahl »alle Facetten des modernen Krimis« abdecken, wie es auf der Webseite angepriesen war. Die Auswahl umfasste drei recht bekannte Namen, deren Krimis in die Kategorien Polizeiroman, Psychothriller und Justizdrama fielen, dazu ein literarisches Schwergewicht, das es auf die Shortlist des Commonwealth Writers' Prize geschafft hatte, und, sozusagen als Head-Liner: Henry McTavish, den schottischen Ausnahmeschriftsteller und Schöpfer der *Detective Morbund*-Reihe. Von ihm hatte sogar ich schon mal gehört. Und dann stand noch ich selbst auf der Liste und deckte gleich zwei Kategorien ab: Debüt und Sachbuch, da mein erstes Buch als »True Crime« verkauft wurde. Juliette, vormals Inhaberin des Berg-Ressorts, in dem das Morden letztes Jahr vonstattenging, hatte ebenfalls ein Buch über die Ereignisse geschrieben, war nun aber als mein Gast mit von der Partie. Ihres hatte sich sogar besser verkauft, und sie ist zugegebenermaßen eindeutig die bessere Schriftstellerin. Aber mit einem Serienmörder verwandt zu sein ist ein unschlagbares Marketing-Tool, und entsprechend werde tendenziell eben doch ich zu solchen Runden eingeladen.

Sie wundern sich vielleicht, warum wir auf einem Bahnsteig herumlungern, anstatt, wie für Literaturveranstaltungen üblich, in einer Bibliothek oder Schulaula zu sitzen – oder in einem anderen Raum, den das zuständige Kulturamt spontan auftreiben konnte, nachdem sich bis zum letzten Moment niemand darum gekümmert hat. Nun, es war das fünfzigste Jubiläum des Festivals, und man hatte sich einen ganz besonderen Ort ausgesucht: den *Ghan*, den legendären Zug, der die gigantische australische Wüste beinahe auf den Millimeter genau in der Mitte durchquert. Der Name, ursprünglich »Afghan Express«, erinnerte an die auf Kamelen reitenden Entdecker Australiens, welche die rote Wüste bezwangen, lange bevor es Eisenbahnschienen und Dampfmaschinen gab. Zu erkennen ist der Zug an der roten Silhouette eines Turban tragenden Mannes auf einem Kamel, die die Waggons ziert.

Der Name und das Logo versprühen zwar noch einen Hauch von Abenteuer, aber die Tage voller Schweiß und Mühsal sind längst vorüber. Auf der einstigen Frachtroute rollt inzwischen ein Luxushotel auf Schienen, eine weltberühmte Touristenattraktion.

In vier Tagen und drei Nächten würde uns der Ghan von Darwin nach Adelaide bringen. Außerdem versprach man uns Zwischenstopps und Ausflüge in die unberührte Wildnis des Nitmiluk-Nationalparks, zur unterirdischen Siedlung Coober Pedy sowie ins rote Herz Australiens, Alice Springs. Insgesamt ein einzigartiges und auch ein bisschen extravagantes Setting für ein Literaturfestival. Meine Entscheidung, an der Reise teilzunehmen, ließ sich sicher zur Hälfte auf die horrenden Ticketpreise zurückführen – immerhin ein paar Tausend Dollar –, die ich mir selbst niemals leisten könnte.

Etwa zu einem Viertel hatte aber auch die Hoffnung beigetragen, dass vier Tage voller Gespräche über Literatur und das Schreiben etwas in mir auslösen könnten. Dass, während ich vielleicht sogar mit dem sonst so öffentlichkeitsscheuen Henry McTavish höchstpersönlich an der Bar saß, die Muse sich zu mir gesellen und mir eine Eingebung für meinen neuen Roman zuhauchen würde. Ich würde Henry, mit dem ich bis dahin natürlich längst per Du wäre, von meiner Idee vorschwärmen, und er wiederum würde sein Glas erheben und sagen: »*Aye*, ich wünschte, da wär ich selbst draufgekommen, Bursche.«

Diese absurden Hoffnungen hier aufzuschreiben, verursacht in mir dasselbe Schamgefühl wie der Anblick alter Fotos in den sozialen Medien – *habe ich das wirklich gepostet?* –, erst recht, weil ich McTavish in Gedanken einen furchtbar klischeehaften schottischen Akzent verpasst habe. Und das, obwohl ich den Typen noch nicht mal getroffen hatte. Sie können davon ausgehen, dass McTavish und ich nicht beim Du gelandet sind. Zu einem gemeinsamen inspirierenden Drink sollte es gewissermaßen dennoch kommen. Ein bisschen was war also doch dran an meiner Vision.

Wie meine aufmerksame Lektorin freundlicherweise kommentierte, habe ich erst drei Viertel meiner Motivation für diese Reise preisgegeben: zur Hälfte finanziell, zu einem Viertel kreativ. Sie wies nebenbei auch darauf hin, dass bei der Anzahl der Autorinnen und Autoren etwas nicht stimme. Sieben steigen ein, hatte ich gesagt, und dabei bleibe ich. Juliette ist schließlich auch eine Autorin, erinnern Sie sich? Ich kann schon addieren, keine Sorge. Bruchrechnen fiel mir immer etwas schwerer, aber ich verspreche, wir kommen noch zum vierten Viertel.

Simone hielt noch immer nach ihrem anderen Klienten Ausschau. Etwa hundert Leute tummelten sich am Bahnsteig, und ich hatte keinen Schimmer, wer Schriftsteller war und wer nicht. Ich hätte nicht mal sagen können, wer am Festival teilnahm und wer nur ein normaler Tourist war, vorausgesetzt es waren nicht alle Waggons für die Teilnehmenden vorgesehen. Das Zugpersonal, alle in rot-weiß gestreiften Hemden und Fleece-Westen mit Kamel-Logo, hatte begonnen die Menge in kleinen Gruppen zu verschiedenen Abschnitten des Bahnsteigs zu leiten. Eine junge Mitarbeiterin, vielleicht Anfang zwanzig, atmete schwer und fuhr sich mit den Handinnenflächen über die Kleidung, als wären es Bügeleisen. Sie schien sich gerade bei einem Mann zu entschuldigen, der, so wie er auf seine Armbanduhr starrte, möglicherweise ihr Vorgesetzter war. Ich konnte nicht verstehen, ob sie sich wirklich entschuldigte, aber die Körpersprache war recht deutlich.

Eine andere Mitarbeiterin kam auf uns zu, ein Klemmbrett in der Hand.

»Cunningham«, sagte ich und beobachtete, wie sie mit dem Stift die Namen auf ihrer Liste durchging.

Simone nannte den ihren, fügte dann aber hinzu: »Eventuell bin ich aber unter Gemini Publishing gelistet.«

»Abteil O-3«, sagte die Dame mit dem Klemmbrett zu mir. »Leicht zu merken: wie Sauerstoff.«

»Eher wie Ozon, ne?«, korrigierte ich vorsichtig. Das letzte Mal, als ich nachgesehen hatte, war Sauerstoff noch O_2.

»Wir nennen es Abteil, aber *Zone* geht natürlich auch«, zwitscherte sie freundlich.

Hinter mir überspielte Juliette ihr Lachen mit einem Hüsteln, was die Frau aber entweder nicht bemerkte oder nicht begriff. Sie zeigte mit dem Stift auf Simone und sagte: »P-1, aber steigen Sie im Abschnitt O ein. Und zur Sicherheit der Hinweis: Der liegt ein gutes Stück weiter vorne.« Dann machte sie sich auf zur nächsten Gruppe.

»Na, dann bis später.« Simone winkte uns fort, während sie sich weiterhin umsah.

»Ich nehme mal an, der Hinweis auf die Distanz richtet sich wohl eher an die älteren Herrschaften«, sagte ich zu Juliette, während wir zum nächstgelegenen Einstieg liefen. Wir gehörten mit ein paar Jahrzehnten Abstand zu den Jüngsten hier. »Das bisschen Fußweg sollte ja kein Problem sein.«

Ich wurde schnell eines Besseren belehrt. Auf dem Waggon vor unserer Nase prangte ein großes A. Zu unserer Rechten warteten zwei riesige Loks im typischen Ghan-Rot auf ihren Einsatz. Zu unserer Linken schlängelte sich der restliche Zug so weit in die Ferne, dass ich sein Ende nicht einmal sehen konnte. Ich schob das fälschlicherweise auf die Krümmung in der Ferne. Bis man mir sagte, dass der Zug beinahe einen Kilometer lang sei. Der Gang zu unserem Waggon war wahnsinnig ernüchternd. Nach weiteren sieben Waggons, inklusive Gepäck- und Personalwagen, Restaurant und Bars, waren wir noch keinen Vokal weiter.

Als wir irgendwann bei G angelangt waren, erfüllte ein dumpfes Grollen die Luft, und für einen Moment verfielen wir in ein leichtes Joggen, in der Angst, der Zug könnte ohne uns losfahren. Doch dann sah ich einen grünen Jaguar quer über den Parkplatz und über die Bordsteinkante jagen. Direkt neben dem Zug kam der Wagen auf einer Grünfläche zum Stehen, auf der er tiefe Furchen hinterließ. Ein derart protziger Auftritt ließ mich vermuten, Henry McTavish würde gleich aussteigen. Stattdessen erschien ein spindeldürrer Typ mit einer lichten Sturmfrisur – gibt es eine Mindestanzahl an Haaren, um von Frisur zu sprechen? – und einem schlaksigen Gang, der an einen dieser alten Filme erinnerte, in denen Knetfiguren in Stop-Motion durch die Gegend schlendern. Für mich sah er aus wie ein Mensch, der eine Tankstelle besitzt und naiven Teenagern auf der Durchreise empfiehlt, die Abkürzung durch die Wüste zu nehmen und sich von den Kannibalen und anderen fiesen Gelegenheiten, den Tod zu finden, nicht abschrecken zu lassen. So in etwa sagte ich es Juliette.

»Ähm, das ist Wolfgang. Und der ist eher Kategorie exzentrisches Genie als lüsterner Wicht«, sagte sie.

Sie hatte recht. Wolfgang – ganz ohne Nachnamen, wie Madonna, Prince oder auch Elmo – war das Aushängeschild unserer Gruppe. Er war derjenige, der es bis auf die Shortlist des Commonwealth Writers' Prize gebracht hatte. Ob nun mit oder ohne Nachnamen, ich war überrascht gewesen, ihn im Programm zu entdecken, schließlich gehörten seine Bücher meist nicht zu unserem Genre. Ich nahm an, sein in Versform verfasster Roman, in dem er Truman Capotes *In Cold Blood* nacherzählte, musste ihm die Einladung verschafft haben.

»Seine Bücher scheinen sich gut zu verkaufen«, fügte Juliette mit einem Blick auf den Jaguar hinzu. »Besser als unsere jedenfalls.«

Auch damit hatte sie recht. Meine Tantiemen waren eher auf Kombi-Niveau. Gebrauchtwagen.

Wir wichen ein paar Fotografen aus, als wir bei L angelangten, wo die Leute Selfies mit dem roten Kamel und Panoramaaufnahmen von der Länge des Zugs machten. Wir staunten, wie viele Reisende ihre Kameras mit nahezu lächerlich großen Objektiven ausgestattet hatten und nun damit kämpften, angesichts des zusätzlichen Gewichts die Balance zu halten. Wenn sie sich die Apparate vors Gesicht hielten, sahen sie aus wie Pinocchio an einem besonders unehrlichen Tag. Das hier versammelte Handgepäck konnte es in Sachen Zoom jedenfalls locker mit dem Hubble-Weltraumteleskop aufnehmen.

Bei N gerieten wir ins Schwitzen. Die Sonne hatte sich endlich wie Eigelb über das Dach des Zugs ergossen, und unsere Schatten dehnten sich weit über den Bahnsteig. Mit einem spürbaren Luftzug überholte uns ein Golfcart, darin Simone, die aussah wie ein Burschenschaftler, der aus dem Wagen seines Kumpels heraus Passanten erschreckt. Ihr blauer Schal flatterte im Fahrtwind. Der Wagen kam direkt vor uns zum Stehen, als wir den Einstieg zu Abschnitt O erreichten. Simone schwang sich heraus, tat meinen irritierten Blick mit einem Achselzucken ab und sagte: »Was denn? Dafür sind die Dinger doch da! Man muss sich an die Annehmlichkeiten der ersten Klasse gewöhnen, Ernie.«

Ein weiterer klemmbrettwedelnder Angestellter hatte eine kleine Einstiegshilfe aufgestellt, da der Bahnsteig auf Höhe der Schienen lag, und half den Fahrgästen in den Zug. Neben den Türen der jeweiligen Waggons waren Trittbretter angebracht, die bis aufs Dach führten. Wie gerne würde ich Ihnen sagen, dass ich es durch das Buch schaffe, ohne da hochzuklettern. Aber Sie und ich wissen beide, dass die Regel von Tschechows Gewehr auch auf Leitern zutrifft.

Wir reihten uns in die Schlange der Einsteigenden ein. Wolfgang musste ebenfalls abgekürzt haben, er stand ein paar Meter vor uns. Ich fragte ich mich, ob er es war, auf den Simone gewartet hatte.

Sie musste gemerkt haben, dass ich an sie dachte, denn sie drehte sich zu mir um. »Was immer du fragen willst, frag einfach.«

»Ich wollte gar nicht … Wie hast du …?«, ich zögerte. Ich wollte sie etwas fragen, seit ich sie auf diesem Bahnsteig entdeckt hatte, aber ich war noch nicht mal annähernd bereit dafür.

»Dreimal hast du scharf eingeatmet, als wolltest du zu sprechen beginnen, und hast jedes Mal abgebrochen. Wie ein Teenager, der nach einem Date fragen möchte. Also hör auf, mir ins Ohr zu pfeifen wie ein Teekessel, und bring's endlich hinter dich.

»Also gut.« Ich räusperte mich leicht verärgert, schließlich bin ich derjenige, der in diesem – meinem! – Buch für die Ermittlungen zuständig ist. »Ich wollte dich um einen Gefallen bitten.«

»Du weißt, dass du für meine Arbeit bezahlen musst, oder? Gefallen sind für Freunde.«

»Es hat mit meiner Arbeit zu tun«, sagte ich. »Aber es trifft mich, dass wir keine Freunde sind.«

»Doch, doch, die allerbesten. Frag mich nur nicht, ob ich dir beim Umzug helfen kann ... Spuck's jetzt aus!«

»Er hatte gehofft, du könntest ihn mit Henry McTavish bekannt machen.« Juliette kam mir mit ihrer direkten Art mal wieder zu Hilfe. »Du hast mal für ihn gearbeitet, oder?«

»Da weiß jemand Bescheid«, sagte Simone mit einer Mischung aus Anerkennung und Ärger darüber, dass ihr Ruf auf so etwas Banales wie einen Lebenslauf zu reduzieren sein sollte. »Ich war seine Lektorin, ist lange her. Ich war zu der Zeit ein Jahr bei Gemini in Großbritannien, so eine Art Austauschprogramm für Verlage, und wurde irgendwie auf sein erstes Buch angesetzt. Letztlich war ich nichts anderes als seine persönliche Sekretärin – mein absoluter Traumjob.« Sie schnaubte und wandte sich dann wieder an mich: »Und du bist also Fan dieses Schotten, ja?«

Sie klang ein wenig enttäuscht. Oder vielleicht bildete ich mir das auch nur ein. Ich lerne die Buchbranche gerade erst kennen, vor allem meine Rolle darin. Aber sogar ich wusste bereits, dass McTavish für etwas stand, das in der Branche stets einen Beigeschmack hatte: *Popularität*. Es ist paradox: Wenn du als Autor gut genug bist, um als populär zu gelten, dann bist du zu populär, um ein guter Autor zu sein.

»Ein bisschen«, log ich. Von den lebenden Autoren war er mein absoluter Favorit. Sein fiktiver Ermittler, Detective Morbund, ist der Holmes – oder Poirot – des 21. Jahrhunderts. Er ist einer von denen, die einen Fall bereits im zweiten Kapitel lösen, sich aber bis zum Ende gedulden, nur um dann das Lügengerüst eines jeden Einzelnen zum Einsturz zu bringen. Er hätte den Mord, mit dem wir uns hier beschäftigen, schon gelöst – obwohl er noch nicht mal begangen wurde.

»Ihr seid doch zusammen auf einem Panel«, sagte Simone. »Du brauchst mich gar nicht, um ihn kennenzulernen.«

»Ich hatte auch eher gehofft, du könntest den Weg ebnen … für einen Blurb.«

Das Wort schlug ein wie eine Bombe. Ein »Blurb« ist ein Statement eines anderen Autors, das ein Verlag zu Marketingzwecken verwenden oder sogar aufs Cover drucken kann. Je bekannter die Person, von der es stammt, desto besser (auch fürs Ego natürlich). Ich war sehr dankbar für den Blurb einer großartigen Krimiautorin namens Jane Harper auf meinem ersten Buch. Nun hatte ich die leise Hoffnung, McTavish für das zweite gewinnen zu können. Auch wenn ich es noch nicht einmal geschrieben hatte.

Simone schnaubte. »Henry verteilt keine Blurbs.«

»Ich dachte nur …«

»Vergiss es!« Sie legte mir eine Hand auf die Schulter und sagte überraschend mild: »Konzentrier dich auf deine Arbeit, anstatt Empfehlungen für ein Buch hinterherzujagen, das es noch nicht einmal gibt. Du sitzt jetzt vier Tage in einem Zug. Nutz die Zeit, fang an zu schreiben.«

»Äh ja …«, Juliette rümpfte verschmitzt die Nase. »Wo wir gerade dabei sind, nach Gefallen zu fragen: Bei uns steht bald ein Umzug an …«

Juliette hatte ein Händchen dafür, solche Situationen zu entschärfen, und ich war sehr dankbar, dass sie mir die peinliche Stille ersparte. Meine Hand wanderte wie von allein in meine Hosentasche und legte sich um die kleine Filzbox, die ich darin aufbewahrte.

Damit wären wir beim letzten Viertel meiner Motivation: Vor mir lag nicht nur eine luxuriöse und kreative, sondern hoffentlich auch eine romantische Reise.

Die Schlange hinter uns wurde immer länger. Die Sonne verschwand hinter einer Wolke, und der ganze Schweiß, den wir uns auf dem Weg hierher erarbeitet hatten, erstarrte eiskalt in unseren Nacken. Juliette fröstelte. Simone entwirrte ihren Schal und reichte ihn ihr. »Hier, meine Liebe.«

Juliette nahm den Schal, wickelte ihn sich um den Hals und murmelte ein Dankeschön, gerade als Simone nach vorne gerufen wurde.

Als sie die oberste Stufe des Einstiegs erreicht hatte, drehte sie sich um, als hätte sie gerade einen Einfall gehabt. »Versuch's doch mal mit fünftausend Wörtern bis zum Ende der Fahrt, tausend und ein paar zerquetschte pro Tag.«

»Ach, die Wörter sind das eine. Aber diese … Romansache«, wandte ich vorsichtig ein. »Ich denke mir so etwas ja nicht aus. Die Menschen … wie soll ich sagen? Sie müssen schon sterben.«

»Ich helfe ihm mit dem Zeitplan«, sagte Juliette hinter mir schnell.

»Blau steht dir«, sagte Simone, die Augen auf ihren Schal um Juliettes Hals gerichtet, und dann an mich gewandt: »Na dann drück ich einfach mal die Daumen, dass jemand umgebracht wird, oder?«

Damit verschwand sie im Zug.

KAPITEL 3

Ich sollte Ihnen Juliette Henderson einmal kurz vorstellen.

Wir hatten nicht gerade den romantischsten Start, und das nicht nur wegen der ganzen Leichen. Das erste Mal begegnet sind wir uns, als ich, der immer nur in der Stadt Auto fährt und entsprechend mies vorbereitet war, zu einem Ski-Ressort in den Bergen fahren wollte. Und zwar, weil sie angehalten hat, um mir im Schnee und Matsch auszuhelfen. Es stellte sich heraus, dass sie selbst die Inhaberin des Ressorts war. Und obwohl ich später einen nicht unwesentlichen Teil dazu beigetragen habe, dieses zu zerstören, sind wir gemeinsam ganz gut durch den darauffolgenden Medienrummel gekommen. Die meisten Leserinnen und Leser meines ersten Buchs waren ziemlich überrascht, dass wir ein Paar wurden. »Ich war mir so sicher, dass sie die Mörderin ist!«, sagten viele. Ich glaube, sie ist ein wenig stolz darauf.

Juliette ist einen Kopf größer als ich. Sie wurde quasi mit Skiern an den Füßen geboren, wofür ihre Knie den Preis gezahlt haben (die klingen wie ein Glücksrad – und das mit einundvierzig). Ihre Wangen sind vom Leben an der frischen Luft sonnengereift und sommersprossengesprenkelt. Das Grundstück in den Bergen hat sie schließlich für ein stolzes Sümmchen verkauft und die neu gewonnene Freizeit genutzt, um ihr eigenes Buch über die Ereignisse zu schreiben. Sie könnte es sich leisten, nie wieder zu arbeiten, besteht aber darauf, dass sie noch nicht im Ruhestand ist. Sie wartet nur auf das nächste Abenteuer. Das sagt sie jedenfalls, wenn ich sie danach frage, ob sie die Berge vermisst.

Es ist schwer zu sagen, was mühsamer ist: eine Lesereise zu überleben oder einen Serienmörder. Aber dass wir in den vergangenen fünfzehn Monaten beides gemeinsam durchgestanden haben, hat uns zusammengeschweißt. Seitdem sie mir geholfen hat, Schneeketten an meinen Sommerreifen anzubringen, sorgt sie für Stabilität in meinem Leben. Ein ganz gutes Ergebnis, wenn man bedenkt, dass wir uns erst nach dem ersten Mord einander richtig vorgestellt haben.

Das mag alles ein bisschen kitschig klingen, aber ich stehe dazu. Ich hatte mir das bereits im Voraus notiert. Nicht, um es in einem Buch unterzubringen, sondern um es auswendig zu lernen für den Moment, wenn auch die kleine Box in meiner Hosentasche ins Spiel kommen würde.

Wir quetschten uns einer nach dem anderen in den Gang des Waggons mit der Kennzeichnung »O«. Es war enger, als ich es erwartet hatte, zu eng, um nebeneinander zu gehen. Wenn einem dennoch jemand entgegenkam, war es das Beste, in der kleinen Nische, in der Tee, Kaffee und ein Wasserkocher bereitstanden (sowie eine Axt hinter einer Glasscheibe und ein Hebel mit der Aufschrift *Notbremse*), auszuharren, bis der Gegenverkehr vorüber war. Der Gang war mit einem smaragdgrünen Teppich ausgelegt und an der Decke in Holzoptik vertäfelt. Auf der einen Seite waren große Fenster, etwa ab Hüfthöhe, auf der anderen die Türen zu den jeweiligen Kabinen. In diesem Waggon waren es fünf. Ich sollte noch erfahren, dass die Zimmer nicht in jedem Wagen auf der gleichen Seite lagen, was ich erwähne, weil es eventuell von Bedeutung sein wird. Die Kabinen im Abschnitt O, wo die meisten Autorinnen und Autoren untergebracht waren, waren auf die Westseite des Zugs ausgerichtet.

Die Kabinen selbst waren recht eng, aber gemütlich. Die Hälfte des Raums nahm eine limettengrüne Sitzbank ein, die zu gegebenem Zeitpunkt zu einem Bett umfunktioniert werden konnte. Über der Lehne an der Wand sah ich die Griffe, mit welchen sich vermutlich die obere Liege ausklappen ließ. Es waren Einzelbetten, so dicht übereinander, dass schnelles Aufsetzen oder ein wenig Ausgelassenheit direkt mit einer Beule quittiert würden. Wenig Raum für Romantik.

»Keine der Türen hat ein Schloss«, sagte Juliette, als sie an der Klinke rüttelte. Ob sie wohl an das Gleiche dachte wie ich? »Wohl eine Sicherheitsvorkehrung.«

Ich kann jetzt schon mal verraten, dass es überhaupt recht wenige abschließbare Türen in diesem Zug gab. Nur die Toiletten (in unserem Waggon gab es eine öffentliche), die Präsidentensuite und, davon gehe ich zumindest aus, die Fahrerkabine. Wenn Sie auf einen *Locked Room*-Krimi gehofft hatten, muss ich Sie enttäuschen. Hier konnte jeder überall rein- und rausspazieren, wie er wollte.

Unsere Kabine hatte einen schmalen Kleiderschrank mit einem Mini-Safe und einen Schminkspiegel an der Wand, außerdem einen kleinen Stauraum unter der Sitzbank für unsere Taschen (in den Kabinen war ausschließlich Handgepäck gestattet). Sich in diesem Raum zu bewegen, selbst mit sehr wenig Gepäck, war für zwei Erwachsene eigentlich nur im Tango möglich. Das Badezimmer erinnerte an eine Flugzeugtoilette. Der Klodeckel ließ sich gerade so öffnen, ohne am Waschbecken hängen zu bleiben. Aber die Tür streifte beide, wenn man sie öffnete. Im Gegensatz zum Flugzeug kam die Kabine jedoch ohne Bildschirm und Fernsehen aus – das große Fenster auf die vorbeiziehende Landschaft bot genug Unterhaltung.

Auf der Sitzbank lag ein Flyer. Es handelte sich um das Festivalprogramm mit einer Liste der geladenen Gäste auf der einen und einem Zeitplan für die unterschiedlichen Aktivitäten auf der anderen Seite. Entsetzt stellte ich fest, dass für Teilnehmende des Festivals die geplanten Exkursionen entlang der Strecke – die Wasserfälle von Katherine Gorge im Nitmiluk-Nationalpark, die Wanderung durch die rote Wüste von Alice Springs – durch »Gesprächsrunden« im Zug ersetzt worden waren. Lediglich die unterirdischen Opalminen von Coober Pedy standen noch auf dem Plan. Immerhin.

Ich ging die Namen der Autorinnen und Autoren durch und versuchte, sie mir einzuprägen. Wolfgang war mir ja bereits begegnet. Seine abgedruckte Biografie war nichts anderes als ein literarischer Lebenslauf, ohne Raum für Sätze wie: »Er lebt mit seinem Partner und zwei Hunden in den Blue Mountains«. Stattdessen waren so viele Preise und Nominierungen aufgelistet, dass sie die Schriftgröße hatten anpassen müssen, um alles unterzubekommen. Henry McTavishs Werk war mir bekannt. Dann waren da noch Lisa Fulton und ihr Justiz-Krimi, Alan Royce, dessen Bücher ihren Fokus auf forensischer Ermittlung hatten, und SF Majors, die Psychothriller schrieb und tatsächlich mit ihrer Partnerin und zwei Hunden in den Blue Mountains wohnte.

»Nimm ruhig den Fensterplatz«, sagte Juliette. Sie fummelte am eingeklappten Tisch unter dem Fenster herum, bis sie die Lasche fand, mit der er festgemacht war. Als sie ihn ausgeklappt hatte, präsentierte sie ihn, als hätte sie einen Hasen aus dem

Hut gezaubert. »Tadaaa! Deinen tausend Wörtern täglich steht nichts mehr im Weg.«

Ihre Euphorie konnte gegen meine Angst vor dem Roman wenig ausrichten, aber ich wusste ihre Bemühungen zu schätzen und spielte mit. Ich holte meinen Laptop und mein Notizbuch hervor und brachte beides auf dem Tisch in Position. Juliette setzte sich auf den Platz neben der Tür. Sie begann, durch ein Leseexemplar von SF Majors' neuem Psychothriller zu blättern, für den sie um einen Blurb gebeten worden war. Sie schien absichtlich jede Chance auf Konversation zu unterbinden, also fügte ich mich und klappte mein Notizbuch auf.

Um die Wahrheit zu sagen: Was ich bisher an Notizen gesammelt hatte, war spärlich. Zwar kannte ich alle möglichen Rezepte für einen erfolgreichen Kriminalroman, doch ich hatte nicht den Ansatz einer Handlung oder einer Figur, auf die ich sie hätte anwenden können. Letztes Mal hatte ich einfach runtergeschrieben, was passiert war. Jetzt sollte ich mir alles selbst – sogar das Wort schmerzt beim Aussprechen – *ausdenken*? Bisher hatte ich lediglich eine strukturelle Übersicht zustande gebracht, was in welchem Teil des Buchs geschehen sollte und wie viele Wörter bis dahin jeweils geschrieben sein sollten.

Das sah wie folgt aus:

10000 Wörter: Figuren, Opfer und Verdächtige einführen

20000 Wörter: Tatmotive ergründen (Anm.: 90% der Hinweise zur Lösung des Falls bereits vorhanden)

30000 Wörter: MORD

40000 Wörter: Verdächtige identifiziert und überprüft, Vernehmungen

50000 Wörter: Ablenkungsmanöver + Charakterentwicklung (Liebesgeschichte?)

60000 Wörter: zweiter Mord

70000 Wörter: Actionszene? (unbedingt einbauen: »DAS WAR'S DANN WOHL«-Moment)

80000 Wörter: Fall gelöst

Ich hatte gehofft, dass eine kleinteilige Struktur – mit einem Puffer von jeweils fünf Prozent, den ich mir zugestanden hatte – das Ganze weniger einschüchternd erscheinen lassen würde. Das letzte Mal, als sich Simone nach dem aktuellen Stand erkundigt hatte, war ich sogar mutig genug gewesen, ihr diese Struktur zu schicken. »Schritt für Schritt, gute Idee!«, lautete ihre Antwort, was in meinen Ohren wie eine Ermutigung klang, auch wenn sie dabei vermutlich eher die Nase gerümpft hatte. Jetzt erinnerte mich die Übersicht allerdings nur daran, wie viele Wörter ich noch schreiben musste. Achtzigtausend dieser lästigen Biester! Da konnte ich noch hundertmal Zug fahren.

Ich atmete tief ein, blätterte einmal um und schrieb auf die neue Seite: *Setting: Zugreise*.

Dann, darunter: *Gab's schon*. Wer hätt's gedacht.

Falls es Sie interessiert, wir sind jetzt schon bei etwa siebentausend Wörtern angelangt. Das bedeutet, dass mir noch dreitausend bleiben, um Ihnen alle vorzustellen, die Sie kennen müssen: Opfer, Killer, Verdächtige. Und was tue ich? Vergeude Zeit damit, zu beschreiben, wie ich mir einen neuen Plan mache und wie besorgt ich bin, Zeit zu vergeuden. Bleibt mir wohl nichts anderes übrig, als endlich in die Gänge zu kommen. Volle Konzentration.

Mein Handy klingelte.

Kurze Info zwischendurch: Wenn Sie die Rückkehr alter Bekannter aus dem ersten Buch erwarten, dann warten Sie vergebens. Natürlich ist es immer schön, wenn die Lieblingsfiguren in der Fortsetzung wieder auftauchen – aber das hier ist das echte Leben. Niemand würde es mir abnehmen, wenn diejenigen meiner erweiterten Verwandtschaft, die das letzte Jahr überlebt haben, direkt in den nächsten Mordfall hineinstolpern. Es ist schlimm genug, dass *ich* so etwas zweimal durchmachen muss (auch wenn sich Simones Bankkonto freut). Meine Ex-Frau Erin und ich kommen nach wie vor gut miteinander aus, sind inzwischen aber eher lose Bekannte als ein Ermittlerteam. Meine Mutter Audrey, mein Stiefvater Marcelo und meine Stiefschwester Sofia wären nicht allzu begeistert von der Vorstellung, eine knappe Woche mit mir im selben Zug zu sitzen. Außerdem sind sie gerade auf einer Hochzeit in Spanien. Um ehrlich zu sein, ich hätte nichts dagegen, wenn sie dort über einen kleinen Mordfall stolpern. So eine Spanien-Reise würde mir und meinem zweiten Buch sicher guttun – und wäre von der Steuer absetzbar.

Was ich damit sagen will: Im echten Leben gibt es keine Gastauftritte.

Ich blickte auf den Bildschirm. Es war mein Onkel Andy.

Sie sollten ein paar Dinge über Andy wissen. Zuallererst, dass er Gartenbauexperte ist. Genau genommen ist es sein Job, dafür zu sorgen, dass auf Fußballfeldern Gras wächst. Vielleicht gerade weil seine Arbeit so entschleunigt ist, gibt Andy Vollgas, wenn es darum geht, neue Freundschaften zu schließen. Dabei imitiert er gerne die Eigenschaften seines Gegenübers, anstatt einfach er selbst zu sein, in der Hoffnung, dadurch ein wenig beliebter zu werden. Letztlich ist er damit vor allem eines: unauthentisch, und entsprechend oft wird – das nun wieder passend zu seinem Beruf – auf ihm herumgetrampelt.

Andy ist außerdem jemand, der glaubt, dass man sich seine Jugendlichkeit zurückerobern kann. Vor Kurzem dachten wir noch, er hätte sich endlich mit seinem Alter (Mitte fünfzig) abgefunden, als er sich diesen furchtbaren Ziegenbart abrasierte. Aber dann kam er plötzlich mit platinblonden Haaren an. Wir bissen uns alle auf die Lippen. Außer Sofia, die es einfach nicht lassen konnte und einen Spruch drückte, von wegen die 80er-Jahre hätten angerufen.

Ich nahm den Video-Call an und landete quasi direkt in Andys Nasenlöchern. Spöttisch blickte ich zu Juliette, während er an seiner Kamera rumfummelte. Das Bild wackelte und verschwamm, es raschelte am Mikro, dazwischen waren im Hintergrund Satzfetzen eines Streits zu hören. Die Stimme war messerscharf und konnte nur von meiner Tante Katherine kommen.

Katherine ist die kleine Schwester meines verstorbenen Vaters. Ein tragischer Unfall hatte sie aus ihrer wilden Jugend mit einem Schlag in ein spießiges Erwachsenendasein katapultiert. Wer im Wörterbuch »pedantisch« nachschlägt, findet ihren Namen. Sie ist der Typ Mensch, der dich fragt: »Wie konntest du das vergessen? Es steht doch im Kalender«, und das genau so meint.

Am glücklichsten ist Katherine, wenn sie etwas in Ordnung bringen kann. Insofern ist Andy, dessen trauriges Schicksal es ist, Dinge meistens falsch zu machen, genau der Richtige für sie.

Sie sollten vielleicht auch noch erfahren, dass Andy nicht besonders glücklich damit war, wie er im ersten Buch dargestellt wurde. Er behauptet nach wie vor, ich hätte ihn wie einen unbeholfenen Dummkopf aussehen lassen und ihm außerdem viel zu wenig Anerkennung für seine Rolle bei der Auflösung des Falls zugesprochen. Er warf mir vor, ihn *entmannt* zu haben. Das Wort wiederholte er so oft, dass ich mir ziemlich sicher sein konnte, dass er es gerade erst gelernt hatte. Vermutlich von Katherine. Er bezog sich besonders auf eine Passage, in der ich ihn *einen furchtbar langweiligen Kerl* nannte. So richtig konnte ich mich da nicht rausreden, aber ich versuche, es wiedergutzumachen.

»Ernest! Wie läuft's, mein Freund?«, erklang Andys sympathische Stimme.

»Wir sind gerade in den Ghan gestiegen.« Ich schwenkte die Kamera durch die Kabine. »Jetzt warten wir, dass es losgeht.«

Andy pfiff. »Alter, bist du ein Glückspilz. Ich würde das auch so gerne mal machen. Ich weiß nicht, ob du es wusstest …«, er wurde etwas leiser, als würde er mir ein Geheimnis anvertrauen, »aber ich würde mir selbst eine gewisse Expertise bezüglich des Eisernen Pferdes zuschreiben.«

Es kam selten vor, dass Andy mit besonders elaborierter Ausdrucksweise auffiel, dieses Mal musste ich jedoch kurz nachdenken. Andy interessierte sich für Züge, nahm ich an. Wenig überraschend, der Typ hatte schließlich auch eine Leidenschaft für wachsendes Gras.

»Welches Modell zieht? Der 1,5-Tonner?«

»Andy, wovon redest du?«

»Na ja, an der Zugspitze muss –«, setzte er zur Erklärung an, aber aus dem Hintergrund war so etwas wie *Komm zum Punkt* zu vernehmen, und er räusperte sich.

»Hi, Katherine!«, sagte ich so laut, dass sie mich hören musste.

»Ich rufe in einer beruflichen Angelegenheit an«, sagte Andy. Ich wurde hellhörig. Andy und ich haben beruflich rein gar nichts miteinander zu tun. »Ich habe da diese Klientin und hatte gehofft, du könntest mir einen Rat geben.«

»Ich habe keine Ahnung von Fußballfeldern.«

»Nein, nein, eine andere Art von Klientin. Die ganze Sache ist mir ein Rätsel. Und damit kennst du dich doch aus.«

Klientin. Rätsel. Das klang schon interessanter als eiserne Pferde. Langsam dämmerte mir, worauf er hinauswollte.

»Andy, bitte sag mir jetzt nicht, du hast …«

»Ich habe gekündigt! Ich hatte die Schnauze voll von –«

Gras, flüsterte ich Juliette zu, die leise grunzte.

»– Papierkram. Das Ding ist, ich hab doch jetzt ganz andere Möglichkeiten, seit ich all die Morde letztes Jahr aufgeklärt habe.«

»Andy, *ich* habe die Morde aufgeklärt.«

»Von mir aus haben wir sie zusammen aufgeklärt. Auch wenn das in deinem Buch etwas anders klang, ne?« Er blickte mich erwartungsvoll an.

Ich verzog keine Miene.

»Die Leute fragten, wie es mit mir weitergeht. Ob ich ihnen nicht auch helfen kann.«

»Bitte sag mir nicht, dass du –«

»Meine eigene Agentur! Ich nenne sie *Andy klärt auf!*« Er strahlte. »Ich wollte immer ein Detektiv sein.«

»So funktioniert das nicht.«

»Zumindest mal Privatdetektiv.«

»Brauchst du dafür nicht eine Lizenz oder so?«

»Brauche ich?«

Ich hatte keine Ahnung, die Frage hatte sich mir nie gestellt. Juliette, die gelauscht hatte, hielt mir ihr Handy hin. Sie hatte seine Webseite gefunden. *Andy klärt auf!* stand da in riesigen Buchstaben, in einer Schriftart, die er sich bei einem Spielzeughersteller abgeguckt haben musste. Darunter prangte ein Foto von Andy, Filzhut auf dem Kopf, Zigarre zwischen den Lippen (nicht angezündet). Ich scrollte runter zum Beschreibungstext: *Weltweit berühmt für die Aufklärung der Cunningham-Morde – lassen Sie Andy noch heute Ihren Fall lösen! Nicht verzagen, Andy fragen!*

»Also ich habe diese Klientin und komme nicht weiter. Und Katherine meinte –«

»Andy«, unterbrach ich ihn kopfschüttelnd, »das ist keine gute Idee.«

»Ich wusste, dass du das sagen würdest.« Er wandte sich vom Handy ab. »Ich wusste, dass er das sagen würde. Tss …« Dann drehte er den Kopf wieder zu mir. »Ich weiß nicht, wie Katherine überhaupt darauf kommt, ich würde deine Hilfe brauchen. Eine Entführung hab ich schon aufgeklärt.«

»Wirklich?« Ich konnte meine Überraschung nicht verbergen.

»Gut, es ging um einen Hund. Aber den hab ich gefunden. Der verstoßene Liebhaber hatte ihn.«

»Wer sonst?«, sagten Juliette und ich wie aus einem Mund.

»Und diese Biografie auf deiner Webseite, wer hat die geschrieben?«, fragte ich, während ich sie ein zweites Mal überflog. »Die ist furchtbar.«

»Roboter! Alter, die können alles.«

»Ich will echt kein Spielverderber sein, aber hast du dir das alles gut überlegt?«, fragte ich.

Andy war empört. »Dann bist du also der Einzige, der aus den Morden Profit schlagen darf? Ich war auch dort, ok? Aber ich soll beim Therapeuten sitzen und in aller Stille mein Trauma aufarbeiten, während du Bestseller schreibst, die Kohle einsammelst, ins Fernsehen kommst, in Züge steigst –«

Der letzte Punkt schien mir recht unbedeutend im Vergleich zu den anderen. Und außerdem sammelte ich weniger Kohle ein, als er offenbar dachte. Und doch musste ich ihm recht geben. Ich hatte meine Trauer und Traumata in der Öffentlichkeit verarbeitet. Zwar war der eigentliche Grund, warum ich das Buch geschrieben hatte, alles – und *alle*! – in Erinnerung zu behalten (und dafür sind Stift und Papier einfach eine unschlagbare Methode), aber tatsächlich hatte ich damit Geld verdient. Wenn Andy nun also auch ein wenig Ruhm einheimsen wollte, wer war ich, ihn daran zu hindern? Mal davon abgesehen, ob er nun auf dem richtigen Weg war oder nicht.

»Okay«, gab ich ihm meinen Segen. »Diese Klientin –«

»Ich wusste doch, dass du mich nicht im Stich lässt.« Das Video ruckelte, als stünde Andy mitten in einem Erdbeben. Er hatte offenbar versucht, mit mir einzuschlagen. »Also, das ist diese ältere Dame, Floristin oder so was, und jemand ist in ihren Laden eingebrochen. Und ich soll rausfinden, wer.«

»Okay.«

»Genau.« Andy grinste mich erwartungsvoll an. »Also …?«

»Das war ein *Okay, so weit klar*, kein *Okay, ich weiß, wer es war.*«

»Okay.«

Ich will hier einmal festhalten, dass Andy es mir wirklich sehr schwer machte, ihn diesmal in ein besseres Licht zu rücken.

»Pass auf, Andy. Ich kann dir nicht ins Blaue hinein sagen, wer etwas verbrochen hat, wenn ich keinerlei Infos habe. Zuallererst brauchst du eine Liste mit Verdächtigen.«

Andy senkte den Blick, und ich war mir sicher, dass er sich Notizen machte. »Gute Idee«, murmelte er.

»Du hast noch keine Verdächtigen?«

»Na ja, es gibt schon einige mögliche –«

»Die Bevölkerung der Metropoloregion Sydney ist keine Liste infrage kommender Verdächtiger, Andrew.«

»Ich ermittle landesweit«, verkündete Andy stolz. »Ich wollte schon immer mal nach Tasmanien. Ich kann ja Spesen abrechnen!«

»Du zockst die Frau ab«, sagte ich und hörte, wie er scharf einatmete und die Luft anhielt. Ich sollte es nicht zu weit treiben, also fügte ich schnell hinzu: »Wie sieht es mit Hinweisen aus?«

Das Kratzen eines Stifts auf Papier war zu hören, er schrieb schon wieder etwas auf. Ich stellte mir einen großen gelben Notizblock vor, in der ersten Zeile: *Verbrechen aufklären: To-do*, darunter die Wörter: *Verdächtige* und *Beweise*. Hoffentlich hatte die alte Dame nicht im Voraus bezahlt.

»Na ja, ich habe sie befragt«, brachte Andy endlich hervor. »Sie war ein bisschen aufgewühlt, aber das Gespräch mit ihrem Mann war recht hilfreich.« Er hielt inne. »Warte, ich glaube, es war ihr Bruder.«

»Was nun, Mann oder Bruder? Andy, du musst das schon genau nehmen. Wörter machen einen Unterschied.«

Jeder Krimiautor wird Ihnen bestätigen, dass die Wortwahl ein entscheidender Faktor ist. Eine Geschichte kann sich drastisch verändern, wenn Sie »Mann« durch »Bruder« ersetzen. Dann bekommt eine harmlose Einbruchsszenerie plötzlich einen etwas anzüglicheren Anstrich. Aber ich hatte Ihnen versprochen, präzise zu sein.

»Ok, fangen wir mit etwas Leichterem an«, sagte ich. »Wie heißt die Dame?«

»Ähm …« Andy klackerte mit den Zähnen, als er seine Notizen durchblätterte. »Mrs Papaver«, sagte er schließlich, was übrigens nicht stimmte. Ich sag ja: Details!

»Also gut, und diese Mrs Papaver –«

»Moment, Papaver ist Mohn, habe ich mal gelesen. War das gar nicht ihr Name, sondern sie verkauft das Zeug nur?«

»Andy …«

»Oder vielleicht –«

»Vielleicht heißt sie Mrs Papaver und verkauft Papaver?«

»Ja, das sage ich doch …« Sich mit Andy zu unterhalten fühlt sich an, wie einem Hürdenläufer zuzusehen, wie er, ohne überhaupt zu springen, eine Holzplanke nach der anderen umrennt und mit sich schleift. Egal wie viele Hürden da noch stehen, er rennt einfach weiter. »Eigenartig waren nur die Sicherheitsvorkehrungen in dem Laden, das hättest du sehen sollen: Überwachungskameras, digitale Zugangscodes – wie Fort Knox, Alter! Aber für eine Floristin?« Er zögerte kurz. »Komisch, oder?«

»Denkst du, die Sicherheitsvorkehrungen galten etwas anderem? Und dass der Einbrecher danach gesucht hat?«

»Das ist meine Arbeitshypothese.« Er sah sehr stolz aus, oder zumindest taten das die Innenseiten seiner Nasenlöcher. Und ich musste zugeben, die Annahme war einleuchtend, die Hinweise gut gedeutet. Mensch, hatte er tatsächlich mal eine Hürde gemeistert. »Entweder das … oder wir haben es mit einem Blumen-Fetischisten zu tun.«

Ich nehme das zurück. *Rumms*, wieder mit Anlauf dagegengebrettert.

»Na, dann haben wir den Fall doch gelöst«, sagte ich schroff.

Seine Augen leuchteten auf. »Wirklich?«

»Nein, Andy. Noch mal: Verdächtige und Beweise! Fang erst mal an zu ermitteln, und ruf mich wieder an, wenn du wenigstens den Namen des Opfers in Erfahrung gebracht hast. Dann versuche ich dir zu helfen.«

Nachdem ich aufgelegt hatte, ruckelte es unter mir und es erklang ein dumpfes Ächzen aus dem Boden, als würde der Zug zum Leben erwachen. Aus den Lautsprechern, die offenbar in die Decke integriert waren, meldete sich knisternd eine Stimme. Juliette sah von ihrem Buch auf.

»Meine Damen und Herren, herzlich willkommen an Bord des Ghan. Die Abfahrt aus dem Bahnhof Berrimah erfolgt in fünfzehn Minuten. Wir bitten Sie, sich in der Lounge zu versammeln. Dort haben Sie die Gelegenheit, Ihre Gastgeber kennenzulernen und selbstverständlich einen Kaffee oder Tee zu sich zu nehmen. Ganz besonders möchten wir die Teilnehmenden des Australischen Kriminalautoren-Festivals zu dessen 50. Jubiläum willkommen heißen. Aber ich muss Sie bitten ...« Die Stimme unterdrückte ein Kichern. »Nicht mehr Morde als nötig. Herzlichen Dank.«

»Guter Titel«, sagte Juliette, während sie sich einen Pullover anzog und nach Simones Schal griff. *»Nicht mehr Morde als nötig.«*

»Apropos nötig ... Ich habe ein paar Worte geschrieben. Darf ich eine Pause machen?«, sagte ich, obwohl mir klar war, dass ich eigentlich keine verdient hatte.

Juliette verschonte mich mit der Frage, was genau ich unter *ein paar* verstand. Sie nickte, und ich stand auf, doch dann erhob sie sich ebenfalls und versperrte mir den Weg. Sie legte mir beide Hände auf die Schultern, lehnte sich nach vorne und gab mir einen Kuss auf die Wange.

»Ich weiß, dass dich das alles stresst. Als Erstes solltest du aufhören, dir den Kopf über McTavish zu zerbrechen. Vergiss diesen dummen Blurb. Kümmere dich darum, *nachdem* du das Buch geschrieben hast. Und was das angeht, du kommst schon noch rein.«

Überrascht stellte ich fest, dass ich ein wenig errötete. Vor einer leeren Seite zu sitzen kann sich einsam anfühlen. Ich hätte nie gedacht, dass Juliette mir dieses Gefühl mit so einer einfachen Geste nehmen könnte. Und dass mich das derart berühren würde. Ich nickte.

Sie schüttelte mich sanft. »Und selbst wenn nicht, ist das

auch in Ordnung. Du kannst auch vier Tage einfach aus dem Fenster starren, wenn du das möchtest. Oder du kannst schreiben. So oder so, wir verbringen die Zeit zusammen. Von daher: nicht mehr Trübsal als nötig, was meinst du?«

Ich nickte erneut. »Danke für die Aufmunterung«, brachte ich krächzend hervor.

»Nicht ganz uneigennützig.« Sie lächelte. »Wenn du die ganze Reise einen auf melancholisch machst, werden das verdammt lange vier Tage. Denn wenn sich dieses Monstrum hier erst mal in Bewegung setzt, gibt es kein Entkommen.«

KAPITEL 4

Wir schlossen uns der Menschenmenge an, die sich langsam durch den engen Korridor bewegte. Die Szenerie erinnerte mehr an eine Schlange vor dem Postschalter als an den Beginn einer Urlaubsreise. Einen Waggon weiter tastete der Typ vor uns plötzlich suchend seine Taschen ab und blickte sich dann resigniert zu seiner Kabine um, die nur ein paar Meter hinter uns lag. Gegen den Strom zu schwimmen war hier keine Option, und er fand sich damit ab. Sein Blick war der gleiche, den Juliette mir jedes Mal zuwirft, wenn wir rückwärts aus unserer Hauseinfahrt fahren. Und das ist wohlgemerkt keine sexistische Bemerkung. Ich bin weit davon entfernt, als männlicher Protagonist abfällig über die Vergesslichkeit meiner Freundin zu sprechen. Ich erwähne es nur, weil es für die Handlung von Bedeutung ist.

Im darauffolgenden Waggon verbreiterte sich der Gang und führte direkt in die Lounge. Es war der bisher geräumigste Wagen. Die Wände waren mit kastanienbraunen Sitzreihen und Tischen gesäumt, in der Mitte des Raums verteilt standen einige Drehsessel sowie, weiter hinten am Tresen, Barhocker. Alles war fest verschraubt und von den Bewegungen des Zugs unbeeindruckt. Die Bar selbst erinnerte mit ihrer Holzvertäfelung, den Regalen voller Spirituosen und den darüber hängenden Gläsern an ein Speakeasy.

Juliette, die offenbar vorausahnte, dass sich gleich alle auf die Sessel stürzen würden, sicherte uns schnell zwei davon am Fenster Richtung Osten, einen schmalen Streifen Sonnenlicht und einen Tisch, gerade so groß wie ein aufgeklapptes Taschenbuch, inklusive. Alles hier schien um etwa ein Viertel kleiner als normal, damit es in das insgesamt sehr platzsparende Design des Zugs passte. Die Sitzfläche meines Sessels zum Beispiel reichte nur bis zu meinen Oberschenkeln anstatt bis zu den Kniebeugen. Es war nicht unbedingt unbequem, aber ein bisschen so, als wäre ich zu Besuch bei einem Hobbit.

Der Waggon füllte sich zunehmend, und ich war froh über unsere Sitzplätze. Ein Stimmengewirr lag in der Luft, ein Mix aus dem einlullenden Gemurmel allgemeiner Konversation und den etwas höheren Frequenzen überschwänglicher Vorstellungsrunden: *Wie schön, Sie kennenzulernen!* Darüber legte sich das etwas träge Grummeln der Kaffeemaschine an der Bar, die klang, als wäre sie nicht darauf vorbereitet, die kommenden Tage einen Waggon voller Schriftstellerinnen und Schriftsteller zu versorgen. Im Regal erspähte ich eine Flasche Wodka, nur noch zu einem Viertel gefüllt, was mir ebenfalls nach schlechter Vorbereitung aussah.

Juliette breitete den Schal über ihre Sessellehne und ging an die Bar, um uns einen Kaffee zu besorgen. Sie war nicht die Einzige mit dieser Idee, und die Frau hinter dem Tresen – es war dieselbe, die sich am Bahnsteig mit ihren Händen die Kleidung gebügelt hatte – schien ziemlich überfordert.

Ich ließ den Blick durch die Menge schweifen. Ich nahm an, dass unser Waggon mit der Kennzeichnung »O« der mittlere von dreien war, die zwischen der Bar und dem hinteren Ende des Zugs lagen (»P« war der letzte Waggon, durch »N« waren wir eben durchgelaufen). Das allein würde bis zu dreißig Fahrgäste bedeuten. Allerdings betraten auch einige Leute die Lounge von der anderen Seite, es musste also in Fahrtrichtung noch ein paar Schlafabteile geben, was die Personenzahl möglicherweise verdoppelte. Die sechs geladenen Autorinnen und Autoren sowie deren jeweilige Begleitung (falls vorhanden) abgezogen, war das Publikum an Bord des Zugs recht überschaubar. Exklusivität vor Masse, wenn man so wollte. Das 50. Jubiläum des Festivals schien den Veranstaltern wohl ein willkommener Anlass gewesen zu sein, einmal richtig dick aufzutragen. Gleichzeitig ließen sie sich diese Exklusivität mit Sicherheit auch einiges kosten. Schließlich wurde den Teilnehmenden eine gewisse Intimität versprochen, die ihnen normalerweise nicht geboten wurde: Speis und Trank und die Chance, in geselliger Runde mit den Autoren mal so richtig was zu erleben. Das sollte sich auch bewahrheiten, wenn wir ermordet werden und ermorden gleichermaßen dazuzählen. Insofern würden also alle auf ihre Kosten kommen.

Ich versuchte mir ein Bild von den Gästen zu machen, um schon mal eine Idee davon zu bekommen, was mich die kommenden Tage wohl erwarten würde. Und ehrlich gesagt auch, um herauszufinden, welchen Möchtegern-Autoren – verbittert von jahrelanger Zurückweisung durch die Verlage, das mit Kaffeeflecken übersäte, handgeschriebene Manuskript fest umklammert, jederzeit bereit, es dir bei erster Gelegenheit unter die Nase zu halten – ich besser aus dem Weg gehen sollte. Die Stimmung im Waggon war beinahe festlich. Es lag diese Aufregung in der Luft, wie sie mit dem absehbaren Beginn des Urlaubs einhergeht und die meist darin gipfelt, dass jemand fragt: *So, was trinken wir denn?* Und schon hält man sich an einem Glas Champagner fest, nach dem man zwar nicht gefragt, das man aber dennoch bekommen hat, als wäre es das einzig anerkannte Symbol für die Bereitschaft, eine gute Zeit zu haben. Dass es noch nicht mal Frühstück gegeben hatte, schien kaum jemanden zu stören. Urlaub ist eben am Ende doch vor allem ein extravagantes Theater zur Rechtfertigung einer Abhängigkeit. Drei Damen mit grauen Haaren, die einen der großen Tische am Fenster ergattert hatten, stießen unter Jubel und Gelächter miteinander an, wie um meine Theorie zu bestätigen.

Wenn ich mich an meinen Spickzettel halten möchte – und das habe ich im Sinne des Fair Plays vor –, dann bleiben mir nicht mehr allzu viele Worte, um Opfer (eins oder mehrere), Mörder (eine, einen oder mehrere) und die Verdächtigen einzuführen. Ich fürchte, es könnte für mindestens zwei dieser Kategorien knapp werden. Insofern nutze ich die Gelegenheit, im Schnelldurchgang den Waggon auszukundschaften.

Angesichts der Tatsache, dass ich noch nicht alle Autorinnen und Autoren erkannt hatte, musste ich mich zunächst mit einem anderen charakteristischen Merkmal behelfen: der Getränkeauswahl. Fangen wir an: Kaffee oder Champagner?

Champagner:

- Ein etwas älterer, aber nicht wirklich alter Mann saß schräg vor mir an einem Tisch für zwei Personen. Ein Glas hielt er in der Hand, das andere stand unberührt auf dem freien Platz ihm gegenüber. Brille mit goldenem Gestell, Bart mit gleichmäßigen Orange- und Grauanteilen.
- SF Majors erkannte ich vom Foto in Juliettes Leseexemplar. Sie trug einen hellgrauen Hosenanzug, die schwarzen Haare straff zu einem Pferdeschwanz gebunden. Outfit eher für den Gerichtssaal als für den Urlaub und vor allem zu seriös für das volle Glas Champagner in ihrer Hand.
- Eine Brünette, Bob-Frisur, blumenverzierte Bluse, spielte auf ihrem Handy rum. Sie war von den krakeelenden älteren Damen in die Ecke der Sitzbank gedrängt worden, gab sich aber Mühe, sie zu ignorieren und für sich zu bleiben. Letzteres schrie förmlich nach einer Schriftstellerin. Nach dem Ausschlussprinzip musste sie Lisa Fulton sein.

Kaffee:

- Ein spindeldürrer Mann, Mittvierziger, mit wachem Blick und dem Rundrücken eines IT-Spezialisten, seine Schultern drohten seinen Kopf zu verschlucken wie ein Schildkrötenpanzer. Er scannte den Raum und wies eine Frau ihm gegenüber auf die einzelnen Autorinnen und Autoren hin. Sie hatte lockige Haare, zu einem nachlässigen Dutt gebunden, zwei herabhängende Strähnen rahmten ihr Gesicht wie ein Gemälde. Sie nickte gehorsam, wenn auch desinteressiert, als erklärte er ihr die Hintergrundgeschichten der *Star Wars*-Charaktere. Vermutlich seine Frau, etwa im selben Alter. Er war recht sicher in die Kategorie »Fan« einzuordnen.
- Eine Frau, die viel zu jung zu sein schien, um so eine Reise bezahlen – oder genießen – zu können, rührte mit einem Löffel in ihrem Cappuccino, während sie in einer Taschenbuchausgabe von Stephen Kings *Misery* las. Erst hielt ich sie für eine Studentin. Aber vielleicht hatte sie einfach sehr junge Gesichtszüge, also legte ich mich schließlich auf Juniorlektorin fest. Möglicherweise auch deshalb, weil sie sich für die arbeitsfreundliche, nicht alkoholische Option entschieden hatte und für ein T-Shirt mit einem bekannten schottischen Bonmot: *A nod is as good as a wink to a blind horse*. Es war die schottische Art und Weise, Klartext einzufordern, und gleichzeitig nah dran an einer Phrase, wie Detective Morbund sie regelmäßig in seinen Monologen drischt, mit denen er einen Fall löst.
- Ein kleiner stämmiger Mann mit knallbunten Hosenträgern. Das schrullige Outfit hätte ausgereicht, um ihn als Schriftsteller abzustempeln, aber er kritzelte außerdem in einem Notizbuch rum. Höchstwahrscheinlich Alan Royce.

Aus dem Raster fiel Wolfgang, der allein in einer kleinen Nische neben der Bar stand und ein Glas Rotwein in der Hand hielt, an dem er immer wieder unzufrieden roch.

Ich erspähte Juliette, wie sie zwei klappernde Tassen Kaffee an unseren Tisch balancierte. Simones Schal hatte sie übrigens umsonst mitgebracht, die glänzte durch Abwesenheit. Solche Meet-and-Greet-Geschichten waren definitiv nicht ihr Ding. Auch Henry McTavish konnte ich nicht entdecken. Bei Alan Royce und Lisa Fulton war ich zuversichtlich, dass ich sie korrekt identifiziert hatte. Sie hielten sich eher im Hintergrund, beäugten – wie ich – die anderen Anwesenden und schienen sich – wie ich – zu fragen, ob wohl noch genug Zeit bliebe, wieder aus dem Zug zu steigen.

So wie es aussieht, breche ich hier und jetzt wohl meine eigene Regel. Krimis wie dieser sind nur dann fair, wenn alle Karten von Beginn an auf dem Tisch liegen. Aber ich habe es nicht geschafft – fünf Prozent Puffer hin oder her –, innerhalb meiner mir selbst auferlegten Frist von 10 000 Wörtern alle Beteiligten angemessen vorzustellen. Eine wichtige Person fehlt noch.

Ich spürte eine Hand auf meiner Schulter.

»Dein Buch hat sich gut verkauft«, sagte ein Mann, Mitte sechzig, der zwar nicht riesig, aber groß genug war, um bedrohlich über meinem Hobbit-Sessel zu thronen. Es war derselbe Mann, der in seinen Taschen gewühlt hatte, nachdem wir unsere Kabinen in Richtung Lounge verlassen hatten. Er war gut gekleidet: Jackett, Lederschuhe und eine locker gebundene dunkelblaue Seidenkrawatte vor offenem Kragen. Er sprach mit einem britischen Akzent und schien außerdem der Regel zu folgen: Je wichtiger eine Aussage, desto lauter muss sie ausgesprochen werden. Er sprach sehr laut.

Ich habe festgestellt, dass Leute manchmal über den Erfolg deines Buchs sprechen, um ein direktes Kompliment zu umgehen. Es klingt zwar wie eins, ist aber nur eine Beobachtung. So wie es eben auch einen Unterschied macht, ob ich sage: *Du siehst heute aber toll aus!* oder: *Ich habe gehört, du modelst?* Die Art, wie er auf mein Buch zu sprechen kam, gefiel mir nicht, es klang beinahe spöttisch.

»Ich bin sehr froh, dass die Leute es lesen«, sagte ich bescheiden, um mich nicht auf sein Niveau zu begeben. »Tut mir leid«, ich streckte ihm meine Hand entgegen, »ich glaube nicht, dass wir uns schon mal begegnet sind?«

»Sie sind Simones Schützling, oder?«

»Ernest«, sagte ich selbstbewusst.

»Genau, Ernest«, wiederholte er, als bräuchte ich seinen Segen, einen eigenen Namen tragen zu dürfen. Er sah sich im Raum um und murmelte vor sich hin. Als er sprach, überschlugen sich seine Sätze, die noch rohe Gedanken waren. Was er sagte, klang wie erste Entwürfe, Stichworte. »Gute Verkaufszahlen. Gut verlegt. Ist sie nicht da?«

Sein Blick lag auf ihrem blauen Schal, der über dem leeren Sessel hing. Er hatte ihn erkannt. »Ach so, nein, wir wollten ihr den zurückgeben.«

»Okay. Na ja, wo ich schon mal hier bin …« Er hielt inne, beugte sich zu mir hinunter und fuhr mit gesenkter Stimme fort. »Hören Sie, ich wollte mich gerne bei Ihnen entschuldigen für diese kleine … Sache.«

»Ich glaube, wir sind uns wirklich noch nie begegnet«, beschwichtigte ich etwas verwirrt. »Insofern, alles gut.«

»Es ist natürlich nicht besonders *höflich*. Aber wer könnte es ihm verbieten, nicht wahr? Zum Glück sind wir ja erwachsene Menschen. Und Ihr Buch, na ja, es ist eben auch nicht für jedermann. Aber mal positiv betrachtet: Ich habe ihm immer gesagt, er soll online etwas aktiver sein. Nun, es ist immerhin ein Anfang.«

Ich war immer noch nicht sicher, worauf sich diese Entschuldigung genau bezog. Aber es war definitiv eine der schlechter vorgetragenen.

Er musste niesen und wischte sich dann mit dem Handrücken die Nase. »Allergien«, sagte er rechtfertigend. Selbst das war eine bessere Entschuldigung.

»Tut mir leid, aber«, ich tippte mir auf die Brust, »ich bin

Ernest Cunningham, und die Liste meiner offenen Fehden ist recht überschaubar. Falls Sie also nicht der Typ sind, der vor zwei Wochen beim rückwärts Einparken mein Auto gerammt hat – wobei es mir übertrieben vorkäme, mir extra hierher zu folgen, um sich zu entschuldigen –, würde ich vermuten, wir sind quitt.« Ich sah im Augenwinkel, dass Juliette mit SF Majors ins Gespräch gekommen war, und wünschte, sie würde mir zu Hilfe eilen.

»Klar, ich sollte mich vielleicht vorstellen.« Er strich seine Krawatte glatt und zog noch mal die Nase hoch. Seine Augen waren leicht blutunterlaufen. Ehrlich gesagt sah er aus, als würde er gerade von etwas runterkommen. Und damit meine ich nicht sein hohes Ross. Jetzt endlich reichte er mir die Hand. »Wyatt Lloyd. Ich bin Geschäftsführer von Gemini Publishing. Ich verleg–«

An der Bar herrschte plötzlich Unruhe. »Es hieß *all inclusive*, oder etwa nicht?«, sagte ein Mann lautstark mit leicht schottischem Akzent. »Wenn ich also nach der Flasche frage, dann geben Sie mir die Flasche.«

Ich konnte nur den Rücken des Mannes sehen, breite Schultern in einem Tweedsakko, aber dieser Befehlston, das Auftreten von jemandem, der es gewohnt war, Leute zu fragen, ob sie eigentlich wüssten, wer er sei … Ich ahnte, dass es sich hier um die Hauptattraktion der ganzen Veranstaltung handelte: Henry McTavish.

»… ich verlege *das*«, sagte Wyatt, während er sich dem Tumult zuwandte und die Augenbrauen hob. »Sie haben nicht zufällig ein Antihistaminikum dabei, oder?« Er fischte eine kleine weiße Schachtel aus der Tasche. »Jasper hat mir die hier gegeben, aber die bringen gar nichts.«

Ich las die Aufschrift. »Das könnte daran liegen, dass die gegen Seekrankheit wirken, nicht gegen Heuschnupfen.

»Verdammt.« Er schniefte und blickte wieder zur Bar. »Ich kläre das mal lieber. Schön, dass wir die Wogen etwas glätten konnten. Und wenn Sie Simone sehen«, er sah sich noch mal um, »richten Sie ihr aus, dass ich nach ihr suche.«

Noch immer ahnungslos, von welchen Wogen er sprach, rang ich mir ein wissendes Lächeln ab. Ich fühlte mich hier ziemlich fehl am Platz. Wenn ich wirklich auf dieses Festival gehörte, hätte ich wissen müssen, wer mir da gegenüberstand. Simone wäre enttäuscht von mir. Natürlich wusste ich, dass Gemini Publishing ein großer Player war, der zwar in Großbritannien seinen Hauptsitz hatte, aber auch in Australien präsent war. McTavish war das Zugpferd des Verlags, von dem die anderen Autoren, darunter auch Royce, in Sachen Bekanntheit ordentlich profitierten. Und inzwischen weiß ich auch, dass Wyatt, der McTavish einst entdeckt hatte, auf dessen Rücken bis in die Geschäftsführung galoppiert war. Er hatte sich extra die Zeit genommen, zu mir herüberzukommen – und ich hatte nichts Besseres zu tun, als Sprüche zu klopfen und ihn abzuwimmeln? Ich ging das Gespräch in Gedanken noch mal durch. Es fühlte sich an, als hätte ich gerade etwas vermasselt. Was natürlich Quatsch war, ich hatte ja bereits einen Verlag, aber was Etikette und strategische Kommunikation als Autor betraf, hatte ich definitiv noch einiges zu lernen.

Wyatt ging in Richtung Bar, wo McTavish gerade eine Hand wegschlug, die ihm ein Mitarbeiter beruhigend auf die Schulter gelegt hatte. Ich blieb auf meinem Sessel zurück, mitten in einem Waggon voller Autorinnen und Autoren – und mit einer inzwischen vollständigen Liste aller Beteiligten, mit Verdächtigen, Opfern und einem Mörder. Oder mehreren?

KAPITEL 5

Juliette ließ sich auf ihrem Sessel nieder und schlürfte, erleichtert wie eine Reisende, die gerade die Wüste durchquert hat, von ihrem Flat White. »O Mann«, sagte sie, »ich musste gerade SF Majors ins Gesicht lügen. Hab gesagt, dass ich fast durch bin mit ihrem Buch.« Sie sah sich um, dass auch wirklich niemand mithörte. »Und, dass es mir gefällt.«

»Tut es das nicht?«

»Keine Ahnung, ich habe ja erst drei Seiten oder so gelesen. Ich glaube, sie schreibt ganz gut. Aber ich habe so ein Gefühl, dass da noch eine Überraschung auf einen wartet. Dass der Icherzähler eigentlich die ganze Zeit schon tot ist oder so was.«

Ich sah sie vergnügt an. Das wäre ein Verstoß gegen eine der offensichtlichsten Regeln eines Fair-Play-Krimis. »Keine Geister.«

»Ja eben! Keine *verdammten* Geister. Im Psychothriller kann man sich heutzutage echt alles erlauben. Ich hätte meinen Mund halten sollen, aber diese peinliche Stille … Jetzt muss ich ihr so einen verdammten Blurb liefern.« Sie nahm einen riesigen Schluck von ihrem Kaffee und schloss für einen Moment die Augen. »In diesem Laden herrscht Chaos. McTavish verlangt nach irgendeinem teuren schottischen Whisky, und das arme Mädchen hinterm Tresen sieht aus, als würde sie heute das erste Mal eine Kaffeemaschine bedienen. Dass er sie behandelt wie seine persönliche Butlerin, macht es nicht besser. Sorry, dass es so lang gedauert hat. Was hab ich verpasst?

»Ich habe Wyatt Lloyd getroffen.« Ich wies mit dem Kopf in seine Richtung, für den Fall, dass Juliette ihn nicht erkannt hatte. Aber sie brauchte nicht hinzuschauen. »Der Verleger von McTavish.«

»Ah ja, ich hab mich vorhin schon gewundert, als Simone ihn erwähnte. In seiner Gehaltsklasse dürften vier Tage Festival wohl kein besonderer Anreiz sein. Normalerweise kommen Autoren zu ihm, nicht umgekehrt.« Sie zuckte mit den Achseln. »Aber vielleicht hat er was mit McTavish zu besprechen. Worüber habt ihr euch unterhalten?«

»Es war ziemlich merkwürdig.« Ich grinste. »Er hat sich *entschuldigt*.«

»Oh.« Juliette zögerte wie jemand, der noch über die Pointe eines Witzes nachdenkt. Ihr Gesicht wirkte ein wenig angespannter als üblich. Dann sah sie mein Grinsen und entspannte sich. »Du nimmst es also gelassen … sehr ehrenwert. Ich bin erleichtert.«

»Was nehme ich gelassen?«

Juliette wollte noch einen Schluck nehmen, hielt aber mitten in der Bewegung inne. »Hast du nicht eben gesagt, er habe sich entschuldigt?«

»Ja, das ist doch das Witzige daran. Es war völlig absurd.« Ich fühlte mich wie ein Comedian, der verzweifelt versucht, das Publikum zu erobern. Es war doch witzig, oder etwa nicht? »Er muss mich für jemand anderen gehalten haben. Ich habe keinen Schimmer, wofür er sich entschuldigt hat.«

Juliette kratzte sich an der Stirn und sog scharf die Luft ein. »Du hast es noch gar nicht gesehen, oder?«

»Was gesehen?«

»Ernie, es tut mir so leid. Ich dachte nur, du bist nicht in der richtigen Verfassung –«

»Richtige Verfassung *wofür denn?*«

Jemand klatschte laut in die Hände. Der Ghan-Mitarbeiter, der zuvor versucht hatte, McTavish zu beschwichtigen, verschaffte sich nun die Aufmerksamkeit der Anwesenden. Er hatte lange Haare, die wie Ranken unter seinem Filzhut hervorkrochen. Die Ärmel seines Hemds waren hochgekrempelt und gaben den Blick auf seine kräftigen Unterarme frei, die aussahen, als könnten sie problemlos ein Schaf zum Scheren tragen – oder einen betrunkenen Schotten im Zaum halten. Er wartete einen Moment, bis Ruhe einkehrte, wobei die rebellischen Seniorinnen sich ein wenig bitten ließen, und breitete dann weit seine Arme aus.

»Liebe Gäste«, begann er, und ich erkannte seine Stimme aus dem Lautsprecher wieder. »Im Namen des gesamten Teams begrüße ich Sie recht herzlich zu dieser historischen Reise an

Bord des Ghan-Express. Zuallererst möchte ich Sie einladen, diese Reise auch als eine Gelegenheit zur Reflexion wahrzunehmen – und zwar über die Vergangenheit unseres Landes und die traditionellen Völker, die es geprägt haben. Dazu gehört beispielsweise auch mein Volk, die Arrernte, deren Ländereien Ihnen unter dem Namen Alice Springs bekannt sein dürften, sowie die Larrakia, in deren Territorium wir heute diese Reise beginnen.« Er ließ Raum für einen ersten Applaus. »Mein Name ist Aaron, ich bin Ihr Reiseleiter. Ich freue mich, wenn wir uns in den kommenden vier Tagen ein wenig kennenlernen. Wann immer Sie etwas brauchen, ich bin für Sie da. Das gilt ebenso für Cynthia«, er deutete zum Tresen, »die Sie gerne jederzeit mit Koffein und anderen Suchtmitteln versorgt … Was meine Attraktivität als Ansprechpartner wohl drastisch reduziert.«

Es folgte das halbgare Kichern, wie es angesichts einer kurzen rhetorischen Pause und eines Lächelns im Rahmen einer offiziellen Ansprache zu erwarten war.

»Aber kommen wir zu den aufregenden Dingen: Uns allen hier im hinteren Zugabschnitt wird die besondere Ehre zuteil, das Australische Kriminalautoren-Festival zu dessen 50. Jubiläum auszurichten.« Applaus. »Freuen Sie sich auf eine Reise voller schillernder Begegnungen mit einigen der klügsten Köpfe unserer Krimi-Landschaft.« Applaus. »Unser Zug wird jeden Moment den Bahnhof von Darwin verlassen. Der erste Programmpunkt, ein Meet and Greet mit allen geladenen Autorinnen und Autoren, findet um 12 Uhr statt.« Er machte wieder eine Pause, aber bis auf ein paar einzelne, kraftlos aufeinandertreffende Hände schien die Luft raus zu sein. »Doch jetzt erst einmal: Frühstück!« Das wiederum führte zu einer umgehenden Wiederbelebung aller Gäste, dem vielleicht lebendigsten Applaus des bisherigen Tags.

»Das Festival erstreckt sich über insgesamt acht Waggons, darunter diese Bar, das Queen-Elisabeth-Restaurant sowie die

Präsidentensuite, welche wir extra von unseren Kollegen der Indian-Pacific-Route ausgeliehen haben. Zwei Lokomotiven ziehen die insgesamt 35 Waggons, mit einer Gesamtlänge von 780 Metern. Das Ganze bringt ein Gesamtgewicht von 1415 Tonnen auf die Schiene.«

Ich hatte ein bisschen mehr Enttäuschung in den Gesichtern der Leute erwartet, die mit Statistiken von ihrem Frühstück ferngehalten wurden. Stattdessen hörte ich vereinzeltes Murmeln, das sowohl Interesse als auch Zustimmung zu signalisieren schien, als würden manche sich denken: *Ja doch, das scheint mir ein angemessenes Reisegewicht zu sein.* Vielleicht sollte ich aufhören, Menschen mit Hobbys zu unterschätzen. Jeder ist ein Experte.

Aaron ratterte noch weitere Zahlen runter. Und die Konzentration, die im Raum herrschte, die vorgebeugten Rücken ließen keinen anderen Schluss zu, als dass Andys Eisenbahnerkollegen diese Datenschlacht wahnsinnig aufregend fanden. »Im Laufe unserer 2979 Kilometer langen Reise werden wir etwa 79 Kilo Barramundi verspeisen, 62 Kilo Käse, wir werden über 1000 Flaschen Wein trinken ...« Diese Info wurde mit einem kleinen Jubel aus der Ecke der wild gewordenen Rentnerinnen quittiert, »und um die 40 000 Liter Treibstoff verheizen.« Erneut erklang das Murmeln der unfehlbaren Experten, die in diesem Fall jedoch nicht ganz einverstanden schienen (leicht zu erkennen, das Murmeln erklang einen Halbton tiefer): *Man sollte meinen, dass bei optimal eingestellten Maschinen nicht mehr als 39 000 Liter nötig wären.*

»Ich hoffe, die kriegen einen Mengenrabatt«, flüsterte Juliette nach vorne gelehnt.

Ich prustete und zog damit Aarons Aufmerksamkeit auf uns und damit auch die aller anderen.

»Da scheint es eine Frage zu geben. Bitte.« Er meinte das, wie er es sagte, aber es fühlte sich dennoch unangenehm an.

Juliette errötete. »Tut mir leid, war nur ein Scherz.« Als Aaron uns weiter freundlich anlächelte, erklärte sie: »Ich dachte nur, es wäre gut, … wenn Sie an der Tankstelle einen Mengenrabatt bekommen würden … für den Treibstoff. Bei 40 000 Litern … ich nehme an, das lohnt sich.«

Kein Witz der Welt wird lustiger, wenn man ihn erklärt. Für ein paar Lacher reichte es, aber ein Gast blickte uns entsetzt an, als könne er nicht fassen, wie man Witze über so etwas Bedeutsames wie Treibstoffmengen reißen konnte.

Eine weitere Erniedrigung blieb Juliette erspart, der Waggon ruckelte, stark genug, dass diejenigen ohne Sitzplatz ins Schwanken gerieten und sich an der nächstbesten Rückenlehne festhielten. Dann erwachten die über tausendvierhundert Tonnen unter uns mit einem metallischen Ächzen zum Leben, und die Landschaft begann, horizontal an unseren Fenstern vorbeizuschweben.

»Das ist dann wohl das Zeichen, dass ich auch einen Gang zulegen sollte. Nur noch ein kleiner Hinweis: Sie werden möglicherweise immer wieder etwas Rauch bemerken. Mal recht weit entfernt, vielleicht auch mal näher, als Ihnen lieb sein dürfte. Aber keine Panik, Buschfeuer sind absolut normal – wenn auch, um ehrlich zu sein, nicht natürlicher Ursache.« Es folgte ein allgemeines Nach-Luft-Schnappen, von Aaron offenbar eingepreist. Er grinste. »Ob Sie es mir glauben oder nicht, bei unserem kleinen Brandstifter handelt es sich um einen *Vogel*, um einen Milan, um genau zu sein. Er lauert auf Buschfeuer, pickt sich im Flug einzelne brennende Äste und lässt sie über trockenen Wiesen wieder fallen. Dann wartet er, bis alles entflammt, um sich dann auf die fliehenden Nagetiere zu stürzen. Wenn Sie also irgendwo Feuer sehen, machen Sie sich keine Sorgen. Solang es nicht an Bord ist.« Er zeigte nun in Richtung des Speisewagens. »Das Frühstück steht für Sie bereit, lassen Sie es sich schmecken.«

Wer hungrig war, ließ sich nicht zweimal bitten. Ich war dagegen froh, noch einen Moment sitzen bleiben zu können.

Jetzt, da der Zug in Bewegung war, wurde mir klar, dass es kein Zurück mehr gab. Aber als die maschendrahtverhangene Kulisse des Bahnhofs durch einen strahlend blauen Himmel und saftig grüne Weite ersetzt wurde und das Klackern des rollenden Zugs auf den Schienen einen Soundtrack dazu lieferte, musste ich mir an meinem Kaffee nippend eingestehen, dass ich von einem gewissen Zauber erfasst wurde. Diese piekfeine Reise schien mir plötzlich, nun ja, angemessen.

Ich war so entzückt, dass ich mich erst etwa fünfzehn Minuten später daran erinnerte, Juliette zu fragen, was es jetzt eigentlich genau mit Wyatt Lloyds Entschuldigung auf sich hatte. Und was sie vor mir hatte verbergen wollen.

KAPITEL 6

»Ein Stern?!«

Ich hätte fast mein Handy über den Tisch geschleudert, als hätte das Öffnen des Internetbrowsers allein das Gerät unter Strom gesetzt. Auf dem Bildschirm waren die Rezensionen zu *Everyone In My Family Has Killed Someone* zu sehen. Ganz oben war eine neue erschienen, mit einem kleinen roten Stern. Einem einzigen.

»Ein verdammter Stern?! Wo ist der Kerl …?«

»Ernie«, sagte Juliette sanft, »beruhige dich erst mal.«

Ich sah mich um, ein paar Köpfe hatten sich von ihrem Frühstück ab- und mir zugewandt. Der Speisewagen war mit etwa einem Dutzend Tischen mit je vier Sitzplätzen auf Klappbänken ausgestattet. Im einfallenden Sonnenlicht funkelte das polierte Silberbesteck auf den makellosen weißen Tischdecken, jadegrüne Lampen waren an der Decke angebracht. In der hinteren Ecke entdeckte ich Henry McTavish an einem Tisch mit Wyatt und, was mich erst recht auf Hochtouren brachte, Simone. Sie hatten die Köpfe zusammengesteckt, ihre Schulterblätter standen wie Geierflügel hervor – die ultimative Körperhaltung für Intrigen.

Ich wollte mich erheben, aber Juliette legte mir ihre Hand auf den Arm und räusperte sich künstlich. Ich folgte ihrem Blick und musste überrascht feststellen, dass meine linke Hand nach dem Frühstücksmesser gegriffen hatte. Es war ein Reflex gewesen, als ich aufstand, ein Griff nach dem nächstbesten Gegenstand. Ich ließ das Messer ein wenig geschockt los.

»Ich bin wohl doch immer noch ein Cunningham, hmm?«, sagte ich so lässig wie möglich. Ich legte auch das Handy auf den Tisch, und Juliette drehte es mit dem Bildschirm nach unten. Sie wollte mir den Anblick des roten Sterns ersparen, doch der hatte sich längst in meine Netzhaut gebrannt.

Das heutige Datum – ein mickriger roter Stern – ein Wort: *grauenhaft*. Verfasser der Rezension: Henry McTavish.

Innerlich spulte ich Wyatts Entschuldigung noch mal ab: *Es ist natürlich nicht besonders höflich. Aber wer könnte es ihm verbieten, nicht wahr?*

»Vielleicht ist er *maus*gerutscht«, schlug Juliette vor.

»Grauenvoll hat zehn Buchstaben …«

»Ich meine die Bewertung.«

»Er ist also fähig, sich einzuloggen, den Namen meines Buchs einzutippen, eine Rezension anzulegen und ›grauenhaft‹ in das Feld zu schreiben – und dann scheitert er daran, fünf Sterne anzuklicken?« Ich starrte wieder in McTavishs Richtung. Worüber unterhielten die sich, zum Teufel? Wie konnte meine Agentin nach dieser Aktion überhaupt noch mit denen zusammensitzen?

»Ernie?« Dieses Mal schnippte Juliette direkt vor meiner Nase mit den Fingern.

Cynthia hörte das Geräusch und kam sofort zu uns. Na toll, nicht nur piekfein, sondern auch noch klassistisch. Wir fühlten uns schuldig. Und bestellten Pancakes und Rührei.

»Tut mir leid«, sagte ich, als wir wieder unter uns waren.

»Ich muss das nur erst mal verarbeiten. Ist das schon lange online?«

Sie schüttelte den Kopf. »Ich glaube nicht. Ich habe es vorhin erst gesehen, als wir noch in unserer Kabine saßen. Ich habe es nicht vor dir geheim gehalten, sondern dich nur nicht verrückt machen wollen.« Sie spitzte die Lippen, wie um mich um Verständnis zu bitten. Mir fiel wieder ein, wie sie mir zu verstehen gegeben hatte, erst mal nicht hinter McTavish herzurennen.

»Tut mir leid«, sagte ich. »Ich hätte dich nicht anfahren sollen.«

»Na ja, schon auch zu recht.« Ihr Blick wanderte über das Besteck auf dem Tisch. »Zumindest hätte ich es dir sagen können, bevor ein Messer in Reichweite lag. Aber denk dran, Rezensionen werden ohnehin nur von den Autoren selbst und von anderen Autoren gelesen.«

»Das macht mir ja gerade Sorgen«, sagte ich und dann etwas kleinlaut: »Ich habe ohnehin das Gefühl, hier nicht besonders gut reinzupassen.« Das klang vielleicht kindisch, aber dieses Thema bereitete mir Kopfzerbrechen, seit ich die Einladung zu diesem Festival erhalten hatte. Die anderen geladenen Gäste hatten teilweise bereits mehrere Bücher veröffentlicht oder gar Auszeichnungen erhalten. Sie waren *echte* Autoren. Ich war einfach nur dabei gewesen, als ein paar Leute ein paar andere Leute umgebracht hatten, und hatte es aufgeschrieben. Ich fühlte mich wie ein Hochstapler. Und jetzt hatte ich Gewissheit, dass mindestens einer meiner Kollegen das genauso sah. Und es war nur eine Frage der Zeit, bis die anderen auch auf den Trichter kamen.

»Du kennst doch noch gar nicht alle –«

»Ich bin mir nicht sicher, ob ich … das alles verdient habe.« Mir ging es dabei nicht nur um die Schriftstellerei, aber für den Moment konnte ich es nicht anders ausdrücken. Zumindest nicht, ohne zu viel preiszugeben.

»Komm! Dein Buch ist genauso gut wie die der anderen.

Davon abgesehen werden wir während der Reise eh keinen Handyempfang haben. Niemand wird die Bewertung –«

»Na, 'ne Tracht Prügel vom Schotten bekommen?« Der Mann mit den bunten Hosenträgern, den ich glaubte, als Alan Royce identifiziert zu haben, streckte mir eine Hand entgegen und bestätigte: »Alan Royce. Was dagegen?«

Ohne auf eine Antwort – oder ein Händeschütteln – zu warten, quetschte er sich stöhnend gegenüber von Juliette in die Sitzbank. Er war recht kastenförmig gebaut und schien sich in der kleinen Sitzecke nicht besonders wohlzufühlen. Die Haare, die wie Spinnenbeine aus seinen knolligen Ohren sprießten (und von denen er dort mehr hatte als auf dem Kopf), waren so lang, dass ich vermutete, nicht einmal er selbst könnte sie ignorieren. Womöglich hatten sie sogar eine Funktion, in etwa so wie Schnurrhaare bei Katzen, denn seine winzigen Knopfaugen konnten ihm unmöglich ausreichen, um sein Umfeld vollständig wahrzunehmen. Nachdem er sich niedergelassen hatte, sah er sich um (oder ertastete die Umgebung) und schnippte dann in Richtung Cynthia. Es schüttelte mich fast vor Scham, jetzt hatte unser Tisch definitiv einen Ruf weg.

Als er bestellte, fiel mir auf, dass er das kleine Notizbuch, das er bei sich hatte, offen auf den Tisch gelegt hatte. Darin war alles recht chaotisch, aber teilweise lesbar, da in Großbuchstaben: *NICHT MEHR MORDE ALS NÖTIG* stand da und daneben das Wort *TITEL?* Darunter folgte eine Liste von Namen mit jeweils ein paar Stichworten. Juliette und ich waren ebenfalls dort zu finden, neben meinem Namen hatte er vermerkt: *engelsgleiches Gesicht, blauäugig, häufig verwirrt, unwissenschaftlich*. Zu Juliette: *über seiner Liga*. Aus dem vermutlich selben Grund habe ich mich so sehr auf die Beschreibung seiner Ohrenhaare konzentriert – Autoren sind ein kleinkariertes Völkchen. Er hatte außerdem ein paar Informationen zum Zug gesammelt, wie Sie sie bereits aus meinen eigenen Beschreibungen kennen. Aber natürlich findet jeder seine eigene

Form: *smaragdgrüner Teppich; im Notfall hier ziehen; Axt; Barramundi = 75 kg*. Er hatte sogar Juliettes Witz aufgeschnappt: *Mengenrabatt*.

Er ertappte mich beim Lesen und klappte das Büchlein zu. Autoren sind auch ein geheimniskrämerisches Völkchen.

»Sie schreiben Forensik-Thriller, richtig?«, versuchte Juliette das Gespräch von meiner Rezension wegzulenken.

»Meine Protagonistin ist Rechtsmedizinerin, wenn Sie das meinen. Doctor Jane Black – elf Romane, drei Erzählungen.

»Oh, ich habe *CSI* geliebt!«, sagte ich.

Alan verdrehte die Augen. »Ich betrachte mein Schreiben als einen Spiegel der Gesellschaft: Verdorbenheit und Menschlichkeit, wobei das Verbrechen selbst eher ein Vehikel ist für einen …«, er legte eine völlig überflüssige Pause ein, »aufgeklärteren Dialog über die drängenden Themen unserer Zeit. Diesen ganzen *CSI*-Kram finde ich ziemlich …«, er verzog die Lippen zu einem diabolischen Lächeln, um seine Wortwahl zu unterstreichen: *»grauenhaft.«*

Ganz schön dick aufgetragen von jemandem, der, wie ich inzwischen recherchiert habe, seine Protagonistin einmal in eine Zeitmaschine gesteckt hat, damit sie eine forensische Untersuchung an einem ermordeten Dinosaurier durchführen kann. Aber kluge Konter fallen mit etwas Abstand (und Google) deutlich leichter. Und da ich zum damaligen Zeitpunkt weder das eine noch das andere hatte, schaute ich einfach *unwissenschaftlich* aus der Wäsche.

»Wissen Sie, ein Stern ist *gut*«, setzte Alan schonungslos nach. »Ok, fünf Sterne sind besser, klar. Aber mit beidem kriegt man Aufmerksamkeit. Zwei Sterne? Vergessen Sie's, nichts mit anzufangen. Aber einer? Das ist ein Desaster, das schlägt Wellen. Die Leute werden das Buch kaufen, nur um rauszufinden, wie schlecht es wirklich ist.«

»Alan, ob Sie es glauben oder nicht, das ist nicht sehr aufmunternd.«

»Wussten Sie, dass Wyatt Lloyd mein erstes Manuskript viermal abgelehnt hat, bevor er entschied, es zu verlegen?« Das hingegen munterte mich schon ein bisschen auf. »Das gehört einfach dazu.«

»Eine Dosis McTavish abgekommen?«, fragte eine Frau, die sich ungefragt neben Alan setzte. Ihr Blick ruhte auf mir, was bedeutete, dass auch sie die Rezension gelesen hatte. »Ernest, oder?«

Ich nickte.

»Ich bin Lisa«, sagte sie, was ich natürlich schon erraten hatte. »Dann seid ihr also die anderen Autoren? Ich würde nämlich nur ungern mit den Gästen zusammensitzen.«

»Freut mich, Sie kennenzulernen. Ich bin Juliette.« Hände wurden geschüttelt.

»Meinerseits.«

»Alan …« In der Hoffnung, erkannt zu werden, wartete er ein klein wenig zu lange. »Royce.«

»Ach, der mit den schaurigen Autopsien! Meine Mutter liest Ihre Bücher.«

Wieder eines dieser unverfänglichen Komplimente unserer Branche: *Ich würde nie auf die Idee kommen, aber ich kenne jemanden, der Ihr Zeug liest.*

»Ich betrachte meine Romane eher als Spie–«

»Ernsthaft? Eine Dosis McTavish?«, stöhnte ich. »O Mann, wenn es sogar einen Ausdruck dafür gibt, ist es übel. Ob es wohl irgendjemand *nicht* gesehen hat?«

»Machen Sie sich keinen Kopf«, sagte Lisa. »Die einzigen Leute, die Rezensionen lesen, sind –«

»Alle in diesem Zug.«

»Kommen Sie, Sie sind nicht der Einzige mit einer Rezension«, sagte Alan, als wäre es ein Wettbewerb. »Er hat uns allen eine verpasst.«

»Ist das so?« Die Hoffnung in meiner Stimme war erbärmlich. Als würde das irgendetwas ändern.

»Na ja, er hat nicht bei allen so hart zugeschlagen ... Mir hat er vier Sterne gegeben.« Er hob den Finger. »Aber die Rezension liest sich, als hätte er eigentlich fünf gemeint.«

»Vielleicht ist er *maus*gerutscht«, murmelte Juliette.

»Was hat er denn geschrieben?« Ich konnte mir die Frage nicht verkneifen.

»Nur ein Wort, wie bei Ihnen auch: sensationell.«

»Vielleicht können wir das Thema dann auch abhaken«, mischte sich Lisa ein und sah mich mitfühlend an.

»Ach, kommen Sie! Als ob Sie nicht auch von Ihrer Rezension erzählen wollen.«

Sie starrte auf den Tisch. »Will ich wirklich nicht.«

»Fünf Sterne!« Alan hielt Juliette seine fünf Wurstfinger vor die Nase. »*Tadellos* war das Wort, korrekt?«

»So was in der Art.«

»Eigenartig.« Juliette hatte sich mein Handy geschnappt und sich durch ein paar Seiten geklickt. Dann hielt sie es mir hin. »Sein Profil ist absolut inaktiv. Er hat noch nie eine Rezension geschrieben. Bis heute Morgen ... Rezensionen für alle geladenen Autorinnen und Autoren. Beinahe gleichzeitig.«

Ich sah auf McTavishs Profil. Juliette hatte recht. Anzahl geschriebener Rezensionen: fünf. Alle von heute Morgen. Lisa Fultons einzige Veröffentlichung, *The Balance of Justice*, in dem eine Autodiebin von dem Richter, der über ihren Fall entscheiden soll, sexuell belästigt wird, war mit fünf Sternen bewertet worden. Und tatsächlich hatte er »tadellos« dazugeschrieben. Alan Royces elfter *Doctor Jane Black*-Roman, *Cold Skin*: vier Sterne, »sensationell«. Dann war da SF Majors mit ihrem bald erscheinenden Thriller *Dark Stranger*, den Juliette gerade las. Eine Drei-Sterne-Bewertung und erneut nur ein einzelnes Wort: »obsolet«.

»Er hat eine Rangliste von uns erstellt«, schlussfolgerte ich, noch bevor ich mir Wolfgangs Bewertung angesehen hatte. Er hatte vermutlich zwei Sterne bekommen.

»Himmlisch«, zitierte Juliette neben mir.

»Klingt nach fünf Sternen …«, sagte ich. Es war schon seltsam, eine Zwei-Sterne-Bewertung mit dem Wort »himmlisch« zu ergänzen. Es sei denn natürlich, er meinte damit: *Ich wäre lieber tot*.

»Ich glaube nicht, dass Wolfgang das schon gesehen hat«, sagte Lisa. »Literaten zerbrechen sich nicht so sehr den Kopf über den Online-Kram wie wir. An Ihrer Stelle würde ich ihn nicht darauf ansprechen.«

Juliette und ich nickten zustimmend. Wer regelmäßig Preise einheimste, brauchte keine Zustimmung von Fremden. Wolfgangs Bücher scherten sich nicht um die Bedürfnisse der Leserinnen und Leser. Wenn sie dir zu kompliziert sind (und das gilt für mich), dann ist das deine Schuld.

»Die Rangliste scheint mir jedenfalls nicht sehr fair, oder?«, plusterte Alan sich auf und wandte sich an Lisa. »Mal ehrlich: fünf Sterne?« Als er bemerkte, dass er als Einziger lachte, räusperte er sich. »Was denn? Sie waren eben schon immer sein Liebling.«

Lisa schien kurz davor zu sein, Alan eine reinzuhauen, und Juliette versuchte, die Situation zu entschärfen. »Das ist doch kein Wettbewerb. Seine Meinung ist nicht einmal besonders relevant. Er ist einfach nur ein Typ mit einem Goodreads-Profil, der sich einen Spaß daraus macht, ein paar Kolleginnen und Kollegen zu ärgern. Und es funktioniert, wie man sieht. Es hat keine Bedeutung.«

Nur damit Sie es wissen, es hat sehr wohl eine Bedeutung. Das sage ich Ihnen, weil ich davon schon zum damaligen Zeitpunkt überzeugt war und es auch jetzt, da ich darüber schreibe, noch immer bin – wenn auch aus anderen Gründen.

»Ach, ist mir alles egal«, stimmte dann auch Alan zu. »Er kann mir auch nur einen Stern geben, wenn er will. Der Blurb ist ohnehin wichtiger als eine Online-Rezension.«

»Er gibt *Ihnen* eine Empfehlung?« Vor lauter Überraschung

entglitt mir ein wenig die Betonung, und Alan richtete sich auf.

»Was genau möchten Sie damit sagen, hmm?«

Ich ruderte zurück. »Na, eigentlich gibt McTavish doch generell keine Blurbs.«

»Das ist richtig«, sagte Alan mit dem selbstgefälligen Grinsen eines Kindes, das ein Geheimnis vor dir hat. »Es sei denn, er schuldet dir einen Gefallen.«

Das Frühstück wurde serviert, bevor Alan das weiter ausführen konnte, und wir wandten uns anderen Themen zu. Ich aß sehr schnell. Im Gegensatz zu unserem Zug hatte ich keine 40000 Liter sozialen Treibstoff. Und dank des Schwätzchens mit Wyatt Lloyd sowie Alan Royces Ego-Show hatte ich schon zu früh zu viel davon verheizt. Ich wollte einfach nur zurück in unsere Kabine und die Zeit an Bord genießen. Auch wenn es mir schien, als wäre Lisa eine Person, die kennenzulernen sich lohnte.

»Ich mochte Ihr Buch wirklich«, sagte sie, als wir gerade aufstanden. »Über die Ereignisse in den Bergen … das war sehr einfühlsam. Woran arbeiten Sie im Moment?«

Falls Sie nun denken, »einfühlsam« ist nicht gerade das Erste, was Ihnen einfällt, um mich zu beschreiben, muss ich Ihnen recht geben. Lisa sprach mit Juliette. Ich schämte mich ein wenig. Ich war so sehr damit beschäftigt dazuzugehören, dass ich gar nicht darüber nachgedacht hatte, wie es Juliette damit ging, nicht einmal Teil des Festivalprogramms zu sein. Oder darüber, dass sie es verdient hätte, selbst als Autorin wahrgenommen zu werden (wie Lisa es eben getan hatte), statt nur als mein Schatten akzeptiert zu werden. Ich sagte ja: *Sieben* Autorinnen und Autoren, erinnern Sie sich?

»Ach …«, sagte Juliette. »Ich schwanke noch zwischen ein paar Ideen.«

»Sie wartet auf das nächste Abenteuer«, sagte ich und drückte ihre Hand.

»So in etwa, ja.« Im Nachhinein kann ich Ihnen sagen, dass sie sich das Lächeln abringen musste. Zum damaligen Zeitpunkt merkte ich das nicht.

Jedenfalls war Juliette auf dem Weg zurück in unsere Kabine, sicher auch dank Lisas Kompliment, gut gelaunt. Ich dagegen war nachdenklich, trottete ihr hinterher und versuchte, die Eindrücke dieses Morgens zu verarbeiten. Ich dachte *nicht nur* an McTavish, die Rezension, den Blurb, an die Geselligkeit zwischen ihm, Simone und Wyatt oder an die unsägliche Tatsache, dass vier Schriftsteller nicht gemeinsam an einem Tisch sitzen konnten, ohne zu wetteifern. Ich dachte auch über Alan Royce nach, dessen Notizbuch mich aufgewühlt hatte.

Es erschien mir merkwürdig, dass er über alle Mitreisenden Buch führte. Warum hatte er unsere Namen aufgeschrieben und wie wir aussehen? Klar, einige Autoren machen sich über alles Mögliche Notizen, einfach nur, weil sie Autoren sind. Aber bei ihm war es mehr als das, zu spezifisch. Warum? Schrieb er ein Buch über die Reise? Ich möchte das nicht verurteilen, schließlich schreibe *ich* gerade an diesem Buch über dieselbe Reise. Aber ich habe wenigstens erst angefangen, als jemand gestorben ist. Ich wurde das Gefühl nicht los, dass es hier um mehr ging als bloß um Notizen.

Es schien mir fast, als wusste er, dass etwas in der Luft lag.

BESTSELLER

KAPITEL 7

Der Ghan-Express rollte unaufhaltsam durch das Northern Territory.

Zuerst rauschte an unserem Fenster eine felsige Landschaft vorbei, mit dürren Bäumchen, nicht größer als Alan Royce, die sich krümmten, als wollten sie sich vor der Sonne in Sicherheit bringen. Dann kam der Sand, orange, übersät mit Igelgräsern, und im krassen Kontrast zum strahlenden Blau des wolkenlosen Himmels. Der Horizont war flach und weit entfernt und vermittelte mir schon jetzt eine Idee von den gigantischen Ausmaßen der australischen Wüste, die wir noch zu durchqueren hatten. Wir hätten genauso gut eine Ameisenkolonie sein können, die durch einen Sandkasten marschiert.

Nach drei Stunden Fahrt kamen wir erstmals zum Halten, im Nitmiluk-Nationalpark in Katherine. Ich stieg das bereitgestellte Trittbrett hinab auf den Schotter. Es gab keinen Bahnhof, der Zug war mitten auf der Strecke zum Stehen gekommen. Hier, mitten im Nirgendwo, nichts als Himmel, ein paar Bäume und Vogelgezwitscher um uns herum, erschien mir der Ghan noch beeindruckender. Ich betrachtete die Fußspuren, die ich im Staub hinterließ, und mir wurde plötzlich klar, dass weder ich noch dieses gigantische, menschengemachte Monstrum aus Stahl hierhergehörten.

Weiter vorne am Kopf des Zugs, etwa einen Kilometer entfernt, warteten einige Busse. Sie würden die regulären Fahrgäste zum Startpunkt ihres ersten Tagesausflugs bringen: eine Bootstour durch die malerischen, von Felswänden umrahmten und von Krokodilen bevölkerten Gewässer des Katherine Gorge. Vor den Waggons der Festivalbesucher waren um die vierzig schwarze Klappstühle im roten Sand aufgereiht worden. Davor, in entgegengesetzter Blickrichtung, standen weitere sechs Stühle mit je einem kabellosen Mikrofon darauf. Daneben waren mobile Lautsprecher aufgestellt, dahinter eine Staffelei mit einer rechteckigen Leinwand, welche von einem schwarzen Tuch verhüllt war.

Juliette gab mir einen Kuss auf die Wange. Um mir Glück zu wünschen, so dachte ich, doch dann sah ich, wie sie sich in die falsche Richtung bewegte – sie hatte sich verabschiedet.

»Du bleibst gar nicht?«

»Aaron meinte, er könnte mich noch in die Gorge-Tour reinschmuggeln.« Ihr Gesicht sagte, dass es ihr ein bisschen leidtat, aber eben auch nur ein bisschen.

Selbstverständlich konnte die Ego-Rangelei von Autorinnen und Autoren nicht mit einem australischen Naturschauspiel mithalten, das musste ich einsehen. Trotzdem konnte ich meine Enttäuschung nicht verbergen. Juliette reagierte mit überzogenem Enthusiasmus. »Du wirst das großartig machen! … Wenn es dir so wichtig ist, könnte ich natürlich –«

Ein halbherziges Angebot. Sie wartete nur auf mein Zeichen, um endlich zu den Bussen eilen zu können. In die Menschenmenge hinter uns war Bewegung gekommen, Stühle wurden anvisiert. SF Majors, ein Klemmbrett mit Notizen in der Hand, lief auf und ab. Mit dem Rücken zu uns schlenderte Henry McTavish in Richtung der vordersten Stuhlreihe und umklammerte dabei einen mit silbernem Kopf verzierten Stock, den er bei jedem Schritt in den Boden stieß und der jederzeit zu zerbrechen drohte. Alan Royce wich ihm nicht von der Seite und kaute ihm das Ohr ab. Henry entschied sich für den Stuhl am Ende der Reihe, neben der bereits sitzenden Lisa Fulton, vermutlich, um sich Royce zu entledigen. Der schien für einen Moment völlig überfordert, blickte sich um und sah Wolfgang, der sich auf einem der mittleren Stühle geschickt im Mittelpunkt des Geschehens positioniert hatte. Dann trottete er zurück zum Beginn der Reihe, schnappte sich den ersten Stuhl und stellte ihn schamlos neben McTavish. Ich konnte ihn von hier aus nicht verstehen, aber er schien seinen Monolog ohne Umschweife fortzusetzen und nicht einen Gedanken daran zu verschwenden, dass McTavish möglicherweise nicht neben ihm sitzen wollte. Er hatte sich kaum hingesetzt, da stand Lisa auf und ließ sich auf dem Stuhl am vorderen Ende nieder. Ich bin nicht sicher, ob sie damit Alans Aktion ad absurdum führen wollte oder ob sie selbst keinen Bock auf McTavish hatte.

»Ach, so ein Quatsch«, sagte ich mit einem gequälten Lächeln zu Juliette. »Mach unbedingt Fotos. Und versuch, dich nicht von wilden Tieren verspeisen zu lassen.«

Juliette warf einen Blick auf die improvisierte Bühne und die sitzenden Autoren. »Du auch nicht …«

»Herzlich willkommen zu unserer ersten tollen Gesprächsrunde!«

Wie sich herausstellte, war SF Majors gebeten worden, das Ganze zu moderieren. Ich wusste, dass sie Vorsitzende im Organisationskomitee des Festivals war, da sie mich hierher eingeladen hatte. Das erwähne ich, weil es in solchen Krimis nicht ganz unerheblich ist, wer die Lämmer zur Schlachtbank führt. Man kennt das: Eine Figur dreht sich plötzlich um, eine Einladungskarte in der Hand, und sagt zur anderen: »Du hast mich hierher eingeladen.« Darauf die andere Figur, mit der gleichen Einladung in der Hand, während ein Blitzschlag ihre beiden Gesichter erleuchtet: »Nein … DU hast MICH eingeladen.« Und das Unheil nimmt seinen Lauf. Aber das umgehen wir hiermit: SF Majors ist diejenige, die uns alle zusammengebracht hat.

Der Grund für meine Einladung mag für die Handlung nicht von Bedeutung sein – sehr wohl aber für eine andere Person. Nur weiß ich davon noch nichts.

Majors stellte uns dem Publikum nacheinander unter spärlichem Applaus vor, der hier draußen noch viel erbärmlicher klang. Mir entging nicht, wie sich einige Hälse nach den letzten abfahrenden Tourbussen reckten. Mir war der Platz zwischen Lisa und Wolfgang geblieben, nachdem Majors die Lücke zwischen Wolfgang und McTavish gefüllt hatte.

Während der Vorstellungsrunde schaltete ich ab und schaute mir stattdessen McTavish etwas genauer an. Das Erste, was mir auffiel, war, dass er keineswegs so aussah, wie ich erwartet hatte. Und damit meine ich nichts Physisches, Schriftsteller können schließlich so und so aussehen – McTavishs Statur lag irgendwo zwischen Kasten-Alan und Spargel-Wolfgang, seine Wuschelfrisur zwischen ungepflegt und exzentrisch, wie es sich für einen Autor gehört. Ich spreche von einer Aura, die Vertretern unserer Gattung eigen ist, wenn auch in unterschiedlichen Variationen. Nehmen wir zum Beispiel SF Majors, die eine Ernsthaftigkeit ausstrahlt, mit der sie alles um sich herum analysiert. Oder die Geltungssucht eines Alan Royce, die nichts anderes ist als eine Kompensation mangelnden Selbstbewusstseins. Der entscheidende Hinweis findet sich jedoch in den Augen. Die Augen einer Schriftstellerin oder eines Schriftstellers sind wach, neugierig, sie lesen die Welt wie ein Buch, befragen und interpretieren sie. Und dabei spielt es keine Rolle, ob Eitelkeit oder Kreativität ihr Antrieb ist. Ich erkannte diese Aura in Wolfgangs mürrischer Art, hinter Lisas Schüchternheit, selbst in Royces unheilvollen Notizen. Nur bei McTavish war davon nichts zu spüren. Aus seinen Augen sprühte höchstens der Trotz eines Schülers, der beim Nachsitzen unentwegt auf die Uhr starrt. Diese Erkenntnis über einen Autor, den ich derart schätzte, irritierte mich. Dass er die Einladung zu diesem Festival angenommen hatte, war ein Coup für die Organisatoren. Und jetzt wurde mir klar, warum er sich normalerweise von solchen Veranstaltungen fernhielt: Für ihn musste sich das alles anfühlen, als wäre er eingesperrt.

Seine linke Körperhälfte, die er beim Gehen auf seinen Stock stützte, war – in Ermangelung eines besseren Ausdrucks – zerknautscht. Die linke Schulter wirkte unter seinem Sakko eher wie ein einfacher Kleiderbügel, das linke Hosenbein wie das einer Baggie-Jeans. Rechts war alles ein wenig besser gepolstert. Ich würde nicht so weit gehen zu sagen, er war deformiert, aber doch zumindest unsymmetrisch. Wie ein Baguette in einem Einkaufskorb, auf dessen eine Hälfte man aus Versehen alle anderen Lebensmittel gestapelt hatte. Tatsächlich hatte ihn ein betrunkener Autofahrer eines Tages mit dem Kotflügel erwischt und ihn schwer verletzt am Straßenrand liegen lassen. Seinem Ruf hatte das selbstverständlich nicht geschadet. Nie wieder würde er gehen können, hieß es, nie wieder *schreiben*. Und nun schaut ihn euch an: wie der Phönix aus der Asche.

Sein Gehstock lehnte an seinem Stuhl, das glänzende Ornament am Griff, das erkannte ich jetzt, zeigte einen silbernen Falken. Eine ähnliche Verzierung war auf dem Flachmann zu sehen, den er so regelmäßig aus der Innentasche seines Sakkos zauberte, dass ich ihm beinahe vorgeschlagen hätte, den Verschluss doch einfach offen zu lassen.

»Lisa, fangen wir mit Ihnen an«, startete Majors unvermittelt in die Interviews. »Ihr beeindruckendes Debüt *The Balance of Justice* haben Sie vor einundzwanzig Jahren veröffentlicht. Es schlug weltweit ein wie eine Bombe und hauchte dem Genre des Justiz-Thrillers neues Leben ein – noch dazu von einer jungen, weiblichen Autorin. Der Verlag druckt noch heute Neuauflagen! Die Stimmen, die ein neues Buch von Ihnen herbeisehnen, sind längst nicht mehr zu überhören – ich nehme mich da selbst nicht aus! –, und dieses Weihnachten wird es endlich so weit sein. Jetzt verzeihen Sie mir bitte meine direkte Art, aber … warum hat es denn so lange gedauert?«

»Na ja, an *The Balance of Justice* anzuknüpfen war gar nicht so leicht.« Lisa wandte sich direkt ans Publikum, und mir fiel auf, dass sie plötzlich wie eine Radiomoderatorin klang. »Einige Teile des Romans waren ihrer Zeit gewissermaßen voraus, aber ich denke, inzwischen hat die Realität aufgeholt, und wir führen in unserer Gesellschaft den Diskurs über Frauen und ihre Rechte, wie ich ihn mir gewünscht habe.«

»Interessant«, sagte Majors, die nächste Frage bereits auf der Zunge. »Dann war es gar nicht so sehr der Druck, nachlegen zu müssen, der zu der langen Pause geführt hat?«

»Ich habe Schreibblockaden wie alle anderen Autorinnen und Autoren auch«, antworte Lisa mit einem leichten Anflug von Unbehagen. »Natürlich wollte ich unbedingt eine gute Idee haben ... aber das hat nicht wirklich was mit der Pause zu tun. Mir war es wichtig, dass es sich richtig anfühlte, wieder etwas zu veröffentlichen. Ein Buch zu schreiben ist schließlich, wie Sie alle wissen, immer auch ein Akt seelischer Entblößung. Davon abgesehen: Wenn ein Buch gut ist, spielt es keine Rolle, wie lange man daran geschrieben hat.«

»Aber es kam ja auch noch etwas anderes dazwischen, oder? Soweit ich weiß, sind Sie kurz nach der Veröffentlichung Ihres Debüts Mutter geworden, alleinerziehend. Sich gleichzeitig um den Nachwuchs und ein Buch zu kümmern, das stelle ich mir schwierig vor ...«

»Ich glaube nicht, dass Sie diese Frage auch einem alleinerziehenden Vater stellen würden.« Lisa machte keinen Hehl aus ihrer Verärgerung. »Ich würde ja die anderen Frauen in der Runde fragen, aber mit mir schien die Quote schon erfüllt zu sein. Und anstatt dass wir beide wenigstens zusammenhalten, kommen Sie mir so.«

Majors ließ von ihr ab. »Ein guter Zeitpunkt, um zu unserem nächsten Gast zu kommen ... Ernest Cunningham, in einer Sache unterscheiden Sie sich von Lisa: Ich glaube nicht, dass irgendjemand auf Ihr nächstes Buch scharf ist, oder?«

Diese Beleidigung kam unerwartet, und ich musste mich kurz sammeln. »Ähm ... na ja, ich glaube, so schlecht fanden die Leute mein erstes Buch gar nicht. Und ich hoffe, sie werden auch das nächste lesen.«

Majors ließ ein schallendes Lachen ertönen. »Aber natürlich. Ich meinte nur, wir hoffen alle, dass Sie kein weiteres Buch schreiben *müssen*. Wenn man bedenkt, was Ihnen und vor allem Ihrer Familie letztes Mal widerfahren musste.«

»Oh, verstehe. Tut mir leid«, murmelte ich. Ich vernahm ein lautes Husten und blickte in Richtung der kleinen Rauchwolke, vermutlich Blaubeer-Geschmack, die über dem Publikum emporstieg. Simone tippt sich von unten gegen ihr Kinn, hob den Kopf und zog sich dann mit Daumen und Zeigefinger die Mundwinkel leicht nach hinten. Man hätte es beinahe für die Androhung einer durchschnittenen Kehle halten könne, doch ich begriff ihre Geste und zwang mich zu etwas mehr Elan. »Selbstverständlich! So was möchte ich nicht noch einmal durchleben müssen. Erst recht nicht für so miese Tantiemen.« Sogar Simone lächelte. Ich war erleichtert und entspannte mich ein wenig. »Aber ich schreibe wieder. Ich arbeite gerade an einem Roman.«

»Viel Glück«, sagte Wolfgang gerade laut genug, dass er sicher sein konnte, dass ich es hörte.

»Das werde ich brauchen«, antwortete ich. »Keiner hat mich gewarnt, wie viel so ein Roman einem abverlangt.«

»Manchen zumindest …«, sagte Wolfgang, und erst jetzt wurde mir klar, dass ich den sarkastischen Unterton seines ersten Kommentars überhört hatte, in der Überzeugung, er würde mir tatsächlich Glück wünschen.

»Entschuldigung?«

»Ihr Buch … eingeschneit in den Bergen mit einem Serienmörder.« Er hob die Hände und schüttelte sie, als würde er sich gruseln. »Aufsehenerregend. Genau das richtige Rezept für einen Bestseller, würde ich sagen.«

»Über Buchverkäufe habe ich mir zu dem Zeitpunkt wirklich keine Gedanken gemacht. Ich war zu sehr damit beschäftigt, da irgendwie lebend rauszukommen.« Das Publikum sprang mir mit einem freundlichen Lachen bei.

»Geschickt abgewehrt. Da zahlt sich das Medientraining aus.«

»Entschuldigung, höre ich da einen Vorwurf heraus?«

»Es geht doch nichts über eine angeregte Diskussion. Aber bleiben wir beim Thema«, ging unsere Moderatorin dazwischen.

»Nichts für ungut.« Wolfgang sah mich nicht einmal mehr an. Er hatte sich dem Publikum zugewandt, als wäre er der Erzähler dieser Geschichte, in der ich nur einen unglückseligen Clown darstellte, während aus seinem Mund der Weisheit letzter Schluss tropfte. »Die Nachfrage ist ja da, anders könnten Autoren wie Sie gar nicht so viele Bücher verkaufen.«

»Und was genau verstehen Sie unter einem *Autor wie mir*?« Ich kochte vor Wut.

»Einen Connaisseur der hohen Kunst der Trivialliteratur.« Er grinste breit. »Das meine ich selbstverständlich als Kompliment. Jeder nach seinem Talent.«

Majors hatte begonnen, nervös an ihrem Klemmbrett herumzufummeln. Sie startete einen halbherzigen Versuch, unsere Aufmerksamkeit zurückzugewinnen. »Okay, ich denke, wir sollten –«

»Nein, Entschuldigung, jetzt bin ich neugierig.« Ich wandte mich Wolfgang zu. »Was genau qualifiziert meine Arbeit denn als *trivial* und Ihre als *Literatur*? Sie können doch nicht auf einem Krimi-Festival aufkreuzen und ein ganzes Genre verspotten, obwohl Sie selbst nicht mehr geleistet haben, als Capote zu kopieren!«

Da musste er kurz schlucken.

»Wir alle bringen Worte auf Papier«, fuhr ich fort. »Und jeder steckt einen Teil von sich selbst in seine Arbeit – das gilt für mich wie für alle anderen hier.«

»Wenn Sie den Unterschied zwischen Schund und Literatur nicht kennen, bringt uns das dem eigentlichen Problem ja schon ein wenig näher.« Er schlug die Beine übereinander und lehnte sich zurück, als wäre ein Widerspruch angesichts seiner Argumentation undenkbar.

»Das ist kein Grund, sich zu schämen, wir alle haben klein angefangen«, war Alan Royce zur Stelle.

»Für mich klingt es eher so, als gäbe es hier nur einen Unterschied: ob man einen Nachnamen hat oder nicht, *Wolfgang*.« Wieder schenkte mir das Publikum ein Lachen, was zumindest dazu führte, dass Wolfgang sich wieder gerade hinsetzte.

»Bei Ihnen sind Mord und Totschlag Selbstzweck, sie sind Unterhaltung. Das ist geschmacklos. Bücher wie Ihres werden in fünfzig Jahren von Maschinen produziert. Davon mal abgesehen ist Ihr Stil geradezu amateurhaft. Und das ist nicht nur meine Meinung.«

Er blickte rüber zu McTavish, der leicht verwirrt hinter seinem Flachmann hervorlugte, und mir wurde klar, dass Wolfgang sich wohl doch nicht zu fein war, Online-Rezensionen zu lesen. Für Wunden, die einem ein Fremder im Internet zufügt, gibt es in der echten Welt keine Heilung, egal wie viel Lob man von der Presse bekommt. Bereits als mein Buch frisch erschienen war, wurde ich auf Panels eingeladen und mit der ein oder anderen tückischen Frage konfrontiert. Doch die Mehrheit der Autorinnen und Autoren war wohlwollend und warmherzig. Dagegen schien mir das hier für ein literarisches Format doch sehr aggressiv. Aber jetzt war mir klar, weshalb. Wolfgang war wütend, dass McTavish ihn mit seinem Ranking ähnlich schlecht bewertet hatte wie mich, und er versuchte sich nun aus dieser unschmeichelhaften Gemeinschaft zu lösen. Also wieder mal eine Frage des Egos.

»Sie wollen den Unterschied hören zwischen Schund und Literatur? Zwischen einem echten Schriftsteller und einem Schreiberling? Kann ich Ihnen sagen: Adverbien.«

»Adverbien?«

»Sie benutzen zu viele«, sagte er spöttisch.

Die Behauptung, echte Schriftsteller würden auf eine ganze legitime Wortgruppe unserer Sprache verzichten, schien mir ziemlich anmaßend. Aber nachträglich muss ich gestehen, dass ich zu nervös war, um das auszusprechen. Verlegen und wütend zugleich hielt ich meinen Mund.

»Lassen Sie den Kerl in Ruhe«, ging McTavish dazwischen. Ich war nicht nur überrascht, dass er für mich Partei ergriff, sondern auch, dass er überhaupt zugehört hatte. Er hantierte mit dem Mikro, als wäre ihm diese neumodische Technologie fremd: Im Wechsel hielt er es zu weit von sich entfernt, sodass nur jedes zweite Wort zu verstehen war, oder so nah, dass die Rückkopplung schrill in den Ohren nachhallte. »Nichts spricht gegen ein wenig Mord und Totschlag. Das geht schon in Ordnung.«

Und so fanden wir nach diesem kurzen Säbelrasseln, welches immerhin das ein oder andere aufgeregte Flüstern im Publikum hervorgerufen hatte und die Gorge-Tour beinahe in Vergessenheit geraten ließ, wieder in den üblichen Rhythmus solcher Diskussionsrunden zurück. Die nächsten Fragen waren an Wolfgang adressiert und kreisten um seine Adaption von *In Cold Blood*, aber auch um seine künftigen Projekte. Dabei stellte sich heraus, dass er derzeit gar nicht schrieb, sondern sich auf eine Art interaktive Kunst-Installation mit dem Titel *The Death of Literature* konzentrierte. Seine Ausführungen über die literarischen Einflüsse irgendwelcher – meist obskurer – Philosophen begannen mit *Nun, Sie sehen* oder *Wie Sie wissen*. Es war nervtötend, aber ich hielt mich zurück.

»Es geht doch nichts über ein wenig literarischen Snobismus, um warm zu werden«, flüsterte mir Lisa ins Ohr. »Nimm es dir nicht zu sehr zu Herzen.«

»Was sind Adverbien?«

Es dauerte einen Moment, bis sie begriff, dass ich es ernst meinte, und mich beschlich das ungute Gefühl, gerade meine einzige Verbündete zu verlieren. Das Lachen, zu dem sie angesetzt hatte, glitt ihr nun völlig aus dem Gesicht. In Zeitlupe.

Als Wolfgangs Ergüsse endlich versiegten, war McTavish an der Reihe. Das Publikum nahm gespannt Haltung an; es war offensichtlich, dass die meisten Leute seinetwegen hier waren, schließlich war dies einer seiner wenigen internationalen Auftritte. Jetzt, da die Aufmerksamkeit auf ihn gerichtet war, stellte ich überrascht fest, dass er wie zu neuem Leben erwacht schien: Anstatt auf seinem Stuhl halb zusammengesunken das Innere seines Flachmanns zu erkunden, trumpfte er nun mit Geschichten aus dem trüben schottischen Moor auf, erzählte von seiner Kindheit in Armut, von seinem harten Kampf, nicht nur seine Bücher veröffentlichen zu können, sondern damit auch ernst genommen zu werden (möglicherweise stand er mir deshalb zuvor zur Seite, dachte ich, wenngleich ich ihm den einen mickrigen roten Stern noch nicht verzeihen konnte), und von seiner Zeit im Krankenhaus sowie der Angst, nie wieder schreiben zu können. Er schloss damit, wie sehr er hoffte, die Leute fänden Gefallen an seinem zuletzt erschienenen *Detective Morbund*-Krimi: *The Night Comes*.

Daraufhin schnellte im Publikum eine Hand in die Höhe. Sie gehörte der jungen Frau, die ich zuvor mit ihrem Stephen King in der Hand gesehen hatte.

»Für Fragen haben wir am Ende noch genug Zeit«, sagte Majors.

»Ach, ich …« Die Frau rutschte auf ihrem Stuhl hin und her, als müsste sie auf Toilette. »Ich hatte gehofft, Sie würden noch ein wenig über *The Dawn Rises* sprechen – das ist ja schließlich der neueste Roman. Welcher übrigens der Wahnsinn ist, Henry! Ich war begeistert, wie Sie –«

»Vielen Dank, für Fragen haben wir am Ende noch Zeit«, wiederholte Majors mit strengem Blick, bevor sie sich wieder dem gesamten Publikum zuwandte.

»Die junge Dame hat recht«, unterbrach nun McTavish.

»Auch wenn ich beide Bücher als Elemente eines Zweiteilers betrachte. *The Dawn Rises* ergibt natürlich keinen Sinn, wenn Sie *The Night Comes* nicht gelesen haben. Letzteres erscheint diese Woche als Taschenbuch. Bei all den Veröffentlichungsterminen und verschiedenen Ausgaben, noch dazu in verschiedenen Ländern, kommt man leicht durcheinander. Was ich damit sagen will: Kaufen Sie beide Bücher.« McTavishs Direktheit wurde mit Gelächter belohnt.

»Ich kann mir kaum ausmalen, wie schwierig es sein muss, eine sechzehnteilige Romanserie zu einem Ende zu bringen.« Majors lenkte die Runde wieder zum Thema. »Wie hat es sich angefühlt, sich von so einer beliebten Figur zu verabschieden?«

»Puh, ja, schwere Frage.« McTavish zögerte. Ein leichtes Lallen legte sich um seine Worte, von seiner Erzähleuphorie war nichts mehr zu spüren. Offenbar hatte er die Routine eines Alkoholikers, eingeübte Phrasen wiederzugeben, zu improvisieren hingegen schien ihm Probleme zu bereiten. Sein Blick huschte durch die Menge, bis er, wie ich feststellte, Wyatt fand. Doch er suchte bei ihm keinen Halt, wie ich es bei Simone getan hätte, vielmehr leuchtete Unmut in McTavishs Augen. Wyatt sank in seinem Stuhl ein wenig zusammen. Geschäftsführer hin oder her, es war klar, wer hier das Sagen hatte. McTavish antwortete in seine Richtung: »Abschied ist so ein großes Wort. Ich will hier jetzt nicht vorweggreifen, aber es gibt keine Türen, die sich nicht wieder öffnen lassen.«

»Etwas sagt mir, dass wir mehr heute nicht aus Ihnen herauskriegen werden«, meinte Majors, die McTavishs wohlüberlegte Zurückhaltung durchschaute. »Wie wär's dann mit einer Frage, welche diejenigen im Publikum interessieren dürfte, die es etwas traditioneller mögen: Stimmt es, dass Sie all Ihre Bücher auf der Schreibmaschine tippen? Man sagte mir, indem Sie nur ein einziges Manuskript erstellen, versuchen Sie Leaks zu verhindern. Das scheint mir doch recht drastisch.«

»So drastisch ist das gar nicht, wenn Sie mal darüber nachdenken. J.K. Rowlings Manuskripte waren eine Zeit lang an das Handgelenk ihres Verlegers gekettet, als wären es die Codes für Atomwaffen. Der Verleger von Dan Brown wies seine Übersetzerinnen und Übersetzer an, vorübergehend in einem Mailänder Kellergeschoss zu arbeiten, ohne Internet und mit Sicherheitsleuten, die sie auf die Toilette begleiteten. Man darf das nicht auf die leichte Schulter nehmen. Sie sollten mal lesen, was Leute mir angedroht haben, um an das Manuskript zu kommen. Wenn ich bedenke, was online heute so alles vor sich geht … Ich traue meinem Computer nicht. Und außerdem fühlen sich die Tasten der Schreibmaschine so gut an.«

»Und wenn Ihr Haus abbrennt?« Ich konnte mir die Frage nicht verkneifen. Zugegeben, mein Selbstbewusstsein war noch immer gestärkt, nachdem er mir zuvor zu Hilfe geeilt war.

Es war das erste Mal, dass ich McTavish direkt angesprochen hatte. Er wirkte misstrauisch, als müsste er noch entscheiden, ob er verärgert war. Ich fragte mich, ob er wirklich für mich Partei ergriffen hatte – oder ob er einfach Wolfgang widersprechen wollte. »Ich würde das als einen Hinweis des Universums sehen«, sagte er dann, »dass ich vielleicht doch eine zweite Version brauche.« Er öffnete erneut seinen Flachmann und nahm einen ordentlichen Schluck, das Zeichen, dass es nun weitergehen konnte.

Wie ein Hund, der auf die Gassi-Runde wartet, konnte Royce seine Freude darüber, endlich seine eigenen Fragen gestellt zu bekommen, nicht verbergen.

»Na dann: Last –«

»But not least«, vollendete er.

»Natürlich.« Majors schaute, als hätte sie statt *Natürlich* genauso gut *Halt die Klappe* sagen können. Eigentlich wie jedes Mal, wenn man sie unterbrach. Sie schien mir eine Frau zu sein, die sehr auf ihre Worte bedacht war und es nicht leiden konnte, wenn man ihr diese vorenthielt oder aus dem Mund nahm. »Alan Royce, Autor der *Doctor Jane Black*-Romane, die auf Seziertischen und in Leichenhallen spielen – Gänsehaut vorprogrammiert!«

»Ich betrachte mein Schreiben als einen Spiegel der Gesellschaft: Verdorbenheit und Menschlichkeit, wobei das Verbrechen selbst eher ein Vehikel ist für einen …« Wie schon beim Frühstück legte Royce genau an dieser Stelle eine Pause ein. Mir wurde klar, dass dieser Mann sich selbst sehr ernst nahm und anderen sein Bemühen unter die Nase reiben wollte. Er war der Typ Mensch, der einen Rollkoffer trägt, nur um sich über dessen Gewicht zu echauffieren. »… aufgeklärteren Dialog über die drängenden Themen unserer Zeit.«

»Natürlich.«

»Wirklich, ich glaube, dass das unsere Aufgabe ist. Die Gesellschaft befragen. Das ist genau das, was Wolfgang wohl meinte, mit Blick auf den französischen Modernis–«

»Sie haben auch selbst Erfahrung mit der Grausamkeit des Todes, nicht wahr?« Majors fand Gefallen daran, Royce auf seinen Sensationalismus zu reduzieren. Und man musste ihr zugutehalten, dass sich das Publikum mehr für Leichenhallen als für Wolfgangs Ausflug in den französischen Modernismus interessierte. »Sie waren als Rechtsmediziner tätig?«

»In der Tat, daher rührte meine Inspiration für fiktives Schreiben.« Royce betonte die letzten beiden Wörter übertrieben, besonders für das F gab er sich Mühe. Er klemmte seine Unterlippe unter seine oberen Schneidezähne und schickte den Laut wie einen Luftballon in meine Richtung. Für mich ergab das relativ wenig Sinn, schließlich war ich der Einzige in der Runde, der bisher im Bereich Sachbuch publiziert hatte.

»Wunderbar«, sagte Majors. »Kommen wir zu den Fragen aus dem Publikum.« Royce atmete ein wenig enttäuscht aus, doch das bekam sie entweder nicht mit, oder es war ihr egal. Sie zeigte auf die unter schwarzem Stoff verborgene Staffelei hinter uns. »Im Anschluss haben wir noch eine kleine Überraschung vorbereitet. Also, gibt es Fragen?«

Die *Misery*-Leserin war wieder die Schnellste, sie hob die Hand. Majors ließ ihren Blick extra langsam durch die unbeeindruckte Menge schweifen, bevor sie ihr unverhohlen lustlos das Wort erteilte. Ein Mitarbeiter brachte der jungen Frau, die sich erhob, ein kabelloses Mikrofon.

»Meine Frage geht an Henry.« Sie wippte beim Sprechen auf ihren Zehen leicht auf und ab. »Ich bin Brooke, Sie kennen mich vielleicht als Vorsitzende von *Morbund's Mongrels*.«

Morbund's Mongrels waren McTavishs Hardcore-Fans. Dieser zeigte bei der Nennung des Fanclubs keine Regung, und auch der Spruch auf dem T-Shirt der Frau schien ihn nicht weiter zu interessieren. Als ich das Shirt zum ersten Mal wahrgenommen hatte, schloss ich daraus, Brooke könnte McTavishs Lektorin sein, aber dass sie die Rudelführerin der Mongrels war, erklärte natürlich besser, warum sie an Bord dieses Zugs war und um Henry herumschwänzelte. Dennoch schien es mir angesichts ihres Alters übertrieben (ich schätzte sie auf Anfang zwanzig, nicht zuletzt, weil die Leidenschaft, irgendwas auf die Beine zu stellen – von einem internationalen Fanclub ganz zu schweigen –, sich in Luft auflöst, sobald man das fünfundzwanzigste Lebensjahr überschreitet), sich eine solche Reise zu leisten, aber vielleicht kam sie ja aus reichem Elternhaus. Entweder das, oder ihre Bewunderung war schlicht zu groß, als dass wer weiß wie viele Schichten hinter der Bar oder mit dem Wischmopp in einem Fast-Food-Restaurant sie davon hätten abhalten können, ihr Idol zu treffen. McTavishs Worte kamen mir wieder in den Sinn – *was Leute mir angedroht haben, um an das Manuskript zu kommen* –, und ich fragte mich, ob wohl noch weitere Mongrels an Bord waren und ob deren Obsession einen weiteren Grund darstellten, weshalb er an solchen Events meist nicht mehr teilnahm.

»Ich wollte fragen, natürlich ohne irgendwas vorwegzunehmen …«, sie sah sich schuldbewusst um, »Detective Morbund … es geht ihm nicht gut, oder? Ich meine, in *The Dawn Rises* passiert ja das ein oder andere, und ich wollte fragen, ob er vielleicht wirklich –«

Aus den hinteren Reihen erklang ein Stöhnen, das jedem bekannt sein dürfte, der spoilerallergische Freunde hat (in meinem Fall Andy, der mir einmal eine Standpauke gehalten hat, weil ich das Ende von – Achtung! – *Titanic* verraten habe). Zugegebenermaßen war ich auch ein wenig angefressen. Obwohl *The Dawn Rises* als Morbunds vermeintlicher Abgesang beworben wurde (so prangte es immerhin auf dem Cover, zusammen mit dem Zitat aus der *New York Times* – »Unübertroffen, unaufhaltsam: McTavish ist einmalig« –, das gleichzeitig klarstellte, dass McTavish niemanden um einen Blurb bitten musste), konnte ich mir nicht vorstellen, dass McTavish seine hochgelobte Krimi-Figur sterben ließ. Seine Bücher waren schließlich in der ersten Person geschrieben – es wäre ein unverzeihliches Vergehen am Fair Play der Kriminalliteratur, wie Sie wissen. Soll sich die Geschichte etwa von selbst erzählen, wenn der Protagonist erst mal tot ist?

Schauen wir uns mal meinen Fall an: Sie *wissen*, dass ich aktuell nicht mitten im Nirgendwo unter der brennenden Sonne von einer Handvoll Schriftstellern gemobbt werde. Nein, ich liege, nachdem ich den Zug endlich verlassen konnte, in einem Krankenhausbett in Adelaide und warte darauf, nach Hause entlassen zu werden, sobald die Polizei alle Zeugenaussagen und Körperteile eingesammelt hat. Während ich das schreibe, verlange ich gelegentlich nach weiteren Schmerztabletten oder pule mir kleine Hautfetzen von meinem sonnenverbrannten Nacken.

»Vielen Dank, Brooke«, sagte McTavish und räusperte sich. Allein, dass er sich ihren Namen die etwa fünfzehn Sekunden, seit sie ihn genannt hatte, merken konnte, entlockte Brooke einen spontanen Seufzer. »Allen anderen Anwesenden zuliebe behalte ich das Geheimnis mal für mich, aber Sie können sich natürlich Ihren Teil denken.«

Es war eine Nichtantwort, und Brooke rümpfte die Nase. Der Mitarbeiter des Ghan-Teams streckte seine Hand nach dem Mikrofon aus, doch sie umklammerte es wie ein Kleinkind, dem man das geliebte Spielzeug wegnehmen wollte. Als hätte sie vergessen, dass ihr noch vier weitere Tage blieben, um McTavish zu belästigen, schien sie alles aus dieser Situation herausholen und ihn einwickeln zu wollen.

»Na gut, es ist nur ... der Gastwirt, der im Buch auftaucht – sein Name ist Archibald Bench. *Archie* Bench.« Sie sah ihn dabei erwartungsvoll an und betonte jede Silbe des Namens, als würden McTavish und sie ein Geheimnis teilen oder über den neuen Partner einer Ex-Freundin lästern (*Ratet mal, mit wem sie jetzt zusammen ist ... Ar-chie-bald Bench!*).

Ich betete, sie möge endlich zum Punkt kommen. Ich konnte spüren, wie sich mein Nacken rötete, und bereute es, keine Sonnencreme aufgetragen zu haben. Jetzt erinnere ich mich, dass ich mich zu dem Zeitpunkt bereits darauf einstellte, dass sich später alles schälen würde.

»Habe ich recht?«

McTavish blickte kurz zu Wyatt, der ebenso verblüfft schien. Und so ging es auch mir. Bis auf den letzten Band hatte ich alle Morbund-Bücher gelesen, und für gewöhnlich löse ich solche Rätsel problemlos. Aber der Name Archibald Bench verriet meines Erachtens gar nichts, außer vielleicht, dass ein Lektor es versäumt hatte, einen realistischeren Nachnamen vorzuschlagen. Andererseits, wie ich Andy und auch Ihnen schon sagte, alles in einem Krimi ist vorsätzlich, und McTavish war einer der Besten in Sachen Trickserei, Rätsel und Wortspiele. Wenn wir es also mit einem Archie Bench zu tun hatten statt mit einem Archie Bus-Stop oder einem Archie Escalator, dann aus einem Grund.

»Da haben Sie mich wohl durchschaut, junge Frau«, sagte McTavish schließlich. Die Aussage war nichtssagend, aber offenbar genau das, was Brooke hören wollte. Sie trippelte mit den Füßen im Wüstensand und überreichte dem Mitarbeiter das Mikrofon mit der Genugtuung, bekommen zu haben, was sie wollte (und was sie womöglich wochenlang geprobt hatte).

Nur für das Protokoll: Dass diese Frau zuvor in der Bar in Stephen Kings *Misery* gelesen hat, habe ich mir nicht ausgedacht – ein Thriller, in dem eine durchgeknallte Leserin ihren Lieblingsautor kidnappt und ihn zwingt, den Protagonisten einer beendeten Roman-Reihe wieder zum Leben zu erwecken (sorry für den Spoiler, Andy). Genau dieses Buch hat sie gelesen. Zumindest, bis es später Erbrochenes abbekam. Vermutlich hat sie es danach entsorgt, es sei denn, die Tatsache, dass es McTavishs Erbrochenes war, machte die Ausgabe für sie erst recht zu etwas Besonderem. Zuzutrauen wäre es ihr.

Majors gab dem lethargischen Publikum noch mal die Chance, weitere Fragen zu stellen, wobei sie sich anstrengen musste, Brooke zu ignorieren, die nicht müde wurde, immer wieder ihre Hand zu heben. Die meisten Fragen richteten sich an Henry. Mir war das egal, aber Royce rutschte beinahe vom Stuhl in dem Versuch, seine Bereitschaft zu signalisieren, Fragen zu beantworten. Als dann auch noch der Mann mit dem orangegrauen Bart – ich sah direkt wieder das zweite, unangetastete Glas Champagner vor mir – zum Mikrofon griff und sagte: »Meine Frage ist für Ernest«, drohte er zu platzen.

Ich fummelte mein eigenes Mikrofon hervor und lächelte den Mann ermutigend an.

»Ist eine ganz einfache«, sagte er. Ich sah, dass er allein hier war, wie auch schon beim Frühstück. Er saß am Rand, der Sitz neben ihm war frei. »Haben Sie ihn umgebracht?«

Wie auf Kommando blies uns ein plötzlicher Windstoß roten Staub in die Augen. Ich wischte mir über das Gesicht und versuchte gleichzeitig, meine Gedanken zu sortieren. Das Beste, was mir einfiel, war: »Entschuldigung?«

»Haben Sie ihn umgebracht?«

Es tut mir leid, wenn ich Sie an dieser Stelle aus der Szene reißen muss, aber meine Lektorin hat meine Antwort rausgestrichen, da sie sich auf die Morde im vergangenen Jahr bezieht. Ich kann Ihnen nur verraten, dass ich das Gleiche antwortete, was ich bereits in meinem letzten Buch geschrieben habe – das war juristisch gesehen ausreichend glattgebügelt, um mir Ärger zu ersparen. Und ich glaube, es hat funktioniert. In Royces Augen, die mich nun ununterbrochen fixierten, glühte allerdings die Lava.

Wieder ging eine Hand nach oben. »Ich habe eine Frage an Henry.« Es war die Frau mit den Locken, die ich, genau wie ihren Mann, als Fan eingeordnet hatte. Noch mehr Mongrels also. Sie sprach mit einem leichten irischen Akzent und quer durch alle Tonlagen. Ihr Mann saß neben ihr und legte sanft die Hand auf ihren Ellbogen, um sie von ihrer Frage abzuhalten. Sie schüttelte die Hand ab. »Woher nehmen Sie die Themen für Ihre Bücher?«

»Harriet!«, versuchte ihr Mann sie zum Schweigen zu bringen, seine Wangen glühten vor Scham. Wenn er ein Fan war, dann das Gegenteil von Brooke. Dass McTavish sie anschaute, war ihm unangenehm.

»Ich darf Fragen stellen, Jasper«, entgegnete Harriet entschlossen.

McTavish versuchte zu deeskalieren, indem er sich nach vorne lehnte und die Arme ausbreitete. »Eine wundervolle Frage!«, sagte er und setzte zu einer einstudierten Antwort an.

Falls Sie es nicht wussten, es gibt zwei Arten von Schriftstellerinnen und Schriftstellern: *Plotter*, die ihr Buch skizzieren, bevor sie es schreiben; und sogenannte *Pantser*, die sich jeden Tag aufs Neue unbedarft an den Schreibtisch setzen, ohne einen Plan zu haben, wohin die Reise geht. Ich nehme an, ich bin eine Mischung aus beiden: Während ich die Ereignisse meiner Bücher erlebe, habe ich keine Ahnung, was passieren wird, aber wenn ich mich später hinsetze und alles aufschreibe, kann ich auf den Plot zurückgreifen, den der Killer mir freundlicherweise hinterlassen hat (trotzdem würde ich nicht so weit gehen, die Mörder, denen ich begegnet bin, als Co-Autoren zu bezeichnen). McTavish erklärte, dass er stets von einem Bild, einem Gefühl oder gar einer Farbe ausgehe und Detective Morbund dann seinen Weg in sein Abenteuer finden lasse; er war also ein *Pantser*.

Langweilige Frage, langweilige Antwort, und es tut mir wirklich leid, dass ich Sie durch den gesamten Programmpunkt schleife. Aber ich finde, Sie sollten die Atmosphäre einer literarischen Veranstaltung in all ihrer Zähigkeit und Banalität miterleben. Außerdem beinhaltet dieses Kapitel zu viele Hinweise, als dass ich Ihnen auch nur irgendetwas aus diesen Dialogen ersparen könnte, mögen sie noch so belanglos erscheinen.

Auch Archie Bench hat seine Daseinsberechtigung, wie sich herausstellen wird.

»Mir gefällt *Off the Rails* ja am besten«, sagte Majors (für alle ohne enzyklopädisches Gedächtnis, das ist der dritte Morbund-Roman).

Brooke nickte zustimmend. Ich konnte mich vage an das Buch erinnern: Ein Paar inszeniert einen Zusammenstoß zwischen einem Auto und einem Zug, um den Mord an seinem Sohn zu vertuschen. Da gab es eine besonders niederträchtige Szene in der Vorbereitung des Fake-Unfalls, als die Eltern zwei frisch ausgegrabene Leichen, von denen am Ende nicht viel übrig bleiben sollte, an ihrer Stelle auf die Vordersitze schnallen. Das ist auch fast alles, was von der Handlung bei mir hängen geblieben ist.

»Ich kann mich erinnern, dass ich in den Nachrichten von einer ganz ähnlichen Geschichte gehört habe«, fügte Majors hinzu. »Neben Farben und Gefühlen müssen Sie also noch andere …«, sie kopierte Royces künstliche Pause, »… Inspirationsquellen haben.«

»Nee.« McTavish schüttelte den Kopf. Sein Akzent kam nun deutlicher zum Vorschein, seine betäubte Zunge kämpfte mit den Konsonanten. »Ich scher mich nicht besonders um die Nachrichten. Natürlich schnapp ich hier und da auf, was in der Welt passiert, und ich muss auch auf dem Laufenden bleiben, was Ermittlungsarbeit und Technologien angeht. Aber würde ich zu viele Nachrichten konsumieren, hätte ich nie eine eigene Idee für ein Buch. Denn wie heißt es so schön: Das Leben schreibt die besten Geschichten.«

»Aber es gab tatsächlich einen ähnlichen Vorfall«, legte Majors nach. »In meiner Heimatstadt, um genau zu sein. Ich war noch ein Kind.«

Aus dem Publikum ertönte ein lautes Räuspern. Ich schaute in die Richtung und sah Wyatt, wie er in seine Hand hustete. Sein Blick war fest auf Majors gerichtet, sein Gesicht sprach Bände: *Vorsicht!* Ich sah auch Jasper, der zu Harriet gewandt die Augen verdrehte, als wäre ihre Frage der Grund für die angespannte Stimmung.

»Tatsächlich?«, fragte McTavish interessiert.

»Sie erinnern sich nicht? Lisa, Sie kennen die Geschichte bestimmt. Ist zweiunddreißig Jahre her, 1991.«

Lisas Kopf verschwand zwischen ihren Schulten. »Ich glaube, ich möchte nicht –«

»Das ist lange her, Schätzchen«, unterbrach McTavish. »Wo sind Sie aufgewachsen?«

»Hier draußen«, sagte Majors. »Wir fahren sogar direkt dran vorbei, etwa hundert Kilometer vor Alice Springs.«

»Hmm. Die Wahrscheinlichkeit, dass ich drüben in Schottland über einen Artikel aus dem australischen Hinterland stolpere, ist jedenfalls gering, würde ich sagen. Aber es tut mir leid, wenn ich da einen Nerv getroffen habe. Ich kann mir vorstellen, dass es schmerzhaft ist, in einer erfundenen Geschichte zu lesen, dass jemand auf dieselbe Art und Weise getötet oder verletzt wird wie jemand, den man kannte. Aber jede und jeder Einzelne von uns«, er griff zu seinem Gehstock und zeigte damit nach rechts und links auf seine Schriftstellerkollegen, »hat auf unendlich viele Arten unendlich viele Menschen getötet. Dass das echte Leben uns gelegentlich nachahmt, ist unvermeidlich.«

»Sie glauben also nicht –«, drängte Majors weiter.

McTavish lachte auf. »Zum Glück denken wir uns das alles nur aus! Sollte hier und jetzt einer von uns sterben, hätten wir fünf Verdächtige, die alle nur zu gut wissen, wie sie mit Mord davonkommen.«

Majors erblasste. Mit flackernden Augen suchte sie Lisas Blick, doch die war damit beschäftigt, mit ihrer Schuhspitze Muster in den Wüstenboden zu malen.

»Wenn jedes Ihrer Bücher eine Farbe wäre«, startete ich den Versuch, das Gespräch zu retten, »welche Farbe hätte *The Dawn Rises*?«

»Rot«, antwortete er genüsslich. »*Blut*rot.«

Dafür gab es eine Runde Applaus von Brooke, die darin eine deutliche Anspielung auf Detective Morbunds Schicksal sah. Sogar Wyatt schmunzelte. *Da hast du dein Medientraining*, dachte ich und sah rüber zu Wolfgang. McTavish war ein absoluter Profi, daran hätte ich nicht zweifeln sollen.

Majors schaltete sich wieder ein: »Und wie sieht es mit *Off the Rails* aus, Henry?«

»Gelb«, gab dieser scharf zurück.

Majors sah mit großer Geste auf ihre Uhr und erhob sich. In der Menge machte sich Unruhe breit, jedoch weniger in Erwartung des nächsten Programmpunkts als vielmehr in der Hoffnung auf eine Toilettenpause. Blasenvolumen sind im Gegensatz zu Schriftsteller-Egos begrenzt, und nach dieser Diskussion schien bei einigen Zuhörern diese Grenze erreicht. Der Champagner am Morgen hatte sicher sein Übriges getan. Wenn ich so darüber nachdenke, hat der Alkohol womöglich auch uns etwas streitlustiger werden lassen. Derart aggressiv sind solche literarischen Runden normalerweise nicht.

»So, aus dieser Stunde haben wir wirklich alles rausgeholt. Runden wir das Programm dieses Vormittags ab mit einer kleinen Überraschung.« Majors ging rüber zu der verhüllten Staffelei. »Mit freundlicher Genehmigung des Verlags Penguin Random House präsentieren wir Ihnen hier und heute exklusiv«, sie griff nach dem schwarzen Tuch, »das Cover des neuen Romans von Lisa Fulton, *The Fall of Justice*, der nach zwei Jahrzehnten Arbeit endlich erscheint.« Wie eine Magierin zog sie den Stoff von der Staffelei und enthüllte einen bedruckten Karton.

Das Cover zeigte ein stattliches Gebäude, vermutlich ein Gericht, das sich vor der Silhouette einer Stadt abzeichnete und in das Blutrot der untergehenden Sonne getaucht war. In großen goldenen Buchstaben prangte, größer als der Titel selbst, Lisas Name. Bemerkenswert waren jedoch vor allem vier Wörter, die sich in schnörkelloser Schrift und strahlend weiß vom düsteren Himmel abhoben.

Die Reaktionen auf diese vier Wörter waren unterschiedlich. Lisa hielt sich die Hand vor den Mund. Ich konnte sehen, wie ihr Kiefer bebte und ihre Augen feucht wurden. Sie hatte die Cover-Gestaltung mit Sicherheit abgesegnet, nur die finale Version hatte sie offenbar noch nicht zu Gesicht bekommen und war nun entsprechend überwältigt. Royce bohrte sich die Finger in die Knie, als ob er die Hände zu Fäusten ballen wollte. Er presste die Kiefer so fest aufeinander, dass höchstwahrscheinlich ein Zahn splitterte. Wolfgang hatte es nicht einmal für nötig gehalten, sich überhaupt umzudrehen. Majors beobachtete Lisa, ihr Blick war schwer zu deuten. Es war zwar nicht direkt Eifersucht darin zu erkennen, aber warme Glückwünsche überbrachte er auch nicht.

McTavish war am einfachsten zu lesen. Er strahlte reine Selbstgefälligkeit aus.

Natürlich tat er das, von den vier Wörtern stammten zwei von ihm.

»Eine Granate.« Henry McTavish

Ein Blurb von dem Mann, der *niemals* Blurbs verteilt. Und

so wie es auf dem Cover platziert war, in Größe und Strahlkraft kaum zu übertreffen, würde es definitiv Wirkung zeigen. Lisa hatte ihre Wangen eingesogen, als würde sie gleich zu weinen beginnen. Vor aller Augen schien sie das unbedingt vermeiden zu wollen, sie erhob sich und eilte zurück in Richtung des Zugs.

Einige Menschen aus dem Publikum verstanden das als Aufforderung und machten sich ebenfalls auf den Weg. Wyatt stand auf, ging nach vorne zu McTavish und legte ihm die Hand auf die unversehrte Schulter. Ich konnte nicht hören, was er zu ihm sagte, aber McTavish lachte. Dann sah ich Simone sich von ihrem Stuhl erheben und visierte eilig den Zug an. Ich musste zwar unbedingt mit ihr sprechen. Um ihr ordentlich meine Meinung zu geigen, hatte ich zu dem Zeitpunkt allerdings nicht die Kraft, das musste also warten.

Ich eilte zurück in die Bar und bestellte ein Stella Artois, das mir in einem bauchigen Glas serviert wurde, die Schaumkrone mit einem Messer vom Glasrand gesäbelt. Ich setzte mich damit ans Fenster, den ganzen Tisch für mich allein, und wartete auf die Staubwolken, die die Rückkehr der Busse ankündigen würden. Ich konnte es kaum erwarten, mich bei Juliette zu beklagen – All-Inclusive-Getränk in der Hand, gemütlich in einem luxuriösen Zug sitzend, der auf einer weltbekannten Route fährt –, wie schlecht es mir ergangen war.

Meinen Sitzplatz hatte ich, wie sich herausstellte, ganz hervorragend gewählt. Von hier konnte ich beobachten, wie Alan Royce unauffällig abseits des verbliebenen Publikums vor sich hin trödelte und sich schuldbewusst umsah, bis er sich allein wähnte. Ich könnte schwören, dass er mich direkt angesehen hat, aber das in der Sonne spiegelnde Fenster muss mich verborgen haben.

Entsprechend hatte er keine Ahnung, dass ich ihm dabei zusah, wie er sich noch ein letztes Mal umschaute und dann mit einem Faustschlag Lisa Fultons Cover durchbohrte.

KAPITEL 8

Das erste Bier machte alles nur bedingt erträglicher, aber dank des Alkohols waren zumindest meine Hände ruhiger geworden. Schriftstellerinnen und Schriftsteller sind im Allgemeinen weitaus höflicher, als ich es eben miterlebt hatte. Aber etwas an diesem Festival verleitete uns dazu, uns gegenseitig an die Gurgel zu gehen. Ob es an der Isolation lag? An dem Gefühl, die Welt sei ausgesperrt – keine Liveübertragung, keine Journalisten – und unsere Taten würden ohne Konsequenzen bleiben? Was im Ghan passiert, bleibt im Ghan? Oder war der Grund viel einfacher, und zwar, dass SF Majors ein hochentzündliches Gemisch an Autorinnen und Autoren zusammengebraut hatte? Alle kannten sich, hatten ihre Problemchen und Streitpunkte, dazu kamen noch ihre Egos und die unerbittliche Wüstensonne, und schon hatte man einen Cocktail voller Ressentiments. Nur ich passte da nicht rein, ich traf sie hier alle zum ersten Mal. Warum also war ich überhaupt hier?

Ich nahm mir vor, die Sache nicht überzuinterpretieren, und holte mir ein neues Bier. Als ich zurückkam, hatten Jasper und Harriet meinen Tisch am Fenster in Beschlag genommen. Ich sah mich um, die Bar füllte sich zunehmend. Bei der wilden Herde älterer Damen war noch ein Platz frei, aber die konnte ich jetzt nicht ertragen. McTavish hatte sich auf einem Barhocker einen Platz an der Quelle gesichert und die Ellbogen auf den Tresen gestützt. Neben ihm standen freie Hocker, aber diese Option erschien mir nicht wesentlich besser. Von den anderen Anwesenden hier im Wagen kannte ich niemanden, viele hatten sich in ihre Kabinen zurückgezogen. Meine Unentschlossenheit war inzwischen auch Jasper aufgefallen.

»Oh, sorry, haben wir Ihnen den Platz geklaut?« Er rutschte rüber, und ich setzte mich neben ihn. »Jasper Murdoch, schön Sie kennenzulernen.«

Seine Haare waren dunkel wie Brombeeren und standen im krassen Kontrast zum Gatsby-Grün seiner Augen. Er trug ein T-Shirt, das er in den Bund seiner Jeans gestopft hatte. Ich schüttelte ihm die Hand, spürte die Schwielen eines Handwerkers und wandte mich dann an seine Frau. »Harriet, richtig?« Das hatte sie nicht kommen sehen; sie wischte sich eine Haarsträhne hinters Ohr. »Keine Sorge, ich bin kein Stalker oder so. Ich habe Sie vorhin miteinander sprechen hören. Ernest.«

»Mr Adverb«, sagte Harriet. Es war eine gut gemeinte Beleidigung, um auszudrücken, dass sie Wolfgangs Art ebenfalls als ein wenig harsch empfunden hatte.

»Das war mal eine lebendige Diskussion, hmm?«, sagte Jasper.

»So kann man es auch nennen.« Ich nippte an meinem Bier und sah durch das Fenster, wie jemand aus dem Ghan-Team die Staffelei wieder aufrichtete und sich vermutlich wunderte, wie diese so ganz ohne Wind umgefallen sein konnte. Von dem Loch ganz zu schweigen. »Mir war nicht klar, worauf ich mich da einlasse«, sagte ich lachend. »Aber die Gäste sind ja Sie. Bekommen Sie denn genug geboten für Ihr Geld?«

»Nehmen Sie die Sache nicht persönlich«, sagte Jasper. Harriet nickte zustimmend.

»Leichter gesagt als getan.«

»Sehen Sie es mal so: Royce und Wolfgang haben einfach nur Angst vor einem Newcomer wie Ihnen, der zur Stelle ist, wenn ihre Karrieren den Bach runtergehen, und sie aus den Regalen vertreibt.« Jasper zuckte mit den Schultern. »So muss sich das für die beiden anfühlen, nehme ich an.«

Da schien sich jemand auszukennen. Ich äußerte meine Vermutung: »Für welchen Verlag arbeiten Sie? Gemini?«

»Nein, nein, er ist Schriftsteller«, sagte Harriet

»Zum Festival eingeladen?«, fragte ich.

Jasper ging nicht auf die Frage ein, er winkte ab. »Ich habe etwas mit Wyatt Lloyd zu klären. Dies schien mir eine gute

Gelegenheit, ihn mal zu erwischen. Und man bekommt ja auch nicht jeden Tag die Möglichkeit, ganz Australien hoch- und runterzufahren.« Er malte die Strecke mit dem Finger in die Luft, und ich erinnerte mich, dass der Ghan tatsächlich in beide Richtungen fuhr. »Erst recht nicht als Irin«, flüsterte er beinahe verschwörerisch und nickte in Harriets Richtung.

Sie schlug ihm spielerisch auf den Arm und sagte zu mir gewandt: »Hören Sie nicht auf ihn. Meine Eltern sind Iren, aber ich bin in Melbourne geboren.« Deswegen also der nur leichte Akzent.

»Dann sind Sie von Adelaide raufgefahren, um jetzt wieder runterzufahren?«

»Auf dem Weg hoch hatten wir einen Mietwagen«, sagte Jasper.

»Ganz schön lange Fahrt.« Ich musste an die Tabletten gegen Seekrankheit denken, die er Wyatt gegeben hatte. Er musste sie wohl für die Autofahrt gebraucht haben.

»Falls Sie das noch nie gemacht haben – ich kann es nur empfehlen. Wunderschönes Land. Und was gibt es Besseres als endlose Straßen, schmuddelige Motels und frische Luft für den Endspurt eines Projekts?«

»Also gut, jetzt mal unter uns Autoren: Übertreibe ich, oder haben sich wirklich alle auf mich eingeschossen?«

»Ich glaube, Sie geben zu viel auf deren Anerkennung. Wozu?« Er zuckte wieder mit den Schultern. »Das, was zählt, was bleibt, sind die Geschichten und nicht die Cover, der Platz in den Regalen oder die Festivaleinladungen.« Dieses Plädoyer berührte etwas in mir, auch wenn es auswendig gelernt klang. Es schien fast, als würde er versuchen, sich selbst davon zu überzeugen, dass eine Festivaleinladung keinerlei Bedeutung hätte. Dass er zudem betonte, wie unwichtig der Platz in den Regalen sei, ließ eine weitere Schlussfolgerung zu.

»Sie veröffentlichen Ihre Bücher im Eigenverlag?«, riet ich. Nach einem gewissen Erfolg mit E-Books ist der Schritt zur Printausgabe durchaus sinnvoll – und Grund genug, sich auf dieser Reise an Wyatt zu hängen. Auf jedem Festival gibt es mindestens einen Besucher mit einem Manuskript unterm Arm, der nur darauf wartet, es einem nichtsahnenden Verleger in die Hand zu drücken. »Ich meine E-Books. So habe ich auch angefangen.«

»Ähm –«

»Er ist großartig«, prahlte Harriet. »Er hat genauso viele Bücher verkauft wie McTavish!«

»Danke, Harry, das reicht jetzt.« Er konnte es offensichtlich nicht leiden, dass sie für ihn sprach; wie ein Kind, genervt von seiner stolzen Mutter. Er wandte sich wieder zu mir. »Ich bin zufrieden.«

Er klang dabei nicht etwa bescheiden. Vielmehr war er plötzlich eher schüchtern, vorsichtig, und ich fragte mich, ob da das Hochstapler-Syndrom aus ihm sprach, das sich auch bei mir regelmäßig meldete. Dass Harriet ihm hier ein wenig den Bauch pinselte, änderte selbstverständlich nichts an der Realität: Auch die möglicherweise tollen Verkaufszahlen seiner selbst veröffentlichten Werke bewahrten ihn nicht davor, einen Verleger in diesem Zug verfolgen zu müssen.

»Und Sie sind McTavish-Fan, nehme ich an?«, fragte ich Harriet, um das Thema zu wechseln. Schließlich hatte sie Henry eine Frage gestellt.

Sie lächelte. »Ja, ich mag seine Bücher sehr.«

»Wie sieht's mit Ihnen aus?«, wollte Jasper gleich wissen. Er schien ein netter Kerl zu sein, hatte aber die unangenehme Eigenschaft, ständig seine Frau zu unterbrechen. Wie bereits zuvor während des Panels war er ein wenig zu besitzergreifend für meinen Geschmack.

»Ja, doch … ich bin kein Mongrel oder so, aber schon ein Fan. Wobei …«, ich zögerte und lachte halbherzig. »Ich habe mich noch nicht endgültig entschieden, um ehrlich zu sein.«

»Falls es Sie beruhigt«, sagte Jasper, »ich habe gehört, wie diese Frau – Ihre Agentin? – mit Wyatt darüber stritt, die Rezensionen wieder zu löschen.«

»Sie haben die auch gelesen?«

»So was spricht sich rum. Aber jeder kriegt mal eine schlechte Rezension, lassen Sie sich davon nicht ärgern. So«, er hielt sein leeres Glas hoch, »wir sollten vor dem Essen noch mal nachfüllen gehen. Was meinst du, Harry?«

Harriet nickte. »Es war schön, Sie kennenzulernen, Ernest.«

Die beiden standen auf, und als wären wir beim Speed-Dating, war der Typ, der mir draußen die Frage gestellt hatte – goldenes Brillengestell, orange-grau gescheckter Bart –, zur Stelle, um den Platz mir gegenüber einzunehmen. Sein Gesicht war ledrig, und seine Augen lagen in einem faltigen Tal. Wie Aaron trug er einen landestypischen Filzhut, der so sauber war, dass ich annahm, er habe ihn vor Abfahrt im Souvenirladen in Berrimah gekauft. In den Händen hielt er zwei Bier, und bevor ich mich nach seiner möglichen Begleitung umsehen konnte, schob er mir eines davon rüber. Das war mehr Alkohol, als gut für mich war – zumal mein zweites Glas noch zu einem Drittel gefüllt war –, aber aus Höflichkeit griff ich danach und nickte dankend.

»Douglas Parsons«, sagte er. Ich schüttelte die Hand, die er mir entgegenstreckte, verspürte aber keine Notwendigkeit, meinen Namen zu nennen, schließlich schien er mein Buch gelesen zu haben. Dann kam mir der Gedanke, dass es arrogant war anzunehmen, er wisse, wer ich bin, also murmelte ich nach einer viel zu langen Pause: *Ernest.*

»Ich weiß. Ich saß vorhin im Publikum.« Er hatte einen dezent texanischen Akzent.

»Ah, ok.« Jetzt hatte ich den Eindruck erweckt, ich hätte keine Ahnung, wer er war, und mir blieb nichts anderes übrig, als es durchzuziehen. »Die Sonne hat ein wenig geblendet. Danke, dass Sie sich das alles angehört haben.«

»Ich hatte Ihnen nach der Diskussion eine Frage gestellt. Tut mir leid, wenn die, nun ja, zu direkt war.«

»Gar kein Problem. Gefällt Ihnen diese Reise denn bisher?«

»Ja, passt schon. Ehrlich gesagt, fühlt es sich komisch an, hier zu sein. Ich habe lange hin und her überlegt, ob ich diesen Trip machen soll …« Seine Stimme wurde immer leiser, und sein Blick ging durch mich hindurch. Ein Schluck Bier brachte ihn wieder zurück ins Hier und Jetzt. »Alkohol für lau. Da kann man sich nicht beklagen.«

»Reisen Sie in Begleitung?«, fragte ich.

Er deutete ein Kopfschütteln an. »Allein.«

Ihn nach seinem zweiten Glas Champagner beim Frühstück zu fragen schien mir über die Maßen neugierig, also beließ ich es dabei, und wir saßen uns einen Moment schweigend gegenüber.

»Noch mal zu meiner Frage. Irgendwie –«, begann er.

Ich hatte es kommen sehen und wollte die Sache im Keim ersticken. »Sie werden verstehen, dass ich darüber aus rechtlichen Gründen nicht sprechen kann.«

»Klar, absolut. Es ist nur, wie soll ich sagen, lustig, dass Sie hier sind. Sonst nichts.«

Ich runzelte die Stirn. »Lustig?«

»Weil ich auf dem Flug hierher Ihr Buch gelesen habe – einer dieser Zufälle, die in Krimis nicht erlaubt sind, hab ich recht?«

»Stimmt. Aber Sie mussten ja nach Australien fliegen, um an diesem Festival teilzunehmen, und mein Buch findet man am Flughafen, nehme ich an. Ist also nicht der allergrößte Zufall.«

Er rückte mit dem Finger seine Brille zurecht. »Für mich schon.«

»Das ist eine ziemlich lange Anreise. Wer ist Ihr Lieblingsautor? McTavish?« Da McTavish so selten auf Tour ging, war er vermutlich nie in den USA gewesen. Es war schon sehr bemerkenswert, dass jemand extra für einen Schriftsteller nach Australien fliegen sollte. Aber andererseits, wenn man es mit einem so berühmten Urlaubsziel verbinden konnte … McTavish war da vielleicht nur das Sahnehäubchen.

»Eine seltene Gelegenheit.«

Ich spannte die Beinmuskulatur an und erhob mich ein Stück. Eine bessere Geste, um mich diesem Gespräch zaghaft zu entziehen, wollte mir nicht einfallen. An dem vollen Bierglas vor mir perlte das Kondenswasser vorwurfsvoll in Tropfen hinab auf den Tisch.

»Ich weiß, dass Sie nicht darüber sprechen können.«

Ich war in meiner schwebenden Haltung gefangen, die Oberschenkel begannen zu ziehen. »Kann ich wirklich nicht.«

»Rein hypothetisch …«

»Nicht mal hyp–«

»Dieser Typ hat Ihnen eine Menge weggenommen. Geliebte Menschen, Freunde. Das war schmerzhaft. *Falls* Sie ihn –«

»Habe ich nicht.«

»Rein hypothetisch.«

»Also gut.« Ich gab nach.

»Wie hätte sich das angefühlt? Sich an ihm zu rächen?«

»Da gab's keine Rache, das war ein Kampf ums Überleben.« Das entsprach der Wahrheit, dennoch hielt ich kurz inne. Vielleicht waren es die zwei Bier, die mich die Warnungen meiner Justiziare vergessen ließen, vielleicht hatte ich das ganze Getue um diese Geschichte satt, vielleicht lag es auch einfach nur an Douglas' Bart, der zitterte, als hätte gerade ein Vogel sein Nest darin verlassen, und seine bebenden Lippen verbarg. Warum auch immer, ich fügte noch eine weitere Wahrheit hinzu: »Es hätte eine Traurigkeit in mir hinterlassen.«

»Traurigkeit?«

»Ja, Ohnmacht anstatt Macht. Jemandem die Hände um den Hals zu legen – man würde annehmen, dass einem das ein Gefühl von Kontrolle verleiht, oder? Aber nein, keine Spur. Wenn man bedenkt, was alles passieren muss, um in so eine Situation zu geraten; was alles schiefgehen muss … Ich vermute, man würde sich vorkommen wie ein Opfer.« Ich erblickte die Busse, die sich den Gleisen näherten, und richtete mich endlich vollständig auf. »Rein hypothetisch natürlich.«

Als ich die Bar verließ, warf ich noch mal einen Blick über die Schulter und sah Douglas gedankenverloren in sein Glas starren. Dann prostete er dem vollen Bier zu, das ich zurückgelassen hatte.

Ein mulmiges Gefühl breitete sich in mir aus, während ich zurück zu meiner Kabine ging. Das lag weniger an der Art der Fragen, die er mir gestellt hatte – wir leben in einer Welt, in der sich die Leute zum Kochen die schaurigsten True-Crime-Podcasts anhören –, als vielmehr an seinem Ton. Beinahe hätte man den Eindruck bekommen können, dass er gewissermaßen nach Erlaubnis fragte. Ich hoffte, dass meine Antworten abweisend genug waren, um in keiner Weise für Ermutigung zu sorgen.

Zugegeben, meine Analyse war recht tiefgründig, dafür dass ich mein Gegenüber gerade mal seit zwei Schlucken Bier kannte. Und normalerweise würde ich mich selbst ermahnen, mir über ihn nicht den Kopf zu zerbrechen, wenn Douglas mich nicht angelogen hätte.

Da hatten definitiv zwei Gläser Champagner vor ihm gestanden, nachdem wir in Berrimah abgefahren waren.

Warum also wollte er mir verklickern, dass er allein reiste?

Wer war seine Begleitung?

KAPITEL 9

Juliette zeigte sich barmherzig und spielte ihre Begeisterung über den Ausflug an die Gorge-Wasserfälle herunter. Die vierzigtausend Jahre alten Höhlenmalereien fand sie demnach »ganz nett«. Unglaubwürdig, aber ich wusste ihre Bemühungen zu schätzen.

Die Nacht schlich heran und färbte den Film, der flackernd

vor unserem Fenster ablief, in ein dunkles Blau, bis die Landschaft nur noch schemenhaft an uns vorbeihuschte. Inzwischen hatten wir beide geduscht (ich hatte mich gerade eingeseift, als der Ghan mit einem heftigen Ruckeln wieder anfuhr, und wäre um ein Haar ausgerutscht – es wäre ein unwürdiges Ende gewesen) und uns für das Abendessen im Queen-Elisabeth-Restaurant fertig gemacht. Wir waren beide nicht sicher, ob es einen Dresscode für das Abendprogramm gab. Juliette trug ein orange-braun kariertes Kleid, das ihrer Meinung nach zur Wüste passte, und ich hatte ein Sakko übergeworfen. Wir hätten uns die Sorgen sparen können, im Restaurant war vom Anzug bis zur kurzen Hose alles vertreten. Ich habe die Theorie, dass die Leute sich zu besonderen Anlässen – sei es ein Restaurant- oder ein Theaterbesuch – umso besser kleiden, je geringer ihr Wohlstand ist. Die Bemühungen um das Auftreten sollen den Ausgaben für die Veranstaltung in nichts nachstehen. Wer an einem Abend also den Lohn einer ganzen Woche verprasst, macht sich dafür chic. Wer dagegen in Shorts in die Oper kommt, hat die Tickets vermutlich aus der Portokasse bezahlt.

Zur Vorspeise aßen wir beide Krokodil-Dumplings, die nach Hühnchen schmeckten, und zur Hauptspeise das Känguru-Filet, das nach Rind schmeckte. Dabei saßen wir mit einem literaturbegeisterten Paar aus Queensland am Tisch, das mit dieser Reise seinen fünfzigsten Hochzeitstag feierte. Die beiden hatten eine ganze Weile darauf gespart. Woher ich das weiß? Sie trug ein farbenfrohes Kleid mit Blumenmuster und er – wollen Sie raten? – einen Smoking. Ich werde nicht weiter auf ihr Aussehen eingehen, da die beiden mit den Morden nichts zu tun haben. An Bord dieses Zugs sind schlicht zu viele Gäste, die keine besondere Rolle einnehmen. Und ich fürchte, wenn ich anfange, sie alle detailliert zu beschreiben, könnten Sie auf die Idee kommen, diesen Personen eine Bedeutung beizumessen, die sie gar nicht haben. Ebenso gibt es viel mehr Crew-Mitglieder, als ich Ihnen vorgestellt habe, aber wir wollen ja schließlich den Überblick behalten. Stellen Sie sich einfach Ihre Großeltern vor – so sah unsere Tischgesellschaft aus.

Für das Abendessen waren wir in Gruppen eingeteilt worden. Wir waren als Zweites an der Reihe. Ebenso Lisa Fulton, die mit Jasper und Harriet Murdoch aß. Der Texaner Douglas saß mit SF Majors und Alan Royce am Tisch, wobei Douglas und Majors eifrig miteinander flüsterten und Royce außen vor ließen. An einem anderen Tisch redete Wolfgang auf Wyatt ein, der aufmerksam zuhörte, die Zeigefinger an seine Schläfen gelegt. Ich wollte nicht zu viel hineininterpretieren, aber es schien, als bekäme er ziemlich miese Neuigkeiten zu hören. Simone und McTavish waren nirgendwo zu sehen. Allerdings verschwand mehrmals ein Kellner mit einer silbernen Cloche in Richtung der vorderen Waggons, jemand genehmigte sich offenbar Room-Service.

Schon früh zogen sich Ihre Großeltern zurück, und Juliette und ich blieben noch für ein letztes Glas Rotwein. Zwei Frauen, die das Abendessen ausgelassen hatten und nur für die Nachspeise gekommen waren, leisteten uns dabei Gesellschaft. Beide arbeiteten als Kuratorinnen, die eine in einem Museum in London, die andere in Tansania. Währenddessen war das Dunkelblau vor den Fenstern schnell einem undurchdringlichen Schwarz gewichen, da keine Stadt in der Nähe und der Zug außen nicht beleuchtet war. In Sachen atemberaubender Dämmerung über der Wüstenlandschaft hatte ich etwas mehr erwartet.

»Du hast noch gar nichts von eurem Panel erzählt …«, sagte Juliette erwartungsvoll.

»Gibt nicht viel zu erzählen.« Ich zuckte mit den Achseln. »Wolfgang behauptet *hartnäckig*, ich sei ein schlechter Schriftsteller. Und die einzige Person, die das anders zu sehen scheint, ist der verdammte Henry-»Ein Stern«-McTavish.«

»Ach komm.« Sie griff nach meiner gesunden Hand und streichelte sie mit dem Daumen. »Es sind einfach alle ein wenig angespannt. Die Reise gestern, der frühe Start heute, zusammen mit der Hitze und dem Alkohol ... da wird es schon mal etwas bissiger.«

Ich seufzte. »Du hast recht. Aber es ging nicht mal nur gegen mich. Auch zwischen Majors und McTavish gab es ein bisschen dicke Luft. Ach ja, und du hättest Royces Gesicht sehen sollen, als das Cover von Lisas neuem Buch enthüllt wurde – mit McTavishs Blurb vornedrauf. Er wäre fast explodiert.«

»McTavish hat Lisa einen Blurb fürs Cover gegeben?« Sie runzelte die Stirn. »Das ist verdammt großzügig, damit erreicht sie ein ganz neues Publikum.«

»Sie hatten es als Überraschung vorbereitet, Lisa war den Tränen nahe.«

»Kann ich mir vorstellen«, sagte Juliette und hob dann diabolisch grinsend ihr Weinglas. »Und es schadet auch nicht, wenn Royce mal ein wenig einstecken muss. Siehst du, hier bekommt jeder was ab.«

Ein Knall und das Klirren von Besteck ließen uns herumfahren. Wyatt hatte auf den Tisch geschlagen und sich zur Hälfte von seinem Stuhl erhoben. »Das können Sie nicht machen«, fauchte er über den Tisch, während Wolfgang mit einem süffisanten Lächeln auf den Lippen sein Weinglas schwenkte. »Das ruiniert ...« Wyatt fiel auf, dass alle Augen auf ihn gerichtet waren, und er steuerte gegen. »Verzeihung!«, platzte es überschwänglich aus ihm heraus, wie aus einem Entführer bei einer Verkehrskontrolle, wenn die Geisel noch im Kofferraum liegt. »Verzeihen Sie! Da ging es wohl kurz mit mir durch ...« Er zeigte auf Wolfgang. »Neues Buch, klingt fantastisch.« Er ließ sich wieder auf seinen Stuhl sinken, die Hände weiter beschwichtigend in alle Richtungen hebend.

»Wolfgang veröffentlicht doch gar nicht bei Gemini«, sagte Juliette irritiert.

Ich löste meine Hand aus ihrem Griff und rieb mir die Augen. »Ich werde einfach das Gefühl nicht los, dass ich ...« Was ich zuvor nicht aussprechen wollte, bahnte sich nun den Weg nach draußen. Dieses Mal ließ ich es zu. »Ich habe es nicht verdient, hier zu sein.«

»Natürlich hast du das. Du bist ein toller Schriftsteller. Du hast es dir genauso verdient, wie jed–«

»Nein, Jules. Ich meine nicht nur dieses Festival. Was ich sagen will … vielleicht habe ich nichts von alledem verdient.«

Sie blinzelte verwirrt und lehnte sich vor. Ich konnte jetzt nicht aufhören, wollte sie aber auch nicht ansehen, also starrte ich hinaus in die Dunkelheit.

»Niemand von denen, die sterben mussten, hat irgendetwas falsch gemacht. Und ich habe nichts besonders richtig gemacht. Warum also bin ich hier und sie nicht? Sie hätten es genauso verdient. In diesem Zug zu sitzen, die Tantiemen einzustreichen … Nicht einmal … nicht einmal diesen lächerlich teuren Wein habe ich verdient. Ich sollte nicht hier sein – warum bin ich es dann?«

»Oh, Ernie.« Mehr sagte Juliette nicht. Aber sie blickte mich verständnisvoll an, wofür ich dankbar war, denn noch mehr Worte hätte ich nicht rausgebracht.

Jetzt, da ich es aufschreibe, wird mir klar, warum ich mich von den anderen so persönlich angegriffen fühlte. Wir alle leiden von Zeit zu Zeit unter einem Hochstapler-Syndrom, und zwar nicht nur Autoren. Niemand ist davor gefeit, sich selbst etwas beweisen zu müssen. Aber auf diesem Festival bemühten sich fünf Autorinnen und Autoren, ihren Wert unter Beweis zu stellen, und obwohl man dieselbe Eitelkeit auch bei mir vermuten könnte, ging es mir um etwas anderes: Ich wollte beweisen, dass das Schicksal, welches entschieden hatte, dass ein Teil meiner Familie sterben musste und ich sie überlebte, einen guten Grund dazu hatte.

Meine Therapeutin lieferte mir einen Begriff dafür: das sogenannte Überlebensschuld-Syndrom. In den Krimis der Goldenen Ära liest man davon nicht viel. Die Protagonisten verabschieden sich am Ende eines Romans und hängen dann in der

Schwebe, bis auf der ersten Seite der Fortsetzung alles wieder von vorne beginnt. Wie viele Tote sie auch sehen, wie viel Gewalt sie erleben, nichts davon setzt sich mit der Zeit in ihrer Psyche fest und hält sie nachts wach. Ich kann mir noch so sehr wünschen, diesen berühmten fiktiven Detektiven zu gleichen – ich werde niemals ruhig schlafen können, nur weil ein Autor den Stift niederlegt. Was ich damit sagen will: Miss Marple hat nachts sicher keine Albträume.

Nachdem ich das Juliette gegenüber endlich ausgesprochen hatte, ging es mir schon etwas besser. Wir saßen in angenehmem Schweigen, begleitet vom sanften Schaukeln des Zugs. Die meisten Gäste hatten das Restaurant bereits verlassen, Wyatt und Wolfgang hingegen saßen noch immer an ihrem Tisch. Vor Wyatt lag etwas, das wie ein Scheckbuch aussah und auf das er mit seinem Stift tippte. Ich konnte nicht hören, worüber sie sprachen, aber Wyatt fummelte mit der anderen Hand am Tischtuch herum und das Scheckbuch schien noch unangetastet – Wolfgang ließ sich offenbar nicht kaufen.

Juliette gähnte. »Ich glaube, ich wäre so weit. Ich möchte morgen früh raus und mir den Sonnenaufgang anschauen. Aaron meinte, der sei spektakulär.« Sie nickt zum Ausgang. »Sollen wir?«

»Ich würde gerne«, murrte ich. »Aber ich hatte gehofft, in der Bar noch schnell mit Simone sprechen zu können. Ich beeile mich.«

»Scheiße!«, Juliette fuhr mit den Händen an ihrem Körper auf und ab, obwohl sie das, wonach sie suchte, dort ohnehin nicht finden würde. »Ihr Schal! Ich habe ganz vergessen, ihn ihr zurückzugeben. Ich hab ihn wohl beim Frühstück liegen lassen. Verdammt! Ich schaue mal, ob die hier eine Lost-and-Found-Box haben, vielleicht hat ihn jemand abgegeben. Wäre es ok, wenn du das für dich behältst? Sag einfach, ich brauche ihn noch.«

Wie ich bereits sagte, Juliettes Vergesslichkeit hat Einfluss auf die Handlung. Jetzt ist es so weit: Ein blauer Schal wechselt den Besitzer. Ein bisschen wie früher die heiße Kartoffel, nur dass der Letzte stirbt.

»Du hast also doch Angst vor ihr«, sagte ich hämisch. Sie schleuderte mir einen genervten Blick entgegen, also ruderte ich zurück. »Weit kann er ja nicht gekommen sein. Ich behalte es für mich. Bis gleich.«

»Kurve gekriegt.« Sie gab mir einen Kuss. »Und falls es dich tröstet: *Ich* bin froh, dass du hier bist. In diesem Zug. Mit mir.«

Etwas Schaum von Simones Espresso-Martini segelte mir von ihrer Oberlippe ins Gesicht, als sie sprach. »Das ist doch keine große Sache, Ernie. Vergiss es einfach.«

»Für mich schon.«

»Und was soll ich jetzt machen? Wenn du ein Problem damit hast, hättest du Wyatts Entschuldigung nicht annehmen müssen.«

»Ich wusste nicht einmal, wofür die Entschuldigung war.«

»Warum hast du sie dann angenommen?«

Ich schnaufte. »Aus Höflichkeit.«

»Dann solltest du die Sache jetzt aus Höflichkeit abhaken, bevor du dich noch zum Affen machst.«

Ich stieß Luft durch die Nase und atmete dreimal tief ein und wieder aus. Gespräche mit Simone sind wie Kopfsteinpflaster: Man tritt besser vorsichtig auf. Noch dazu war es ein harter Tag, und Espresso-Martini ist nicht für seine beruhigenden Eigenschaften bekannt.

Ich setzte mich aufrecht hin und räusperte mich. »Also gut. Ich bin dein Klient. Ich bezahle dich. Und ich bitte dich, dich in meinem Namen um eine Angelegenheit zu kümmern, von der ich glaube, dass sie sich negativ auf meine Karriere auswirken wird. Einverstanden?«

Einen Moment lang wägte Simone ab, wie ernst mir die Sache war, dann grunzte sie kurz. »Mensch, Ernest, wenn ich gewusst hätte, dass du ein Rückgrat hast, hätten wir längst Freunde sein können.« Sie gab mir einen herablassenden Klaps auf die Brust. »Ich werde auf keinen Fall mit Wyatt darüber sprechen, das kannst du vergessen. Aber hey, ich bin stolz auf dich.«

»Aber wie ich von einem Mitreisenden hörte, hast du schon mit ihm gesprochen, und es wurde laut. Was du mir also sagen willst, ist nicht, dass du nicht möchtest – sondern dass du aufgibst.«

»Okay, mag sein, ich habe ihn darauf angesprochen, *wie du gehört hast*. Aber glaub mir, Ernie, kein Autor will alles wissen, was hinter den Kulissen geschieht. Du erfährst, was du wissen musst.«

Ich sackte zusammen. »Interessiert dich meine Karriere überhaupt?«

»Was soll das denn heißen?«

»Heute Morgen sah es aus, als wärt ihr ziemlich dicke, McTavish, Wyatt und du. Und da war die Rezension schon online.«

Simone leerte ihren Drink und sah sich in der Bar um. Vor den Fenstern herrschte tiefste Nacht, dabei war es noch gar nicht so spät. Einen Tisch weiter genehmigten sich Harriet und Jasper einen Drink. In der hintersten Ecke saß Brooke, Vorsitzende der Mongrels, und las. McTavish hing noch immer an der Bar, und lediglich der Winkel seines Ellbogens schien sich deutlich reduziert zu haben. Die drei älteren Damen – mit zwei von ihnen hatten Juliette und ich das Dessert eingenommen – führten sich auf wie auf einem Junggesellinnenabschied und kippten ein Drink nach dem anderen. Alle drei hatten das gleiche Buch vor sich liegen, wie in einem Buchclub, es stammte jedoch nicht aus der Feder eines der Festivalautoren. Es war *The Eleven Orgasms of Deborah Winstock* von Erica Mathison.

Ich kannte das Buch, ein Internetphänomen. Zu viel Sex für den Mainstream, nicht genug, um als Pornografie durchzugehen, wurde in so vielen Cafés und Teegesellschaften darüber gekichert, dass die Verkaufszahlen explodierten. Wenn das schreibende Establishment schon mich nicht leiden konnte, musste es Erica Mathison verachten. Das Buch hatte seinen Durchbruch auf TikTok, das nicht nur Social-Media-Plattform war, sondern auch das drohende Geräusch, das Leute wie Royce in den Ohren hatten, wenn neue Autorinnen und Autoren in neuen Medien neues Publikum fanden. Die Dritte in der Runde, das graue Haar zu einem Beehive hochgesteckt, zeigte mit klimpernden Goldarmreifen ihr signiertes Exemplar herum: *Für V!* Auf dem Buchrücken prangte das Logo von Gemini Publishing sowie ein Sticker einer Buchhandlung aus Darwin. Ich erkannte ihn, weil ich den Laden einmal betreten hatte, um meine Bücher aus den Regalen in die Auslage zu schmuggeln – nur hatten sie kein einziges da.

Ich hörte McTavishs Gehstock und drehte mich um. Er hatte sich von seinem Hocker gleiten lassen und versuchte, aufrecht zu stehen. »So! Für den wird's Zeit, dass er ins Bett kommt«, sagte er an Cynthia hinter der Bar gerichtet, klopfte sich dabei aber selbst auf die Brust. Einer der Gäste ergriff die Gelegenheit, stellte sich McTavish in den Weg und hielt ihm ein aufgeschlagenes Exemplar von *The Night Comes* und einen Stift unter die Nase. Ich dachte, Brooke wäre sicher die Nächste, aber schon war Jasper zur Stelle. Er hatte kein Buch bei sich, also streckte er, kaum dass sich der Gast vor ihm zum Gehen wandte, seine Hand aus. Fingerspitzen voraus, ging er auf McTavish zu.

»Jasper«, sagte Jasper.

McTavish murmelte etwas, ignorierte jedoch Jaspers Hand, die auf Höhe seiner Gürtelschnalle in der Luft hing.

Jasper räusperte sich leicht. »Jasper Murdoch.«

»Gut, alles klar. Augenblick.« McTavish zog einen Stift aus seiner Jackentasche und kritzelte etwas auf einen Bierdeckel, den er sich vom Tresen nahm. Er reichte ihn Jasper. »So, bitte schön.«

Jasper blieb noch einen Moment stehen und starrte auf den Bierdeckel in seiner Hand. Dann steuerte er zurück zu seinem Platz, reichte noch im Hinsetzen den Bierdeckel seiner Frau und nahm einen großen Schluck von seinem Drink. Er sah aus wie ein kleiner Junge, der gerade den ganzen Schulhof überquert hatte, um seinen Schwarm nach einem Date zu fragen – fix und fertig.

»Für Jasper Murdoch«, las Harriet vor. Dann verstaute sie den Bierdeckel in ihrer Handtasche. »Wow! Das glaubt dir keiner.«

McTavish ging gemächlich in Richtung seiner Kabine, die hinter dem Restaurant lag, begleitet vom dumpfen Klopfen seines Gehstocks auf dem dünnen Teppichboden.

»Also pass auf«, begann Simone, als McTavish außer Sicht und das Klopfen verklungen war. Sie klang bestimmt, beinahe bissig, aber so, als wollte sie mir etwas erklären, nicht etwa mich ermahnen. »Damit das klar ist, wir sind Geschäfts*partner*. Du gibst mir keine Anweisungen. Wir sollten einander vertrauen.«

»Ich meinte nur –«

Ihr Finger schnellte in die Höhe. »Ich bin noch nicht fertig. Ich weiß, dass du verärgert bist, und ich verstehe das. Aber das Letzte, was wir jetzt brauchen, ist, dass du mit McTavish aneinandergerätst, klar? Soweit ich weiß, gibt es Spannungen zwischen ihm und Wyatt. Die beiden arbeiten schon eine ganze Weile zusammen. Wyatt hat sich Henry geschnappt, bevor irgendjemand anders überhaupt einen Text von ihm lesen konnte – weshalb Henry noch immer keinen Agenten hat! Wenn jetzt aber zwischen einem gewissen Autor und einem gewissen Verleger dicke Luft herrscht, kommt möglicherweise eine gewisse Agentin ins Spiel, um unseren schottischen Freund zu vertreten. Sorry, aber du glaubst doch nicht, dass ich diese Reise für das Festivalprogramm auf mich nehme. Wenn ich Henry an Board kriege, dann bedeutet das mehr Aufmerksamkeit für mich. Es bedeutet auch mehr Aufmerksamkeit für *dich*, nur dadurch, dass du im selben Boot sitzt. Das gilt für alle meine Autorinnen und Autoren. Und dann, mein Lieber, dann schmiert man sich gegenseitig Honig ums Maul, und, zack, prangt auch auf deinem Cover plötzlich ein Blurb.«

»Du versuchst also, McTavish unter Vertrag zu bekommen …« Ich dachte laut. »Und Wyatt kann das natürlich nicht gefallen, wahrscheinlich hat er Henry damals für die Morbund-Reihe einen lächerlichen Deal angeboten. Du könntest vermutlich sogar damit drohen, McTavish einen anderen Verlag zu verschaffen.«

Simone brachte mich zum Schweigen und sah sich in der Bar um, ob jemand mitgehört hatte. »Meine Güte! Geht das vielleicht ein bisschen diskreter?«

»Du willst also, dass ich keine Szene wegen McTavishs Rezensionen mache, weil es dein Vorhaben torpediert, ihn unter Vertrag zu nehmen? Und ich soll dir glauben, dass du damit *mir* einen Gefallen tust?«

»Nö, ich mache das natürlich für mich. Schon mal was von Kapitalismus gehört?« Sie sah mich an, als wäre ich ein Vollidiot. »Aber ich will darauf hinaus, dass du davon genauso profitierst. Langfristig zumindest.«

»Mein Gott, also klaut man sich die Autoren heutzutage einfach?«

»Nicht von mir – komm gar nicht erst auf dumme Ideen.«

Mir kam ein Gedanke. »Wer verlegt eigentlich Wolfgangs Bücher?«

»Ähm …« Sie ging im Kopf ihr Adressbuch durch. »Brett Davis bei HarperCollins. Wieso?«

»Wyatt versucht, ihn abzuwerben.«

»Im Ernst?« Sie schnaubte. »Hätte ich ihm gar nicht zugetraut. Hmm, versucht wohl, sein Portfolio ein bisschen aufzupolieren und mit solchem Schrott auszugleichen.« Sie nickte in Richtung des Buchclubs, dessen Teilnehmerinnen sich lautstark und detailliert über Erica Mathisons Buch unterhielten. Ich musste mich bemühen, um sie zu übertönen.

»Noch etwas: Du sagtest, McTavish gibt keine Blurbs.« Ich hob abwehrend die Hand. »Hier geht's nicht um mich, wirklich. Ich fand das nur bemerkenswert.«

»Tut er auch nicht«, sagte Simone. »Ich war genauso überrascht wie du. Lisa oder ihre Verlegerin haben entweder ordentlich was gegen ihn in der Hand, oder er wollte einfach Royce eins reinwürgen.«

»Das wär's wert«, sagte ich gehässig. Simone schenkte mir dafür ein zynisches Lächeln, das sich anfühlte wie ein Ritterschlag.

Das Gespräch der Soft-Porno-Leserinnen war inzwischen nicht mehr zu überhören.

»Das ist … ganz ehrlich, es ist genial!«, sagte die Frau mit dem Beehive.

»Es ist so vielschichtig«, stimmte ihre Freundin ein. »Und horizonterweiternd.«

Die Dritte küsste Daumen und Zeigefinger. »Es ist eine Offenbarung.«

»Entschuldigen Sie.« Simone lehnte sich nach hinten über die Stuhllehne. »Sie sprechen nicht über *dieses* Buch, oder? Erica Mathison?«

»Möglicherweise.« Beehive hob stolz und beleidigt zugleich das Kinn. »Haben Sie es denn gelesen?«

»Habe ich nicht«, sagte Simone und meinte: *Auf gar keinen Fall.*

»Tja, dabei können gerade Menschen wie Sie eine ganze Menge daraus lernen«, sagte die Frau. Ihre Freundinnen kicherten.

Simone lächelte schmal. »Danke für die Empfehlung.«

»Kommt, Ladys, lasst uns die Drinks mit aufs Raucherdeck nehmen«, sagte Beehive, laut genug, damit Simone es nicht überhören konnte. Sie stand auf und klappte energisch ihr

Buch zu, die anderen beiden taten es ihr gleich. Der Abgang war weniger dramatisch als geplant, da sie erst noch all ihr anderes Zeug zusammenpacken mussten. Beehive ließ sich jedoch nichts anmerken und stolzierte schließlich erhobenen Hauptes aus dem Waggon.

»Meine Güte, was heutzutage nicht alles ›genial‹ ist«, sagte Simone, als sie verschwunden waren. Veronica sollte es eigentlich besser wissen.«

»Veronica? Du kennst die Frau? Ist sie auch Verlegerin?«

Simone blickte mich resigniert an. »Veronica Blythe? Chefkritikerin des *Herald*?«

Ich starrte verdutzt zurück.

»Nicht relevant für dich, andere Liga – dachte ich zumindest. Ich frage mich nur, wer die anderen beiden waren.«

»Die arbeiten in Museen«, sagte ich. »Bin ihnen vorhin schon begegnet.«

»Kein Wunder, dass die den schlüpfrigen Kram brauchen.« Simone schlug die Hände auf ihre Oberschenkel. »So, ich bin dann mal weg. Morgen früh raus und so.«

»Ganz kurz nur, und keine Beschwerde, versprochen.«

»Versprich nichts, was du nicht halten kannst, Ernest.«

»Archibald Bench? Sagt dir das irgendwas?«

Sie sog die Luft ein und schüttelte den Kopf »Es könnte ein Rätsel sein. Genau so kriegt man Henry, mit seinen eigenen Tricks. Er liebt Codes, Rätsel, Wortspiele, all den Goldene-Ära-Kram. Das Mädchen wirkte ganz schön verzweifelt …« Simone schnippte mit den Fingern, als würde ihr der Name dadurch wieder einfallen.

»Brooke.«

»Brooke! Fan aller Fans … Sie wollte ihn offenbar unbedingt beeindrucken, entsprechend hat sie sich wohl vorbereitet und sein Spiel gespielt. Wird wohl irgendein Insiderwitz sein, ein Hinweis aus dem Buch oder so. Ich habe jedenfalls keine Ahnung, was der Name bedeutet. Jetzt aber …« Sie stand auf.

»Ich gehe ins Bett. Ich habe gehört, für den Sonnenaufgang hier draußen würden Leute ihr Leben geben.«

Wie das mit falschen Entscheidungen nun einmal ist, kommt eine selten allein, und ich hatte schon drei hinter mir, als ich mir der ersten überhaupt bewusst wurde. Ich traf sie in folgender Reihenfolge: grübelnd in der Bar versacken, bis ich der letzte Gast war; während des Grübelns einen weiteren Martini trinken; entscheiden, McTavish mit der Rezension zu konfrontieren.

Die letzte Entscheidung hatte ich sogar erst getroffen, als ich bereits mitten im leeren Restaurant stand, nachdem ich die Bar in die falsche Richtung verlassen hatte. Ich nahm das als Zeichen, dass meine Füße offenbar mehr wussten als mein Kopf, und folgte ihnen den Gang entlang, durch den klappernden Wagenübergang und schließlich durch die Tür mit der Aufschrift *Platin-Mitglieder* zu den dahinterliegenden Kabinen. Hier waren die ersten Abteile auf der Ostseite des Zugs eingerichtet, ideal für den Sonnenaufgang. Dahinter gelangte ich zu den Kabinen der Crew, wie ein kleines Schild verriet, welche wiederum auf der weniger spektakulären Westseite lagen – wie die von Juliette und mir. Ich hörte ein lautes, hämmerndes Geräusch, das meine Schritte begleitete und dessen Ursprung ich in der Küche oder auf den Gleisen vermutete. Schließlich gelangte ich über einen weiteren Wagenübergang zum letzten Waggon des Festivalbereichs. Statt eines Korridors erwartete mich eine große, verschlossene Tür mit der Aufschrift *Präsidentensuite*. Hier war erst mal Endstation.

Es überraschte mich nicht, dass McTavish eine Sonderbehandlung erhielt. Irgendwie musste man ihn ja auf so ein Event locken.

Was mich sehr wohl überraschte, war die Tatsache, dass ich nicht der einzige Besucher war.

Royce lehnte, den Rücken zu mir, mit der Schulter an der

Tür und klopfte immer wieder mit der Faust gegen das Holz. Er sah aus wie ein in Ungnade gefallener Ehemann, der flehte, die gemeinsame Wohnung betreten zu dürfen. Ich stand noch im Durchgang zwischen den Waggons, da schlugen mir bereits muffige Luft und Bierausdünstungen entgegen. Das Rattern des Zugs war hier, wo der Boden nur aus einem lose eingesetzten Trittbrett bestand, deutlich lauter. Durch die Lücken war verschwommen der steinige Wüstenboden zu sehen, den der Funkenschlag aneinandergeriebenen Metalls alle paar Sekunden beleuchtete.

»Henry!«, brüllte Royce, der mich bisher nicht bemerkt hatte. *Tock*, *tock*, *tock*. »Henry!«

Jetzt erkannte ich das Geräusch wieder. Ich legte meine Hand auf Royces Schulter, der wie vom Blitz getroffen herumfuhr und mich anstarrte. Seine Augen waren blutunterlaufen. Über einer Braue war ein roter Abdruck zu erkennen, wo er an der Tür gelehnt hatte.

»Ach, verpissssss dich!«, sagte er mit so vielen S, dass ich beinahe einen Harndrang verspürte.

Er lehnte sich vor, und ich trat einen Schritt zurück für den Fall, dass er gleich zum Schlag ausholen würde. Aber er stand da einfach – wenn auch nicht sehr stabil. Er wirkte niedergeschlagen, beinahe bemitleidenswert. War es etwa das, was Simone in mir sah? Einen armen Wicht, um Anerkennung bettelnd? Dieser jämmerliche Auftritt löste etwas in mir aus. Ich schwor mir, am nächsten Tag professioneller aufzutreten.

»Ich weiß, wie du dich fühlst, glaub mir«, sagte ich zu ihm. »Ich kam in der gleichen Absicht hierher, aber wie wär's, wenn wir beide uns heute nicht mehr zum Affen machen? Warum schlafen wir nicht eine Nacht drüber, duschen und schauen mal, wie es uns morgen geht?«

Royce funkelte noch mal zurück zur Tür, als hätte er mit ihr noch eine Rechnung offen. »Die sind dadrin.«

»Die?«

»Ich hab sie reden hören. Eine Frauenstimme. Er ist *mir* was schuldig, und jetzt ist er mit *ihr* dadrin.« Royce drehte den Kopf zur Tür. »Ich hab euch gehört!«

Behutsam legte ich ihm eine Hand auf die Schulter. »Du willst doch nichts tun, was du morgen bereust.«

»Komm raus und rede mit mir!« Er wollte sich schon wieder zur Tür wenden, aber ich reagierte schnell. Ich hakte mich geschickt unter seiner Achsel ein und drehte ihn in der Bewegung herum. Er blinzelte mehrfach, irritiert, weshalb er plötzlich in die falsche Richtung schaute, akzeptierte diese Tatsache dann aber ohne weitere Beschwerden.

»Warum für *sie*?«, lallte er mir ins Ohr. »Warum ausgerechnet für *sie*?«

»Ach, es ist nur ein Blurb, Mann«, sagte ich mehr zu mir selbst als zu ihm.

So gingen wir, oder: So schleppte ich Royce zurück durch das Restaurant und die Bar in unseren Waggon. Meine Schulter war inzwischen nass. Aber nicht etwa von seinem Speichel, wie ich zunächst vermutete – Royce weinte.

Und er hatte Schluckauf. »Sind doch nur ein paar Worte. Er muss ja nicht mal das ganze verdammte Buch lesen. Früher hat sich Wyatt mal für mich interessiert. Sagte immer, er würde mich unterstützen, wo nötig. Hat er nie. Aber die Zahlen …« Er rülpste. »Es läuft einfach nicht mehr so.«

»Komm schon.« Ich konnte in diesem Moment erstaunlich viel Empathie für Royce aufbringen. »Du hast selbst gesagt, dass dein erstes Buch viermal abgelehnt wurde. Du hast schon ganz andere Hürden genommen. Kopf hoch.«

»Ich habe ihn angefleht: *Dieses Mal, bitte! Bring Henry irgendwie dazu, egal wie!* Er sagte, er würde es versuchen. Er wusste, was das für meine Karriere bedeuten würde.« Er zeigte auf eine Tür. »Die hier.«

Royce tastete eine Weile all seine Taschen nach einem Schlüssel ab, bevor ihm einfiel, dass die Tür kein Schloss hatte.

Er öffnete sie und torkelte hinein. Meine Barmherzigkeit reichte nicht so weit, dass ich ihn ausgezogen und ins Bett gebracht hätte. Im Türrahmen lehnend sah ich ihm zu, wie er sich mit dem Gesicht voran auf die untere Matratze plumpsen ließ.

»Jetzt sag mal«, ertönte es dumpf aus dem Kissen. Dann gelang es ihm, den Kopf ein wenig zu drehen. »Das ist alles gar nicht passiert, oder? Die ganze Geschichte in den Bergen … hast du dir ausgedacht, ja?«

»Es ist passiert. Ich wünsche so etwas niemandem.« Weil ich davon ausging, er würde sich ohnehin nicht daran erinnern, fügte ich hinzu: »Nicht mal dir.«

Royce gab eine Art *Miau* von sich, woraufhin er selbst lachen musste, hickste und rülpste. Alles gleichzeitig. Akustisch war das recht beeindruckend, ansonsten einfach nur eklig. »Dann hast du echt Glück gehabt, hmm? Dass du irgendwie mittendrin warst.«

»Ja, was für ein Glück, ey.«

»Gibt natürlich noch eine andere Erklärung.«

»Ach ja?«

»Wenn du es dir nicht ausgedacht hast, meine ich. Vielleicht hast du sie einfach selbst umgebracht.« Die Worte liefen ihm genauso zäh über die Lippen wie sein Speichel, alles eine monotone Leier. »So kommt man auch an guten Stoff für ein Buch.«

»Du bist betrunken.«

»Und du *lügst*«, stichelte er weiter. »Ist gar keine schlechte Idee. Aufmerksamkeit garantiert, keine Recherche nötig …«

»Gute Nacht, Royce.«

»Henry sollte sich in Acht nehmen«, sagte Royce, als ich gerade die Tür schließen wollte. Ich dachte, er wäre in ein Selbstgespräch verfallen. Doch als ich mich noch mal umdrehte, starrte mich ein blutrotes Auge von unten an. »Was ich alles für diesen Mann getan habe. Der soll meine Freundschaft bloß nicht für … für … selbstständig halten.«

»Selbstverständlich?«

»Hä?«

»Du meinst ›selbstverständlich‹.«

»Hmmmm.«

»Was hast du denn für McTavish getan?«

Royce blinzelte nur und sah sich plötzlich mit klarem Blick um. »Cunningham? Was machst du denn hier?«

»Ich bring dich ins Bett, Kumpel. Du bist voll.«

»Sei ehrlich ... Es ist alles nicht passiert, stimmt's?

Das Spiel ging von vorne los. Er schien alles vergessen zu haben, worüber wir bis eben gesprochen hatten. Morgen würde er sich wohl an überhaupt nichts mehr erinnern. Royces Verdacht, meine Geschichte könnte erlogen sein, kommt nicht von ungefähr. Die Kunst der Täuschung hat in der Literatur eine lange Tradition. Royce war auch nicht der Erste, der mich zu diskreditieren versuchte – da waren die sozialen Medien und sogar das lokale Frühstücksfernsehen schneller gewesen.

»Es ist passiert«, wiederholte ich mich.

»Dann bist du eben der größte Pechvogel, dem ich je begegnet bin. Und jetzt, da du hier bist ... wer weiß, vielleicht hast du ja wieder *Pech*?«

»Das wollen wir nicht hoffen.«

Er gab ein verächtliches Schnauben von sich. »*Ich* hoffe es. Wenn wir morgen aufwachen, wird einer tot sein.«

»Red keinen Unsinn.«

»Du hast doch nur Angst.«

»Wovor?«

»Dass ich recht habe. Und selbst wenn nicht, ich wüsste zu gerne, wie du mit einem *echten* Mord umgehst.«

»Gute Nacht, Royce.«

Ich schloss die Tür. Noch bevor ich unsere Kabine erreichte, dröhnte sein Schnarchen durch den Korridor. Juliette schlief tief und fest, regungslos lag sie in der oberen Koje. Ihr rechter Arm, vom Mondschein beleuchtet, hing schlaff über die Bettkante. So leise wie möglich schlüpfte ich in meinen Pyjama und legte mich auf die untere Liege. Ich schloss die Augen und versuchte zu schlafen.

Der Zug raste durch die Dunkelheit.

KAPITEL 10

Krimihandlungen leben häufig davon, dass in der Nacht vor dem Mord gewisse Gespräche belauscht werden – auch dieser hier.

Ich schlief nicht besonders gut. Das sanfte Schaukeln des Zugs, auf dessen einschläfernde Wirkung ich gehofft hatte, kam nicht an gegen den inneren Schleudergang, den zwei Martini und zwei Bier nach sich zogen. Beide Paare für sich hätten eine ganz wunderbare Nacht vor sich gehabt, stattdessen war es zu einer wilden Swinger-Party ausgeartet. Bereits kurz nachdem ich mich hingelegt hatte, weckte mich mein Magen mit einem alarmierenden Gurgeln. Ich wollte ungern in unserer Kabine die Apokalypse hinaufbeschwören, und so kam es, dass ich mich in dieser Nacht auf dem Flur wiederfand, um das Gemeinschaftsbad aufzusuchen.

In den für das Festival vorgesehenen Waggons gab es davon genau eins, es befand sich hinter dem Restaurant, analog zu der kleinen Küchenzeile in den anderen Wagen. Nun ist es als zuverlässiger Erzähler zwar meine Pflicht, Sie von allem in Kenntnis zu setzen, was ich sehe, doch die Details dieses Badezimmeraufenthalts möchte ich Ihnen gerne ersparen. Nur so viel: Der Mord, den wir in Kürze bezeugen, ist im Vergleich eher harmlos. Auf dem Rückweg schaute ich auf mein Handy, was mir zwei Erkenntnisse brachte: Es war Mitternacht und, jetzt offiziell, es gab keinen Empfang mehr. Bis Alice Springs war das Telefon nutzlos. Dann fiel mein Blick auf feine rote Blütenblätter, die in einer Linie auf dem Teppich verteilt waren. Jemand hatte sich um ein wenig Romantik bemüht. Das erklärte auch Wyatts Niesen. Er reagierte allergisch auf die Blüten. Wobei, wenn ich so darüber nachdenke, vermutlich auch auf Romantik.

Und in diesem Moment hörte ich Wyatts Stimme.

»Es ist mir egal, was *du* willst«, tönte es aus seinem Zimmer. Er sprach halblaut, um niemanden zu wecken. »Es steht im Vertrag: Morbund und sonst nichts. So einfach. Warum sollten wir nach all dieser Zeit etwas daran ändern?«

Ich lauschte, konnte McTavishs gemurmelte Antwort aber nicht verstehen.

»Das war doch noch nur ein Werbetrick. Alle werden es lesen wollen, wenn sie glauben, dass es der letzte Band ist. Und alle werden ausflippen, wenn dann doch noch einer kommt.«

Einer der beiden schien auf und ab zu gehen, Schritte erklangen.

»Du hast versprochen, dass du ihn zurückholst. Und nicht, dass du … *so was* ablieferst.«

Wieder Gemurmel. Ich lehnte mich an die Tür, um besser zu hören. McTavishs Unbehagen bei der Frage nach dem Finale der Morbund-Reihe kam mir in den Sinn und wie er zu Wyatt geblickt hatte. Nun hatte er ihn offenbar damit konfrontiert.

»Ich weiß … Archie Bench«, sagte Wyatt. »Beschissen smarter Move.«

Stille.

»Wag es nicht, mir zu drohen.«

Plötzlich fuhr der Zug in eine Kurve. Mein Kopf schlug laut gegen die Tür, und zu meinem Entsetzen verstummte das Gespräch. Ich rannte los und schaffte es gerade noch in die Küchennische, bevor ich die Tür aufgehen hörte. Ich tat so, als würde ich mir einen Tee machen, für den Fall, dass einer der beiden sich hier umsehen würde. Die Tarnung war lächerlich angesichts der Tatsache, dass der Wasserkocher, vermutlich defekt, im Mülleimer neben mir lag.

Es spielte keine Rolle. Ich hörte die Tür ins Schloss fallen und schlich kurz darauf zurück auf den Gang. Wyatt hatte seine Stimme gesenkt oder aber der Streit war vorüber, kein Ton klang mehr aus dem Raum, also eilte ich zurück in unsere Kabine.

Ich konnte nicht einschlafen. Juliette schlummerte so friedlich über mir, den Arm nach wie vor aus dem Bett hängend, dass sich selbst das leise Pfeifen ihres Atems in den Geräuschen der Nacht verlor. Wie machte sie das? Warum konnte sie alles um sich herum so gut ausblenden? Ich hatte geglaubt, es seien Lob und Anerkennung gewesen, die meiner Karriere fehlten – die mich zu einem *echten* Schriftsteller machen würden. Nachdem ich diesen Streit belauscht hatte, wurde mir jedoch klar, dass auch McTavish sich gefangen fühlte. Gab es einen Ausweg? Oder war es am Ende einerlei, wer oder wie gut du warst, denn irgendwer hatte dich immer in der Tasche? Irgendwer würde immer mehr und noch mehr verlangen.

Dieser Tag hinterließ einen sauren Beigeschmack, nicht nur wegen der hochgewürgten Martinis, und ich hatte das Gefühl, dass der morgige noch schlimmer werden würde.

Ich hatte ja keine Ahnung.

KAPITEL 11

Sie mögen überrascht sein, aber alle haben die Nacht überlebt.

Ich weiß, so läuft das normalerweise nicht. Wir haben sowohl erfolgreich die Hintergründe und Motive der Beteiligten durchleuchtet als auch die typische Nacht durchlebt, in der Gesprächsfetzen aufgeschnappt werden. Nachdem sich dann alle wie auf Kommando auf ihre Zimmer zurück- und wie einstudiert die Türen zuziehen, bricht für gewöhnlich schon bald die Morgendämmerung herein und gibt den Blick frei auf die Spuren, die die Nacht hinterlassen hat, auf Blutspritzer, auf ein Opfer. Tut mir leid, noch ist es nicht so weit.

Was den Sonnenaufgang betrifft, hatte man uns jedenfalls

nicht zu viel versprochen: Pures Gold blutete vom Horizont über die Wüste und offenbarte glühend den neuen Tag. Wir näherten uns dem geografischen Zentrum Australiens, die Landschaft um uns herum war unbeschreiblich flach. Wie sollte man *flach* auch beschreiben?, mögen Sie einwenden (wie es meine Lektorin getan hat). Aber ich sage Ihnen, es gibt *flach* und es gibt eine endlose, karge Ebene, deren Anblick einen Entdeckungsreisenden, sagen wir auf einem Kamel, dazu veranlassen könnte, vom Ende der Welt zu sprechen. Und genau so flach war es hier, mitten im australischen Nirgendwo.

Juliette und ich standen in unseren Pyjamas auf dem Gang und beobachteten das goldene Spektakel. Anschließend duschten wir, zogen uns an und machten uns auf in die Lounge für den ersten Programmpunkt des Tages. Dort sah man, wie üblich für einen ersten Urlaubstag – noch dazu ohne Leiche –, eine bunte Gemeinschaft aus Übermotivierten und solchen, die noch unter ihrer Übermotivation am Vorabend litten. Den Soft-Porno-Damen aus dem Buchclub (nicht tot) zum Beispiel stand der Genuss der letzten Nacht deutlich ins Gesicht geschrieben. Brooke (nicht tot) hingegen war im Streber-Team und hatte sich bereits an vorderster Front positioniert. Unter ihrem Stuhl lag ihr Stephen-King-Exemplar, in der Hand hielt sie ein großformatiges Scrapbook, das von zerknitterten und hastig eingeklebten Artikeln, Flyern und Fotos überquoll.

Das heutige Panel war kleiner gehalten als das gestrige, angekündigt waren nur SF Majors (nicht tot), die gerade ihre Notizen durchging, und McTavish (noch nicht anwesend). Für sie waren zwei Klappstühle am Ende des Raums aufgestellt, während das Publikum um die restlichen Sitzgelegenheiten der Bar kämpfen musste.

McTavish (nicht tot), in Weste und roter Krawatte, tauchte kurz darauf zusammen mit Wyatt (nicht tot) auf. Sie wirkten beide gut gelaunt und hatten die Streiterei der vergangenen Nacht offenbar hinter sich gelassen. Allerdings zeichnete sich auf der Nase des Schotten eine leicht gerötete Erhebung ab, wie die Vorankündigung eines blauen Flecks. Waren die beiden einander an den Kragen gegangen, bevor ich dazwischenfunkte? Brooke hatte bereits einen Stift gezückt und hielt McTavish ihr Büchlein entgegen, als er an ihr vorbeikam. Doch Wyatt drängte sich dazwischen und erinnerte sie daran, dass im Anschluss eine Signierstunde vorgesehen war.

Simone (nicht tot) tätschelte mir im Vorbeigehen die Schulter und setzte sich dann neben Douglas (nicht tot), der heute Morgen nur einen einzelnen Kaffee bei sich hatte. Vielleicht war ihm aufgefallen, dass ich seine Getränke zählte. Mit dem Rücken zur Bühne saß Wolfgang (nicht tot) und las in einem abgewetzten Buch mit dem Titel *The Price of Intelligence*. Das Format und die schlichte Aufmachung sprachen für ein Sachbuch, aber es hätte genauso gut eine unerträglich selbstverliebte Gedichtsammlung sein können. Dass auch Jasper und Harriet (nicht tot) bereits da waren, schien wenig überraschend, schließlich hatten sie sich bereits als autogrammjagende Mongrels geoutet. An der Kaffeemaschine war auch heute wieder Cynthia (nicht tot) zugange, unter Aufsicht unseres Gastgebers Aaron (nicht tot). Gerade als Majors sich räusperte, um das Panel zu eröffnen, stolperte Royce (nicht tot, obwohl er so aussah) in den Raum. Er war der fleischgewordene Hangover und sackte in den nächstbesten Sessel, als hätte man ihm ins Knie geschossen. Als Einzige noch nicht da war Lisa Fulton (Zustand unbekannt).

Nun hörte man vereinzeltes Hüsteln aus nicht aufgeschlitzten Kehlen und sah, wie von Schusswunden verschonte Schläfen massiert und Krüge unvergifteten Wassers herumgereicht wurden, während sich auch die letzten nach Kaffee lechzenden Gäste in der Lounge einfanden. McTavish lehnte sich zu Brooke und flüsterte: »Guter Tropfen … wäre doch zu schade, den allein zu trinken.«

Bevor er noch etwas hinzufügen konnte, kündigte die schrille Rückkopplung eines Mikrofons den Beginn der Veranstaltung an. Majors schien gut vorbereitet und außerdem bemüht, dem Publikum einen tiefen Einblick in McTavishs Werk – und seine Person – zu geben. Doch der scherte sich nicht um ihre Mühen, kramte wieder den bereits bekannten Flachmann hervor und ließ die gleichen Anekdoten wie am Vortag vom Stapel. Ich blickte aus dem Fenster und schweifte ab. Bisher war auf der Strecke nicht viel zu entdecken, selbst für Kängurus war es hier zu karg. Jetzt glitt jedoch ein Vogel mit ausgestreckten Krallen neben dem Zug her.

Dicker schwarzer Rauch verunstaltete in der Ferne den strahlend blauen Himmel. Ich sah einen Löschhubschrauber am Horizont. Ich fragte mich, ob die Gefahr, die von diesen gefiederten Pyromanen ausging, nicht doch größer war, als Aaron zugeben wollte. Natürliches Ökosystem und Kreisläufe des Lebens, schön und gut – aber ein solches Ausmaß an Zerstörung aus reinem Eigeninteresse konnte ich schwerlich als natürlich akzeptieren. Ich meine, einen ganzen Wald abzufackeln für ein popeliges Frühstück? Das hatte ja beinahe etwas *Menschliches*.

Dann hörte ich Majors Stimme: »Alles in Ordnung?«, und alles geriet aus den Fugen.

Ich wandte mich nach vorne und sah McTavish, der sich eine Hand auf den Mund presste. Mit einer Mischung aus Husten und Aufstoßen schoss sein Mageninhalt aus ihm heraus, in seine Hand zunächst, um sich dann durch seine Finger den Weg in die erste Reihe zu bahnen, wo die Leute im Sprühregen aufschrien und nach hinten über die Stühle hechteten. McTavish glitt von seinem Stuhl und der Flachmann aus seiner anderen Hand. Er gab es nun auf, seinen Mund weiter zu bedecken, und übergab sich ein weiteres Mal, nun auf den Teppich und über Brookes Exemplar von *Misery*.

Wie alle anderen im Raum stand auch ich auf, unsicher, ob und wie ich helfen konnte. Aaron (nicht tot) bahnte sich einen Weg nach vorne, er hatte einen Erste-Hilfe-Kasten bei sich. McTavish war kreidebleich, mit einem leichten Blauton allerdings, und begann zu zittern. Er griff nach seinem Stock, und es gelang ihm gerade so, sich aufrichten. Er atmete kurz und heftig.

McTavish schien sich zu erholen, gleichwohl er noch ein wenig wackelig auf den Beinen war. Seine Haut war blass, seine Pupillen geweitet, er schwitzte. Aus dem Flachmann zu seinen Füßen gluckerte der Schnaps und versickerte im Teppich. McTavish ließ den Blick schweifen, wischte sich den Mund ab und sagte: »Ich kann nicht behaupten, dass es mir besonders gut geht.«

Dann starb er.

Ich meine das, wie ich es sage. Er sah mich geradewegs an, und es war, als würde ihm jemand das Gehirn ausschalten. Da war kein dramatisches Augenrollen, die Lieder glitten nicht langsam herab. Die Leitungen wurden einfach gekappt, und der Blick, der eben noch auf mich gerichtet war, verschwand. Dank seines Gehstocks stand McTavish noch für einen Moment aufrecht, dann gab sein Körper nach und ging zu Boden.

Tot.

Niemand rührte sich. Niemand kam auf die Idee zu schreien. Dafür war die Szenerie zu absurd, zu schockierend. Es herrschte absolute Stille.

Abgesehen natürlich vom Kratzen von Alan Royces Stift, der über die Seiten seines Notizbuchs huschte.

KAPITEL 11,5

Ich kann Ihnen sagen, was Sie denken:

- Lisa Fulton ist Ihre Hauptverdächtige, schon allein deswegen, weil sie die Einzige ist, die mich während dieser Reise auch nur annähernd freundlich behandelt hat. Gerade, dass man ihr nichts vorwerfen kann, wird ihr zur Last gelegt – wie ironisch. Außerdem war sie als Einzige nicht im Raum, als McTavish starb.

- Ganz unten auf Ihrer Liste steht Alan Royce, der Unsympath, der in solchen Büchern normalerweise das ideale Opfer abgibt. Ihn als Mörder zu verdächtigen ist Ihnen zu offensichtlich.
- SF Majors und Wolfgang tummeln sich irgendwo im Mittelfeld, in der Nähe von Simone und Wyatt. Sie alle haben etwas zu verbergen, keine Frage, nur wer dafür über Leichen geht, ist unklar. Bei Wyatt scheinen die meisten Fäden zusammenzulaufen, nicht zuletzt, da er als Gemini-Verleger mit beinahe allen Reisenden in Verbindung steht. Sie werden im Weiteren ein Auge auf diese vier haben.
- Sie haben ebenfalls die Möglichkeit in Betracht gezogen, dass der Killer gar nicht unter den Autorinnen und Autoren zu suchen ist, sondern unter den Gästen, die da wären: Brooke, Jasper und Harriet Murdoch, Douglas sowie die Damen aus dem erotischen Buchclub. Jedoch erkennen Sie bei niemandem aus dieser Gruppe ein ausreichendes Motiv, um einen Mord zu begehen. Douglas' Verhalten war es jedoch, das am meisten Aufmerksamkeit auf sich zog – er ist der geheimnisvolle Fremde.
- Noch können Sie die Crew-Mitglieder nicht ausschließen. Sie denken an Cynthia hinter der Bar sowie an Aaron, den Reiseleiter. Das liegt daran, dass ich Ihnen keine weiteren Namen von Mitarbeitenden genannt habe. Oder Sie denken an die beiden, weil Sie bereits wissen, dass noch ein zweiter Mord folgen wird. Das wiederum könnte Ihnen Grund genug erscheinen, dass Aaron und Cynthia überhaupt vorgestellt wurden.
- Juliette haben Sie bisher nicht in Betracht gezogen, da bereits bekannte Charaktere nicht die Gewohnheit haben, in der Fortsetzung plötzlich zu morden. Vorausgesetzt, dass sich ihr Wesen in der Zwischenzeit nicht komplett gewandelt hat. Doch das wäre inkonsistent und damit unfair. Bleibt noch das Motiv einer möglichen Eifersucht. Wir haben beide ein

Buch zum gleichen Thema geschrieben, aber nur ich wurde zum Festival eingeladen – aber lassen Sie mich das klar und deutlich sagen: *Nur ein Vollidiot* würde Juliette des Mordes verdächtigen.

So viel also zu den Verdächtigen. Schauen wir auf die Fragen, die Ihnen zu diesem Zeitpunkt mit Blick auf die Handlung durch den Kopf gehen:

- Ist Henry McTavish wirklich tot? Schließlich tauchen in solchen Büchern Totgesagte gelegentlich wieder auf. Aber ich sage Ihnen: Mit einem toten schottischen Schriftsteller ist es wie mit dem blinden Pferd – da können Sie winken, so viel Sie wollen, der grüßt nicht mehr zurück.
- Sie überlegen, ob die Handlung von McTavishs *Off the Rails* relevant sein könnte.
- Ihnen kam der Gedanke, dass in solchen Büchern nicht immer alle sind, wer sie vorgeben zu sein. Sie fragen sich, ob möglicherweise jemand mit dem Namen Archibald Bench unter falscher Identität in diesem Zug reist.
- Ich hatte Ihnen versprochen, den Namen der Mörderin oder des Mörders in all seinen Formen insgesamt 106-mal zu nennen. Fairerweise werde ich, sollten tatsächlich geheime Identitäten im Spiel sein, im Folgenden den kumulativen Wert berücksichtigen. Hier der aktuelle Zwischenstand:

– ~~*Henry McTavish: 137*~~
– Alan Royce: 69
– Simone Morrison: 61
– Wyatt Lloyd: 47
– SF Majors: 47
– Lisa Fulton: 43
– Wolfgang: 40
– Jasper Murdoch: 27
– Harriet Murdoch: 21
– Brooke: 20

- Aaron: 14
- Der Buchclub (inkl. Veronica Blythe und Beehive): 14
- Archibald Bench: 11
- Douglas Parsons: 10
- Cynthia: 8
- Erica Mathison: 5
- Juliette: AUSSER WERTUNG

Es mag Ihnen unüblich erscheinen, dass der Erzähler eines Detektivromans derartige Einsichten teilt. Ob Sie es glauben oder nicht, Krimis sind ein Teamsport. Manche Autoren (die miesen) arbeiten gegen Ihre Leserinnen und Leser. Ich hingegen halte es für nur fair, dass Sie alles sehen, was ich sehe. Sie sollen das Rätsel ja auch lösen können.

Natürlich vertrauen Sie mir noch immer nicht. Sie können sich des Verdachts nicht erwehren, ich könnte Sie Schritt für Schritt auf eine falsche Fährte locken, um Ihnen die Wahrheit vorzuenthalten. Dass ich Ihnen jemanden als Hauptverdächtigen präsentiere, der in Wirklichkeit am wenigsten mit dem Mord zu tun hat. Wenn Sie das für möglich halten, dann werden Sie ebenfalls in Betracht ziehen, dass ich genau das *beabsichtigen* könnte und Ihnen etwas von einer Hauptverdächtigen erzähle, damit Sie die Person für unwichtig halten – obwohl sie in der Tat die Hauptverdächtige ist. Und so weiter und so fort. Ein entscheidender Faktor beim Schreiben von Krimis ist es, nicht nur die Überzeugungen der Leserinnen und Leser auf dem Schirm zu haben, sondern auch ihre Zweifel. Inzwischen halten Sie wohl die ganze Übersicht für ein Ablenkungsmanöver.

Nun, Sie werden auch jetzt nichts anderes von mir hören als bisher: die Wahrheit. Hatte ich Ihnen nicht auch verraten, dass McTavish vergiftet würde?

Okay, vielleicht nicht wortwörtlich. Aber ich habe sehr wohl gesagt, dass dieses Buch gewissermaßen Ergebnis eines gemeinsamen inspirierenden Drinks ist.

RECHTSMEDIZIN

KAPITEL 12

Wir wurden alle hastig auf unsere Zimmer geschickt, damit die Crew sich daranmachen konnte aufzuräumen. Diese Formulierung mag herzlos klingen, aber so dramatisch der Tod einer Person auch ist, irgendwann bleibt nichts mehr zu tun, als Eimer und Lappen zu holen.

Davon abgesehen war der Ghan beliebtes Reisemittel hochbetagter Touristen, es war demnach mit Sicherheit nicht die erste Leiche, um die sich die Crew kümmern musste. Außerdem war jemand, der seine Organe regelmäßig mit Schlucken aus einem silbernen Flachmann malträtierte, kein unwahrscheinlicher Kandidat für ein frühzeitiges Ableben. Während unter den Gästen die Reaktionen von Schock (Majors) bis zu tränenreichem Entsetzen (Brooke) reichten, war das Team jedenfalls bemerkenswert ruhig. Niemand zog auch nur in Erwägung, den Zug anzuhalten. Das konnte aber auch daran liegen, dass wir gerade mitten durchs Niemandsland tuckerten, kein Bahnhof weit und breit.

Ich schritt in unserer Kabine auf und ab (für bahnbrechende Schlussfolgerungen war sie jedoch zu klein), Juliette starrte sitzend aus dem Fenster. Während wir in der Lounge unfreiwillig Zeugen dieses unschönen Ereignisses geworden waren, hatte das unsichtbare und namenlose Service-Team unser Bettzeug eingesammelt, die Liegen wieder eingeklappt und den Raum für die Fahrt bei Tag hergerichtet. Draußen war noch immer Rauch am Horizont zu sehen. Jedes Mal, wenn ich bei Juliette angelangt war, musste sie ihre Knie gegen die Zugwand drücken.

»Du solltest dich hinsetzen«, sagte sie nach meiner hundertsten Runde und klopfte auf den Sitz neben sich. »Bevor du noch ein Loch in den Boden läufst.«

»Das ergibt alles keinen Sinn«, sagte ich nach einer weiteren Runde im Kreis.

»Und wie das Sinn ergibt: Ein übergewichtiger Alkoholiker hatte einen Herzinfarkt.« Sie klatschte in die Hände. »Fall gelöst, Herr Detektiv.«

»Ein übergewichtiger Alkoholiker, *den niemand in diesem Zug ausstehen konnte*.«

»Schließ da mal nicht von dir auf andere«, mahnte Juliette.

»Sie hätten aber alle guten Grund dazu.« Ich zählte sie an meinen Fingern ab: »Royce fühlte sich hintergangen, weil McTavish sein Buch nicht gelobt hatte. Wyatt wollte, dass er weiter Morbund-Bücher schrieb – ich habe sie darüber streiten hören. Simone wollte ihn unter Vertrag nehmen.«

»Hörst du dir eigentlich zu? Bisschen Eifersucht hier, Unstimmigkeiten da … Nichts davon ist ein Grund, jemanden umzubringen.« Übertrieben imitierte sie meine Aufzählung an ihrer Hand. »Lisa wurde von ihm unterstützt. Simone wollte ihn, davon gehen wir mal aus, *lebendig* unter Vertrag nehmen. Und auch für Wyatt hätte er *lebendig* mehr Bücher schreiben können.«

»Aber sein Nein wäre für sie beide ein Rückschlag gewesen.«

»Ich bin ja keine Expertin, aber seinen Goldesel zu schlachten klingt nach keiner besonders guten Verhandlungstaktik. Ach ja, und alle anderen lieben ihn.«

»Eben.«

»Eben?«

Wieder machte sie mit ihren Beinen Platz.

Ich setzte zu einer neuen Runde an. »Vielleicht ist Brooke von ihm besessen.«

»Uuh.« Sie wackelte mit den Händen und blickte mich verschwörerisch an. »Ein Motiv!«

»Du hast das Panel gestern nicht mitbekommen. Die Stimmung war so was von angespannt. Auch SF Majors scheint ihm irgendetwas übel zu nehmen. Das Gespräch der beiden war hitzig. *Und*«, ich war ganz aufgeregt, als ich mich daran erinnerte, »letzte Nacht war eine Frau in seiner Suite.«

Juliette verschränkte die Arme, aber in ihren Augen war die Neugier entflammt. »Letzte Nacht?«

»Ich hab sie gehört –«

»Du hast schon vor seinem Tod rumgeschnüffelt?«

»Nein. Ich wollte ihn nur auf die Rezension ansprechen.«

Knie an die Wand. »Ernsthaft jetzt?«

»Aber ich hab's mir anders überlegt. Als ich zu seiner Suite kam, stand Royce bereits vor der Tür und hämmerte dagegen. McTavish kam aber nicht raus. Und Royce meinte, er habe ihn mit einer Frau sprechen hören.«

Juliette wirkte noch nicht überzeugt, beugte sich aber ein Stück nach vorne. »Und das war, als du auch Wyatt gehört hast, wie er weitere Morbund-Bücher von ihm verlangte?«

»Das kam erst später«, sagte ich verlegen. »Auf dem Gang.«

»Wo du ebenfalls nicht rumgeschnüffelt hast …«

»Ich musste raus … mir ging's nicht gut. Ich hatte zu viel getrunken.«

»Du warst also betrunken, als du all das –«

Ich stolperte über ihre Beine. »Ich weiß, was ich gehört habe«, sagte ich mit Nachdruck.

»Ich mein ja nur: Wäre das hier ein Krimi, würdest du an den Aussagen des alkoholisierten Zeugen zweifeln.«

»Ich war nicht betrunken.«

»Ich möchte nicht mit dir streiten, Ernie. Ich versuche, dir zu helfen. Was du dir da zusammenreimst … Du bist voreingenommen. Du wünschst dir, dass etwas an der Sache faul ist.«

»Warum sollte ich?«

»Weil du denkst, es könnte ein neues Buch dabei rausspringen.«

»Ich denke, wir haben es mit einem *Verbrechen* zu tun.«

»Ist das für dich nicht dasselbe?«

Ich unterbrach meine Runde und ließ mich neben ihr in den Sitz fallen. Ich legte ihr eine Hand aufs Knie und beobachtete für einen Moment, wie die Wüste vorbeizog. »Also gut«, sagte ich schließlich. »Meine Neugier ist nicht ganz uneigennützig. Aber überleg mal, wie so was sonst abläuft.« Ich dachte an mein Schema für den idealen Krimi. *60 000 Wörter: zweiter Mord.* »Es bleibt nie bei einem Mord. Es sind immer mindestens zwei.«

Juliette legte ihre Hand auf meine. »Das hier ist kein Buch, sondern das echte Leben. Das folgt keiner deiner Regeln. Und ganz bestimmt interessiert es sich nicht für Fair Play.«

»Aber was, wenn ich recht habe? Was, wenn sich da jemand gerade erst warmläuft. Was, wenn …«, es war beinahe ein Flehen, »wenn ich es dieses Mal … verhindern kann.«

Dieses Mal. Darum ging es hier eigentlich. So viele Menschen mussten in den Bergen sterben. Wenn ich doch nur früher alles durchschaut, schneller gehandelt hätte, vielleicht wäre die Sache anders ausgegangen. Hier lagen zu viele Hinweise auf dem Tisch, und zu viele Geheimnisse brodelten noch unter der Oberfläche, als dass ich McTavishs Tod als Zufall hätte abtun können. War es nicht meine Verantwortung, der Sache auf den Grund zu gehen?

Nicht, dass ich an so was glaube, aber selbst wenn ich es nicht *verdient* hatte, hier zu sein, *sollte* es vielleicht dennoch so sein.

»Wenn ich nicht handle«, sagte ich, »dann ist alles, was ab jetzt geschieht, meine Schuld.«

»Das ist nicht deine Aufgabe«, widersprach Juliette sanft. »Und vor allem ist es nicht – und war niemals – deine Schuld.«

»Weiß ich doch«, sagte ich ziemlich unglaubwürdig.

Juliette kaute auf ihrer Lippe. Ihr war bewusst, dass ich gleichzeitig auf ihre Erlaubnis wartete und doch nicht wirklich danach fragte. »Wenn du das Gefühl hast, du musst es tun – und es wirklich keinen anderen Grund gibt –, dann hör dich doch mal um. Nur so, um sicherzugehen, dass alles ist, wie es scheint. Versuch nicht zu beweisen, dass McTavishs Tod Mord war. Versuch zu beweisen, dass es keiner war!«

Inzwischen habe ich das Wissen und die Stichwunde, um Juliette eines Besseren zu belehren, aber zu dem Zeitpunkt hielt ich das für einen guten Rat. Meine Aufregung legte sich ein wenig.

»Also gut, die entscheidende Frage ist, *wie* er gestorben ist. Wenn es Mord war …«, ich fing ihren Blick auf, »was ich nicht behaupte! Aber ich muss ja Ursachen ausschließen.«

»Das ist schon mal ein Anfang.«

»Was ist mit Gift? Im Flachmann?«

»So würde ich es machen.« Juliette zuckte mit den Schultern.

Aus den Lautsprechern ertönte erst ein Rauschen, dann Aarons Stimme. Er teilte uns mit, dass wir in zwei Stunden Alice Springs erreichen würden und dass sein Team und er uns allen äußerst dankbar wären, wenn wir bis dahin in unseren Abteilen blieben.

Alice Springs war eine ländliche Kleinstadt mit etwa dreißigtausend Einwohnern, groß genug für eine Polizeiwache und eine Leichenhalle. Dort würden sie McTavishs Leiche aus dem Zug schaffen, ich musste mich also beeilen.

Ich stand auf. »Ich muss mir die Leiche ansehen.«

»Was? Wozu?«

»Um zu checken, ob er vergiftet wurde.«

»Wie willst du das erkennen? Du bist kein Arzt, du bist nicht einmal ein richtiger Ermittler.«

»Beim letzten Mal –«

»War ein echter Arzt dabei. Ohne Autopsie und toxikologische Untersuchungen kommst du nicht weit. Warte, bis wir in Alice Springs sind, dort kannst du mit Experten sprechen.«

Mir kamen McTavishs Worte in den Sinn: *Sollte hier und jetzt einer von uns sterben, hätten wir fünf Verdächtige, die alle nur zu gut wissen, wie sie mit Mord davonkommen.*

Wir hatten genug Experten an Bord: fünf Krimiautorinnen und -autoren mit unterschiedlichen Spezialgebieten. Fünf Menschen, die Jahrzehnte damit verbracht hatten, alle möglichen Wege zu erkunden, ein Verbrechen aufzuklären. Oder eines zu begehen.

Ich hatte noch nicht mal den Mund aufgemacht, da schüttelte Juliette bereits vehement den Kopf. »Nein, Ernie, das zählt nicht.«

»Lass mich ausreden.«

»Du brauchst eine Autopsie. Und jemanden, der sich mit der Rechtslage auskennt, sonst läufst du Gefahr, Beweise zu zerstören.«

»Für beides haben wir jemanden an Bord.«

»Nein, haben wir nicht. Diese Leute sind *Schriftsteller*.«

»Royce hat als Rechtsmediziner gearbeitet, Lisa als Juristin – das sind Experten.« Ich sprach inzwischen mehr mit mir selbst und murmelte die Qualifikationen der anderen vor mich hin. »Polizeikrimis, Justiz-Thriller; Majors kennt sich in der Kriminalpsychologie aus – Verhöre, Profile und so Zeug. Das hilft. Und Wolfgang … gut, literarische Fiktion ist hier eher nutzlos.«

So kam es tatsächlich. Von einer beeindruckenden literarischen Argumentationskette zur Frage der Zeichensetzung gegen Ende der Handlung mal abgesehen, waren seine Beiträge für die Katz.

»Und wo siehst du dich in diesem A-Team?«

»Na ja«, sagte ich, nicht ohne Stolz, »ich kenne die Regeln.«

Juliette warf die Hände in die Luft. »Ich werde mich hüten, dich nochmals daran zu erinnern, dass das hier die Realität ist und sich niemand an irgendwelche Krimi-Regeln halten muss. Komm also – sollte hieraus wider Erwarten doch ein Buch werden – bloß nicht auf die Idee, mir die Rolle der nörgelnden und warnenden Freundin zuzuschreiben. Ich bin raus.« Sie wandte sich ab und schaute aus dem Fenster.

Mit dem Schweigen ist es wie mit dem Leck in der Schiffswand. Es kann noch so klein sein, wenn man nichts dagegen tut, sinkt irgendwann das verdammte Schiff.

Ehrlich gesagt, haben Juliette und ich uns bisher nie ernsthaft gestritten. Klamotten auf dem Boden und die Frage, wer den Müll runterbringt, verlieren an Bedeutung, wenn man einen Serienmörder überlebt hat. Jetzt aber stieg in der Kabine der Wasserpegel, und die kleine Filzbox in meiner Tasche wog immer schwerer. Das war so nicht vorgesehen.

Sosehr das Niederschreiben der Ereignisse mir noch mal Gelegenheiten bietet, damit anzugeben, dass ich mit etwas recht hatte, so sehr legt es auch den Finger auf die Situationen, in denen ich falschlag. In diesem Moment mit Juliette hätte mir klar sein müssen, dass sie mich gar nicht darum bat, die Sache mit McTavish ruhen zu lassen. Sie bat mich darum, dass ich mehr an sie dachte. Dass sie mich nicht darum bat, nicht zu gehen. Sie bat mich zu bleiben. Auf dem Papier mag das vielleicht das Gleiche sein, aber zu jenem Zeitpunkt, in der leckenden Kabine, war es ein großer Unterschied.

Diejenigen unter Ihnen, die nun hoffen, ich hätte im nächsten Moment die richtigen Worte gewählt, waren offenbar unaufmerksam. Wenn ich einen Fehler begehe, dann nicht nur einen. Dafür mit Schwung. Ich stand also auf (ganz dumme Idee, im Streit die Augenhöhe zu verlassen). Dann sprach ich die schlimmste Kombination aus Worten (vermutlich nicht nur im Rahmen dieses Gespräch, sondern generell), die mir hätte einfallen können:

»Ich muss mit Alan Royce sprechen.«

KAPITEL 13

Als ich die Tür öffnete, stand Royce mit erhobener Faust auf dem Flur. Völlig verdutzt blickte er mich an. Es dauerte einen Moment, bis ich begriff, dass er gerade an meine Tür klopfen wollte, und nicht etwa auf magische Weise von meinen Worten heraufbeschworen worden war.

Ich trat zu ihm auf den Gang und schloss die Tür hinter mir, bevor Juliette ihn sehen konnte.

»Was für ein Timing«, sagte ich und ging in Richtung seines Zimmers, wo ich ihn am Abend zuvor ins Bett gebracht hatte. Was mir nebenbei bemerkt Grund genug erschien, beim Du zu bleiben. »Sollen wir bei dir reden?«

Royce schien kurz davon überfordert, dass jemand über sein Auftauchen erfreut war, dann folgte er mir. Er hatte die Ausgangssperre genutzt, um zu duschen, doch der nächtliche Exzess hing über ihm wie eine Gewitterwolke, unter der er, Schatten seiner selbst, sich leidend Schritt für Schritt voranschleppte.

Ich hatte Royces Kabine nicht nur vorgeschlagen, um ihn von Juliette wegzulocken. Ich wollte mich ein wenig umsehen. Unwahrscheinlich, dass ich dort offene, mit Totenkopfsymbolen markierte Ampullen vorfinden würde, aber man weiß ja nie.

Ich war wenigstens so höflich und ließ ihn die Tür öffnen – die Illusion der Einladung. In der Dunkelheit hatte ich kaum Details erkennen können, umso schockierter war ich nun: In der kleinen Kabine sah es aus, als hätte Royce dort seit Wochen gehaust. Überall auf dem Boden waren Klamotten verteilt, dazwischen Verpackungen von allem möglichen Süßkram, mehrere Stapel Papier und, wo noch Platz war, leere Wasser- und Bierflaschen. Für den Teppich hätte man glatt eine Vermisstenanzeige rausgeben können. Fast auf Zehenspitzen tippelte ich in den Raum, wie um Mausefallen zu umgehen. Mit dem Knöchel streifte ich etwas Feuchtes. Mich schauderte, dann kickte ich das zusammengeknüllte Handtuch beiseite.

Die Liegen waren noch nicht wieder eingeklappt worden, vermutlich hatte sich der verkaterte Royce dagegen gewehrt. Gemeinsam machten wir uns an dem Mechanismus zu schaffen, bis es uns gelang, die obere Liege zu verstauen, und wir uns wenigstens aufrecht auf die untere Matratze setzen konnten. Royce ließ sich auf dem Fensterplatz nieder, kramte sein Notizbuch hervor und legte es auf den kleinen Tisch. Dann tippte er mit seinem Stift auf die aufgeschlagene Seite. Sie war voll mit Notizen in blauer Tinte, und zwischendrin erkannte ich, unterstrichen, meinen Namen.

»Da ist er also«, sagte er, »der Mord, den du dir so sehr gewünscht hast, hmm?«

Ich verzichtete auf den Hinweis, dass er derjenige gewesen war, der diesen Wunsch geäußert hatte. Stattdessen fragte ich: »Du glaubst, es war Mord?«

»Warum sind wir sonst hier?« Er nahm die Kappe von seinem Stift, einem dicken, aber eleganten Füller mit verschnörkelter Silberverzierung. Auch wenn das Design etwas anderes suggerierte, war der Stift mit einer modernen Tintenpatrone gefüllt. Die Feder war so spitz, es war eine Schande, dass sie Royces stumpfsinnigen Worten gehorchen musste. »Wo fangen wir an? Bei letzter Nacht?«

»Sehr gerne.« Ich war überrascht, wie bereitwillig er sich befragen ließ. In Gedanken klopfte ich mir auf die Schulter, ich machte mich gut als Ermittler. »Woran erinnerst du dich?«

»Ich erinnere mich an dich.« Er zeigte mit dem Stift auf mich. »Du hattest ordentlich einen sitzen, wolltest mit Henry reden. Ganz schön aggressiv, dachte ich noch.«

»Du scheinst da was durcheinanderzubringen. Du warst derjenige, der ihm beinahe die Tür eingeschlagen hat.«

»Du wolltest also nicht mit Henry sprechen?«

»Doch, natürlich. Aber darum geht's nicht. Du sagtest gestern Nacht, du hättest Stimmen hinter der Tür gehört?«

Royce nickte. »Sie sind verstummt, als ich geklopft habe. Aber Henry hat definitiv mit jemandem gesprochen, mit einer Frau. Lisa Fulton.«

»Bist du sicher, dass es Lisa war?«

Er zuckte mit den Schultern. »Klang wie Lisa.«

»Klang sie wie Lisa, oder *war* es Lisa?«

»Ich vergesse ständig, dass du noch neu bist.« Royce zog eine Augenbraue hoch. »Es gibt mehr als einen Weg, um an einen Blurb zu kommen. Falls du verstehst, was ich meine.«

Was hatte Royce noch mal am Vortag beim Frühstück gesagt? *Es sei denn, er schuldet dir einen Gefallen.* Ich verstand. Lisa und Henry.

Sex ist immer ein gutes Motiv in solchen Büchern, selbstredend. Aber in diesem Fall schien es fast zu einfach. Eine Beziehung zwischen Lisa und McTavish war mit Sicherheit ein rotes Tuch für den eifersüchtigen Royce. Aber warum Henry töten? Jemand wie Royce würde sich doch eher Lisa vornehmen. Wie sich seine Lippen gekräuselt hatten, als er *mehr als einen Weg* sagte. Ach, es geht doch nichts über ein bisschen guten alten Sexismus. Wie gesagt: Royce, der Unsympath.

Royce war betrunken gewesen, und er hatte einen Grund, Lisa nicht besonders zu mögen. Aber wie sicher konnte ich sein, dass er sich nicht verhört hatte? Frauen gab es in diesem Zug genug: Cynthia, Harriet, Majors, Simone, Brooke, Juliette und Veronica Blythes Buchclub, um mal die Wichtigsten zu nennen. Zumal, je nachdem wie viel er gestern Abend intus hatte, auch die Möglichkeit bestand, dass die zweite Person in McTavishs Zimmer gar keine Frau gewesen war. Können Sie von einem Flüstern hinter einer Tür mit Sicherheit auf das Geschlecht einer Person schließen, geschweige denn sie identifizieren? Das ist gar nicht so einfach.

Andererseits braucht es für einen Tango immer zwei, und ein Tänzer ist tot. Falls es einen Deal gab, hatte Lisa anscheinend bekommen, was sie wollte: Das Cover war veröffentlicht, McTavishs Blurb in der Welt. Mit Tränen der Dankbarkeit in den Augen war sie von der Bühne geeilt. Das nächtliche Rendezvous konnte daher auch eine Art Belohnung gewesen sein. Unmoralisch, von mir aus, aber kein Mordmotiv.

Dennoch, dass sich Lisa und McTavish in der Nacht vor dessen Ermordung getroffen haben könnten, war ein guter Ausgangspunkt.

»Du sagtest, du wolltest mit Henry sprechen«, riss mich Royce aus meinen Gedanken. »Und dass du es dir anders überlegt hättest. Warum?«

»Ich sah dich dort stehen«, antwortete ich ehrlich. »Mir wurde klar, dass meine Entscheidung überstürzt war, und ich habe mich beruhigt.« Dass sein Anblick abschreckend und peinlich gewesen war, verschwieg ich.

»Du warst wütend?«

»Natürlich war ich wütend. Wegen dieser blöden Rezension.«

Er notierte sich etwas.

Ich nutzte die kurze Pause, um das Ruder wieder zu übernehmen. »Du hast gesehen, was heute morgen passiert ist. War es Gift?«

»Ich weiß nicht, war es?«

»Du bist der Rechtsmediziner.«

»Wie … verabreicht?«, murmelte er, sodass ich nur die Hälfte verstand. Ich rekonstruierte: *Wie hättest du es verabreicht?*

»Über den Flachmann«, sagte ich. »Oder?«

Royce schrieb das auf. »Vermutlich.«

»Vermutlich?«

»Wenn du es sagst.«

Gestatten Sie mir kurz: Sie können von Glück reden, dass Royce dieses Buch nicht schreibt – er wäre bestimmt ein unzuverlässiger Erzähler.

»Ich sage gar nichts. Ich frage dich nach deiner …«, es kam mir nur schwer über die Lippen, *»Expertise.«*

Royce nahm sein Notizbuch in die Hand und blätterte eine Seite zurück, wie ein Verkehrspolizist, der einen Strafzettel ausstellt. Er blies die Backen auf und dachte nach. Hätte ich, während er langsam ausatmete, ein Streichholz angezündet, das ganze Abteil wäre in die Luft geflogen, so viel Restalkohol hatte er. Ich linste auf seine Notizen. Dort sah ich unter anderem, dass er die auf Goodreads veröffentlichten Rezensionen abgeschrieben hatte, eine pro Zeile, in aufsteigender Reihenfolge. Auf meine mickrige Ein-Stern-Bewertung folgten:

*Wolfgang: ** Himmlisch*

*SF Majors: *** Obsolet*

*Ich: **** Sensationell*

Anstelle von Lisas Namen hatte er fett *Flittchen* geschrieben, dahinter, offensichtlich mit zitternder Hand, ihre fünf Sterne und die Bewertung: *Tadellos.*

Als ich diese Übersicht sah, fiel mir auf, wie wenig SF Majors eher milde Bewertung zu der harschen Wortwahl passte. Ebenso bei Wolfgang, nur umgekehrt. Es schien fast, als wären sie absichtlich falsch zugeordnet worden.

Royce ertappte mich, wie ich in seine Notizen schielte, und drehte das Buch um. Er räusperte sich und blickte zur Tür. »Vielleicht sollten wir in der Bar weiterreden.« Seine Stimme zitterte leicht, er wirkte nervös.

»Hier ist doch gut, findest du nicht?«

»Was willst du von mir?«

»Ernsthaft? Wie oft soll ich dir das noch sagen: Ich möchte, dass du mir hilfst. Du hast in der Rechtsmedizin gearbeitet. Solange ich keinen Arzt auftreiben kann, muss das reichen.«

Royce schnaubte. »Du willst, dass ich den Fall löse?«

Ich zuckte mit den Achseln, zu mehr konnte ich mich nicht überwinden.

Er räusperte sich erneut. »Okay, ich denke, ich habe alles, was ich brauche. Nur eine Sache ist mir noch nicht ganz klar.«

Um ehrlich zu sein, war ich etwas gekränkt, dass er das Verbrechen so schnell durchschaut haben wollte, noch dazu lange bevor ich es tat. Das klingt herzlos, ich weiß. Es sollte hier in erster Linie darum gehen, einen Mörder zur Verantwortung zu ziehen. Trotzdem, musste es unbedingt Royce sein, der den Fall löste?

Aber noch ist dieses Buch nicht am Ende. Entsprechend können Sie davon ausgehen, dass Royce entweder falschliegt oder dass er umgelegt wird, bevor er mir etwas verraten kann. Ich werde einen Teufel tun, meine Präferenz in dieser Angelegenheit preiszugeben. Wohl kann ich Ihnen aber sagen, dass ich selbst nicht vor Kapitel 31 auf die Lösung komme, und das, so schmerzhaft es ist, nicht ohne Unterstützung von Andy.

Ich stand auf. »Du hast den Fall gelöst?«

Royce starrte an mir vorbei zur Tür und wog den Kopf hin und her. »So gut wie«, quiekte er.

Ich neigte mich aufgeregt zu ihm. »Dann raus mit der Sprache, was fehlt noch?«

Royce wich zurück und presste sich ans Fenster. Dann fragte er: »Woher hattest du das Heroin?«

»Heroin?«

»Wir können weiter von Gift sprechen, wenn dir das lieber ist. Streng genommen ist Heroin ein Gift, wenn auch weniger gebräuchlich als Cyanid oder Arsen, oder was heutzutage sonst noch in Krimis auftaucht. Effizient sind sie alle. Was wir gesehen haben, war eine Überdosis. Heroin hemmt das Nervensystem, verlangsamt die Blutzirkulation, die Atmung etc. Ich habe das für *Doctor Jane Black* recherchiert, neunter Band. Die Todesursache wird wohl eine anoxische Hirnschädigung gewesen sein. Das bedeutet Sauerstoffentzug für das Gehirn, Zellen sterben, dann schaltet es ab.«

Ich erinnerte mich an den Blaustich in McTavishs Gesicht, seine kurzen Atemzüge. An seine Augen, die sich seiner Kontrolle entzogen, wie auf Knopfdruck. An. Aus. Tod. Es ergab Sinn. »Heroin«, murmelte ich vor mich hin. Dann erst fiel es mir auf: »Moment, du fragtest eben, woher *ich* …«

Ich hielt inne, sah mich um. Ich stand noch immer vor Royce, der sich sitzend gegen die Wand drückte und zur Tür schielte. Mein Name in seinem Notizbuch, unterstrichen. »Warte mal … Worüber genau reden wir hier eigentlich?«

»Du hast soeben gestanden.«

»Gestanden?«

»Na ja, ich habe dich verhört, du hast gestanden.«

»*Ich* verhöre *dich*!« Ich schnaubte fassungslos.

»Warum solltest du mich verhören dürfen, aber ich dich nicht?«

»Weil ich der Erzähler bin?«

»Nicht in meinem Buch.«

Wenn ich an dieses Gespräch zurückdenke, fällt mir auf, dass Royce tatsächlich viele Fragen gestellt hat. Ich hatte mich an die Regeln der Kriminalliteratur gehalten, davon ausgehend, dass ich der Ermittler war. In Royces Buch, in seinem Kopf, war jedoch er der Ermittler und ich ein Verdächtiger. Besser noch, offensichtlich war ich sogar der Killer.

»Du kannst nicht ernsthaft glauben, ich hätte ...« Ich konnte es nicht mal aussprechen.

Royce blätterte in seinem Büchlein und las einzelne Anmerkungen laut vor. »Gestern Nacht bist du ...«, sein Finger huschte über die Seite, bis er die Stelle gefunden hatte, »*überstürzt* zu Henrys Zimmer gegangen. Du warst wütend über seine Rezension. Ein Stern, *grauen–*«.

»Mann, ich kenne die Rezension.«

Royces Finger wanderte weiter. Er klang wie ein Kind, das vor seinen Klassenkameraden vorlesen muss. »Du hast davon Abstand genommen, ihn zu konfrontieren, weil ein Zeuge vor Ort war. Und zwar ich. Du hast entschieden, ihn zu vergiften. Mithilfe des Flachmanns.«

»Ich dachte, du hättest mich gefragt, wie der Mörder es verabreichen *würde*. Außerdem habe ich dir nicht gesagt, dass er vergiftet wurde, sondern dich gefragt, ob du das denkst.« Ich warf die Hände in die Luft.

Royce zuckte zusammen.

»Davon mal abgesehen, dass deine Theorie ziemlich löchrig ist – verdammt, ich trag doch kein Scheißheroin mit mir rum.

Und selbst wenn, dann würde ich doch nicht hier reinspazieren und der ersten Person, die mich danach fragt, davon erzählen. Ich habe nicht mal ein Motiv. Eine schlechte Rezension ist kein Motiv. Völlig egal, wie sauer ich darüber war, dafür bringt man doch niemanden um.«

»Mag sein«, sagte Royce und blätterte zwei Seiten zurück. Ich konnte die Notiz nicht lesen, aber sie war definitiv schon vor diesem Gespräch entstanden. »Aber für hunderttausend Dollar vielleicht schon.«

»Wie bitte?«

»Du bist deinem Verlag noch ein ganzes Buch schuldig«, führte Royce aus. »Wenn du es nicht schreibst, musst du das Geld zurückzahlen. Und noch hast du keine Inspiration, weil in deinem Umfeld schon lange niemand mehr ins Gras gebissen hat.«

Ich zögerte. Das mit den hunderttausend Dollar war ärgerlicherweise korrekt. »Wer hat dir das –«

Er fiel mir ins Wort. »Du hast deiner Agentin gesagt«, er blätterte bis zur Umschlaginnenseite zurück, »*die Menschen müssen schon sterben*, damit du dein Buch schreiben kannst. Ich stand beim Einsteigen direkt hinter dir. Dass mit deinem ersten Buch was faul war, habe ich gleich gewusst. Irgendetwas hat nicht zusammengepasst. Mir war also klar, dass du was im Schilde führst, und ich habe dich nicht aus den Augen gelassen. Ich habe alles notiert und habe mir vorgenommen, deinen Plan zu durchschauen, bevor du ihn durchführen kannst.«

Mir klappte die Kinnlade runter. Royce hatte nicht einfach alle möglichen Dinge notiert, er hatte eine Akte über mich angelegt. Der mieseste Amateur-Ermittler der Welt hat sich eine komplette Story aus den Fingern gesaugt, weil er beim Einsteigen in einen Zug einen einzelnen Satz aufgeschnappt hatte.

Royce war noch nicht fertig. »Und jetzt stehst du hier und weihst mich ein, weil du mich als Nächstes umbringen wirst, bevor du dein Buch schreibst, in dem du mir alles anhängst.« Er stand auf, nahm die Kappe wieder von seinem Füller und richtete ihn gegen mich wie ein Messer. »Aber nicht heute! Und nicht mit mir!«

Ich ging ein Stück auf ihn zu, in der Absicht, ihn zu beschwichtigen, aber er fuchtelte mit dem Stift in der Luft herum. »Bleib mir bloß fern. Ich habe einen Selbstverteidigungskurs belegt, als ich für den sechsten Band von *Doctor Jane Black* recherchiert habe.«

»Das ist das Lächerlichste, was ich je gehört habe«, sagte ich.

»Ich habe einige gute Techniken mitgenommen.«

»Nicht dein blöder Kurs! Dass du denkst, ich sei ein Mörder.« Ich streckte den Arm aus und entwendete Royce ohne große Mühen seinen Stift.

Ich bin auch kein Ninja oder so was, aber Royces Reflexe waren schlicht erbärmlich. Er griff hilflos ins Leere, gab einen kleinen Schrei von sich und plumpste dann zurück aufs Bett, wo er die Arme schützend vor dem Kopf verschränkte.

»Ich habe niemanden umgebracht«, sagte ich. »Und ich werde jetzt nicht bei dir damit anfangen.«

Er senkte seine Arme ein Stück und blickte mich verstohlen an. »Du wolltest als nur meine … Meinung?« Royce schien noch immer verwirrt. Für jemanden, der derart daran gewöhnt ist, anderen ungefragt seine Meinung mitzuteilen, war es vermutlich eine seltene Ehre, tatsächlich nach seiner Meinung gefragt zu werden.

»Ich vermutete schon, McTavishs Flachmann könnte der Schlüssel sein. Du bist der Einzige mit forensischem Fachwissen, also dachte ich, wir stecken die Köpfe zusammen und sehen, was wir gemeinsam rausfinden können. Et voilà: Heroin. Auch wenn das Gespräch etwas anders lief, als ich es mir vorgestellt hatte.«

Royce erholte sich langsam und wurde prompt bockig. »Bekomme ich jetzt meinen Stift zurück? Der ist mir wichtig.«

Ich hielt ihn hoch und sah den Schriftzug auf der Seite. Gemini Publishing, Wyatt Lloyds Verlag, bei dem McTavish und Royce unter Vertrag waren. »Nicht schlecht.« Ich drückte meinen Daumen auf die Spitze und blickte auf die Delle, die sie hinterließ. »Spitz. Ein Geschenk?«

»Ja, für mein erstes Buch. War so eine Art Willkommen-im-Club-Geste.« Er hielt bettelnd die Hand auf.

Verlage lieben es, Willkommensgeschenke zu machen. Ich hatte einen Kaffeebecher und eine Flasche Champagner bekommen, was den typischen Schriftsteller-Hobbys ironischerweise eher entgegenkam als ein Stift.

»Als Verdächtigen kann ich dich übrigens nicht ausschließen«, schnaubte Royce. »Oder … oder … vielleicht möchte dir jemand helfen, dein Buch zu schreiben. Und sorgt für die nötige Inspiration.«

Ich stand bereits in der Tür.

»Wo gehst du hin?«

»Ich schaue mal, ob sie mich zur Leiche lassen.« Ich warf ihm seinen Stift zu. »Kommst du mit?«

KAPITEL 14

»Auf gar keinen Fall«, Aaron verschränkte demonstrativ die Arme vor der Brust, »lass ich euch in der Leiche rumstochern.«

Er blockierte den Durchgang von der Lounge zum Restaurant. Außer uns war nur noch Cynthia im Raum, die den Teppich an der Stelle schrubbte, wo McTavish sich übergeben hatte. Seine Leiche war weggeschafft worden, der versaute Teppich war der einzige Hinweis, dass hier vor einer Stunde jemand gestorben war. Ohne den Lärm der Gäste konnte ich die Gläser hinter der Bar im Rhythmus des schaukelnden Zugs klirren hören.

»Wir können helfen«, versuchte ich es erneut. »Wir haben eine gewisse Erfahrung mit solchen Situationen.«

Aaron musterte uns skeptisch. »Dem armen Kerl ist nicht mehr zu helfen. In einer Stunde sind wir in Alice, dann hat sich die Sache erledigt. Wenn ich Sie also bitten dürfte, solange noch in Ihren Zimmern zu verweilen.«

»Wir bieten unsere Hilfe nicht Henry an«, sagte Royce. »Sondern *Ihnen.*«

»Das weiß ich zu schätzen, Mr Royce, aber wir haben alles unter Kontrolle. So bedauerlich die Angelegenheit ist, unser Team ist auch auf solche Fälle vorbereitet.« Aaron streckte seinen Arm aus und zeigte an uns vorbei in Richtung unserer Kabinen. Hinter ihm bearbeitete Cynthia noch immer den Teppich, die gelben Handschuhe reichten ihr bis zu den Ellbogen. Der Geruch von Reinigungsmittel erfüllte den Waggon. »Wenn Sie nun bitte so freundlich wären, in Ihre Kabinen zurückzukehren.«

»Es werden also häufiger Leute im Zug ermordet?«, fragte ich.

»Wie bitte?«

»Wir glauben, der Tod von Henry McTavish war Mord.« Alles in mir sträubte sich dagegen, mit Royce zu einem *Wir* zu verschmelzen, aber es waren nun einmal außergewöhnliche Umstände. »Sie haben mit Sicherheit Erfahrung im Umgang mit hochbetagten Gästen, die im Schlaf das Zeitliche segnen. Aber Mord? Glauben Sie mir, Sie werden unsere Hilfe brauchen.«

Aaron schnalzte mit der Zunge. Ich konnte sehen, wie er in Gedanken McTavishs Tod noch einmal abspulte. Dann schien er eine Entscheidung getroffen zu haben und atmete scharf durch die Nase aus. »Ich kann Ihre Bedenken verstehen. Aber Mr McTavish pflegte einen, so scheint mir, sehr exzessiven Lebensstil – das wurde ihm zum Verhängnis. Mehr gibt es dazu nicht zu sagen.«

»Sie irren sich!«, fuhr ihn Royce an.

Aarons Blick verhärtete sich. »Ich habe Sie nun zweimal sehr höflich gebeten …«

»Was er sagen will, ist: *Was wäre*, wenn Sie sich irrten? Sollte es tatsächlich Mord gewesen sein, bedeutet das, dass wir einen *Mörder* an Bord dieses Zugs haben«, sagte ich mit einem Lächeln, von dem ich hoffte, dass es gutmütig wirkte und nicht wie das eines Soziopathen. »Sie können die Leiche natürlich in Alice ausladen, keine Frage. Aber sollten Sie anschließend feststellen, dass wir richtiglagen mit unserer Vermutung, wird es zu spät sein. Dann sitzen Sie und Ihre Gäste zusammen mit einem Killer irgendwo im Nirgendwo in diesem Zug fest.« Ich dehnte das Wort *Gäste* ein wenig. Es war offensichtlich, wie Aaron rumzukriegen war, ich musste ihn nur daran erinnern: unternehmerische Haftung.

Der Reiseleiter runzelte die Stirn und sah auf die Uhr. Ich konnte spüren, wie er abzuwägen versuchte: Vertraute er unserer Einschätzung, oder sollte er lieber warten, bis in Alice Springs die Polizei sich um die Sache kümmern konnte. »Sie sagten, Sie kennen sich aus …« Er sprach zögerlich, offenbar noch immer unentschlossen, doch ich witterte unsere Chance. »Sie sind beide keine Polizisten.«

»Wir haben gewisse Fähigkeiten«, sagte ich.

»Sie sind Schriftsteller.«

»Royce war mal Rechtsmediziner.«

Aaron verzog keine Miene. »Und was *waren Sie mal*?«

Ich ignorierte die Spitze und versuchte es stattdessen mit einem emotionalen Appell. Ich breitete die Arme weit aus. »Schauen Sie, ich verstehe Sie. Es muss lächerlich klingen. Aber ich habe genau so etwas schon erlebt. Ich stand von Angesicht zu Angesicht mit einem Serienmörder. Menschen mussten vor meinen Augen sterben, Menschen, denen ich hätte helfen können … helfen müssen! Ich male hier nicht den Teufel an die Wand, weil ich mich aufspielen oder im Recht sein will.« Ich hielt kurz inne, gewissermaßen entsprachen meine Worte sogar der Wahrheit. »Ich mache das, weil ich Angst habe.«

Royce sah mich von oben herab an: *Schisser*. Ich hörte, wie Cynthia ihre Handschuhe mit einem schmatzenden Geräusch auszog und in den Eimer neben sich warf.

Ich senkte die Stimme. Möglicherweise trug ich etwas dick auf, aber anders schien Aaron nicht aus der Reserve zu locken zu sein. »Unser Mörder tötet nicht etwa nachts, im Verborgenen. Er schlägt am helllichten Tag zu, vor den Augen der Passagiere. Sie glauben doch nicht, dass so jemand nach einem Mord einfach aufhört? Oder sich darum schert, wann wir wo halten? Nein, McTavish war nur der Anfang. Und wenn Sie jetzt denken, wir sind ja gleich in Alice Springs, okay, Ihre Entscheidung. Dann kann ich nur um Ihretwillen hoffen, dass wir falschliegen.« Ich fasste Royce an der Schulter. »Komm, Alan, wir gehen zurück auf unsere Zimmer und verbarrikadieren die Türen. Ich würde Ihnen und den anderen Gästen dasselbe raten, Aaron. Sonst haben wir bald eine Menge Leute, die *mal was waren* – und zwar lebendig.«

Royce stand, wenig überraschend, auf dem Schlauch und ließ sich nur widerwillig in Richtung unseres Waggons mitziehen. »Ernest, wir müssen unbedingt zu dieser Leiche«, flüsterte er.

Ich zischte, er solle die Klappe halten.

Wir gingen weiter.

Als hätte ich von drei runtergezählt, legte sich Aarons Hand auf meine Schulter.

»Fünf Minuten, okay? Nur damit Sie mir sagen können, ob jemand von den Gästen in Gefahr schwebt. Und, bei Gott, lassen Sie mich das besser nicht bereuen. In Alice sitzen Cops, bei denen ich noch was guthabe. Die lassen Sie nicht so einfach davonkommen.«

Der Tod von Henry McTavish war zwar brutal gewesen, allerdings ohne Blut und Gemetzel vonstattengegangen, insofern war sein Körper äußerlich unversehrt. Im Prinzip sah er genauso aus, wie als er noch gelebt hatte, etwas blasser vielleicht. Nur an seinem Kinn hatte sein Erbrochenes eine dünne Spur hinterlassen, die aber auch als Speichel eines Schlafenden hätte durchgehen können. Dennoch war ihm durch den Tod etwas abhandengekommen, etwas Undefinierbares. Er wirkte wie ein ausgeleiertes Gummiband, wie eingefallener Salat. Ein Text ohne Stimme.

Ich hielt mir die Hand vor den Mund und musste würgen. Das war der achte Tote, den ich in meinem Leben unglücklicherweise zu Gesicht bekam. Keine Ahnung, ab welcher Anzahl ein Mensch abstumpft – acht waren jedenfalls nicht genug. Noch jetzt, dankbar in einem Hotelzimmer sitzend, der Zähler steht inzwischen bei zehn Leichen, habe ich ein mulmiges Gefühl, während ich diese Zeilen schreibe.

Wir standen in Zimmer L1 des Waggons für die Mitarbeitenden, zwischen Restaurant und der Präsidentensuite. Aaron hatte uns erklärt, dass alle Kabinen in diesem Wagen für die Crew-Mitglieder waren, L1 jedoch gleichzeitig als Raum für medizinische Notfälle diente. Zwischen den Zeilen bedeutete das wohl, dass die Toten sonst meist in ihren Betten liegen gelassen wurden, bis der nächste Bahnhof erreicht war. Wenn jedoch die Notwendigkeit bestand, die Leiche aus dem Zimmer zu schaffen, weil sie dort beispielsweise nicht allein logierte, wurde sie nach L1 verlegt. Privates Abteil hin oder her, ich vermutete, dass McTavishs Körper hierhergebracht worden war, um Gerüchten, die Suite sei verflucht, keinen Nährboden zu geben. Aaron erzählte, dass auf ausgebuchten Touren – diese war es offenbar nicht – unter den Mitarbeitenden gelost wurde, wer in L1 schlafen musste. Matratzen vergessen nichts.

Royce verschwendete keine Zeit. Nicht nur Alice Springs kam immer näher, auch Aaron konnte jederzeit von der Vernunft eingeholt werden. Er kniete sich umgehend neben die Leiche und begann sie zu untersuchen. Ich sah ihm dabei über die Schulter, während Aaron nervös im Türrahmen ausharrte.

In Ermangelung von Handschuhen nahm Royce ein Taschentuch und öffnete McTavish gewaltsam den Mund. Er zog die Zunge heraus wie ein Spielzeug und untersuchte die Innenseiten der Wangen. Aaron schluckte hörbar.

»Passiert so etwas häufiger in Ihrer Schicht?«, fragte ich, um ihn abzulenken.

»Ähm, also … hin und wieder kommt es –« Sein Blick fiel kurz zurück auf McTavish, und schon hatte er vergessen, was er sagen wollte. »Natürliche Ursachen«, schob er nur hinterher.

Diese Formulierung fand ich schon immer faszinierend. Der Mensch als solcher lässt sich so leicht von seinen Emotionen leiten, von seinen Trieben. Manches fühlen wir derart intensiv – Liebe, aber auch Hass –, dass es praktisch unserem Wesen entspricht auszurasten. Insofern ist Mord, könnte man sagen, so natürlich wie überhaupt nur möglich.

»Nie Probleme mit Gästen gehabt?«, hakte ich nach. »Prügeleien oder so?«

»Das hier ist eine Luxus-Reise und kein Backpacker-Trip.« Er sah rüber zu Royce, der gerade dabei war, McTavishs fleischige Tränensäcke nach unten zu ziehen und die Augäpfel zu begutachten. »Schriftsteller hatten wir bisher aber auch keine.«

»Es muss doch aber Vorkehrungen geben? Um eine ansteckende Person zu isolieren, zum Beispiel?«

»Ich nehme an, wir könnten jemanden in die Kühlzelle sperren, falls nötig. Habe ich nie darüber nachgedacht. Im absoluten Notfall können wir auf den Royal-Flying-Doctor-Service zählen. Wobei, für einen Großteil der Reise sind wir schon ziemlich ab vom Schuss. Aber darauf sind wir eingestellt. Wir haben Fortbildungen in Sachen Krisenmanagement, für medizinische Notfälle und so, wenn wirklich was schiefgeht. Profis sind wir sicher nicht, aber wir tun, was wir können.«

»Zählt das hier denn als *schiefgegangen*?«

Aaron zuckte mit den Achseln. »Hab Schlimmeres gesehen.«

Ich starrte ihn ungläubig an, und bevor ich etwas sagen konnte, führte er weiter aus.

»Vor etwa dreißig Jahren hat ein Schulbus auf einem Gleisübergang geparkt. Damals waren wir noch kein fahrendes Hotel, sondern ein Güterzug. Das war vielleicht was ...« Er pfiff durch die Zähne und schüttelte den Kopf bei der Erinnerung. »Vier Kinder und ein Lehrer starben. Und der Busfahrer.«

Ich bin sicher, Sie haben aufgehorcht, als er *vor etwa dreißig Jahren* sagte. Schließlich klopft in Krimis stets irgendwann die Vergangenheit an die Tür. Es gibt immer einen zweiten Fall, der sich in das Gesamtbild einfügt. Dies trifft auch in diesem Buch zu, so viel kann ich Ihnen schon verraten. Welche Vergangenheit das allerdings sein wird, welcher Fall der zweite ist, das müssen Sie noch herausfinden.

Ich dachte über die Sache mit dem Schulbus nach. In den ländlichen Regionen Australiens haben Schulen oft ein riesiges Einzugsgebiet. Der Bus war sicherlich kein klassischer Reisebus, wohl eher ein verbeulter weißer Minivan, der die Ländereien abklapperte. So eine Tour muss mehrere Stunden gedauert und dabei immer wieder über die Gleise geführt haben. »Hat der Zugführer den Bus nicht gesehen?«

»Das Ding wiegt –«

»Tausendvierhundert Tonnen«, meldete sich Royce, offenbar genauso ein Eisenbahnnerd wie Andy, von unten. Er hielt McTavishs linken Schuh und die zugehörige Socke in der einen Hand und fummelte mit der anderen an dessen Zehen herum. Ob das noch Teil der Autopsie oder eher Fetisch war – schwer zu sagen. Meines Wissens war McTavish nicht an einem rostigen Nagel gestorben.

»So ist es.« Aaron wandte sich wieder zu mir. »Die bleiben nicht einfach auf Knopfdruck stehen ... Ich war damals Ingenieur-Lehrling, achtzehn Jahre alt. So etwas vergisst man nicht, auch wenn es nicht unsere Schuld war.«

Vor meinem inneren Auge tauchten zahlreiche Kinderhände auf, die sich an Fensterscheiben pressten, während über tausend Tonnen Stahl auf sie zurasten. »Wie ist es möglich, dass sie im Bus nichts vom nahenden Zug mitbekommen haben?«

»Hätte man den Busfahrer natürlich fragen können, wenn er nicht zermalmt worden wäre. Vom Bus war auch nicht mehr viel übrig, was man hätte untersuchen können. Wie lange soll das hier noch dauern?«

Royce mühte sich gerade damit ab, McTavish in eine aufrechte Position zu setzen, und presste ein *Nimm mal* hervor, wie ein Automechaniker mit Schraubenschlüssel zwischen den Zähnen. Für einen kurzen Augenblick zögerte ich, ob ich wirklich meine DNA auf einem Mordopfer hinterlassen wollte. Aber erstens rutschte die Leiche bereits in meine Richtung, und zweitens war das Thema durch, seit Royce von der Zunge bis zu den Zehen alles an McTavish betatscht hatte. Ich hielt ihn an den Schultern fest, bevor er nach vorne kippen konnte. Dann zog ihm Royce seine Weste und die Krawatte aus und gab mir Anweisungen mal hier und mal dort anzuheben.

Nun offenbarte McTavishs Körper weitere Anzeichen seines Ablebens. In seinem Nacken schimmerten seinen Venen durch die Haut wie dicke blaue Flussläufe. Royce hatte ihm inzwischen den linken Ärmel seines Hemds hochgekrempelt, und mir fiel auf, dass die Haut seines Unterarms leicht uneben und glänzend war, das Muster lange verheilter Wunden. Es zog sich offenbar über die ganze Seite bis hoch in den Nacken und womöglich auch über das linke Bein. McTavish hatte den Unfall damals gerade so überlebt, seine Haut erzählte noch jetzt davon.

Royce warf einen Blick in die Innenseiten von McTavishs Ellbogen, dann stand er auf. »Ich muss mir sein Zimmer ansehen. Und den Flachmann.«

Aaron sah noch mal auf die Uhr. Er war uns, unter dem Vorwand der allgemeinen Sicherheit, bereits mit dem Zugang zur Leiche entgegengekommen. Jetzt waren es jedoch nur noch fünfundvierzig Minuten, bis die Polizei an Bord kommen würde, und er schaltete wieder auf Vorsicht.

Royce ging ins Badezimmer und wusch sich die Hände. Über das Rauschen des Wasserhahns hinweg rief er uns zu: »Ich vermute Drogenkonsum. Eine Überdosis. Tut mir leid, dass wir so einen Aufriss gemacht haben, aber: lieber Vorsicht als Nachsicht. Ich würde in seinem Zimmer nur gerne noch nach anderen Hinweisen suchen, die meine These bestätigen, Drogenbesteck oder dergleichen.«

Diese Mischung aus Wahrheit (die Todesursache) und Lüge (der Grund, warum wir in McTavishs Zimmer wollten) war schon ein genialer Akt der Manipulation. Hinzu kam die Lässigkeit, in der Royce, sich die Hände abtrocknend, sie vortrug und dabei von unserer Taktik der Einschüchterung abwich, um Aaron genau das zu erzählen, was er hatte hören wollen. Royce gab ihm die Gelegenheit, recht zu behalten – und Aaron ergriff sie.

Wir verließen L1, und Aaron schloss die Tür, an deren Klinke er, mangels Schloss, einen Papphänger mit der Aufschrift *Psssst – Ich schlafe noch* hängte (war das noch ironisch oder schon zynisch?). Dann folgten wir ihm den Gang entlang. Im klapprigen Übergang zwischen den Waggons flüsterte ich Royce über das Klackern von Metall und das Pfeifen des Windes hinweg zu: »Wusste gar nicht, dass du auf Füße stehst.«

Er schüttelte den Kopf. »Junkies jagen sich ihr Zeug normalerweise in den Arm, aber wenn die Venen vernarben oder die Sucht versteckt werden soll, müssen diskretere Stellen für die Injektion herhalten: zum Beispiel im Augenwinkel oder zwischen den Zehen.«

»Er war clean«, mutmaßte ich.

»Betrunken? Ja. Junkie? Nein. Ermordet? Definitiv!«

Aaron schloss die Tür zur Präsidentensuite auf und öffnete sie. Sein erschrockener Aufschrei unterbrach mein Gespräch mit Royce. Wir hörten, wie er in McTavishs Zimmer hineinfragte: »Was zum Teufel machen Sie hier?«

KAPITEL 15

Brooke war so erschrocken, dass sie die Hände in die Luft warf wie bei einem Banküberfall. Das Blut wich ihr nicht nur aus dem Gesicht, es schien ihr aus dem ganzen Körper zu entschwinden, bis sie beinahe so blass war wie der ehemalige Bewohner dieses Zimmers.

»Sie haben hier nichts zu suchen«, sagte Aaron.

»Das ist ein Tatort«, ergänzte ich.

»Wer sind Sie?«, fragte Royce.

Ich war so überrascht gewesen, Brooke hier anzutreffen, dass mir der Luxus der Präsidentensuite erst auf den zweiten Blick auffiel. Zwar ließ der Name einiges vermuten, aber mir war nicht klar gewesen, dass Henry tatsächlich einen ganzen Waggon für sich allein hatte. Wir standen in einer Lounge, in der es sich problemlos zehn oder mehr Gäste bequem machen konnten. An der östlichen Zugwand schwang sich ein gelbes Ledersofa um einen Beistelltisch, auf dem etliche Seiten Papier unordentlich verteilt lagen. An der gegenüberliegenden Wand war ein Fernseher angebracht. Was für eine Symbolik ... Reich genug, um sich diese Suite leisten zu können, aber gleichgültig gegenüber der Aussicht, für die man bezahlt. Und ich fand noch einen Fehler im Bild: Zu meinen Füßen lag ein Häufchen Asche auf dem Teppich, ein klarer Verstoß gegen das Rauchverbot. Die Luft duftete jedoch eher nach Blaubeeren als nach Zigaretten. Optisch erinnerte die Einrichtung an jede x-beliebige Hotellobby: Holzverkleidung (im Gegensatz zu meinem Zimmer sogar Echtholz) und Goldverzierungen, sogar ein prächtiger Kronleuchter – ein bisschen wie die Air Force One auf Gleisen.

Royce griff nach einer halb vollen Flasche Whisky und stieß einen Pfiff aus.

»Guter Tropfen?«, fragte ich. Ein Blick auf das Etikett genügte als Antwort, die Flasche war älter als ich.

Auf dem Couchtisch erkannte ich Brookes Scrapbook inmitten der Papierstapel. Da wurde mir klar, dass nicht McTavish eine solche Unordnung hinterlassen hatte, sondern dass Brooke dabei gewesen war, sich durch die Unterlagen zu wühlen. Als sie meinen Blick sah, setzte sie zu einer Entschuldigung an. Doch im selben Moment begriff sie, was ich zuvor gesagt hatte.

»Tatort?«, fragte sie in den Raum. »Sie glauben, Henry wurde …« Sie hob die Hand vor den Mund. »Oh Gott! Bitte, ich habe –«

»Hören Sie nicht auf die beiden«, ging Aaron dazwischen. »Die sind … Sie sollten eigentlich helfen, aber ehrlich gesagt … Jedenfalls wirft Ihnen niemand irgendetwas vor. Außer, dass Sie Schlösser knacken, nehme ich an.«

Brooke sah zu Boden. Ihre Haut nahm wieder Farbe an, insbesondere ihre Wangen.

»Er hat Ihnen einen Schlüssel gegeben«, mutmaßte ich. McTavish hatte am Morgen, bevor das Panel begann, Brooke gegenüber bedauert, dass er seinen guten Whisky allein hatte genießen müssen, was für eine ausgeschlagene Einladung sprach. »Gestern Abend.«

Ein kaum wahrnehmbares Nicken. »Ich wollte aber nicht, auf keinen Fall.«

»Warum haben Sie den Schlüssel dann genommen?«, fragte Royce. Es wurde zunehmend offensichtlich, dass weibliche Verdächtige für ihn nur ein Motiv haben konnten: Sex. Dass Einwilligungen nicht nur erteilt, sondern auch wieder entzogen werden konnten, schien er nicht zu begreifen.

»Henry McTavish war mein Idol!«, sagte Brooke. »Wäre ich beinahe ausgeflippt, als er gestern Abend auf mich zukam? Klar! Genau das hatte ich mir gewünscht. Nur wollte ich eben, dass er mich als Leserin sieht, als Fan. Dass es um seine Bücher geht und um das, was sie für mich bedeuten.«

Ich musste an ihre Frage während des ersten Panels denken. Sie war zwar nebulös gewesen, aber zugleich sorgfältig formuliert, um McTavish zu beeindrucken. Simone hatte es selbst gesagt: Man musste in Rätseln mit ihm sprechen. *Archie Bench.* Brooke hatte diese Reise auf sich genommen, um die Gelegenheit zu bekommen, ihm zu sagen: *Ich verstehe deine Bücher besser als jeder andere*. Hier ging es um mehr als um Schwärmerei und Verführung.

Ihre Lippen zitterten leicht, als sie weitersprach. »*Das ist der Moment, auf den ich gewartet habe*, dachte ich noch, als er vor mir stand. Aber er lehnte sich vor, stank übel nach Alkohol und drückte mir seinen Zimmerschlüssel in die Hand. Ohne etwas zu sagen, einfach so. Hat mich angeschaut, als würde er mir einen Preis verleihen, als hätte ich es verdient.« Sie unterdrückte ein Würgen, als sie sich daran erinnerte. »Ich war wie gelähmt. Als in meinem Kopf ankam, was hier gerade passiert war, lief er bereits davon. Ich habe eine Faust um den Schlüssel geballt, bis es richtig wehgetan hat.«

»Ganz starker Auftritt, junge Dame.« Royce klatschte langsam in die Hände. In Sachen Forensik mochte er sich nützlich erwiesen haben, aber sein psychologisches Verständnis ließ sehr zu wünschen übrig. Da wäre ich mit SF Majors besser beraten gewesen.

»Sie haben Ihn letzte Nacht also nicht hier besucht?«, fragte ich und dachte an die weibliche Stimme, die Royce gehört hatte. Er war *davon ausgegangen*, dass es Lisa war – gesehen hatte er sie jedoch nicht.

»Definitiv nicht. Ich habe in meinem Zimmer geschlafen.«

»Welches ist das?«, fragte ich. Ich wollte später eine Skizze des Zugs anfertigen.

»Im Gästewagen.«

Ich wartete auf genauere Angaben, aber sie zögerte. Es konnte daran liegen, dass ich gerade von einem Mörder in diesem Zug gesprochen hatte. Vor einem Fremden ihre Zimmernummer geheim zu halten war ihr gutes Recht.

»Ähm N … 1«, sagte sie schließlich. »Hören Sie, ich wollte

nach dem Panel mit ihm sprechen. Ich konnte die ganze Nacht nicht schlafen und machte mir Sorgen, dass ich alles falsch interpretiert hatte. Ich wollte die Sache klären, wenn er wieder nüchtern war. Und seinen Schlüssel musste ich ihm ja auch noch zurückgeben. Also bin ich zu dieser Fragerunde gegangen. Aber dann kam dieser Verlags-Fuzzi dazwischen.«

Ich erinnerte mich, wie Wyatt McTavish abgeschottet und sie auf die Signierstunde im Anschluss aufmerksam gemacht hatte.

»Und dann hatte er den Herzinfarkt, und ich dachte«, sie blickte kurz zur Seite, ihre erste offensichtliche Lüge, »dann lege ich den Schlüssel einfach selbst zurück.« Sie stemmte die Hände in die Hüften. »Warum werde ich das Gefühl nicht los, dass Sie mich verhören?«

Niemand von uns sagte etwas. Aaron kratzte sich mit der Fußspitze an der Wade.

»Oh. Mein. Gott.« Sie fing an zu lachen. »Das *ist* ein Verhör. Sie halten sich für *echte* Detektive, oder? Wow, das ist der Hammer! Also, wer ist Holmes und wer ist Watson? Moment, lassen Sie mich raten.« Sie zeigte auf Royce und rümpfte die Nase. »Side-Kick.«

Royce machte einen Schritt auf sie zu, doch Aaron fuhr den Arm aus. »Ich denke, die Todesursache klärt sich nicht, indem Sie andere Gäste bedrängen.«

In der Befürchtung, Aaron könnte die Erlaubnis, uns weiter umschauen zu dürfen, direkt wieder kassieren, gingen Royce und ich schnell dazu über, demonstrativ – gekrümmte Rücken, obligatorisches Kratzen am Kinn – nach relevanten Hinweisen zu suchen. Im Papierkorb fielen mir mehrere blutige Taschentücher auf sowie eine kleine weiße Karte mit der Aufschrift *In Verehrung*. Brookes Worte hallten in meinem Kopf wider: *McTavish war mein Idol.*

Von der Lounge führte ein Flur, ähnlich wie in den anderen Waggons, zu vier einzelnen Zimmern. Die ersten beiden schienen ungenutzt. Das dritte diente als Büro. Es bot gerade genug Platz für einen vernünftigen Schreibtisch, auf dem ein einzelner Filzstift lag, und einen dazugehörigen Stuhl. Der letzte Raum war der größte: McTavishs Schlafzimmer. Es war mehr als doppelt so groß wie die normalen Gäste-Kabinen und mit einem Doppelbett (mitten im Raum) sowie einem zum Fenster positionierten Sessel ausgestattet. McTavishs Koffer lag geöffnet auf dem Boden.

»Wo ist seine Schreibmaschine?«, fragte ich.

»Hmm?« Royce hob die Matratze an, das offensichtlichste Versteck für Drogen. Nichts.

»Tippt McTavish nicht all seine Texte auf der Schreibmaschine? Der Schreibtisch steht im anderen Zimmer, aber keine Spur von einer Schreibmaschine.«

Royce zuckte nur mit den Schultern. Dann ließ er die Matratze wieder fallen, kniete sich auf den Boden und sah unters Bett. Für ungefähr eine Minute ließ er den Blick schweifen, bevor er sich wieder aufrichtete und seine Hose abklopfte, als hätte er vergessen, dass wir uns nicht auf einem staubigen Dachboden, sondern in einem Fünf-Sterne-Schlafwagen befanden. »Die Taschentücher im Papierkorb sprechen für Nasenbluten, nicht unüblich unter Heroin-Konsumenten.«

Ich wusste, dass er log. Egal wie lange Royce schon nicht mehr als Rechtsmediziner arbeitete, die violette Verfärbung auf McTavishs Nase konnte ihm keinesfalls entgangenen sein. Mir war sie schon vor seinem Tod aufgefallen. Jemand musste McTavish vergangene Nacht eine verpasst haben.

Aber diese Lüge konnte ich ertragen. Sie war Teil des Theaters, dass er Aaron in Zimmer L1 vorgespielt hatte, um ihn davon zu überzeugen, dass er unsere Hilfe benötigte. Und um ihm nicht das Rampenlicht zu stehlen. Womit ich eher ein Problem hatte, war, dass Royce im Aufstehen ein Stück Papier in seiner Tasche verschwinden ließ, welches er unter dem Bett gefunden haben musste.

Nun ist die Vernichtung von Beweismitteln ein recht typisches Verhalten für jemanden, der etwas zu verbergen hat. Und in der Tat hatte ich schon so eine Vermutung, dass Royce etwas vor mir geheim hielt, um sich nicht selbst zu belasten. Andererseits war Royce, ganz im Gegenteil zu seinen Büchern, einfach zu lesen. Brookes Stichelei, er müsse der Side-Kick in unserem Duo sein, musste sein Ego getroffen haben, weshalb er ihr – und sich selbst – jetzt das Gegenteil beweisen wollte. Ich ging daher davon aus, dass er mit dem verborgenen Beweis lediglich schneller als ich zur Lösung des Falls gelangen wollte.

Unsere Blicke trafen sich für einen Moment, und es bestand kein Zweifel, dass unsere eilig geschlossene Vernunftehe genauso schnell wieder geschieden worden war. Tut mir leid, wenn ich jemandem Hoffnungen gemacht habe – aus dieser Bromance wird leider nichts.

»Den Flachmann muss ich trotzdem noch auf Spuren untersuchen«, sagte Royce zu Aaron.

Aaron löste das Walkie-Talkie von seinem Gürtel. »Cynthia, hörst du mich? Hast du den Flachmann bei dir, aus dem unser armer Kerl getrunken hat?«

»Yeah«, erklang Cynthia aus der krächzenden Leitung.

»Gut. Den werden wir noch auf Spuren untersuchen müssen.«

»Untersuchen? Glaubst du –«

»Keine Ahnung. Aber sicher ist sicher.«

»Tut mir leid, Chef … Ich hab ihn schon gewaschen.« Ihre Stimme klang albern, wenn nicht gar dümmlich. Ich stellte mir vor, wie sie eine Haarsträhne um den Finger wickelte, während sie fragte: »Hätte ich das lieber lassen sollen oder so?«

Royce verdrehte die Augen. Ich merke an dieser Stelle noch mal an, dass es ebenfalls Cynthia war, die den Teppich geschrubbt hat, wo der Flachmann ausgelaufen war. Nach meiner Ausführung, inwiefern ich es für problematisch halte, Beweismittel zu vernichten, können wir Cynthia hiermit als Verdächtige in Betracht ziehen. Wie Royce nun Steine aus seinem Glashaus warf, schien mir allerdings auch ein bisschen drüber. Aber das alles nur als Randnotiz, Sie wissen ja: Fair Play und so.

»Sie Schwachkopf!«, sagte Royce über Aarons Funkgerät gebeugt. »Sie haben die ganze Ermittlung ruiniert.«

»Ich muss auf den Knopf hier drücken, damit sie uns hören kann«, sagte Aaron. »Jetzt.«

»Sie … ach, vergessen Sie's.« Royce seufzte. Auf Kommando wütend sein ist gar nicht so leicht. »Danke, Cynthia.«

»Wer war das?«, fragte Cynthia.

»Alan Royce«, sagte Aaron.

»Der Idiot?«

»Du bist auf Lautsprecher, Cynthia.«

Es wurde immer grotesker, also gab ich den beiden zu verstehen, dass ich mich noch mal in der Lounge umsehen würde. Alan wollte zu meiner Erleichterung lieber einen Blick in die anderen beiden Zimmer werfen. Brooke saß noch immer auf dem Sofa. Ich war unsicher, ob Alan sie aufgefordert hatte zu warten oder ob sie schlicht neugierig war, aber es kam mir sehr gelegen: Wenn Royce ein Stück Papier vor mir versteckte, konnte ich genauso gut Brooke ohne sein Beisein verhören.

»Das gibt kein gutes Bild ab«, sagte ich und nahm ein paar Seiten Papier vom Tisch. »Das ist Ihnen doch klar, oder?«

Sie kratzte sich am rechten Unterarm. Sie hatte einen ordentlichen Trucker-Teint – nur ein Arm gebräunt oder eher verbrannt –, vermutlich, weil sie zu lange in ihrer Kabine am Fenster gesessen hatte. »Bis vor zehn Minuten wusste ich ja nicht, dass es Mord war.«

Ich sah die Zettel in meiner Hand durch. McTavishs Notizen gaben nicht allzu viel her, und seine Handschrift war so unbeständig, man hätte sie je nach Lesbarkeit in ein Diagramm seines Alkoholpegels einordnen können. Auf einer Seite stand in riesigen Buchstaben: *Enthauptung – Überleben? Recherchieren.* Auf einer anderen: *Morbund. Termin bzgl. Film. Hugh Jackman. Zu sehr Musical? Ryan Reynolds. Zu sehr Comedy?*

»Kommen Sie«, sagte ich und tippte auf die Seiten auf dem Tisch. »Sie sind nicht deswegen hier, oder?«

»Sie machen also weiter auf Detektiv?« Sie musterte mich von oben bis unten und schürzte die Lippen.

»Sie weichen meinen Fragen aus.«

»Was soll ich Ihnen denn noch erzählen? Ich habe die Wahrheit gesagt.«

»Haben Sie nicht. Ich beschuldige Sie übrigens nicht des Mordes. Aber wir reden hier von Ihrem Lieblingsautor, der gerade die Krimi-Reihe mit Ihrem Lieblingscharakter eingemottet hat. Und ein mögliches Comeback hat sich spätestens jetzt erledigt. Also, frage ich mich, was würde ein Fan tun, um noch ein letztes –«

»Ist ja gut! Eins-a-Detektivarbeit.« Sie pfefferte einen Stapel weiterer Seiten auf den Tisch. Eine flatterte auf den Teppich. »Ich wollte mir ein Andenken holen, okay? Irgendetwas, das er geschrieben hat.«

»Das hier zum Beispiel?« Ich hob das einzelne Blatt Papier vom Boden auf. Ein Vorteil der Verbrennungen an meiner rechten Hand war, dass ich, selbst ohne Handschuhe, keine Fingerabdrücke hinterlassen konnte. Ich nutzte sie daher vorzugsweise, um mögliche Beweisstücke anzufassen. Das Papier hatte ein rotes Kamel-Logo am unteren Rand, genau wie der Notizblock in unserem Zimmer. Oben auf der Seite prangten die Worte *Archibald Bench*, darunter eine Reihe von Unterstrichen, wie Platzhalter für Buchstaben, als hätte jemand Galgenmännchen gespielt. Darunter wiederum folgte ein Durcheinander verschiedener Buchstaben und das Wort *Archie!* inklusive euphorischem Ausrufezeichen. Schließlich stand da noch, unterstrichen, das Wort *Reich*. Die Handschrift schien weder zum nüchternen noch zum betrunkenen McTavish zu passen, und angesichts der Tatsache, dass der Autor wohl kaum sein eigenes Rätsel zu lösen versuchte, folgerte ich, dass diese Notizen überhaupt nicht seine, sondern aus Brookes Büchlein gefallen waren. Auf diesem Zettel versuchte sie zu entziffern, was auch immer sich hinter Archibald Bench verbarg.

Brooke riss mir das Blatt aus der Hand. »Vielleicht.«

»Das Manuskript ist nicht hier«, sagte ich. »Danach haben Sie eigentlich gesucht.«

»Habe ich nicht«, sagte sie, künstlich empört, doch die Neugier holte sie ein. »Woher wissen Sie das?«

»Ich habe gehört, wie McTavish es gestern Nacht an Wyatt Lloyd übergeben hat. Es wird wohl in dessen Kabine sein.«

»Und selbst wenn ich danach gesucht hätte – ist das ein Verbrechen?«

»Kommt drauf an … Sie lesen aktuell *Misery*, nicht wahr? Es tat mir leid zu sehen, wie Ihr Buch vollgesaut wurde. Wollen Sie, dass ich Ihnen verrate, wie es ausgeht?«

Brooke sah mich beinahe panisch an. »Auf keinen Fall!«

»Ich weiß nicht, wie weit Sie gekommen sind. Ob Sie schon Annie Wilkes –«

»Worauf wollen Sie eigentlich hinaus?«

Damit brachte sie mich ins Straucheln. Ich hatte nun drei Theorien, was Brooke anging. Erstens: Sie war so sauer auf McTavish, weil er ihren Lieblingscharakter hatte sterben lassen, dass ihr eine Sicherung durchgebrannt ist. Zweitens: Sie war so angewidert von seinem Vorstoß, dass sie ihm eine Lektion erteilen wollte. Drittens: Sie hatte die Sache mit Archibald Bench durchschaut, die Auflösung in ihr Notizbuch gekritzelt und McTavish während des ersten Panels zu verstehen gegeben, was sie wusste. Demnach wäre seine Einladung am Abend gar nicht zwangsläufig sexueller Natur gewesen. Vielleicht dachte er, sie wisse etwas, das sie nicht wissen sollte, und wollte mit ihr über Archibald Bench reden. Vielleicht wollte er sie sogar zum Schweigen bringen.

Eine gebrochene Nase und vollgeblutete Taschentücher passten durchaus in diese Szenarien – aber Mord?

Der Papierschnipsel in Royces Tasche spricht im Übrigen für die zweite Theorie. Aber davon weiß ich zu diesem Zeitpunkt noch nichts, also müssen auch Sie sich noch gedulden.

»Okay, dann bin ich jetzt dran«, sagte Brooke. »Herzinfarkt oder nicht?«

»Es sollte offensichtlich sein, dass ich von etwas anderem ausgehe.«

»Und bisher bin ich Ihre einzige Verdächtige?«

»Na ja, Sie sind die Einzige, die wir am Tatort angetroffen haben, insofern: Ja.«

Brooke nahm ihr Scrapbook in die Hand und begann darin zu blättern. Es war eine Sammlung von Artikeln und Fotos, die sie schlampig eingeklebt hatte; ein Bild von Henry McTavish, wie er eine Auszeichnung erhielt; eine Urkunde, die etwas mit den Morbund's Mongrels zu tun hatte. Sie hielt bei einem vergilbten Zeitungsartikel inne und überreichte mir das Buch.

Als Erstes fiel mir das Datum ins Auge: August 2003. Brooke war höchstens Anfang zwanzig. »Das hast du sicher nicht selbst aus der Zeitung ausgeschnitten, oder?«

»Da war ich noch nicht mal geboren, Mann. Sie halten mich für einen Fan, der über Leichen geht, aber trauen mir nicht zu, dass ich mir in der Bibliothek alte Zeitungsartikel kopiere? Meine Güte … Sie brauchen tatsächlich jede Hilfe, die Sie bekommen können, also lesen Sie das verdammte Ding.«

NEUE STERNE AM KRIMI-HIMMEL

Oliver Wright, 19. August 2003, Edinburgh

Ein Jahr nach Veröffentlichung seines Debüts, das innerhalb kürzester Zeit ein globaler Bestseller wurde, legt Henry McTavish einen weiteren verzwickten Mordfall nach, den, wenn überhaupt, nur das eigenbrötlerische schottische Genie selbst lösen kann.

Es folgte eine Rezension von McTavishs zweitem Buch, *Knee Deep in Trouble*, wobei der Ton nach der einleitenden Preisung deutlich kritischer wurde. Der Verfasser war offenbar derart begeistert vom ersten Buch, dass er es nicht wagte, das zweite in der Luft zu zerreißen. Aber es fehlte nicht viel, und er sprach abschließend von einer herben Enttäuschung. Dann folgten noch kurze Kritiken zu den Debüts zweier Autorinnen, die gemeinsam mit McTavish auf dem Edinburgh Book Festival zu einer Diskussionsrunde eingeladen gewesen waren.

Ich drehte mich zu Brooke. »Was soll das?«

Statt zu antworten, tippte sie auf den Artikel. Mein Blick folgte ihrem Finger. Ein winzig kleines Foto war zwischen die letzten beiden Absätze der Kolumne gequetscht worden. Darauf waren drei Personen zu sehen, wie sie fröhlich an der Bar standen. Ich kannte sie alle.

Die Bildunterschrift lautete: *Krimi-Bestsellerautor Henry McTavish trifft beim Edinburgh Book Festival auf die vielversprechenden Debütautorinnen Lisa Fulton (links) und SF Majors (rechts).*

Das Foto war in der hintersten Ecke einer schlecht beleuchteten Kneipe aufgenommen, doch es gab keinen Zweifel. McTavish hatte einen Arm um Lisas Schulter gelegt, und die beiden sahen sich lachend an, während SF Majors direkt, aber ebenfalls lächelnd in die Kamera blickte. Alle hatten ein frisch gezapftes Bier in der Hand. Es wirkte weniger wie eine gestellte Szene für die Zeitung, sondern vielmehr wie eine Momentaufnahme inniger Freundschaft, die einen wehmütig werden lässt, wenn sie einem aus alten Jahrbüchern ins Gesicht springt.

Diese drei zusammen auf einem Festival, vor über zwanzig Jahren (wieder dieser Satz!) – und jetzt alle wiedervereint in diesem Zug. Es war unmöglich, das zu ignorieren.

»Warum zeigen Sie mir das?«, fragte ich.

»Außer ein paar Theorien, warum *Ich* einen Mord begangen

haben könnte, scheinen Sie bisher nicht viel in der Hand zu haben. Ich dachte, es könnte Sie interessieren, wer tatsächlich ein *Motiv* hatte, ihn zu töten. Das hier«, sie tippte energisch auf den Artikel, »wurde aufgenommen, kurz nachdem Henry *Knee Deep in Trouble* veröffentlicht hatte, den zweiten Morbund-Band, der allerdings floppte. Und wiederum ein Jahr vor …« Sie ließ mir den Vortritt.

»*Off the Rails*«, vollendete ich. Der dritte Teil der Morbund-Reihe. Langsam kam bei mir an, worauf Brooke hinauswollte. »Das ist das Buch, das Majors gestern angesprochen hat. Von dem sie behauptete, es beruhe auf wahren Begebenheiten.«

»Exakt! Und sie hat schon früher behauptet, dass sie die Erste war, die diese Geschichte aufgegriffen hat – und zwar …« Mit jedem Wort bohrte Brooke ihren Finger weiter in Majors Grinsen. »Genau. Auf. Diesem. Festival.«

Ich versuchte das Foto vor meinem inneren Auge zum Leben zu erwecken. Gläser werden erhoben und Gerüchte geflüstert, Mitgefühl für negative Rezensionen wird ausgesprochen und ein Überraschungserfolg verlegen beklatscht. Ein ganzer Raum voller Leute, die wissen, wie der Hase läuft. Schreiben ist ein Traumjob, aber eben doch ein Job. Ab und an ist es daher wohltuend, Leute um sich zu haben, die, genau wie du selbst, davon überzeugt sind, das zwischen den Zeilen noch mehr steckt, nämlich das Leben. Schreiben kann so einsam sein, dass, auch wenn kaum jemand es zugeben mag, solche Momente des geteilten Leids erheblich dazu beitragen, dass man sich trotz allem lebendig fühlt. Vorausgesetzt selbstverständlich, man bringt sich nicht gegenseitig um.

Für einen solchen Moment, in dem sich Schriftstellerinnen und Schriftsteller in einem Raum zusammenfinden, sollte es einen eigenen Begriff geben, einen Ausdruck der Kollektivität, den unsere Sprache jedoch nicht zu bieten hat. Irgendetwas zwischen Beileid und Sympathie vielleicht, in diesem Feldlazarett für das geschriebene Wort.

Ich dachte zurück an den Beginn dieser Reise, an meine Erwartungen und die Hoffnung, mit McTavish einen draufzumachen. Und nun daran, wie Lisa, McTavish und Majors die Köpfe zusammensteckten, ihre Träume miteinander teilten, ihre Inspiration und ... ihre Ideen.

Was hatte Majors während des Panels gesagt? Sie hatte McTavish gefragt, welche Farbe *Off the Rails* für ihn habe. Und seine Antwort? *Gelb.*

Die Farbe der Eifersucht.

»Majors denkt, McTavish hätte für *Off the Rails* ihre Idee gestohlen?«

»Bingo«, sagte Brooke. »Und sie hat es nie verwunden. Es heißt, die beiden seien bei einem Drink ins Plaudern gekommen, ein informelles Gespräch über ihre Arbeit. Sie wissen, wie so etwas läuft: *Was lesen Sie gerade? Woran arbeiten Sie?* Solche Dinge. Und ein gutes Jahr später sieht sie Henrys neues Buch in den Regalen stehen.« Mit ihren Händen deutete sie eine Explosion an.

»Wie kann es sein, dass ich das hier zum ersten Mal höre? Ich bin vielleicht kein Mongrel, aber Fan genug, um es mitzubekommen, wenn solche Vorwürfe durch die Presse gehen. Woher, zum Teufel, wissen Sie denn davon?«

»Majors muss sehr vorsichtig sein mit solchen Anschuldigungen«, sagte Brooke. »Wyatt Lloyd hat ihr ... ich will nicht sagen *gedroht*, aber aggressiv genug mögliche Konsequenzen aufgezeigt. Davon einmal abgesehen: Wenn ich Ihnen heute erzähle, dass ich vorhabe, einen Roman über Heinrich VIII. zu schreiben, kann ich seine Geschichte nicht für mich allein beanspruchen. Jeder kennt sie. Nur weil ich darüber schreibe, bedeutet das nicht, dass niemand anders das Gleiche tun kann. Wenn ich so darüber nachdenke«, sie kratzte sich spöttisch am Kinn, »bestimmt wurde in der Vergangenheit schon einmal jemand während einer Zugfahrt ermordet.«

Dass jemand auf dieselbe Art und Weise getötet oder verletzt wird, wie jemand, den man kannte, erklangen McTavishs Worte in meinem Kopf.

»Dann mal eine andere Frage: Wer ist Archibald Bench?«

Sie lachte laut. »Da waren Sie mit der Annie-Wilkes-Sache aber näher dran.«

»Wie bitte?«

»*Archie* Bench ist der Grund, warum ich ihn niemals umgebracht hätte. Versuchen Sie es noch mal.«

»Okay … Kannte Majors die Personen, die in die Geschichte hinter *Off the Rails* involviert waren?«

Brooke schüttelte unentschlossen den Kopf, als würde sie sagen wollen: *Woher soll ich das wissen?*

Ich sah wieder auf den Artikel hinunter. »Sie haben den aufbewahrt, also hielten Sie ihn für wichtig. Ihr Herz schlug für McTavish, er musste für Sie über jeden Zweifel erhaben sein, oder? Und trotzdem haben Sie den Gerüchten, er habe die Idee möglicherweise gestohlen, geglaubt?«

Sie seufzte. »Natürlich hatte ich guten Grund, den Artikel aufzuheben. Ganz egal, wem man glaubt, das ist eine wichtige biografische Fußnote. Und wie jedes gute Gerücht ist es nicht allgemein bekannt, aber eben auch nicht absolut geheim. Zumindest wissen die meisten Mongrels davon. Wird immer mal wieder in einem Podcast erwähnt. Aber es ist eben auch keine Eilmeldung wert.« Die Erklärung schien mir fast etwas zu umständlich, ich hatte jedenfalls noch nie von diesen Anschuldigungen gehört. »McTavish hat das immer abgestritten. Ich habe ihm geglaubt, aber … ja, wie Sie sagen: Ich habe den Artikel aufbewahrt. Und jetzt, wo ich ihn getroffen habe …« Sie legte mir eine Hand auf den Arm. »Man liest diese Bücher und hat wirklich das Gefühl, die Person zu kennen, die sie geschrieben hat. Es ist wie ein Gespräch über mehrere Hundert Seiten, man empfindet eine gewisse Intimität. Ich habe Henry McTavish verehrt. Aber dann kam ich hierher und … die Sauferei, die Ausschweifungen, der Blick in seinen Augen, als er mir den Schlüssel gab … Vielleicht hinterfrage ich jetzt das Bild, das ich von ihm hatte. Ich frage mich, ob er nicht jemand war, der auf Vergnügen aus war, aber nichts dafür tun wollte. Ich frage mich sogar, ob das bedeutet, dass ich ihr die ganze Zeit über hätte glauben sollen.«

Das musste ich erst mal verdauen. Was sie sagte, schien mir eine gute Charakterisierung McTavishs: der Mann, der seine Freuden auf dem Silbertablett serviert haben wollte. Und sie sonst anderweitig einforderte.

»Was ist mit Lisa? Sie hat die Vorwürfe nie bestätigt, oder?«, fragte ich. Ich erinnerte mich, wie Majors während des Panels beinahe zu erwarten schien, dass Lisa ihr den Rücken stärkte. Wie enttäuscht sie war, als sie das nicht tat, und wie schließlich die Spannung noch zunahm, als McTavishs Blurb auf dem Cover von Lisas neuem Buch prangte. Das konnte man durchaus als Positionierung in dieser Sache betrachten. Möglicherweise war sogar genau das der Deal: McTavishs Unterstützung für Lisas Schweigen.

Brooke schüttelte den Kopf, doch sie sah zu Boden.

Es gibt mehr als einen Weg, um an einen Blurb zu kommen, hatte Royce gesagt. Beinahe im selben Augenblick fiel mir der echte Royce auf, der seine Durchsuchung abgeschlossen hatte und nun uns gegenüber am Fernsehschrank lehnte. Er hatte einen verschlagenen Blick aufgesetzt, wie jemand, der in der Prüfung gemogelt hatte und sich der vollen Punktzahl sicher sein konnte. »Geht's um Henry und Lisa?«, fragte er mit spöttischem Grinsen. »Henry meinte, sie war eine echte Granate im Bett.«

Brooke würgte bei seinen Worten.

»Irgendwas gefunden?« Ich setzte ein Lächeln auf. »Anstand, zum Beispiel?«

»Das wüsstest du wohl gerne. Und was läuft hier so? Befragst du jetzt schon Verdächtige ohne mich?«

»Besonders verdächtig scheint sie mir nicht zu sein«, sagte ich.

»Was sie sehr verdächtig macht.« Er deutete auf mich. »Du solltest das doch am besten wissen, Ernest: Es sind nie die, die ganz und gar unverdächtig erscheinen – das wäre viel zu vorhersehbar –, sondern die, die eben nur nicht besonders verdächtig sind.«

»Ich werde es mir merken«, sagte ich.

»Und außerdem … dir ist das vermutlich nicht aufgefallen, aber ich habe ein Auge für solche Dinge: Ihre Reiselektüre ist Stephen Kings *Misery*.« Er streckte die Brust raus, als hätte er die genialste Entdeckung aller Zeiten verkündet. Dann wandte er sich um und blickte in den Flur. »Was treibt der Kerl denn so lange?« Eine Toilettenspülung erklang und beantwortete seine Frage. »Aaron?«, rief er dennoch.

Brooke sah mich an. »Es geht in diesem Buch überhaupt nicht um Besessenheit. Zumindest nicht, wenn man die Geschichte aus Annie Wilkes' Perspektive betrachtet. Es ist viel simpler als das.« Sie stand auf und obwohl Royce, der inzwischen zu uns herübergekommen war, ihr nicht direkt den Weg versperrte, ließ sie es sich nicht nehmen, ihn mit der Schulter anzurempeln. Dann kramte sie den Schlüssel zur Präsidentensuite hervor und legte ihn auf den Tisch. »Triff niemals deine Idole.«

Aaron trat in den Raum und tupfte die Hände an seiner Weste trocken. In dem Moment bremste der Ghan, und unsere Körper neigten sich synchron in Fahrtrichtung.

»So.« Aaron klopfte Royce auf die Schulter. »Das war's dann mit euren Ermittlungen. Ein Hoch auf professionelle Polizeibeamte. Willkommen in Alice Springs.«

KAPITEL 16

Wir mussten an Bord warten, bis die Leiche hinausgeschafft wurde. Verlegen war ich in unsere Kabine zurückgekehrt, wo

Juliette mich bereits erwartete. Sie sah erst auf die Uhr – *Du warst ganz schön lange weg* – und dann mich erwartungsvoll an. »Zufrieden?«

Ich nickte nur und tätschelte ihr Bein. Das schien mir am unverfänglichsten.

Möglicherweise hätte sie mir sogar geglaubt, hätte ich meinen Blick von den Notärzten abwenden können, während sie unter größter Anstrengung die in Plastik verpackte Puppe, die einmal McTavish war, aus dem Zug und über den Bahnsteig trugen. Es wirkte so profan, so pragmatisch, dass es für diese Szene wohl keinen Unterschied gemacht hätte, wenn die Leiche des bekannten Schriftstellers durch eine Waschmaschine ersetzt worden wäre. Ich dachte immer, ich schreibe, um zu erinnern. Aber ein Teil von mir schreibt, um erinnert zu werden. Die beiden Ärzte dabei zu beobachten, wie sie sich mit der Leiche abmühten, führte mir vor Augen, dass es keinerlei Bedeutung hat, auf wie vielen Buchrücken man seinen Namen hinterlässt. Manchmal ist das, was bleibt, nicht mehr als ein Klumpen Fleisch in einem Plastikbeutel.

Juliette hatte wenig Muße, mich von meinen Gedanken über McTavish abzulenken. Ebenso wenig wie ich darauf aus war, mir in Alice Springs einen schönen Tag zu machen. Das Festivalprogramm war für heute abgesagt worden, und wir konnten selbst wählen, ob wir an den Aktivitäten, welche für die restlichen Zugreisenden angeboten wurden, teilnahmen oder die Gegend auf eigene Faust erkundeten. Juliette und ich hatten uns zunächst für Letzteres entschieden (Majors verriet mir, wo es die besten Vanilla Slices gab). Doch dann bestand Juliette darauf, mit dem Bus zu Simpsons Gap zu fahren, wo der Lauf der Zeit eine begehbare Schlucht in die roten Felsen geschlagen hatte. Eigentlich hatte ich gehofft, Simone an diesem Tag mit ein paar Fragen zu konfrontieren, doch ich hatte ihr Interesse für Sightseeing überschätzt. Sie war an Bord geblieben (die Bar war wieder offen, sagte man uns). Allerdings zog mich der erhabene Anblick ockerfarbener Felsen vor strahlend blauem Himmel schnell in seinen Bann, sodass ich bald keinen Gedanken mehr daran verschwendete, irgendwen zu verhören.

Wir saßen mitten in der Schlucht auf dem sandigen Boden. Juliette legte ihren Kopf auf meine Schulter, in ihrem Gesicht trafen sich Sonnenstrahlen und der Schatten der Felsen. Seit Millionen von Jahren standen sie hier und würden hier noch stehen, wenn wir selbst längst zu Staub zerfallen waren. Und unsere Bücher ebenfalls. Wir sind nichts. Aber immerhin zwei davon. Und die Tatsache, dass es keine Worte für eine Entschuldigung bedurfte, machte uns zu etwas Besonderem, denke ich.

Der Moment war so schön, dass ich nur mit einem Auge auf die anderen achtete.

Harriet und Jasper machten Selfies, als gäbe es kein Morgen. Wolfgang hatte sich einen Felsvorsprung gesucht und meditierte. Die Ladys aus dem Buchclub waren ganz entzückt, nachdem sie ein paar Wallabys entdeckt hatten. An einem Wasserbecken weiter hinten in der Schlucht ließ SF Majors Steine über die Oberfläche hüpfen, während Brooke in ihrem jugendlichen Übermut am Ufer entlang von einem Felsen zum anderen sprang. Lisa saß etwas abseits im Schatten und rief ihr zu, sie solle vorsichtig sein. Später half sie Brooke, ihren sonnenverbrannten Arm mit Aloe vera einzureiben. Royce stand an der von der Ghan-Crew aufgestellten Pop-up-Bar und trank Bier. Cynthia behielt uns alle im Blick und rief uns hin und wieder zu, wie viel Zeit uns noch blieb.

Ich sah, wie Harriet und Jasper daran scheiterten, ein Selfie mit der gesamten Schlucht im Hintergrund zu machen, und ging zu den beiden rüber. »Soll ich mal?«, fragte ich. »Keine Sorge, ich bin erprobter Insta-Boyfriend: verschiedene Perspektiven und unbegrenzte Versuche garantiert.«

Harriet lachte und reichte mir begeistert ihr Smartphone. Es entstanden ein paar schöne Bilder, jedoch schien mir das Lächeln der beiden etwas gehemmt – es war das Lächeln nach einem Streit. Ich sah Harriet an, dass sie mich gerne noch um weitere Fotos gebeten hätte, doch für Jasper war die Sache erledigt.

Ich ging langsam davon, konnte aber noch lauschen.

»Das ist 'ne Menge Geld«, sagte Jasper. »Da kann ich nicht Nein sagen.«

»Wir brauchen das Geld nicht«, sagte Harriet.

»Hast du diese Reise bezahlt? Glaub mir, wir können es gut gebrauchen.«

Das gefiel Harriet gar nicht. Beleidigt ging sie in Richtung Bar. Jasper folgte ihr. »Harriet! Harriet?! Harriet ...« Es war der altbekannte Dreiklang einer jeden Langzeitbeziehung: *Komm schon! Ernsthaft? Es tut mir leid ...*

Wyatt war nicht mit in die Schlucht gefahren. Ich hatte ihn zuletzt auf den Bahnsteig gesehen, wie er in sein Telefon brüllte. Ich vermutete, dass eine Menge Papierkram anstand, wenn ein Autor starb. Douglas hatte sich ebenfalls gegen den Ausflug entschieden.

Die ganze Zeit über hatte ich nicht mehr an den Mord – oder an Douglas – gedacht. Doch als wir sonnentrunken (beziehungsweise betrunken im Falle von Royce) wieder am Bahnhof ankamen, sah ich durch das Busfenster Douglas über den Bahnsteig eilen. Dass wir zur gleichen Zeit dort waren, war kein Zufall: Man hatte uns gebeten, um 17 Uhr wieder zum Zug zurückzukehren. Zunächst ging ich davon aus, Douglas hätte Sorge, spät dran zu sein. Dann fiel mir auf, dass er sich immer wieder umblickte. Ich beobachtete, wie er auf eine Mülltonne zuging, seinen Rucksack nach vorne schwang und, nach einem letzten Kontrollblick, einen Gegenstand daraus entnahm und in die Tonne warf. Dann ging er weiter, als wäre nichts gewesen.

Ich sah mich im Bus um. Die Leute waren noch ganz aufgekratzt vom Ausflug und plauderten fröhlich. Juliette schlief an meiner Schulter. Niemand außer mir schien etwas gesehen zu haben.

Als wir ausstiegen, gab ich vor, meine Nase zu putzen, und ging dann zur fraglichen Mülltonne, um das Taschentuch zu entsorgen. Ich hoffte, Juliette würde nicht auffallen, dass ich zwei näher gelegene Tonnen ignorierte. Auf den ersten Blick sah ich nur, was zu erwarten gewesen war: Verpackungsmüll, leere Wasserflaschen, Bananenschalen. In der Mitte lag jedoch eine sorgsam gefaltete Zeitung, ein zu harmloser Gegenstand, um ihn derart verdächtig zu entsorgen. Ich beugte mich über die Mülltonne und entfaltete die Zeitung.

Zu meiner großen Überraschung fand ich darin eine Mordwaffe.

Nicht *die* Mordwaffe, natürlich. Aber eine, deren Anwesenheit auf einer Zugreise nur mit der Absicht zu rechtfertigen war, einen Mord zu begehen.

Aus der Zeitung funkelte mir ein silberner Revolver entgegen.

PSYCHOLOGIE

KAPITEL 17

Zum Abendessen fanden wir uns in der Telegraph Station ein, einem der ältesten Farmhäuser des Landes. Ursprünglich hatte es als zentrale Schaltstelle für die Nachrichtenübermittlung zwischen Adelaide und Darwin gedient. Wie einst die Morsezeichen durchquerten jetzt Schriftsteller die vertikale Achse Australiens.

Zur Station gehörte eine Handvoll alter Steinhütten, die inzwischen als Museum fungierten. In den einzelnen Räumen, welche nur durch Plexiglasscheiben zu bewundern waren, sollten Plastik-Lebensmittel ein Bild des kolonialen Alltags zeichnen. Der staubige Platz zwischen den Hütten war wie für eine Hochzeit hergerichtet: Tische mit weißen Tischdecken, in Blechwannen kalt gestellte Getränke, deren Flaschenhälse herausragten wie Seeminen, und eine kleine Bühne, auf der eine zweiköpfige Band mit Gitarre und Banjo Countrysongs in den Wüstenhimmel plärrte. Der Geruch von gebratenem Fleisch wehte von der Outdoor-Küche zu uns herüber, welche weit genug entfernt war, damit sich die Gäste nicht wie in einer Imbissbude fühlten, doch nah genug, um einen rustikalen, ländlichen Charme zu versprühen.

Vor der Reise hatte man uns mitgeteilt, dass für dieses Abendessen ein eleganteres Outfit erbeten wurde. Ich trug daher meine Smokingjacke, welche glücklicherweise das zerknitterte Hemd kaschierte, das ich versäumt hatte, auszupacken und aufzuhängen. Der Sonnenuntergang war beinahe unverschämt schön, das perfekte Fotomotiv. Am Zaun des Grundstücks standen Kameras auf Stativen in Reih und Glied, wie Soldaten vor der beginnenden Schlacht.

So traumhaft der Sonnenuntergang auch war, ich konnte meine Augen nicht von Douglas lassen. Ich kenne mich nicht gut aus mit Waffen, doch ich wusste, dass die meisten Schusswaffen in Australien illegal waren, so auch die, die er entsorgt hatte – ein Trommelrevolver mit kurzem Lauf, ideal für russisch Roulette. So etwas mit sich herumzutragen war schwer zu rechtfertigen. Ich wusste nicht, wie er es mit dem Ding in Texas ins Flugzeug geschafft haben sollte, also ging ich davon aus, dass er den Revolver in Darwin besorgt hatte. Nur weil in Australien ein strenges Waffengesetz herrscht, heißt das nicht natürlich nicht, dass es unmöglich ist, sich eine zu besorgen, zumal im ländlichen Darwin eine Menge legaler Waffen im Umlauf sind. Aber es bedurfte doch einer gewissen Anstrengung, sie in die Finger zu bekommen. Wenn er diesen Schritt gegangen war, warum würde er den Revolver dann einfach so wieder entsorgen, ohne einen Schuss abgegeben zu haben?

Nach seinem geheimnisvollen Auftritt am Bahnsteig wirkte Douglas jetzt entspannt und sorglos. Gemeinsam mit den Buchclub-Ladys tanzte er vor der Bühne, als gäbe es etwas zu feiern. Diese Feststellung beinhaltet übrigens keinen Vorwurf, die Stimmung war insgesamt sehr heiter, von Trauer kaum eine Spur. Etwa drei Viertel der Reisenden hatten schließlich keinerlei Kenntnis über das, was geschehen war, und von denen, die Bescheid wussten, kam kaum jemand auf den Gedanken, das tragische Ereignis als etwas anderes zu interpretieren. Was ich also damit sagen will, ist: Die Leute waren hier, um eine gute Zeit zu haben.

Dann wurde das Essen serviert: Lammkoteletts vom Grill und traditioneller Schoko-Damper zur Nachspeise. Die Sitzordnung am Tisch war vorab mit Platzkarten festgelegt worden und zielte darauf ab, die Reisegruppen zu durchmischen und neue Gespräche anzuregen. Auch Juliette und ich wurden getrennt, allerdings saß SF Majors an meinem Tisch. Nach der Hauptspeise waren einige Leute aufgestanden und sammelten sich in Grüppchen um die zahlreichen Feuerstellen oder die Kühlboxen, je nach Bedürfnis. Ich rutschte auf den Stuhl neben ihr.

»Wir hatten noch gar keine Gelegenheit, uns zu unterhalten«, sagte ich und hielt ihr die Hand hin. »Vielen Dank für die Einladung zur Party.«

Majors hob skeptisch eine Augenbraue, schnaubte und schüttelte dann den Kopf. »Diese *Party*«, sie zog das Wort etwas genervt in die Länge, »ist eine absolute Katastrophe.« Sie rieb sich die Schläfen. »Sollten Sie bemerken, dass Wyatt auf uns zukommt, geben Sie mir ein Zeichen. Ich würde ihn gerne meiden.«

»Sie trifft keine Schuld an dem, was geschehen ist.«

»Erzählen Sie das den Gemini-Anwälten. Auch wenn Wyatt für den Verlag eine Menge Kohle damit machen wird, werden sie für all das hier einen Kopf rollen sehen wollen. Meinen Platz im Festivalkomitee kann ich mir abschminken, wenn nicht sogar den im Kriminalautoren-Verband. Wir haben Henry McTavish getötet. Richtig gute Werbung, jetzt will bestimmt jeder beitreten.«

»Ich dachte, es war ein Herzinfarkt?« Ich stellte mich dumm.

Sie trank einen ordentlichen Schluck Wein, sichtlich genervt. »Na klar … Denken Sie dran, ich bin Psychologin, ich kann Sie lesen wie ein Buch. Also fragen Sie einfach, was Sie mich fragen wollten.«

Sie war so abweisend, dass sie mir vermutlich nur eine Frage gestatten würde, also schenkte ich ihr zunächst Wein nach und ordnete meine Gedanken. Diese kleine Geste machte sicherlich noch kein Team aus uns, aber immerhin nahm sie einen Schluck. »Wie sieht das psychologische Profil von jemandem aus, der besessen ist?«, fragte ich. »Eines Stalkers, zum Beispiel.«

»Oder eines Hardcore-Fans«, sagte Majors, ohne um den

heißen Brei herumzureden. »Nichts spricht dagegen, jemanden zu vergöttern. Die Frage ist, an welchem Punkt das Verhalten pathologisch wird. Das hat weniger mit der bewunderten Person als mit dem Stalker selbst zu tun. Solche Menschen sind davon überzeugt, mit der anderen Person in einer gewissen Beziehung zu stehen. Sie begreifen sich als Teil einer Welt, in der sie eigentlich keine Rolle spielen, und versuchen ihr Handeln auf ziemlich kuriose Weise zu rechtfertigen: *Ich wollte nur sichergehen, dass es dir gut geht, deshalb bin ich dir nach Hause gefolgt.* Oder etwas in der Art. Es geht um die Unfähigkeit, zwischen dem eigenen Verlangen und dem des Opfers zu differenzieren. Dazu zählt zum Beispiel, Höflichkeit als Flirt oder Offenheit als Bedürftigkeit zu missinterpretieren. Solche Dinge.«

»Also ist die Perspektive das Problem? Weil der Stalker das Handeln des Opfers auf sich bezieht, sich vielleicht sogar als Ursache begreift, selbst wenn keinerlei Beziehung zwischen ihnen besteht?«

»Genau das. Sagen wir, ich finde meinen Traumjob und ziehe dafür ans andere Ende des Landes – eine rein persönliche Entscheidung. Hätte ich einen Stalker, würde er darin eine direkte Zurückweisung erkennen. Solche Leute mögen keine Veränderungen.«

Ich dachte kurz darüber nach. Veränderungen, wie eine Roman-Reihe nicht fortzusetzen? Ich musste das im Hinterkopf behalten. Aber noch etwas, das sie gesagt hatte, ließ mich jetzt aufhorchen. »Was meinten Sie damit, Wyatt würde eine Menge Geld machen?«

»Unmengen an Geld! Henrys Bücher verkaufen sich ohnehin gut, aber jetzt wird aus seinem letzten Roman ein literarisches Event. Sie wissen doch, was abgeht, wenn ein halb fertiges Manuskript eines längst verstorbenen Schriftstellers auftaucht. Erinnern Sie sich an *Go Set a Watchman* von Harper Lee. Oder nehmen Sie Stieg Larsson, der starb, bevor er die *Millennium*-Reihe vollenden konnte … Den Leuten ist klar: Das ist das definitiv letzte Buch – das muss ich lesen!« Sie winkte ab. »Und dann sind da noch die Sonderausgaben, neue Cover …« Sie überschlug sich beinahe. »Die Huldigung eines Genies, das zu früh von uns gehen musste … Es ist die reinste Goldmine. McTavishs Tod ist beinahe das Beste, was Wyatt Lloyd passieren konnte.«

»Und –«

»Moment, jetzt bin ich dran.«

Ich brach ein Stück von dem Damper ab und stopfte es mir in den Mund. Es war klebrig und saftig zugleich. »Okay.«

»Ihnen geht es nicht um ein mögliches Verbrechen. Sondern darum, sich zu beweisen.«

»Ist das eine Frage?«

»Ich weiß nicht, ist es? Ups. Aber ich habe recht. Wenn ich Ihnen einen guten Rat geben darf: Seien Sie vorsichtig, wie Sie die ganze Sache angehen. Denn im Moment hoffen Sie beinahe, dass wir es mit einem Mord zu tun haben. So sehr, dass Sie möglicherweise die Fakten außer Acht lassen, nur weil sie nicht in Ihr Bild passen. Und das alles, weil Sie eine neue Story brauchen – und hundert Riesen auf dem Spiel stehen.«

Ich warf die Hände in die Luft. »Woher, zum Teufel, wissen alle von –«

»Auch uns gegenüber wollen Sie sich beweisen: Wolfgang, Royce … All denen gegenüber, die Sie für zu kommerziell oder schlicht für einen Glückspilz halten.«

Sie hielt mir ihr Glas entgegen, und ich schenkte ihr noch mal nach.

»Vor allem aber sehnen Sie sich danach, gebraucht zu werden. Denn, warum sollten Sie die Ereignisse aus dem letzten Jahr überlebt haben, wenn nicht, um jetzt jemandem zu helfen? Was im Übrigen der Grund ist, warum Sie das verdammte Buch überhaupt geschrieben haben – um dem, was passiert ist, einen Sinn zu verleihen. Und jetzt auch gern als Frage formuliert: Habe ich recht?«

Mein Schweigen war Antwort genug. Dann nickte sie, und ich durfte wieder meine Fragen stellen.

»Ein ganz schön bunter Haufen ist das hier auf dem Festival«, setzte ich vorsichtig an. »Alle handverlesen?«

»Ich brauchte eine gute Mischung aus Etablierten, Aufsteigern und solchen, die für Schlagzeilen sorgen. Durch Wolfgang habe ich mir die Förderung gesichert, die stehen auf solche elitären Typen. Wobei ich nicht damit gerechnet habe, dass wir so viele Schlagzeilen bekommen. Ich würde sagen, ich habe meinen Job ganz gut gemacht, oder?«

Das war also der Grund für Wolfgangs Einladung. Welche Rollen Royce und ich einnahmen, war mir aber noch immer unklar. »Und die Auswahl hat nichts damit zu tun, dass Sie mit Lisa und McTavish 2003 gemeinsam auf dem Edinburgh Book Festival waren?«

Diese Worte ließen sie aufhorchen. Ihr Weinglas kam kurz vor ihren Lippen zum Halten und beschlug von ihrem Atem. »Ich halte es für äußerst respektlos, solche Themen ausgerechnet jetzt anzubringen«, sagte sie schließlich.

»Okay, andere Frage: Warum haben Sie mich eingeladen?«

»Ich habe Sie nicht eingeladen«, antwortete sie kalt, als wollte sie sich für meine Frage zuvor rächen.

Ich ignorierte die Spitze, viel wichtiger war: Wenn sie mich nicht eingeladen hatte, wer dann? »Aber McTavish wollten Sie unbedingt dabeihaben. Es gibt da dieses Gerücht, er hätte die Idee für *Off the Rails* von Ihnen gestohlen. Ist da was dran?«

Es brodelte in ihr. »Ich werden Ihnen hier kein Motiv servieren. Aber interessant – Sie denken also, es war Mord?«

»Royce denkt, er wurde vergiftet.«

Sie schnaubte.

»Was?«

»Royce denkt.« Sie hielt Daumen und Zeigefinger beider Hände gegeneinander in die Luft, als würde sie sich die Worte in einem Bilderrahmen vorstellen. »Oxymoron des Tages.«

»Er war immerhin Rechtsmediziner.«

»Hat er das behauptet?«

»So steht es in seinem Lebenslauf.«

»Das bedeutet gar nichts, das ist Ihnen klar, oder? Sie können da reinschreiben, was Sie wollen.«

»Aber er hat doch in einem Labor gearbeitet, er hat ein Zertifikat. Das hat er ja nicht erfunden.«

»Stimmt, hat er, aber er war Praktikant oder so ... Kaffee und Kopierer. Alles eine Frage der Vermarktung. Wyatt war klar, dass sich das gut verkaufen würde, also haben sie es für das erste Buch so kommuniziert. Und jetzt, elf Bücher später, glaubt Royce wahrscheinlich selbst daran.«

Meine ganze bisherige Ermittlung hatte sich auf Royces Annahme gestützt, dass Heroin die Todesursache war. Majors Worte trafen mich wie eine Ohrfeige. »Ehrlich gesagt war er ganz hilfreich«, sagte ich etwas kleinlaut.

»Ich würde Ihnen ja ein psychologisches Profil von Royce skizzieren, aber dafür haben wir keine Zeit. Nicht einmal, wenn wir die restliche Zugfahrt nichts anderes täten. Aber natürlich interessiert er sich für den Mord. Das ist seine Chance, endlich der zu werden, der er bisher immer vorgegeben hat zu sein. Ich persönlich bin wirklich ausgebildete Psychologin, ich kann Ihnen meine Zulassung zeigen. Royce hat vielleicht mal einen Workshop besucht, von mir aus, aber ich würde mir gut überlegen, ob ich wollen würde, dass der Kerl eine Autopsie an meiner Leiche durchführt. Für ein Buch zu recherchieren bleibt eine theoretische Angelegenheit. Oder glauben Sie, Lisa knackt genauso lässig Autos auf wie ihre Protagonistin?«

In Gedanken war ich noch immer damit beschäftigt, die Glaubwürdigkeit meiner Beweisführung zu retten. Selbst wenn Royce seinen Lebenslauf etwas aufgehübscht hatte, hat er immerhin für elf Romane (und drei Erzählungen, der Vollständigkeit halber) recherchiert, irgendwas war davon sicher hängen geblieben. Außerdem hatte er erwähnt, sich für ein Buch explizit mit Heroin beschäftigt zu haben. Konnte ich ihn beim Wort nehmen? Oder sah ich nur, was ich sehen wollte? In der Hinsicht musste ich Majors unweigerlich recht geben: Ich wollte mich unbedingt nützlich machen.

Ich setzte zu einer weiteren Frage an, doch sie hob die Hand und bremste mich aus. »So, damit wären wir auch am Ende unserer heutigen Sitzung, Mr Cunningham.« Sie sprach in einem sehr bedächtigen Singsang, der sonst, nahm ich an, ihren abgedrehtesten Patienten vorbehalten war. »Es wäre wohl am besten, wenn wir Ihre Selbstfindung zu einem anderen Zeitpunkt fortsetzen.« Sie deutete auf die imaginäre Tür ihres imaginären Behandlungsraums. »Vereinbaren Sie gerne einen neuen Termin mit meiner Sekretärin, bevor Sie gehen.«

In alten Stahlfässern, welche rund um die Hütten aufgestellt worden waren, brannten Feuer und auf der Tanzfläche wirbelte der Staub, während die Leute ausgelassen vor der Band tanzten. Über uns funkelte der klarste Sternenhimmel, den ich je gesehen hatte. Ich sah mich in der Nähe der Kühlboxen nach Juliette um, die nicht mehr an ihrem Tisch saß, als sich eine schwere Hand schwungvoll auf meine Schulter legte. Ich drehte mich um und blickte in das rotbäckige Gesicht von Douglas Parsons. Er war außer Atem, und seine Hand auf meiner Schulter war inzwischen damit beschäftigt, ihn aufrecht zu halten.

»Ernest!«, rief er überrascht, als hätte er im Supermarkt einen alten Freund wiedererkannt.

»Douglas.« Ich nickte, alles andere schien mir zu förmlich. Zumal es ein Zeichen der Anerkennung ist, jemanden mit Namen anzusprechen, und er aussah, als könnte er die gerade gut gebrauchen.

»Was Schönes erlebt heute?«, fragte Douglas.

»Ja, wir waren in der Schlucht. Und Sie? Gute Zeit in der Stadt gehabt?«

Er war beinahe betrunken genug, dass ich mir auch so etwas

wie *Jemanden erschossen?* hätte erlauben können, aber ich hielt mich zurück.

Er blickte zu den Sternen empor wie zu einem Altar. Dann sagte er: »Und wie! Hat mein Leben verändert.«

»Freut mich zu hören.«

»Ich muss mich bei Ihnen dafür bedanken. Das wollte ich eigentlich sagen: Danke!«

Ich zögerte. Ich fühlte mich an Wyatts Entschuldigung erinnert. Schon wieder hatte ich keine Ahnung, worum es hier ging. Aber sein erwartungsvoller Blick ließ mich nachgeben. »Gern geschehen.«

»Nein, wirklich, Ernest.« Er zog eine Flasche aus der Kühlbox wie ein Schwert und hielt mir das Bier vor die Nase. Ein paar Eiswürfel fielen zu Boden. Ich nahm das Bier, obwohl ich wieder nicht wusste, was ich damit auslösen würde. »Sie dachten, ich lüge Sie an. Am ersten Tag, als ich sagte, ich reise allein. Das habe ich Ihnen angesehen.«

»Ach.« Ich winkte ab. »Nein, dachte ich nicht.«

»Doch, doch. Und das ist ok, ich verstehe das. Ich *reise* wirklich allein. Aber ich *bin* nicht allein, also auf spiritueller Ebene.«

Ich wiederhole hier noch mal die Regel, dass zugunsten des Fair Plays Geister in Krimis nicht erlaubt sind. Ich war also kurz davor, Douglas als betrunkenen Spinner abzutun, als er weiter ausführte.

»Ich hab mal hier draußen gelebt. Mir war nach Veränderung, und Australien schien mir damals ideal, um weiter als Rinderzüchter arbeiten zu können. Wir konnten diesen Zug von unserer Veranda aus beobachten. Mein Partner, Noah, hat das immer gerne gemacht. Er kannte die Fahrpläne quasi auswendig. Seit es ein Passagierzug ist, wollte ich unbedingt damit fahren – ihm zuliebe.« Er breitete die Arme aus. »Hier sind wir nun, wie wir es uns immer erträumt haben.«

»Aber er ist nicht dabei, richtig?« Ich kannte die Antwort

bereits. Die zwei Gläser Champagner, das gedankenverlorene Anstoßen mit einem zweiten Bier …

»Er ist tot.«

»Das tut mir sehr leid.

»Das muss es nicht.« Douglas strahlte. »Das ist es ja gerade, wofür ich Ihnen danken möchte. Ich bin damals abgehauen. Zurück über den Ozean, hab versucht, alles zu vergessen. Doch heute … Ich habe seine Asche verstreut. Ich konnte ihn endlich gehen lassen – nach zweiunddreißig Jahren! Und zwar weil Sie es durchgezogen haben. Jetzt bin ich frei!« Er blickte wieder zu den Sternen und gab ein kleines Heulen von sich. Ich sah, wie einige Tropfen Bier in seinem Bart glitzerten, wie Tau auf einem Farn im Regenwald oder, weniger schmeichelhaft, wie Schaum am Maul eines tollwütigen Hundes. Es war schwer zu sagen, ob er verzückt oder komplett irre war.

Ich dachte zurück an das Gespräch, das ich mit Douglas im Zug geführt hatte. Er hatte mich gefragt, wie es sich anfühlte, jemanden umzubringen. Hatte wissen wollen, ob Rache süß oder bitter sei. Selbst im Kontext meines ersten Buchs waren diese Fragen sehr auffällig.

Moment, unterbrach ich mich in meinen Gedanken. Was hatte er jetzt gerade gesagt? *Weil Sie es durchgezogen haben.* Verzeihen Sie mir diesen Sprung zu einem Satz, den Sie ein paar Zeilen zuvor erst gelesen haben, aber er ist wichtig. Jetzt begriff ich: Drei einzelne Ereignisse fügten sich zu einem Gesamtbild.

Douglas hatte einen Revolver mit auf diese Reise genommen.

Henry McTavish war gestorben.

Douglas hatte den Revolver entsorgt.

Douglas hätte sich nicht die Mühe gemacht, eine Knarre zu besorgen, um dann mit Heroin zu töten. Und der einzige Grund, warum man eine Waffe entsorgen würde, war, dass man sie nicht mehr benötigte. Was wiederum den Schluss zuließ, dass die Person, die er vorhatte umzubringen, bereits tot war.

Bezichtigte er *mich* des Mordes an McTavish? Bedankte er sich dafür, dass ich ihm die Arbeit abgenommen hatte?

»Verzeihen Sie, dass ich frage …« Ich senkte meine Stimme. »Sie sagten, Sie hätten Noahs Asche seit zweiunddreißig Jahren. Wie … wie ist Ihr Partner gestorben?«

Ich übertreibe nicht, wenn ich sage: Douglas' Augen begannen zu leuchten. »Oh, Sie sind gut! Warum sagen *Sie* es mir nicht? Die Szene macht sich in Ihrem Buch doch viel besser, wenn Sie die Erklärung liefern.«

Ich nahm die Einladung an. Ich wusste bereits von einer bestimmten Tragödie, die sich vor zweiunddreißig Jahren abgespielt hatte. »Noah war Lehrer, nehme ich mal an.«

»Und was für einer. Ein großartiger Lehrer, hatte einen besonderen Draht zu seinen Schülern. Hier draußen sind die Schulen anders, hier ist nichts mit stupidem Frontalunterricht und Auswendiglernen, hier geht's darum, die Kids zu verstehen. Noah wusste, dass etwas im Argen lag, aber es war nur so eine Ahnung, und mit einer Ahnung kommt man nicht weit. Vor allem nicht als schwuler Mann im ländlichen Australien der Neunzigerjahre, das kann ich Ihnen sagen. Ich möchte gar nicht in Worte fassen, was dieser Typ getan hat, aber manche Menschen sind schlicht Monster. Noah war aufgefallen, dass ein sonst so fröhliches Mädchen im Unterricht immer ruhiger wurde. Irgendwann konnte er sie überzeugen, ihm zu erzählen, was passiert war, und er ging mit ihr zur Polizei. Keine Ahnung, wie der Typ rausgefunden hat, dass man ihm auf der Spur war … Aber so war es, und er musste einen Weg finden, sie zum Schweigen zu bringen – alle, die ihm gefährlich werden konnten.«

Ein Lehrer. Ein misshandeltes Kind. Ein Täter, der kurz davor war aufzufliegen. Vier Schüler und ein Lehrer, die bei einem Unfall mit einem Zug ums Leben kamen.

»Der Busfahrer«, sagte ich. »Es war der Fahrer des Schulbusses, der die Kinder belästigte.«

Was hatte Aaron gesagt? *Hätte man den Busfahrer natürlich fragen können, wenn er nicht zermalmt worden wäre.* Das klang alles verdächtig nach der Handlung eines gewissen Romans.

Douglas nickte ernst. »Hat den Bus einfach direkt auf die Gleise gestellt und die Türen verriegelt. Das, was ich als Noahs Asche aufbewahrte, hatte eher symbolischen Charakter. Und jetzt frage ich Sie: Könnten Sie in einem solchen Chaos eine Leiche identifizieren?«

Wieder hatte ich die kleinen Kinderhände an den Scheiben vor Augen, die nahende Staubwolke … doch dieses Mal sah ich außerdem die schweißnassen Hände eines Mannes, die immer wieder am Griff einer verschlossenen Tür abrutschen. Und einen einzelnen Schatten, wie er sich von den Gleisen entfernt. In dem Moment schlug Douglas seine Hände mit einem lauten Knall aneinander.

KAPITEL 18

Der Fahrer des Busses hieß nicht Archibald Bench.

Das war selbstverständlich das Erste, wonach ich gegoogelt habe.

Alice Springs war so freundlich, uns mit einer stabilen Internetverbindung zu beschenken, und es dauerte nicht lange, bis ich den besagten Vorfall gefunden hatte. Ein Güterzug, der einen Schulbus plattmacht, hat wohl ausreichend Nachrichtenwert. Ich stieß auch auf die Namen der Verstorbenen. Neben den vier Kindern waren das der Lehrer, Noah Witrock, und der Fahrer, Troy Firth. In dem Artikel war nichts von Vorwürfen gegen Firth zu lesen, auch wurde niemandem irgendeine Schuld zugeschrieben – es war schlicht ein tragischer Unfall. Allerdings war die Geschichte als solche, wenn man sie um die Details ergänzte, die Douglas beigesteuert hatte, erschreckend nah dran an der Handlung von *Off the Rails*, von der Majors behauptet hatte, McTavish hätte sie ihr geklaut. Wenn man darin die Eltern durch den Fahrer ersetzte und das Auto durch den Bus, war es im Prinzip ein und dieselbe Methode, jemanden zu ermorden. Und auch dieselbe Methode, um damit davonzukommen.

Troy Firth ist kein Anagramm zu Archie Bench, das kann man drehen und wenden, wie man will. Sie werden jedoch das Gleiche gedacht haben wie Douglas: Es liegt sehr nahe, dass die Leichen nach dem Zusammenstoß entweder nicht mehr zu identifizieren oder gar nicht erst auffindbar waren. Es sei fairerweise erneut an McTavishs verkrüppelte linke Körperhälfte erinnert. Ich möchte Sie nicht verwirren, aber ich habe außerdem bereits klargemacht, dass manche Personen in diesem Buch unter mehreren Namen bekannt sind. Dies sind jedenfalls die Gedanken, die in meinem Kopf rumschwirrten, deren Zusammenhänge sich mir allerdings noch entzogen.

Douglas trieb es wieder auf die Tanzfläche. Ich spazierte zwischen den Tischen umher. Als ich an Wyatt vorbeikam, lehnte er sich auf seinem Stuhl nach hinten.

»Hey«, sagte er und zupfte an meinem Hosenbein. »Ich habe Simones Schal gefunden, Ihre Liebste muss ihn liegen lassen haben. Sagen Sie Simone Bescheid, dass ich ihn habe?«

Das würde Juliette erleichtern. Das sagte ich ihm und bedankte mich. Sein Versuch, mir von seinem Stuhl aus auf den Rücken zu klopfen, endete mit einem unbeholfenen Stoß in die Nieren. Er wirkte überraschend heiter für jemanden, dessen Autor – und Freund, nahm ich an – gerade den Löffel abgegeben hatte. Aber dann erinnerte ich mich daran, dass er kurz davor war, mit diesem Tod jede Menge Geld zu verdienen. Als ich in der vergangenen Nacht auf dem Gang gelauscht hatte, schien er ziemlich unglücklich gewesen zu sein mit McTavishs neuem Manuskript, da es kein weiterer Morbund-Band war. Ich nahm jedoch an, dass das Aufsehen, das eine posthume Veröffentlichung versprach, die Frage nach dem Inhalt in den Hintergrund rückte.

»Ich werde ihn ihr zurückgeben, wenn ich sie sehe – eine Sache weniger, wegen der sie sauer auf mich sein kann.« Wyatt lachte. »Ja, ja, die Gute verliert einfach nicht gerne.«

»Ich denke, nicht einmal Simone wird den Tod eines möglichen Klienten als Niederlage betrachten«, sagte ich.

»Was würde ich dafür geben, dabei zu sein, wenn Sie ihr das sagen.« Wyatt deutete auf eine der Feuerstellen, wo ich Simone im Gespräch mit Wolfgang sehen konnte. »Sie ist ja nicht ganz mit leeren Händen ausgegangen. Ich habe ihr einen Trostpreis überreicht. Nicht, dass sie damit irgendwen unter Vertrag nehmen würde, aber …« Er kicherte über seinen eigenen Witz, den ich nicht einmal verstand. »Davon mal abgesehen, sie hat den Kampf um Henry nicht einmal verloren, *weil* er gestorben ist. Nee, die Sache ist viel demütigender: Sie hat sich ihm angebiedert und dich damit ordentlich vor den Kopf gestoßen, er hat abgelehnt, und *dann* ist er gestorben. Was für ein Leidensweg!« Zu allem Überfluss begleitete Wyatt diese obszöne Tirade mit der Andeutung eines Kreuzes, das so unförmig war, Jesus hätte einen Chiropraktiker gebraucht. »Hey!«, rief er noch einmal, dieses Mal allerdings an mir vorbei. »Jasper! Schampus? Gibt einiges zu feiern.« Er hob sein Glas und verschütte die Hälfte des Inhalts.

Jasper war auf dem Weg zu Harriet gewesen, die ich auf der Tanzfläche entdeckte. Er hatte Wyatts Aufforderung nichts entgegenzusetzen und verzog leicht das Gesicht, als er ein Glas in die Hand gedrückt bekam. Wyatt war offenbar bereit, seinen baldigen Geldsegen mit jedem zu feiern, der ihm über den Weg lief. Ich nutzte die Ablenkung, um mich vorsichtig, als stünde ich auf einer Tretmine, aus dem Staub zu machen, und überließ Jasper seinem Schicksal. Dann ging ich hinüber zu Simone und Wolfgang.

Wolfgang würdigte meine Ankunft mit einem Knurren. Es war schwer zu sagen, ob er verärgert war, weil ich ihnen Gesellschaft leistete oder weil er sich so weit herabgelassen hatte zu wissen, wer ich war. Simone und er hielten beide einen Metallspieß, mit dem sie Marshmallows grillten, die in einer Schüssel neben ihnen lagen. Wolfgang ließ seines nur vorsichtig ansengen, während Simones Marshmallow einem flammenden Meteor glich, der verbrannten Zucker ins Feuer regnen ließ.

»Die Leute sind erstaunlich gut gelaunt«, sagte ich. »Wenn man die Ereignisse des Tages bedenkt.«

Wolfgang häutete sein Marshmallow mit den Zähnen. »Ein Konkurrent weniger. Wer will sich beschweren?«

Simone lachte grausam (Adverb, ich weiß).

»Ganz schön kaltherzig«, sagte ich. »Ich wette, Sie haben nicht einmal etwas von ihm gelesen.«

»Oh doch«, murrte Wolfgang zu meiner Überraschung. »Sein Allererstes. Ein Geschwafel war das, ein grammatikalischer Spuk. Seine Kommata sind wie Karnickel, vermehren sich auf jeder Seite und lassen sich an Orten – und vor Wörtern – nieder, wo sie nichts zu suchen haben. Dieses verdammte Oxford-Englisch. Jedes kleine *Und* bekommt ein sinnloses Komma vor den Latz geknallt …«

Ich hatte keine Lust, mich mit Wolfgang auf eine Diskussion über schlechten Stil einzulassen, erst recht nicht auf die Beleidigungen, die ich mir dabei unweigerlich hätte anhören müssen, also wechselte ich das Thema. »Wie läuft's mit Ihrem Kunstwerk?«

»Kunstwerk?«

»Na, Ihr Gemälde oder was auch immer. *The Death of Literature.*«

Wolfgang lachte trocken in sich hinein. »Es läuft recht gut, vielen Dank. Auch wenn es kein Gemälde ist, sondern eine Experience.«

»Na dafür lohnt es doch, bis Adelaide am Leben zu bleiben«, sagte ich.

»Wenn Sie so lange durchhalten.« Seine Lippen wurden schmal. Der Schein des Feuers warf einen unheimlichen Schatten auf sein Gesicht. »Das könnte eine gefährliche Reise für Sie werden. Wenn ich Sie wäre, würde ich mir Sorgen machen.«

»Ich?« Meine Stimme brach. War das eine Drohung? Wusste er, dass ich herumschnüffelte?

Auf seinem Gesicht breitete sich ein Grinsen aus, jedoch eines, das eher zu einem bösartigen Streich passte als zu einem harmlosen Witz. »Jemand hat es auf schlechte Schriftsteller abgesehen. Vielleicht sollten Sie Ihre Kabine verriegeln.«

Simone schlug ihm spielerisch gegen die Schulter. Für fünfzehn Prozent hätte ich etwas mehr physische Gewalt erwartet. Sie fing meinen mürrischen Blick auf. »Entspann dich, Ernie.«

»Mein ja nur, ist für McTavish nicht schön, so erinnert zu werden.«

»Ach nein?«, spottete Wolfgang. »Sie glauben, wir würden unsere Toten ehren? Dann hören Sie mal zu: Im Nachruf der *Washington Post* auf Edgar Allen Poe hieß es, die Nachricht seines Todes werde ›viele entsetzen, aber niemanden trauern lassen‹. Und der war wirklich ein Genie. Ihr Krimiautoren habt ihm eure Karrieren zu verdanken. Immerzu redet Ihr von Christie und Conan Doyle und vergesst dabei Poe.«

Ich war überrascht, wie viel Wolfgang über das Genre zu wissen schien, das er so verachtete, und ebenso davon, dass er McTavish gelesen hatte. Tatsächlich machte ihn das fast sympathisch. Zumindest war er bereit, sich mit den Dingen auseinanderzusetzen, die er kritisierte.

Er schimpfte weiter: »Und jetzt soll ich einem mittelmäßigen Schotten hinterhertrauern, weil er ein paar Bücher verkauft hat? Ich bitte Sie! Ich bringe ihm schon genug Respekt entgegen, indem ich ihn verachte, wie es sonst nur große Künstler verdienen. Woran messen wir einen Menschen? Er mag noch so abstoßend und unanständig sein – wenn seine Worte einen Wert haben, werden sie ihn überleben.«

»Ein Ethos, nach dem Sie sich selbst zu leben bemühen, könnte man meinen.«

Wolfgangs Gesicht gab eine wunderbare Imitation von Simones schmelzendem Marshmallow ab. Dann erhob er sein Glas in ihre Richtung, stand auf und schlich, ohne mich eines weiteren Blicks zu würdigen, in die Nacht davon.

»Schlecht gelaunt?«, fragte Simone, während sie in der Kohle herumstocherte. Die Spitze ihres mit verbranntem Zucker besprenkelten Spießes glühte bereits orange.

»Glaubst du nicht, dass hier irgendetwas vor sich geht?«, fragte ich. »Alle scheinen beinahe froh zu sein, dass McTavish gestorben ist.«

»Dass alle froh darüber sind, bedeutet aber nicht, dass ihn jemand umgebracht hat.« Das Feuer spiegelte sich in ihren Augen. Plötzlich begannen sie ganz von allein zu leuchten, ihre Lippen kräuselten sich. »Du hast auch einen Grund, dich zu freuen! Du hast alles, was du für dein Buch brauchst. Muss doch eine Erleichterung sein.«

»Apropos mein Buch ... Wie kommt es, dass alle von meinem Vorschuss wissen?«

Simone verzog keine Miene, zuckte nur mit den Schultern. »Die Leute reden ...«

Ich wusste aus eigener Erfahrung, dass Simone allergisch darauf reagierte, wenn man ihr blöd kam. Ich ließ die Sache also fallen und versuchte stattdessen, ihre gute Laune auszunutzen. Wenn sie erfreut war, dass ich endlich etwas hatte, worüber ich schreiben konnte, wäre sie vielleicht auch gewillt, mit mir einige Details durchzugehen. »Nehmen wir mal an, ich mach aus dieser Sache ein Buch – für die Hintergrundgeschichte brauche ich deine Hilfe. Du hast doch für McTavish gearbeitet, wie kam's dazu?«

»Ich habe bei Gemini im Lektorat gearbeitet, während eines internen Austauschprogramms nach Großbritannien. Das war zu einem Zeitpunkt, als sich der Verlag noch mehr schlecht als recht über Wasser hielt, das heißt, bevor Morbund die Kassen füllte. Aber ich wollte mal etwas anderes sehen und ergriff die

Gelegenheit. Als der erste Morbund-Band dann durch die Decke ging, hat Henry mich als seine Vollzeit-Assistentin eingespannt.«

»Hat es sich gelohnt?«

»War jedenfalls besser, als für Wyatt zu arbeiten. Er hat gut bezahlt, Arbeitszeiten waren ok. Ich würde ja sagen, McTavish hat mich seltener angegraben, aber am Ende gab sich das nicht viel.« Sie seufzte. »Mein Gott, die frühen Achtziger.«

»Tut mir leid, dass das damals so normal war.«

»Damals?« Sie schnaubte. »Es hat sich *nichts* geändert. Die ganz faulen Eier werden heute vielleicht gecancelt, dann entschuldigen sie sich, tauchen eine Weile unter – und dann kommen sie zurück, als wäre nichts gewesen, verkaufen noch mehr Bücher, drehen noch mehr Filme und füllen noch größere Konzerthallen. Das Problem ist ein strukturelles! Und jeder, der sich zurücklehnt und glaubt, die Sache habe sich erledigt, weil man mir auf der Arbeit nicht mehr auf den Arsch haut, ignoriert das.«

»Mit Wyatt scheinst du gut auszukommen«, sagte ich. »Und McTavish hättest du am liebsten unter Vertrag genommen.«

Sie zog den glühend heißen Spieß aus dem Feuer und hielt ihn in die Luft. »Du musst ein mutiger Mann sein, Ernest, einer Feministin Doppelmoral vorzuwerfen …«

»Ich meinte das nicht –«

»Das weiß ich. Aber du hast nicht das Recht, solche Aussagen zu treffen, weil du solche Entscheidungen nicht treffen musst. Wie gesagt, solche Typen machen immer weiter. Und wie alle anderen muss auch ich dieses Spiel mitspielen. Aber so kann ich wenigstens einen Teil ihrer Kohle abgreifen. *Das* ist Feminismus, wenn du mich fragst.«

Ich muss sagen, es war beeindruckend, diese Seite von Simone kennenzulernen, einen Blick auf ihre Verwundbarkeit zu erhaschen. Ihr Stolz und ihr Selbstbewusstsein hatten mir immer den Eindruck vermittelt, sie stünde über den Dingen.

Doch jetzt erkannte ich nicht nur ihr Geschick, sondern auch das Opfer, das sie brachte: Sie machte selbst auf knallhart, um sich gegenüber Typen wie McTavish und Wyatt zu behaupten.

Ich dachte über McTavish nach. Was hatte er getan, dass es jemand derart auf ihn abgesehen hatte? Brookes Fragen während des Panels kamen mir wieder in den Sinn, ebenso ihre Notizen, die ich in McTavishs Zimmer gesehen hatte. Vielleicht war die kryptische Erwähnung von Archibald Bench gar kein Versuch gewesen, ihn zu beeindrucken – sondern ihn öffentlich anzuklagen. »Pflegte Henry irgendeinen, sagen wir, fragwürdigen Umgang?«

»Was meinst du damit?«

»Ideologisch oder so.«

»Nicht, dass ich wüsste. Wieso?«

»Ich bin in ein paar Unterlagen über das Wort *Reich* gestolpert.«

Simone grinste. »Ich mag's, wenn du Codes und Rätsel verwendest – so verkauft man Bücher. Viele, viele Bücher. Bekommst schon mal fünf Sterne für deine Mühen.« Sie blinzelte, als hätte sie mir eben etwas verraten. Ich hatte nur keine Ahnung, was. »Aber nein, falls Henry ein Nazi war, dann hat er das gut versteckt. Seine Schwäche waren eher sehr junge Frauen – aber da ist er nicht der Einzige.«

Ich nickte. »Majors meinte, McTavish hätte was mit Lisa Fulton am Laufen gehabt?«

»Soso, hat sie das?« Simone sah sich um und entdeckte Majors im Schatten einer der Hütten, wie sie – ausgerechnet – Douglas Parsons anschrie. Der schien absolut ahnungslos, seine defensive Körperhaltung und seine ausgestreckten Arme sagten: *Ich habe keine Ahnung, wovon Sie überhaupt reden!* Ich fragte mich, ob die beiden sich überhaupt kannten. »Na ja, sie hegt schon einen ziemlichen Groll gegen Lisa, seit damals in Edinburgh.«

»Weil sie ihr bei den Plagiatsvorwürfen nicht den Rücken gestärkt hat?«

Es war möglicherweise das erste Mal, dass ich Simone je beeindruckt sah. »Sieh mal einer an! Vielleicht bekommt da ja tatsächlich jemand sein Buch. Du hast recht: Dass Lisa sie damals nicht unterstützt hat, ist für Majors noch immer ein rotes Tuch. Und sie behauptet noch immer, dass Lisa Henry zuliebe die Klappe gehalten hat, weil sie in ebenjener Nacht etwas miteinander hatten.«

»Moment, aber … Lisa und Henry haben diese Liebelei, und dann schreibt Lisa über zwanzig Jahre kein neues Buch?«

»Was ihr Schreiben angeht, dazu kann ich nichts sagen, aber ja, diese Liebelei gab es.« Simone senkte ihre Stimme. »Heutzutage ist ja immer alles gleich streng vertraulich. Aber zu meinem Job als Henrys Assistentin gehörte auch die Verwaltung seiner Webseite und seiner Mails. Ich hatte alle Passwörter – also eigentlich war es ein und dasselbe für alle Zugänge, so viel zu Codes und Rätseln – und habe gelesen, was für Nachrichten er verschickt hat. Was faule Eier eben so von sich geben. Auch Lisa hat das nach dieser Nacht abbekommen.«

»Könntest du dich immer noch einloggen?«

»Pff, nee. Als ob ich mich an das Passwort erinnern könnte. Was ich nicht vergessen werde, ist, dass er sie *eine Granate im Bett* nannte.« Sie selbst zuckte zusammen, als sie diese Worte aussprach. »Erstaunlich, wie lange ich es mit ihm ausgehalten habe, wenn ich jetzt darüber nachdenke.«

»Warum hast du letztlich hingeschmissen?«

»Nachdem ich eineinhalb Jahre bei ihm war, kam Henrys zweites Buch raus, *Knee Deep in Trouble*. Das Buch war nicht besonders gut – das zweite Buch ist immer das schwerste –, die Verkaufszahlen gingen in den Keller, und dann kam der Unfall. Er war wie benebelt von den Schmerzmitteln, an seinem dritten Buch biss er sich förmlich die Zähne aus. Ich dachte, ich sollte besser gehen, bevor Henry klar wurde, dass er sich keine Assistentin mehr leisten konnte. Und schließlich waren da die Gerüchte um die Sache mit Majors. Ich wollte mich auf richtige Literatur fokussieren, hab mein Erspartes genommen und bin zurück nach Melbourne, um meine eigene Agentur zu gründen – angesichts des Erfolgs von *Off the Rails* offenbar nicht die beste Entscheidung. Zumal er mir damals, um mich von Gemini abzuwerben, eine Gewinnbeteiligung zugesichert hatte. Aber hey …«, sie kniff mir in die Wange, »jetzt habe ich ja dich, nicht wahr?«

»Aber in deinen Augen war er dir etwas schuldig, nicht wahr? Wolltest du ihn deshalb als deinen Autor unter Vertrag nehmen?«

Simone lachte. »Du interpretierst zu viel rein in die Sache. Das stimmt so nicht ganz. Die Gründe, warum ich Henry wollte, habe ich dir schon genannt. Er bringt eine Menge Geld – ich wollte meinen Anteil. Aber klar, vielleicht dachte ich unterbewusst, dass er mir noch was für die eineinhalb Jahre schuldet, die ich ihn ertragen habe.«

»Und als Wyatt und McTavish über das neue Buch gestritten haben, hast du deine Chance gewittert. Der eine wollte die Reihe beenden, der andere sie fortführen. Ich nehme mal an, weil McTavish von keiner Agentur vertreten wurde, hat Wyatt seine Hand auf den Filmrechten, dem Merchandise und so weiter. Das ist 'ne Menge Kohle, die einem Verlag sonst oft durch die Lappen geht. McTavish war für Wyatt deutlich mehr wert als nur die Buchverkäufe.«

»Sehr gut«, bestätigte sie mich. »Gute Arbeit.«

»Wie hast du Henrys Absage verkraftet?«

Ich dachte kurz, jetzt würde sie mich wirklich aufspießen. Sie entschied sich dann aber, ein weiteres Marshmallow dran glauben zu lassen. »Wo hast du das denn her?«

»Die Leute reden …«

Sie saugte die Wangen ein. »Also bin ich drin?«

»Wo drin?«

»In deinem Buch.«

»Denke schon.«

»Machst du mich zur Verdächtigen?«

»Kommt darauf an, wie du meine Frage beantwortest.«

»Ach, hör auf, das sagt doch nichts aus. Davon mal abgesehen, du kannst dich nicht darüber empören, wie gut gelaunt hier alle sind, ohne dir an die eigene Nase zu fassen. Als ob du nicht auch ein bisschen dankbar bist: Jede Menge Inspiration für dein neues Buch. Und sie fällt dir einfach so in den Schoß. Solche Morde sind genau das, was du brauchst. Glück gehabt, hmm?« Sie verbeugte sich leicht im Sitzen. »Gern geschehen.«

»Gern geschehen?«, wiederholte ich. Warum würde sie das sagen?

»Weil ich dich gezwungen habe, aus deiner Komfortzone rauszukommen. *Gern geschehen*!« Sie betonte die Silben wie Leute es tun, wenn sie auf die Undankbarkeit ihres Gegenübers hinweisen wollen.

»Du hast meine Frage noch immer nicht beantwortet«, sagte ich.

Von einem der Tische, an dem – natürlich – die Damen aus dem Buchclub wüteten, schallten fröhliche Laute exzessiven Alkoholkonsums zu uns herüber. Simone dreht sich um und beobachtete das Treiben eine Weile. Dann sah sie wieder zu mir. »Also, pass auf. Menschen wie Henry und dieser verdammte Alan Royce halten sich selbst für die Allergrößten. Die Wahrheit ist aber: Es gibt so viele talentierte Leute, die so viel motivierter sind als die beiden und nur auf ihre Chance warten. Insofern, wenn ich Henry nicht dazu kriege, mir seine Unterschrift zu geben, dann gibt es einen anderen Henry, der es tut. Es wird auch einen anderen *Ernest* geben. Und, ob er es glaubt oder nicht, sogar einen anderen Wolfgang. Er mag ja alle Preise der Welt gewonnen haben, aber ich habe seine Tantiemenabrechnung gesehen …« Sie führte Daumen und Zeigefinger nahe aneinander zu einer Geste, die in einem anderen Kontext pubertäres Kichern ausgelöst hätte. »Wofür ich hingegen durchaus töten *würde*«, sie zeigte in Richtung des Buchclubs, »ist ein Buch von Erica Mathison. Ich weiß, ich weiß, ist nur ein weiteres Vorname-Nachname-Buch, aber die Zahlen …« Sie stieß einen Pfiff aus. »Wyatt lacht sich ins Fäustchen.«

»Vorname-Nachname-Buch?«, fragte ich irritiert.

»Du weißt schon, wenn der vollständige Name der Hauptfigur im Titel auftaucht. Wenn es ein bisschen fancy sein soll, packt man noch eine Zahl dazu. Großer Trend im Moment: *The Eleven Orgasms of Deborah Winstock*, *The Five Lives of Erin O'Leary*, *The Four Cousins of Barbara Whoever*. Die sind überall! Solltest du in Erwägung ziehen für dein …«, sie blickte mich fragend an, »was auch immer das wird.«

»Ich denke drüber nach.« Endlich sah ich Juliette, die sich mit Harriet unterhielt. »Würdest du mich entschuldigen, ich habe Juliette entdeckt. Ach ja, deinen blauen Schal hat inzwischen Wyatt. Er gibt ihn dir bei Gelegenheit.« Ich stand auf. »Schön, dass wir uns unterhalten haben.«

Als ich mich abwandte, fasste Simone mich am Unterarm und drückte ein kleines bisschen zu fest. »Du bist auf einem guten Weg, Ernie! Es ist schön, dich so zu sehen. Du denkst, du schreibst … Ich bin stolz auf dich. Wirklich! Ich möchte, dass du dieses Buch schreibst … aber lass mich da raus. Würdest du das tun?«

Das Fragezeichen täuschte nicht darüber hinweg, dass es eine Aufforderung war. Ich nickte. Nicht etwa, weil ich einverstanden war, doch sie schien zufrieden.

»Braver Junge! Und solltest du wirklich ein Buch draus machen, kannst du die Geschichte auch ruhig ein wenig aufpeppen – es muss ja nicht *alles* der Wahrheit entsprechen. Pack ein bisschen Romantik in die Handlung. Du hattest mir die Plot-Struktur ja gegeben, bisher scheint sich diese Reise gut einzufügen. Verdächtige in Stellung bringen, Motive erklären, alles schön und gut. Aber du wirst ein bisschen *Action* brauchen.« Ich war überrascht, dass sie diesen Schmierzettel gelesen hatte.

Davon, dass sie ihn ernst nahm, mal ganz zu schweigen. »Was du brauchst, mein Freund, ist ein zweiter Mord.«

Sie hatte nicht unrecht. Bis zu den 60 000 Wörtern fehlt nicht mehr viel, das heißt: Eine zweite Leiche muss her. Nicht, dass sich die Realität um meine Romanstruktur scherte, doch bis zu diesem Punkt schien sie mir wohlgesonnen und folgte meinen Vorgaben beinahe etwas zu genau. Kosmische Fügung, dachte ich mir.

In Gedanken noch bei Simones Aussagen, winkte ich Juliette. Die Box in meiner Hosentasche drückte an meinen Oberschenkel. Eine weitere Leiche konnte ich nicht herbeizaubern – im Gegenteil, ich wollte sie gerne verhindern –, aber ein bisschen Romantik? Krieg ich hin.

Simone war überraschend offen gewesen. Ich hatte das Gefühl, eine Menge über McTavish erfahren zu haben. Was ich erst sehr viel später erfahren sollte, war, dass sie mich angelogen hatte. Zweimal.

The Two Mistruths of Simone Morrison, wenn Sie so wollen.

KAPITEL 19

Romantik? Krieg ich hin.

Wie ein Mantra wiederholte ich auf dem Weg zu Juliette die Worte in meinem Kopf, bis ich bemerkte, dass ich dadurch in einen eigenartigen Marsch verfiel. Ich bemühte mich, in ein lässiges Schlendern überzugehen, scheiterte jedoch und wirkte letztlich schlicht betrunken.

»Na, gut getankt?«, fragte Juliette und kicherte.

»Ah, da sehe ich gerade meinen Mann«, sagte Harriet und konnte nicht verbergen, dass sie von unserem Streit wusste. »Ich gehe mal lieber zu ihm, bevor *er* noch weiter tankt.« Ein taktvoller Abgang, kurz und schmerzlos.

Damit blieben Juliette und ich allein. Sie hatte den Dresscode ernst genommen und sah in ihrem knielangen Kleid in Orange wunderschön aus. Es war sorgsam aufgehängt gewesen und nun entsprechend faltenfrei.

Da waren wir also, gemeinsam auf einer der spektakulärsten Zugreisen der Welt und standen unter diesem einmaligen Sternenhimmel inmitten dieses Naturwunders von Wüste. Es wäre perfekt gewesen, hätten uns nicht die dunklen Wolken unseres Streits eingehüllt. Trotz des gemeinsam verbrachten Tags in der Schlucht war es noch immer an mir, eine Entschuldigung *auszusprechen*. Hätte ich mir bloß ein paar Marshmallows geschnappt, dann hätten meine nervösen Hände etwas zu tun gehabt.

»Hey«, sagte ich.

»Hey.«

Ok, sie erwartete etwas mehr Anstrengung.

»Worüber habt ihr gesprochen?« Ich nickte in die Richtung, in die Harriet gegangen war.

»Männer.«

»Ah. Was Positives?«

Dumme Frage.

»Es tut mir leid, falls ich mich da ein wenig reingesteigert habe«, sagte ich.

Sie atmete tief durch. »Falls?«

Ich versuchte es noch einmal. »Es tut mir leid, ich habe mich da ein wenig reingesteigert.«

»Damit kann ich arbeiten.« Sie lächelte und nahm meine Hand. Dann legte sie den Kopf in den Nacken, und ich folgte ihrem Beispiel. So standen wir eine Weile, Seite an Seite, und blickten in die Nacht. »Und ich wollte dich nicht so ausbremsen. Ich freue mich, dass du so eifrig dabei bist, dass du Potenzial für ein neues Buch siehst. Aber ich wünsche mir schon auch, dass du Zeit mit mir verbringst. Wenn du ständig auf der Suche nach Hinweisen bist, verpasst du die Sterne.«

»Was, wenn die Sterne selbst Hinweise sind?«

»Du hast recht. Schütze war's!«

Ich hatte keine Ahnung, wie das Sternbild aussah, suchte aber trotzdem einen Moment danach. »Ich liebe dich, weißt du?«

»Das weiß ich. Ich liebe dich auch.«

Meine Hand befühlte durch den Stoff hindurch die Umrisse der Box. »Wir könnten ja noch mehr Zeit miteinander verbringen.«

»Das hier ist ein guter Anfang.« Sie dachte, ich entschuldigte mich weiter dafür, dass ich unbedingt Detektiv spielen musste.

»Ich meine jeden Tag.«

»Wir stecken in einem Zug fest, ich denke, wir werden uns regelmäßig zu Gesicht bekommen.«

»Na ja, während der ersten Hälfte der Reise hat das nur bedingt funktioniert.«

»Und wessen Schuld ist das?«

»Ich spreche nicht von … Hör zu, ich möchte auf etwas anderes hinaus. Ich würde alles für dich tun.«

»Und ich würde alles für dich tun, Ernest. Ist alles in Ordnung mit dir?«

»Wir sind nichts, du bist mein Nichts.«

Sie riss ihren Blick von den Sternen los und musterte mich. »Sag mal, wovon redest du, zum Teufel?«

Ich ging auf die Knie. Ob ich nicht wusste, was ich sonst tun sollte, oder ob mein Körper einfach zusammensackte, weil es so bescheiden lief, bleibt Ihren Spekulationen überlassen.

»Oh mein Gott«, sagte sie.

»Ich weiß, wir haben bisher nicht unbedingt alles aus dieser Reise rausgeholt. Ich war abgelenkt, und gesehen haben wir uns auch nicht sehr oft. Erst konnte ich nicht mit zu den Wasserfällen, dann bin ich noch ewig aufgeblieben, nachdem du schon früh ins Bett …« Ich hielt inne. Ein Gedanke formte sich.

»Das ist ein ganz schön langer Prolog für jemanden, der sich weigert, einen in sein Buch zu schreiben«, merkte Juliette an.

»Bist du gestern Abend direkt ins Bett gegangen?«

Für ein paar Sekunden formten ihre Lippen Worte. »Ist das die Frage, für die du auf die Knie gegangen bist?«

»Nein, ist nur eine spontane Eingebung. Weil du eben meintest, du würdest *alles* für mich –«

»Oh mein Gott.« Es klang anders als zuvor. »Du … Warte, *verhörst* du mich gerade?«

»Nein! Sorry, ich wollte fragen –«

»Mir ist egal, was du fragen wolltest. Du *hast* mich etwas gefragt – du hast mein Alibi geprüft!«

»Das kam mir grad einfach so in den Sinn.«

»Einfach so.« Es war keine Frage.

An den Tischen hatten die Leute inzwischen bemerkt, dass ich vor Juliette kniete. Ich sah, wie sich einer nach dem anderen zu uns drehte und uns anstarrte. Vor Freude fassten sie sich gegenseitig an Armen und Schultern. Sie waren zu weit entfernt, als dass sie unsere Worte verstehen konnten, hatten also keine Ahnung, wie sehr sie irrten.

Ich sag's, wie es ist: Ich bin nicht stolz auf das, was dann passierte. Aber ich habe Ihnen die Wahrheit versprochen, auch wenn sie von Dummheit zeugt. Also habe ich dem Drang widerstanden, meine Dummheit für Sie schönzureden.

»Du verdächtigst mich nicht ernsthaft?!«, sagte Juliette.

»Na ja, jeder ist verdächtig.«

»Du auch?«

»Ähm … nein.«

»Warum nicht.«

»Ich bin der Erzähler.«

Sie wollte gerade vor Verzweiflung ihre Hände in die Luft werfen, sah dann aber, dass alle Augen auf uns gerichtet waren. Sie hielt die Hände verkrampft, wo sie waren, und setzte unter großer Mühe ein Lächeln auf. Durch die Zähne sprach sie weiter: »Das ist doch Schwachsinn, und das weißt du! Nur weil du alles aufschreibst, hast du doch keinen Freifahrtschein. Das ist das echte Leben, *Regeln* für Krimis haben hier keine Gültigkeit. Du spazierst hier rum und hältst dich für unantastbar – das wird dich noch umbringen. Royce schreibt das Ganze auch auf, du Schlaumeier, ich wette, in *seinem* Buch ist *er* unschuldig.«

»Ich stelle doch nur Fragen. Dieser Fall ist wichtig.«

»Fall? Dieser *Fall*?! Du bist kein Ermittler, Ernie.« Sie schüttelte den Kopf. »Ich wusste, ich hätte nicht mitkommen sollen auf diese Reise.« Tränen liefen ihr über die Wangen, sie wischte sie hektisch mit ihrem Handrücken weg. Zu allem Überfluss ertönte daraufhin der Jubel eines besonders begeisterten Mitglieds der glotzenden Menge, das die Geste für einen Ausdruck der Rührung hielt. Eine Kamera blitzte.

»Du wolltest gar nicht mitkommen?«, fragte ich und war selbst überrascht, wie sehr mich dieser Gedanke traf.

»Ich weiß nicht, wie ich dir das erklären soll … Seit den Morden im letzten Jahr steckst du in einem Loch. Und ich verstehe das, wirklich. Dann hast du das Buch geschrieben und dich so sehr damit identifiziert. Du hast einen Sinn darin gefunden. Ich dachte, es würde dir etwas von deinem Selbstbewusstsein zurückgeben, hier dabei zu sein. Und jetzt nimmst du dir nicht einmal fünf Sekunden am Tag, um das wertzuschätzen.«

»Was denn wertzuschätzen?«

»*Du* warst nicht zu diesem Festival eingeladen, Ernie. Ich schon.«

Es war, als hätte jemand die Sterne ausgeknipst. Alles verschwamm vor meinen Augen, wurde dunkel. Mein Gespräch mit Majors rauschte durch meinen Kopf, die Art, wie sie mich ansah, als ich ihr für die Einladung dankte. *Ich habe Sie nicht eingeladen.* »Aber Majors –«

»Hat *mich* eingeladen. Gewissermaßen als Gegenleistung dafür, dass ich ihr Buch empfehle. Ich habe abgelehnt und stattdessen dich vorgeschlagen. Ich dachte, es würde dir guttun, etwas Wertschätzung zu erfahren. Das habe ich jetzt davon …

zur Statistin in der großen Ernest-Cunningham-Show degradiert – eine Nebendarstellerin in meiner eigenen Geschichte. Du erzählst immer, ich würde noch auf das nächste große Abenteuer warten. Wann habe ich das jemals gesagt? Vielleicht möchte ich wieder ein Hotel eröffnen, vielleicht sogar noch ein Buch schreiben. Aber du hast mich nie danach gefragt, sondern immer nur von dir gesprochen. Und ich *weiß*, dass das, was du durchgemacht hast, dich schwer mitgenommen hat; und ich weiß, dass es hart war, sich da wieder rauszuarbeiten. Aber es war *mein* Zuhause, das da letztes Jahr abgebrannt ist. *Meine* Existenzgrundlage ist in Rauch aufgegangen. Trotzdem habe ich die Einladung dir gegeben. Ich drehe nicht Däumchen und *warte auf das nächste Abenteuer*, ich warte auf *dich*! Doch jetzt wird mir klar, dass ich für dich nicht mehr bin als ein Teil *deiner* Geschichte.« Sie atmete tief ein und wieder aus. »Das ist schwer zu ertragen.«

»Es tut mir leid«, sagte ich, nicht zuletzt, weil ich nicht wusste, was ich sonst hätte sagen sollen. Ich war also nie auf diesen Trip eingeladen worden. Es war eine stillschweigende, aber große Geste von Juliette gewesen – und wie dankte ich es ihr? In mir brodelte die Scham. Der Boden unter meinem Knie wurde immer härter, und das Murmeln der anderen Reisenden immer lauter. Sie mussten das hier für den längsten Antrag in der Geschichte halten. Dabei sind Heiratsanträge das Gegenteil von Sex, wenn es um die Dauer geht: je kürzer, desto besser.

»Dafür ist es zu spät«, sagte Juliette. »Du glaubst wirklich, ich wäre es gewesen.«

»Das habe ich nicht –«

»Selbst wenn du es nur kurz gedacht hast … Das reicht schon.« Sie schniefte. »Aber lass doch mal hören: Warum sollte ich es gewesen sein?«

Es ist eine große Kunst, zu erkennen, wann eine Frage unbeantwortet bleiben sollte. Eine Kunst, die ich, wie sich herausstellte, nicht beherrsche.

Ich hätte einfach die Klappe halten sollen.

Ich hätte vor allem nicht auf Simones Stimme hören sollen, die in meinem Kopf wiederholte: *Als ob du nicht auch ein bisschen dankbar bist: Jede Menge Inspiration … und sie fällt dir einfach so in den Schoß.*

»Möglicherweise, um mir zu helfen …« Wenn Sie könnten, würden Sie mich vermutlich am liebsten selbst zum Schweigen bringen. Und Sie würden mir wohl einen Gefallen damit tun. Denn es klingt jetzt genauso bescheuert wie damals. »Damit ich das Buch schreiben kann.«

Sie sah mich an wie eine Kellnerin, die eine Bestellung nicht verstanden hat. »Und das hältst du für ein Mordmotiv?«

Ich kann nicht genau sagen, warum sich mein Mund weiterhin bewegte. Ich zuckte selbst zusammen, als ich es aussprach: »Und er hat mir doch diese schlechte Rezension gegeben.«

»Ernie, das ist sexistische Kackscheiße aus einem anderen Zeitalter. Nicht jede Frau tötet, nur weil das Ego ihres Freundes eine kleine Delle bekommen hat.« Jetzt lachte sie. »*Ich* habe Henry McTavish ermordet, weil *du* eine schlechte Rezension bekommen hast. Wow! Du glaubst wirklich, all das hier sei deine Geschichte …«

»Bitte, Juliette.« Ich atmete tief durch. »Es tut mir leid. Ich hab nicht nachgedacht. Ich war nervös, ich wollte das alles gar nicht sagen. Bitte, lass mich noch mal von vorne beginnen.«

Ich zog die Box aus meiner Hosentasche, öffnete sie und hielt den Ring in die Höhe.

Die Menge jubelte.

KAPITEL 20

Sie hat Nein gesagt.

KAPITEL 21

Es kam noch schlimmer.

In der Kategorie Heiratsanträge aus der Hölle setzt eine auf halbem Weg ausgesprochene Mordverdächtigung vermutlich neue Maßstäbe. Ich hatte Sie sogar noch gewarnt, dass *nur ein Vollidiot* denken könnte, Juliette habe den Mord begangen. Jetzt wissen Sie auch, wen ich gemeint habe.

»Ich reise ab«, sagte sie. Ich verharrte immer noch in kniender Position, den Ring in die Höhe gestreckt. Meine Bänder waren gefährlich gedehnt. Konnte ja keiner wissen, dass das so lange dauern würde. Also, Tipp an alle Verlobungswilligen: Es schadet nicht, sich mit ein paar Kniebeugen vorzubereiten.

»Wie? Jetzt? Du kannst doch nicht einfach gehen.«

»Das ist kein Schulausflug – ich kann machen, was ich will.«

»Aber der Zug –«

»Ich nehme mir hier ein Zimmer für heute Nacht und morgen den Flieger.«

»Ach komm, bitte …«

»Es ist kein finales Nein. Nur ein Im-Moment-Nein.«

»Im-Moment-Nein«, wiederholte ich. »Wann dann?«

»Von hier bis Adelaide ist jede Menge Zeit, um dir über ein paar Dinge klar zu werden. Und damit meine ich nicht den Mord. Sondern zu erkennen, wessen Geschichte das hier ist. Dann können wir weitersehen. Und jetzt komm hoch«, sie nahm meine Hand und half mir auf, »bevor es peinlich wird. Geben wir ihnen, was sie wollen.«

Sie küsste mich und gab den Startschuss für Jubelschreie und Blitzlichtgewitter. Die kalten Lippen aneinandergepresst, posierten wir für die Paparazzi. Juliette warf sogar einen Fuß nach hinten in die Höhe und drückte ihren Körper gegen meinen.

Während ich diesen Kuss jetzt mit Worten festhalte – so wie ihn Lisa Fulton in einem Foto festgehalten hat, das sie mir später per Mail sendete, bevor sie … na ja, dazu später mehr –, denke ich wieder über Juliettes Frage nach: Wessen Geschichte ist das eigentlich?

Dass ich darüber spreche, wie ich jetzt schreibe, ist keineswegs ein Spoiler. Meine wichtigste Regel sollten Sie inzwischen ja verinnerlicht haben: Ich schreibe, also bin ich … noch am Leben. Dass ich es bin, der diese Geschichte schreibt, bedeutet jedoch nicht, dass es *meine* Geschichte ist. Oder dass sie abgeschlossen ist. Ich könnte diesen Satz, nur als Beispiel, in dem Moment schreiben, in dem jemand die Tür meines Hotels in Adelaide eintritt, um mir eine Kugel zu verpassen.

Nicht das Schreiben erzählt die Geschichte, sondern das Lesen. Was wäre also, wenn ich das hier schreibe, während die Geschichte noch weiterläuft?

Auf der Suche nach einem Drink musste ich etliche Schulterklopfer über mich ergehen lassen, bis mich schließlich Jasper Murdoch erlöste, indem er mir, wenn auch etwas steif, ein Glas Champagner entgegenstreckte. Sollte es ihm eigenartig erschienen sein, dass ich mir selbst zuprostete, dann war er zu höflich, um mich darauf anzusprechen.

»Glückwunsch, ich freue mich für Sie«, sagte er, während ich den Champagner hinunterstürzte und mich auf einen Stuhl an seinem Tisch fallen ließ. »Und ich fühle mit Ihnen, Kumpel«, sagte er (er lag falsch) und schenkte mir noch mal nach. »Ich erinnere mich, wie ich Harriet den Antrag gemacht habe. Fühlte sich an wie ein Marathonlauf.«

»Wird auch beim zweiten Mal nicht leichter«, sagte ich.

»Oh.« Er schien nichts von meiner ersten Ehe gewusst zu haben, was bedeutete, dass mein Buch ungelesen auf seinem Nachttisch lag. Er errötete leicht und versuchte es mit einem »Sicher leichter als eine Scheidung«.

Ich prostete ihm mit sarkastischer Miene zu. Der Champagner stieg mir direkt in den Kopf. »Dann wohl auf kleine Erfolge! Sie scheinen das bessere Händchen für Romantik zu haben. Ich habe die Blütenblätter vor Ihrer Kabinentür gesehen. Ist doch Ihr Zimmer neben Wyatt, oder? Nicht schlecht!«

»Nur dass es Wyatt einen Niesanfall beschert hat.« Jasper lachte. »Zumal das Lob Harriet gebührt.« Er imitierte sie gekonnt: »Komm, wir machen's uns hier gemütlich.«

Ich musterte ihn. »Wie machen Sie das?«

»Wie mache ich was?«

»Die Dinge nicht zu ernst nehmen?«

Jasper seufzte. »Immer noch die Sache mit Henry?«

»Würde Sie mir glauben, wenn ich verneine?«

Er neigte den Kopf. »Für einen Schriftsteller sind Sie kein besonders guter Lügner.«

»Ich bin auf einem guten Weg.«

»Schlechte Rezensionen gehören zum Job dazu. Wir alle bekommen welche ab. Ich hab mal einer Kritikerin geantwortet. Und dann habe ich sie geheiratet.«

»Nicht Ihr Ernst? Harriet?«

»Ja, sie war damals Kulturjournalistin, lange her.« Er nickte vor sich hin. »Schauen Sie, für mich ist die Sache einfach: Schreiben Sie das Zeug, damit die Leute es lesen, um sie zu unterhalten, oder damit Sie es ins Rampenlicht schaffen? Das ist die einzige Frage, die Sie sich stellen müssen.«

Das Gespräch mit Majors hatte mich ermutigt, mich selbst mal an einem psychologischen Gutachten zu versuchen. Der Zug platzte aus allen Nähten vor Egos, Blurbs und Errungenschaften, nur Jasper schien völlig gleichgültig zu sein, ob ihn überhaupt jemand *kannte*. Auch wenn Harriet die Sache etwas anders sah. Vielleicht war es jedoch nicht Bescheidenheit, die aus Jasper sprach, sondern Notwendigkeit. Ich erinnerte mich daran, dass Wyatt, den ich die gesamte Reise über kaum einmal habe lächeln sehen, unbedingt mit Jasper anstoßen wollte. Das passte einfach zu gut in das Bild, das sich mir soeben offenbarte.

»Das sagt sich so leicht, wenn der eigene Name nicht auf dem Cover steht«, sagte ich.

Jaspers Lächeln erstarb augenblicklich. »Ich weiß nicht, wovon Sie sprechen«, murmelte er.

»Natürlich nicht.« Ich zwinkerte ihm zu.

Ich konnte sehen, wie er mit sich rang. Dann gab er nach: »Aber verraten Sie es niemandem! Ich meine es ernst, die Sache funktioniert nur, solange niemand davon weiß.«

Dies war noch nicht einmal meine bemerkenswerteste Entdeckung, aber dennoch: Veronica hatte ein Widmung in ihrer Ausgabe: *Für V!* Einer Ausgabe, die sie erst zu Beginn der Reise in Darwin gekauft hatte. Die Widmung konnte also nur innerhalb der letzten drei Tage verfasst worden sein, mit anderen Worten: Erica Mathison war in diesem Zug.

»Wahnsinn!«, sagte ich. »Kein Wunder, dass Wyatt so gegrinst hat. Sie haben die Reise mit dem Ziel angetreten, einen neuen Deal auszuhandeln – scheint, als gäbe es einen Grund zu feiern?«

»Für mich auf jeden Fall. Harriet wird sich noch an den Gedanken gewöhnen müssen.« Er las meinen Blick. »Sie freut sich natürlich für mich. Aber sie hätte es lieber, wenn ich Bücher mit meinem Namen drauf veröffentlichen würde.«

Ich dachte an den Streit der beiden zurück. Jetzt verstand ich: Harriet war enttäuscht, dass er den Job nur für das Geld machte. Sie hätte sich gewünscht, er würde auch mal an sich selbst denken, und hatte versucht, ihn davon zu überzeugen, dass sie auch ohne das Geld auskommen würden. Sie wollte, dass auch er auf einem dieser Panels saß, für die sie auf dieses Festival gekommen waren.

»Mein Name stand ja schon auf Büchern – auch das ist nicht nur eitel Sonnenschein. Ich bin zufrieden, so wie es ist. Vor allem, wenn Wyatt meinen Vorschuss immer wieder verdoppelt. Manchmal denke ich, es wäre schön, wenn …« Ich folgte seinem Blick rüber zur Tanzfläche, wo Harriet sich mit den Armen über dem Kopf im Gejammer der Musik wiegte. »Andererseits, es gibt wichtigere Dinge, die ich mit meinem Namen in Verbindung sehen möchte.« Er zeigte auf seine Frau. »Das da … das ist, was zählt. Wir wollen Kinder adoptieren. Ich werde meinen Namen an sie weitergeben, sie werden ihn an ihre Kinder weitergeben und so weiter. Ein schöneres Vermächtnis als jedes Buch.«

»Hmm.« Ich starrte auf meine Schuhe.

Er wandte den Kopf wieder zu mir. »Es ist schön, dass ich endlich mal mit jemand anderem darüber reden kann.«

»Also wenn wir schon so ehrlich zueinander sind: Ich glaube, ich habe das mit Juliette in den Sand gesetzt.«

»Das muss ein neuer Rekord sein – Sie sind noch keine zwanzig Minuten verlobt.«

»Vielleicht bin ich doch ein besserer Lügner, als Sie denken.«

»Warum, verdammt noch mal, sitzen Sie dann noch hier?«

Ich erhob mich. »Sehr guter Punkt.« Ich streckte ihm meine Hand entgegen und fügte übertrieben förmlich hinzu: »Es war mir ein Vergnügen, Ihre Bekanntschaft gemacht zu haben, Ms Mathison.«

Er lachte und strahlte, die Bürde des Geheimnisses abgeworfen, große Erleichterung aus. Er schüttelte meine Hand und blickte mich schelmisch an. »Ganz meinerseits! Bitte, nennen Sie mich doch Jasper Murdoch.«

KAPITEL 22

Wenn Sie nun einen Sprint zum Flughafen und eine romantische Szene am Gate erwarten, würde ich Ihnen empfehlen, Erica Mathison zu lesen – vielleicht gibt's sogar noch ein Techtelmechtel auf der Flughafentoilette, wenn ihre Bücher irgendwas taugen. Keine zehn Minuten nachdem ich Jasper hatte sitzen lassen, wurden wir alle zu den Bussen beordert, die uns zum Ghan zurückbringen sollten. Man sagte mir, dass Juliette bereits in ein Taxi gestiegen war. Während der Fahrt zum Bahnhof versuchte ich mehrmals, sie zu erreichen – vergeblich. Am Bahnsteig sprach ich Aaron an, der nervös auf die Uhr schaute und die Luft durch die Zähne einzog. »Tut mir leid, Sir, sie hat mich gebeten, Ihnen nicht zu sagen, wohin sie wollte. In fünf Minuten fahren wir ab.«

Ich sah mich um in der Hoffnung, Juliette könnte ihre Meinung geändert haben und jeden Moment auftauchen. Dabei fiel mir auf, dass kein Streifenwagen mehr vor dem Bahnhof parkte.

»Werden uns keine Polizeibeamten auf der weiteren Reise begleiten?«

Aaron schien überrascht. »Nein, warum sollten sie?«

»Zur unserer Sicherheit?«

»Warum sollten wir nicht sicher sein? Sie haben den Toten mitgenommen, und Sie und Ihr Kollege sagten selbst, es gäbe keinen Grund zur Sorge. Hören Sie, ich weiß, das war ein harter Tag, aber Sie müssen sich jetzt entscheiden: einsteigen oder hierbleiben.«

Wie ein Heiligenschein schwebte das Licht über der Stadt. Die Vision, die ich für diese Reise hatte, hatte sich in nichts aufgelöst, ein Traum war ausgeträumt – ich meine natürlich: Es war alles nur ein Traum. Ich hatte nun die Wahl, ob ich in diesen Zug steigen oder bis zum Morgengrauen an jedes Hotelzimmer in ganz Alice Springs klopfen wollte.

Rückblickend ist leicht zu erkennen, dass ich bis zu diesem Zeitpunkt einige Dinge falsch gemacht hatte. Das gilt sowohl für meine Ermittlungen als auch für das Zwischenmenschliche. Und nun kam ein weiterer Fehler dazu.

Ich entschied mich, in den Zug zu steigen.

KAPITEL 23

Meine erste Tat zurück an Bord war eine Straftat.

Diebstahl, um genau zu sein. Die allgemeine Stimmung war nach dem Essen und vor allem nach den Drinks ausgelassen, und die meisten steuerten direkt den Bar-Waggon an. Douglas bat Cynthia noch im Gang um eine Tasse Tee und beschwerte sich, dass der Wasserkocher in der Küchenzeile kaputt im Mülleimer lag. Ich begab mich ebenfalls in die Bar, um meine Sorgen zu ertränken – ob sie dafür wohl genug Fusel hatten? Als ich dort ankam, sah ich Alan Royce auf einem der Sessel lümmeln, und machte auf dem Absatz kehrt. Das tat ich nicht etwa, weil ich Royce meiden wollte, sondern weil er sich umgezogen hatte.

Sie werden sich erinnern, dass im Ghan mit Türschlössern eher sparsam umgegangen wurde, es war also ein Leichtes, in Royces Zimmer zu schleichen. Wie nicht anders zu erwarten – vielleicht reagierte er allergisch auf Ordnung –, lag das Jackett, das er heute Nachmittag getragen hatte, zusammengeknüllt auf seinem Bett. Auf dem Boden fand ich seine Hose. Jackpot.

Ich weiß, das gehört sich nicht. Nicht einmal bei jemandem wie Royce. Aber wenn die Ereignisse dieser Reise erst einmal schwarz auf weiß nachzulesen sind, wird er sich hüten, mir wegen so etwas Banalem wie Diebstahl an den Kragen zu wollen. Nicht nach dem, was er getan hat.

Im Anschluss schlenderte ich durch die Gänge, bis ich zum Raucherdeck gelangte, das am hinteren Ende des Zugs lag. Es war recht klein, für maximal drei bis vier Personen, und mit einem schmiedeeisernen Geländer versehen, um ungewollte Abgänge zu vermeiden, sowie mit einem kleinen Vordach. Hier draußen war das metallene Klappern des Zugs allgegenwärtig und verdrängte die Stille der Wüstennacht. Die Gleise, die unsere Reise in geordnete Bahnen lenkten, schossen immer schneller unter dem Waggon hervor, als der Zug die Geschwindigkeit erhöhte. Ich sah zu, wie Alice Springs und alles, was dazugehörte, in der Ferne verblassten.

Ich entfaltete das Papier, das ich aus Royces Hosentasche entwendet hatte und das er vor mir geheim halten wollte, nachdem er es in McTavishs Zimmer gefunden hatte. Es war ein Scheck. Oder zumindest die Hälfte davon – der Rest war verbrannt. Jemand hatte ihn an der unteren rechten Ecke angezündet, und die meisten wesentlichen Informationen waren der Flamme zum Opfer gefallen. Übrig blieb der Name der Bank und der Betrag: 25 000 Dollar. Ich erinnerte mich an das kleine Aschehäufchen auf McTavishs Teppich, aus dem ich geschlussfolgert hatte, jemand habe trotz Verbot geraucht. Dies ist einer der Fälle, in denen ich falschlag.

Die Tür hinter mir ging auf, und ich stopfte den Scheck schnell in meine Hosentasche. Als ich mich umdrehte, stand Lisa Fulton vor mir. Sie trug ein bodenlanges Abendkleid in Saphirblau, das selbst für den im Programm angekündigten *eleganten Abend* zu dick aufgetragen schien. Der Saum des Kleides hatte Farbe und Textur des Wüstenbodens angenommen, und an ihrem rechten Arm, knapp über dem Ellbogen, fiel mir ein blauer Fleck auf. Offenbar hatte ich gut daran getan, einen großen Bogen um die Tanzfläche zu machen.

»Herzlichen Glückwunsch«, sagte sie und zündete sich hinter schützender Hand eine Zigarette an.

Es dauerte einen Moment, bis ich begriff, wozu sie mich beglückwünschte. Die Lichter von Alice Springs hinter mir waren noch immer nicht ganz erloschen.

»Vielen Dank, wir sind sehr glücklich.«

»So glücklich, dass Sie jetzt allein weiterreisen?«

Ich hatte gehofft, es würde ein bisschen länger dauern, bis den Leuten Juliettes Abwesenheit auffiel. Ich war um eine schnelle Ausrede bemüht. »Ist alles ein bisschen spontan. Wir haben überlegt, es schnell durchzuziehen. Schnell meint hier:

nächstes Wochenende. Es gibt viel zu organisieren.« Es sah nicht so aus, als würde Lisa mir das abnehmen, also tat ich, was man mit Lügen, die auf wackligen Beinen stehen, so macht – ich setzte noch eine drauf. »Davon abgesehen …«, ich lachte, »sie hatte sich ihren Urlaub etwas anders vorgestellt – einfach zu viele Leichen.«

»Dabei ist es doch nur eine.«

»Mir scheint das mehr als genug.«

»Kommt darauf an, wie man gerne Urlaub macht. Übrigens, ich habe ein Foto von Ihnen beiden, während Sie den Antrag machen. Geben Sie mir schnell Ihre Mailadresse, dann schick ich es rüber, solange wir noch Netz haben.« Ich tat wie geheißen, und kurz darauf, der Empfang schwächelte bereits, poppte auf meinem Handy die Mitteilung auf. Ein romantisches Foto für alle Unwissenden – Sternenhimmel und kleine Feuerstellen im Hintergrund –, doch alles, was ich sah, war meine angespannte Kiefermuskulatur. Und das Schimmern in Juliettes Augen.

»Das ist …«, ich suchte verzweifelt nach Worten, »denkwürdig. Danke.«

»Gerne. Aber mal was anderes: Was höre ich da über Sie und Alan Royce? Sie halten Henrys Tod für untersuchenswert?«

Endlich ein Thema, bei dem ich mich wohler fühlte. »Ich würde sagen, die Umstände laden zu einer gewissen Neugier ein. Und ich denke, eine Menge Leute hatten Gründe, McTavish nicht zu mögen.«

»Eine Menge Leute?«

»Na gut, alle.«

Bisher hatte sie auf die Schienen gestarrt, jetzt blickte sie auf und sah mich eindringlich an. »Ich auch?«

Ich zögerte. »Mir kam zu Ohren, McTavish war eine alte Flamme?«

Sie fingerte am Geländer herum. »Eher eine Kerze als ein Großbrand. Und sehr kurzlebig.«

»Sie haben dennoch Eindruck bei ihm hinterlassen – er hat Ihnen sogar den Blurb gegeben. Und Sie waren die Einzige, die nicht zum Panel am nächsten Morgen erschienen ist.«

»Das war alles ziemlich überwältigend.« Sie seufzte. »Jedenfalls bin ich froh, dass ich es verpasst habe.«

»Das können Sie sein … es war grausam.«

»Gutes Material für ein Buch, nehme ich an.«

»Ich wünschte wirklich, die Leute würden sich solche Kommentare sparen.«

Sie kaute auf dem Filter ihrer Zigarette herum. Die Situation schien ihr unangenehm, doch sie blieb. Wollte sie, dass ich sie etwas fragte? Wie Jasper, der so erleichtert war, dass endlich jemand sein Geheimnis entdeckt hatte? Vielleicht wollte sie auch nur herausfinden, wie viel ich wusste. Ich ließ mich auf das Spiel ein.

»Royce hat Sie letzte Nacht in McTavishs Zimmer gehört.«

Lisa schnaubte. »Royce ist ein Säufer.«

»Sie waren also nicht in diesem Zimmer? Majors hätte er sicher nicht reingelassen; Harriet hat einen irischen Akzent; Cynthia und Brooke sind zu jung; und Simone ist zu laut. Irgendwas sagt mir, dass selbst ein alkoholisierter Royce das auseinanderhalten kann.«

Sie schwieg.

Ich zog den angekokelten Scheck aus meiner Tasche und hielt ihn ihr unter die Nase. »Ich frage mich ja, ob das ausreicht, um sich einen Fürsprecher zu sichern …«

Zwar versuchte Lisa, es mit einem Lachen zu überspielen, aber sie war überrascht. »Wenn Sie glauben, mein Buch verkauft sich so gut, dass ich mir mal eben für fünfundzwanzig Riesen einen Blurb gönne, irren Sie. Zumal Henry bei diesem Betrag noch nicht mal mit der Wimper zucken würde.«

»Es gibt ja noch andere Wege, für etwas zu bezahlen.«

Sie blickte verärgert. »Hat Royce Ihnen diesen Floh ins Ohr gesetzt?«

Jetzt war ich es, der auf die Gleise starrte. Ich hatte den Gedanken tatsächlich von Royce aufgeschnappt, vielleicht hinterließ er deswegen so einen abstoßenden Geschmack auf meiner Zunge, als ich ihn aussprach. »Ja, tut mir leid. Das ist nicht meine Art. Aber Sie wollen mir doch etwas sagen, sonst wären Sie mir nicht hierher gefolgt. Damit sind Sie die erste Person, die mich praktisch darum bittet, verhört zu werden. Aber vielleicht stelle ich die falschen Fragen. Also, was wollen Sie mir eigentlich sagen?«

Das entpuppte sich als die bessere Taktik. Sie atmete tief durch. »Ich habe ihn nicht umgebracht«, sagte sie. »Morgen werden Sie allerdings denken, dass ich es war. Ich glaube, das wollte ich nur loswerden. Sie schreiben doch sicher ein Buch über die Sache. Können Sie das genau so darin aufnehmen?«

»Was passiert denn morgen?«

»Das ist wieder eine falsche Frage.«

»Aber Sie waren in seinem Zimmer?«

»Ja, war ich – zufrieden? Ich wollte ihm für den Blurb danken, *mit Worten*! Dann hämmerte Royce an die Tür, und ich musste ausharren, bis Sie beide verschwunden waren. Mehr gibt's da nicht zu erzählen.«

Ich überlegte. »Sie haben ihm keine verpasst? Es lagen blutige Taschentücher im Papierkorb.«

»Nein.«

»Wie wäre es damit, nur mal hypothetisch: Sie kommen in sein Zimmer, um sich zu bedanken. Mit Worten.« Sie nickte. »Vielleicht sind Worte für McTavish aber nicht genug? Vielleicht will er eine andere Form der Dankbarkeit. Wir wissen alle, wie er sein konnte. Möglicherweise fasst er Sie am Arm, fest genug, um einen blauen Fleck zu hinterlassen, hier, über dem Ellbogen. Und Sie geben ihm eine auf die Nase. Das ist noch kein Mord, es gibt also keinen Grund, es zu leugnen, oder? Bin ich auf der richtigen Spur?«

Sie wandte sich zum Gehen. Ich wollte sie festhalten, besann mich dann aber eines Besseren. Ich wollte nicht so ein Kerl sein, der eine Frau am Arm packt. »Ich glaube Ihnen«, sagte ich. Das reichte aus, um sie zum Bleiben zu bewegen. »McTavish war ein Schmierlappen. Was auch immer morgen geschehen mag, vielleicht können wir einen Schritt voraus sein? Uns gegenseitig helfen?«

Ich bekam keine Antwort, aber ich sah ihre Kiefermuskulatur arbeiten.

»Sie sind die Rechtsexpertin – das könnte uns helfen.«

Ihre Lippen gaben eine Zahnreihe frei, beinahe ein Lächeln. »Das war also Ihr Plan? Royce für die Forensik? Profiling mit Majors? Ich als Anwältin? Wolfgang als … Arschloch? Unsere Fähigkeiten bündeln und einen Super-Detektiv erschaffen, wie einen Power Ranger?«

Ich errötete. »Klingt bescheuert, wenn Sie es so formulieren.«

»Es ist bescheuert. Wir sind Schriftstellerinnen und Schriftsteller. Meine Arbeit als Juristin ist … Moment, wie genau sieht Majors Gutachten über mich aus?«

»Fallen gelassene Liebhaberin.«

Keine Sorge, Ihr Gedächtnis spielt Ihnen keinen Streich, und Sie haben auch keine Seiten überblättert. Majors hatte Lisa nie in meinem Beisein analysiert. Aber das wusste Lisa ja nicht. Und sie biss an.

»Dieses selbstverliebte blöde …« Sie kochte vor Wut. »Hören Sie nicht auf die! Sie hat's auf mich abgesehen.«

»Warum haben Sie ihr nach Edinburgh nicht beigestanden?«

Lisa war so in Rage, dass sie vergaß, weshalb ich sie befragte. »Es ging nicht, und sie weiß das, verdammt noch mal. Und sie hat sich ja auch nicht in den Zeugenstand bequemt. Dann erscheint ein Jahr später *Off the Rails*«, sie schnippte mit den Fingern, »und plötzlich bin ich die Dumme? Lächerlich.« Sie sah mich an. »Ich hab Henry nicht umgebracht. Menschen töten aus genau einem Grund: Liebe. Ich habe Henry nicht geliebt, weit gefehlt!«

»Menschen töten aus *zwei* Gründen«, sagte ich. »Liebe und Geld.«

Lisa schüttelte den Kopf. »Wenn, dann aus Liebe *zum* Geld.« Sie öffnete die Tür, und warmes Licht fiel aus dem Waggon auf das Raucherdeck. »Es ist, wie Sie sagen: Jeder hat ein verdammtes Motiv. Vielleicht ist jeder ein Mörder.«

»Das gab es doch schon.«

»Dann wird es eben zur Tradition.« Sie zog die Tür hinter sich zu.

KAPITEL 24

Zu behaupten, mein Bett fühlte sich leer an ohne Juliette, wäre nicht nur ein Klischee, sondern auch eine Lüge, schließlich hatte sie in der Koje über mir geschlafen.

Dennoch fehlte etwas. Sie war so eilig aufgebrochen – oder wollte vermeiden, mir noch mal zu begegnen –, dass sie nicht einmal ihre Sachen aus dem Zug geholt hatte. Ihre Klamotten hingen noch im Schrank, ihre Zahnbürste stand im Becher auf dem Waschbecken. Die Kabine sah aus, wie ich mich fühlte – verlassen.

Um vor dem Schlafengehen Zeit totzuschlagen, faltete ich ihre Klamotten sorgsam, verstaute sie in ihrem Koffer und legte diesen auf ihr Bett. Ich widerstand dem Drang, in ihren Taschen nach Phiolen zu suchen. Zu deutlich klangen ihre Worte noch in meinen Ohren: *Selbst wenn du es nur kurz gedacht hast … Das reicht schon.*

Der Empfang auf meinem Handy war bedrohlich geschrumpft, es blieb noch genau ein Balken. Ich schrieb Juliette eine Nachricht. Und eine Mail. Und dann noch eine Nachricht.

Anschließend machte ich mich daran, ein paar Dinge für die Hintergrundgeschichte zu googeln. Ich weiß, sehr bequem, aber seien Sie nachsichtig. Deswegen müssen Krimiautoren heutzutage früher oder später immer einen Weg finden, ihrem Ermittler das Smartphone wegzunehmen, andernfalls sitzen die Leserinnen und Leser die ganze Zeit unruhig da und denken sich: *Dann googel doch!* Meine werten Kolleginnen und Kollegen des Goldenen Zeitalters mussten sich über so etwas nicht den Kopf zerbrechen. Stellen Sie sich das mal vor: *Oh nein, Sherlock Holmes kann nicht in der Encyclopædia Britannica nachsehen, weil jemand den Schlüssel zur Bibliothek verschlampt hat!*

Zuerst widmete ich mich, da mein Vertrauen in Royces medizinische Laufbahn zunehmend schwand, der Symptomatik einer Heroin-Überdosis. Widerwillig musste ich zur Kenntnis nehmen, dass Google Royces Angaben bestätigte. Anschließend suchte ich nach »Henry McTavish Unfall«. Abgesehen von einigen gnadenlosen Rezensionen zu seinem unbeliebten zweiten Buch waren die Ergebnisse recht aufschlussreich. Wie ein eingehendes Fax erschien auf dem Handybildschirm Stück für Stück ein Foto von McTavish, der jedoch, hinter blutunterlaufenen Schwellungen und großzügigen Verbänden, kaum zu erkennen war. Das war 2004, zwischen der Veröffentlichung seines zweiten und dritten Buchs, an dem er sich, wie Simone es beschrieben hatte, die Zähne ausbiss. Kein Wunder, dachte ich, wenn man sich von einem solchen Unfall erholen muss.

Noch immer nichts von Juliette. Ich fragte mich, ob die Internetverbindung vielleicht nur für den Nachrichtenversand stabil genug war, jedoch nicht für den Empfang. Ich war nicht sicher, ob das technologisch betrachtet irgendeinen Sinn ergab, aber es beruhigte mich für einen Moment – bis mich ein lautes *Ping!* eines Besseren belehrte. Zu meiner großen Enttäuschung war es eine Nachricht von Andy.

»Habe die Liste der Verdächtigen zusammengestellt. Statistisch gesehen wird es wohl der Ex-Mann gewesen sein.«

Ich antwortete: *»Ja, gut möglich: Eifersucht, Wut … gute Motive.«*

Andys Reaktion kam prompt: *»Super. Problem ist nur: Sie hat keinen Ex-Mann. Aber einen aktuellen, das schon.«*

Ich: *»Wenn sie keinen Ex-Mann hat, warum ist dann einer auf deiner Liste der Verdächtigen?«*

Es dauerte einen Moment, in dem Andy, Gott stehe ihm bei, wohl versuchte nachzudenken.

»Na wegen der Statistik, schätze ich«, antwortete er.

Ich tippte: *»Du schätzt?«*

»Ich habe alle Details hier eingegeben«, er hatte einen Link hinzugefügt, *»und es schien mir die plausibelste Antwort.«*

Ich öffnete den Link und landete bei ChatGPT, der Open-Source-KI-Software, die die Welt im Sturm erobert hatte – zum großen Verdruss der Universitäten weltweit, deren Studierende ihre Essays nun von einem Computerprogramm schreiben ließen. Zwar war ChatGPT tatsächlich eine beeindruckende Innovation, doch gleichermaßen angsteinflößend für alle, die die *Terminator*-Filme gesehen hatten – oder ihren Lebensunterhalt damit verdienten, Texte zu schreiben. Egal womit Sie die Software füttern, Sie bekommen eine Antwort: einen 500-Wörter-Essay über das Alte Ägypten oder, wie in Andys Fall, einen Über-mich-Text für seine Webseite oder eben Vermutungen zur Frage »Wer hat den Blumenladen der alten Dame ausgeraubt?«. Dass Andy großer KI-Enthusiast war, überraschte mich nicht allzu sehr. Der Kerl kann ohne zu kichern das Wort *fungibel* benutzen (und versteht es sogar) und einen Vortrag darüber halten, warum Kryptowährungen die Zukunft sind, nachdem er im Kaffee zu wenig Wechselgeld erhalten hat. Ich war versucht, ebenfalls auf ChatGPT zurückzugreifen: »Wie sage ich meinem Onkel auf möglichst konstruktive Weise, dass er ein Idiot ist?« Aber ich musste davon ausgehen, dass eine KI unmöglich das ganze Spektrum an Schimpfwörtern beherrschte, das mir angemessen schien.

Ich antwortete ihm selbst: *»KI ersetzt das menschliche Gehirn nicht, Andy. Wüsste aber gerne, wen Skynet sonst noch verdächtigt …«*

Das Tolle daran, wenn man Andy beleidigen möchte, ist, dass es manchmal ausreicht, ihm Gelegenheit zu geben, es selbst zu tun. Er antwortete: *»Einen Undercover-FBI-Agenten … und so eine satanische Todessekte.«*

Es folgte wieder eine Pause, dann eine letzte Nachricht: *»Ok, ich merk's selbst. Nachti.«*

Sogar meine Internetverbindung erlitt einen kurzen Schwächeanfall, erholte sich dann aber wieder. Ich machte mich wieder an die Recherche und nahm mir das Forum der *Morbund's Mongrels* auf Reddit vor. Der neueste Post trug den Titel *The Dawn Rises – Spoiler-Diskussion.* Ich war überrascht, dass die Neuigkeiten über McTavishs Tod noch nicht ihren Weg ins Netz gefunden hatten.

Ich scrollte durch den Thread. Die Leute diskutierten über den aktuellen Roman, einige schienen besorgt, dass er tatsächlich das Ende der Reihe besiegeln könnte. Ein Beitrag fiel mir besonders ins Auge.

MongrelWrangler22:

Oh Mann, Leute … Morbund ist mein LEBEN. Ich liege hier gerade ernsthaft und schreie. Ich brauch 'ne neue Ausgabe, weil meine in Tränen getränkt ist. Wenn das wirklich das Ende ist … keine Ahnung, wie ich damit umgehe …

Der Nutzer war Administrator, was für jemanden sprach, der oder die auch innerhalb des Fanclubs eine organisatorische Rolle übernahm – als Präsidentin vielleicht? Für mich klang das schon sehr verdächtig nach Brooke. Ich ging die Antworten durch, eine bunte Mischung aus Mitgefühl für MongrelWrangler22 und Leugnung der bloßen Möglichkeit, Morbund könnte sterben. Dazwischen fand ich diesen alarmierenden Post:

Wir müssen nur irgendwie an McTavish rankommen! Ich bin sicher, dass wir ihn … umstimmen können … mit der richtigen Motivation. Gefolgt von einem kleinen Hammer-Emoji.

Die Flut an Kommentaren war mir zu viel, stattdessen öffnete ich das Profil von MongrelWrangler22. Als Profilfoto diente ein Avatar, eine, wie ich aufgrund einiger schottischer Stereotype annahm, Comic-Variante von Detective Morbund. Der Standort des Nutzers war mit Australien angegeben, darüber hinaus gab es keine persönlichen Informationen, jedoch waren darunter die aktuellen Beiträge und Kommentare gelistet. Ich klickte auf den nächstbesten.

Kann ich kurz mal was loswerden? Ich liebe diese Bücher, weil ich das Gefühl habe, er spricht darin direkt zu mir. Wisst ihr, was ich meine? Als wären sie nur für mich geschrieben, wie eine Gutenachtgeschichte. Ich weiß, dass ihr die Bücher genauso liebt, aber so fühlt es sich zumindest für mich an beim Lesen. Dann gibt es nur ihn und mich. Erzählt mir gern, warum ihr die Morbund-Bücher so gern lest. Freue mich auf all eure Antworten ☺

Was hatte Majors noch über Besessenheit gesagt? Es sei die Tendenz, die Erfahrungen einer anderen Person auf sich selbst zu beziehen? Das hier schien mir ein Paradebeispiel zu sein.

Ich ging zurück auf MongrelWrangler22s Profilseite und öffnete den neuesten Kommentar, neugierig, ob der Ghan darin Erwähnung fand. Er war vor drei Tagen in *The Dawn Rises – Spoiler-Diskussion* veröffentlicht worden:

Abbruch. Ich wiederhole: Abbruch. Es gibt Hoffnung.

Archie Fucking Bench!

In den Antworten fanden sich diverse Abwandlungen von »Wer ist Archie Bench?« und »Kapier ich nicht, was ist los?«, aber keine weitere Reaktion seither von MongrelWrangler22. Der Zeitpunkt stimmte zufälligerweise mit dem Beginn einer Zugreise durch die australische Wüste überein, auf der Handyempfang eher eine Seltenheit war. Es konnte nur Brooke sein.

Abbruch. War das im übertragenen Sinne oder wörtlich gemeint? Heutzutage war im Internet *literally* alles wörtlich gemeint, insofern schwer zu sagen. Aber: Was sollte abgebrochen werden?

Aus einer Laune heraus googelte ich noch »Wolfgang Kunstprojekt«, aber die Anfrage war zu unpräzise, weshalb ich beinahe ausschließlich auf Informationen zu seinem musikalischen Namensvetter aus Österreich stieß. Mir kam die Idee, dass Wolfgang vielleicht Deutsch sprach und mir mit dem Wort *Reich* weiterhelfen konnte. Dann versuchte ich es noch mit allen möglichen Kombinationen aus »Wolfgang« und Wörtern wie »Autor«, »Kunst«, »interaktiv« und »Experience«. Mehr als der Link zu diesem Festival kam nicht dabei heraus, und hier auch nur die bereits bekannte Zeile: *Zuletzt kündigte Wolfgang ein interaktives Kunstprojekt an mit dem Titel* The Death of Literature.

Ein flüchtiger Gedanke schwebte durch meinen Kopf – *Wie interaktiv ist dein Projekt eigentlich, Wolfgang?* – und verschwand.

Mein Handy hatte zunehmend Schwierigkeiten, neue Seiten zu laden. Ich versuchte es noch mit einer letzten Anfrage, die allerdings fünf Minuten benötigte, um vollständig zu laden, und mir so zu verstehen gab, dass dies bis auf Weiteres der letzte Kontakt zum 21.Jahrhundert war. Diesmal hatte ich nicht nach möglichen Hinweisen gesucht, ich war schlicht neugierig. Der Artikel stammte aus der *New York Times* und war dort 2009 unter dem Titel »Kein Land in Sicht für Krimi-Debütant Jasper Murdoch« erschienen, von einer Harriet Sykes, freie Journalistin aus Melbourne, Australien.

Ehrlich gesagt war ich, während ich den Artikel las, überrascht, dass Jasper sie geheiratet hat. Es war der reinste Verriss. Über das Buch selbst verlor Harriet kaum ein Wort, verglich den Neuling stattdessen erbarmungslos mit den literarischen Schwergewichten und Bestsellerautoren des Genres. Sie wollte ihm nicht durchgehen lassen, dass er ihnen nicht das Wasser reichen konnte, und ertränkte ihn darin. *Murdoch versucht zu schreiben wie McTavish, ja, man mag vielleicht sogar von einem Funken Potenzial sprechen, aber dennoch kommt er, in Gottes Namen, nicht mal in die Nähe der Messlatte, die der beliebte Schotte gelegt hat.*

Kein Wunder, dass Jasper keine Krimis mehr schreiben wollte. Doch ich erinnerte mich an seinen Blick, als er der tanzenden Harriet zusah. Wenn diese Rezension einen Weg für die beiden geebnet hatte (ich stellte mir vor, wie er allen Mut zusammennahm und der Journalistin eine Mail schickte, sie vielleicht sogar zu einem Kaffee einlud, um seine Absichten hinter dem Roman zu erklären; vielleicht hat er auch nur eine halbe Flasche Weißwein in sich reingeleert und sie mit einer Tirade besonders einfältiger wie erfundener Kraftausdrücke zugespamt), dann dürfte ihm die inzwischen egal sein. Ich las den Artikel jedenfalls ein zweites Mal, nun mit Jaspers Klangschalen-Mindset, und plötzlich klang es gar nicht mehr so grausam. Als ich weiterscrollte, sah ich, dass Harriet auch die Urheberin von McTavishs häufig zitiertem *NYT*-Blurb war: »Unübertroffen, unaufhaltsam: McTavish ist einmalig.« Es stammte aus einer Rezension seines fünften Romans von 2006.

Ich schickte eine weitere Nachricht an Juliette und war kurz aufgeregt, als unmittelbar danach ein neues *Ping!* erklang. Bis ich sah, dass es von einem roten Ausrufezeichen begleitet wurde, was bedeutete, dass die Nachricht nicht versendet werden konnte.

Ich legte das Telefon beiseite und schloss die Augen. Noch immer dachte ich an Jasper, konkret erinnerte ich mich plötzlich an eine seiner Aussagen von vorhin: *Vor allem, wenn Wyatt meinen Vorschuss immer wieder verdoppelt.* Wyatt hatte morgens am Bahnhof sehr geschäftig telefoniert, vielleicht musste er einen neuen Deal durchkriegen?

Zunächst hatte ich der Sache keine große Beachtung geschenkt, ich war davon ausgegangen, Jasper hätte von einem neuen Erica-Mathison-Buch gesprochen. Aber wenn an Harriets Rezension etwas dran war und Jasper wirklich schrieb wie ein McTavish vom Discounter, dann würde er sich nie davon frei machen können, andere zu imitieren. Selbst der Erfolg von *The Eleven Orgasms of Deborah Winstock* konnte ihm nicht das

Gefühl genommen haben, permanent als Möchtegern-Autor im Schatten eines Profis zu wandeln. Ein Weg, diese Vergleiche hinter sich zu lassen, war möglicherweise die Beseitigung des Vergleichsobjekts.

Mit den folgenden zwei Gedanken schlief ich schließlich ein:

Henry McTavish hatte nicht vorgehabt, weiterhin *Detective-Morbund*-Bücher zu schreiben.

Und vielleicht war für Wyatt Lloyd eine McTavish-Imitation immer noch besser als überhaupt kein McTavish.

KAPITEL 25

Ich hätte nicht sagen können, wie lange ich geschlafen hatte, als ich von einem recht uneleganten Klopfen an meiner Zimmertür geweckt wurde. Ich konnte aber wohl sagen, dass es Royces Faust war. Überraschend war nur, dass er, als ich die Tür öffnete, nicht allein war.

»Los, komm mit.« Mehr sagte er nicht, sondern wandte sich, noch bevor ich mir den Schlaf aus den Augen wischen konnte, schon der nächsten Tür zu, um sie zu malträtieren. So arbeitete er sich von Tür zu Tür durch die Korridore, wie ein Gefängniswärter, der die Insassen zum Appell weckt.

Zwischen Simone und Wolfgang reihte ich mich in den Sträflingstrott ein. Alle trugen sie ihre Schlafklamotten: In meinem Fall waren das ein verwaschenes T-Shirt meiner Lieblingsband und eine Jogginghose; Simone trug einen lilafarbenen Seidenschlafanzug, auf dessen Brusttasche ihre Initialen eingestickt waren; sogar Wolfgang war im blau-weiß gestreiften Flanell-Pyjama erschienen. Ich hätte darauf gewettet, dass er im Dreiteiler schlief. Hinter ihm ging SF Majors, noch immer in ihrer eleganten Abendgarderobe, was bedeutete, dass sie es sich entweder nicht hatte nehmen lassen, sich noch einmal anzuziehen, oder dass sie noch gar nicht im Bett gewesen war. Ich sah auf die Uhr und fand den kleinen Zeiger auf der Drei.

Ich tippte Simone auf die Schulter: »Was ist eigentlich los?«

»Royce hat den Fall gelöst«, flüsterte sie. »Er will, dass wir uns in der Bar versammeln.«

Hätte ich einen Drink gehabt, hätte ich ihn ausgespuckt. »Wie bitte? *Royce*?«

»Ist ja nicht so, als hättest du keine Gelegenheit dazu gehabt. Verdammt, Ernie, das wäre deine Chance gewesen!«

»Aber was machen wir dann jetzt noch hier?«

»Sei nicht so, du weißt doch, dass für die große Enthüllung alle Verdächtigen versammelt werden müssen. Du würdest es genauso machen, oder etwa nicht?«

»Ja, ich weiß, wie ein *Dénouement* funktioniert«, sagte ich eingeschnappt.

»Man sagt *De-nu-moh*«, hörte ich Wolfgang hinter mir klugscheißen. »Nicht *De-nu-ment*.«

»Merci«, brummte ich, ohne ihn eines Blickes zu würdigen. Vor uns schlüpfte Lisa aus ihrem Zimmer – Royce hatte mehrmals anklopfen müssen – und zog schnell die Tür zu, bevor jemand einen Blick hineinwerfen konnte.

Ich spürte eine schwere Hand auf meiner Schulter – schon wieder Wolfgang. Ich konnte sein Gesicht nicht sehen, aber förmlich spüren, wie sich sein Grinsen in meinen Nacken brannte.

»Scheint, als wäre er dir zuvorgekommen. Da wird sich *dein* Buch ja bestimmt super verkaufen.«

Das Publikum, das Royce vor sich hatte, war nicht nur schläfriger, sondern auch kleiner, als er es sich erhofft hatte. Wir lümmelten auf den Sesseln und in den Sitzecken, während er am Tresen stand, an seinen Hosenträgern zupfte und mit den Augen durchzählte. Von den Autorinnen und Autoren waren alle anwesend, ansonsten jedoch nur Simone und Harriet, die

die nächtliche Prozession vermutlich neugierig gemacht hatte (ich stellte mir vor, wie sie mit Jasper eine Runde Schere-Stein-Papier spielte, wer von ihnen der Sache auf den Grund gehen durfte). Jasper, Douglas und Wyatt waren nicht dabei, ebenso wenig die Erica-Mathison-Sekte. Aaron und Cynthia hatten ihre Zimmer auf der anderen Seite des Restaurants, Royce schien die beiden nicht für wichtig genug zu halten, um sie zu wecken.

Royce wirkte zögerlich. Seine Finger tippten in die Luft, als er ein weiteres Mal durchzählte. Als Wolfgang aufstand und sich zum Gehen wandte, wusste Royce, dass er nicht länger warten durfte. Er räusperte sich laut.

»Mit Sicherheit fragen Sie sich, warum ich Sie zu solch nachtschlafender Zeit hier versammelt habe«, sagte er wie einstudiert.

Ein allgemeines Gemurmel ertönte, um dieser Annahme zu widersprechen. Wir alle wussten genau, warum wir hier waren. Für Royce war das kein Grund, von seinem Skript abzuweichen.

»Einige von Ihnen mögen nun überrascht sein, doch der Tod von Henry McTavish war kein Unfall – er wurde ermordet. Und der Mörder ist unter uns, in diesem Raum.« Dann korrigierte er sich. »Also in diesem Zug, Verzeihung.«

Es war ein vielsagender Versprecher. Royce hatte den Beginn seiner Ansprache hinausgezögert, weil eine in seinem Szenario wichtige Figur nicht anwesend war. Dafür kamen die bereits genannten infrage und, der Vollständigkeit halber, auch Juliette, da Royce noch nicht zwangsläufig von ihrer Abreise wusste. Ich hätte auch Brooke aufgezählt, wenn sie nicht exakt in diesem Moment verschlafen blinzelnd in den Raum gekommen wäre. Sie schien keine Ahnung zu haben, was hier vor sich ging, und setzte sich neben Lisa, die aber lieber ihre Ruhe gehabt hätte und sich wegdrehte.

»Kommen Sie auf den Punkt«, sagte Simone.

Royces Verunsicherung nahm zu.

»Brauchst du ein paar Tipps?« Ich konnte es mir nicht verkneifen. »Ich hab so was schon mal gemacht.«

»Könntest du einfach …« Er ballte die Fäuste und atmete tief durch. »Danke, Ernest. Ich komme zurecht.« Etwas niedergeschlagen kramte er sein Notizbuch hervor, zog seinen Gemini-Füller aus der Lasche und ging damit durch die Zeilen, um den Einstieg in die Rede wiederzufinden. »Viele von uns hatten ihre Gründe, eine Abneigung gegen McTavish zu empfinden. Manche mögen sogar froh sein, dass er tot ist. Doch es gibt nur eine Person … ganz genau, nur eine einzige«, an dieser Stelle hatte er sich hundertprozentig *dramatische Pause* neben den Text notiert, »die bereit wäre, die Sache selbst in die Hand zu nehmen.«

Simone gähnte laut. Ich konnte sehen, wie es in Royce zu brodeln begann.

»Lassen wir gemeinsam den Blick schweifen. Was sehen wir? Da ist die Schriftsteller-Kollegin, die behauptet, Henry hätte eine ihrer Ideen gestohlen; oder die Literaturagentin, die etwas vom großen McTavish-Kuchen abhaben wollte, doch – metaphorisch gesprochen – am Altar stehen gelassen wurde.« Er zeigte mit seinem Stift auf die Angesprochenen, die ihn beide mürrisch ansahen. Die Theorien, das musste ich Royce lassen, waren so weit nachvollziehbar – auch ich hatte sie in Betracht gezogen. »Wir haben den Literaten und seinen Hass auf die kommerzielle Belletristik.«

»Ernsthaft? Das soll mein Motiv sein?«, schnaubte Wolfgang. »Ich habe ihn nicht umgebracht.«

Royce hielt nachdenklich inne, dann vollzog er mit seinem Stift eine horizontale Bewegung. Offenbar musste man ihm nur widersprechen, und schon war man von seiner Liste der Verdächtigen gestrichen.

»Dann wäre da noch der Schriftsteller mit der Durststrecke.« Sein Stift war auf mich gerichtet. »Verzweifelt auf der Suche nach einem Plot für sein neues Buch – vielleicht musste er ein wenig nachhelfen. Es geht immerhin um eine Menge Geld. Weshalb auch jemand, der ihm nahesteht, Interesse an seinem Erfolg hat. Jemand wie …« Royce sah sich um, offensichtlich auf der Suche nach Juliette.

»Sie schläft«, sagte ich. Lisa sah mich scharf an, als wäre sie überrascht, dass ich log. »Es sei denn …«, ich führte die Hände an meine Wangen und blickte gespielt schockiert in die Runde, »… sie spaziert in diesem Moment herum und bringt weiter Leute um.« Ich schnappte theatralisch nach Luft.

»Wenn du die Sache nicht ernst nimmst –«

»Der Schriftsteller mit der Durststrecke nimmt die Sache *sehr* ernst.« Ich hob übertrieben die Brauen.

»Was ist mit mir?« Lisa hatte die Hand gehoben. »Können Sie mir verraten, warum ich ein Motiv haben sollte?«

»Nein, ich glaube nicht, dass eine Ex-Freundin –«

»Na ja, ehrlich gesagt macht es das gerade interessant«, sagte Majors. »So vom Profil und so.«

»In meinen Augen sind Sie niemand, der nach zwanzig Jahren noch mal einen Rachefeldzug startet«, sagte Royce etwas leiser zu Lisa. Er schien sehr bemüht, ihr mögliches Motiv schnell hinter sich zu lassen. »Sie stehen also nicht besonders weit oben auf meiner Liste.«

»Das heißt, ich kann wieder ins Bett?«

»Nein!«, platzte es aus Royce heraus. »Ich hab doch noch gar nicht –«

»Eins muss ich Ihnen lassen, Royce«, unterbrach ihn Wolfgang, »so einschläfernd Ihr Gerede sonst auch ist – das hier ist wirklich unterhaltsam.«

»Was ist denn mit dir?«, fragte ich an Royce gerichtet. »Warum bist du kein Verdächtiger?«

»Henry war, ähm, mein Freund«, stotterte er.

»Was sagen Sie dazu, Majors?«, fragte ich.

»Eine enge persönliche Bindung passt durchaus ins Täterprofil.«

»Du warst wütend, weil du keinen Blurb von ihm bekommen hast«, sagte ich. »Zu mir hast du gesagt, er sei dir ordentlich was schuldig.«

»Hab ich nicht«. Royce wurde blass.

»Oh doch. Du kannst dich vielleicht nicht erinnern, weil du so betrunken warst. Ich hab dich erwischt, als du auf dem Weg zu ihm warst, um ihm deine Meinung einzutrichtern. Vielleicht hast du ihm stattdessen was anderes eingetrichtert.«

»Können jetzt alle einfach mal *die Schnauze halten* und …« Royce atmete tief ein und wieder aus. »So läuft das nicht, ok? Ich gehe durch den Raum und zerpflücke Ihre Alibis. Und dann serviere ich Ihnen den Mörder. Ihre Zwischenrufe haben in meinem Dénouement nichts verloren.«

»De-nu-moh«, sagten Wolfgang und ich unisono.

Wäre der Ghan eine Dampflok, Royces Ohren allein hätten ihn antreiben können. »Es gibt nur eine Person mit einem echten Motiv, alle Hinweise deuten darauf hin. Jemand, der Henry in seinem Zimmer besuchte und ihm nah genug war, um ihm etwas in seinen Flachmann zu kippen. Jemand, der wütend war, weil ihm mit Henrys neuem Buch eine Menge Geld flöten gehen würde. Und der ihm einen Scheck über fünfundzwanzig Riesen ausstellte, damit er das Ende umschrieb. Doch Henry lehnte ab und verbrannte den Scheck vor den Augen unseres Mörders. Das haste nicht kommen sehen, Ernest, hä?« Er fummelte in seinen Hosentaschen nach dem angebrannten Scheck, konnte ihn aber, selbstverständlich, nicht finden.

Ich unterdrückte ein Grinsen.

»Es kam zum Kampf, der zu Henrys blutiger Nase führte. Der Person war klar geworden, dass Henrys nächstes Buch noch viel mehr einbringen würde, wenn der Autor tot war. Diese Person ist …«

Kurzer Einschub, da es möglicherweise hilfreich ist zu sehen, wer den 106 Nennungen am nächsten ist:

– ~~*Henry McTavish: 290*~~

- Alan Royce: 218
- Simone Morrison: 100
- Lisa Fulton: 91
- SF Majors: 88
- Wyatt Lloyd: 84
- Wolfgang: 70
- Brooke: 59
- Aaron: 56
- Jasper Murdoch: 55
- Harriet Murdoch: 50
- Douglas Parsons: 35
- Archibald Bench: 25
- Der Buchclub (inkl. Veronica Blythe und Beehive): 24
- Cynthia: 24
- Erica Mathison: 11
- MongrelWrangler22: 6
- Troy Firth: 3
- Juliette: AUSSER WERTUNG
- Noah Witrock: AUSSER WERTUNG (zu spät eingeführt, um in einem Fair-Play-Krimi als Mörder infrage zu kommen)

Betrachtet man die lebendigen Kandidatinnen und Kandidaten, gibt es zumindest eine Veränderung auf dem Podest, Lisa Fulton hat Wyatt Lloyd abgelöst. Im Mittelfeld ergaben sich ebenfalls ein paar Rotationen. Royce war inzwischen in der Kategorie »zu offensichtlich« gelandet. Außerdem, wozu dieses ganze Theater um seine große Enthüllung, wenn er selbst der Mörder wäre? Einige Beteiligte machen Anstalten, mit Anlauf übers Ziel hinauszuschießen, andererseits hat beispielsweise Wolfgang nur 30 zusätzliche Nennungen seit der letzten Zählung verbucht. Es ist also noch alles offen. Und berücksichtigen Sie bitte weiterhin die möglichen doppelten Identitäten.

So, das war's von mir – ich lasse Royce seinen Satz vervollständigen.

»... Wyatt Lloyd!«

Es herrschte Stille, während alle diese Information verarbeiteten. Einige kratzten sich skeptisch am Kopf. Rein statistisch gesehen war Wyatt (jetzt 87-mal genannt) durchaus noch im Rennen.

»Ergibt das Sinn?«, durchbrach Brooke schließlich das Schweigen.

In meinem Kopf ging ich die Beweislage durch: Wyatt hatte definitiv ein Motiv, was das Finanzielle anging, da hatte Royce recht. Aber ich hatte die beiden in Wyatts Kabine streiten hören, nicht in McTavishs. Davon wusste Royce nichts. Ich war außerdem sicher, dass die blutige Nase von Lisa stammte.

»Natürlich ergibt das verdammt noch mal Sinn«, knurrte Royce.

Jetzt meldete sich Simone zu Wort. »Ich bin mir da nicht so sicher. Wo haben Sie den Scheck denn gefunden?«

»Fünfundzwanzig Riesen – dafür hätte sich McTavish doch nicht noch mal an die Schreibmaschine gesetzt«, wandte Wolfgang ein. »Seine Vorschüsse haben sicherlich eine Null mehr hintendran.«

»Hatte Wyatt blaue Knöchel?«, fragte Majors. »Ist mir jedenfalls nicht aufgefallen.«

»RUHE!«, brüllte Royce. »Es ist genau, wie ich es gesagt habe. Henry McTavish wurde ermordet, und Wyatt Lloyd ist – und daran kann es meines Erachtens nicht den Hauch eines Zweifels geben – mit absoluter Sicherheit der Mörder.«

Er hatte noch nicht einmal den Mund wieder geschlossen, da ertönte aus dem Waggon hinter uns ein Schrei. Für ein paar Sekunden wagte niemand zu sprechen oder sich zu bewegen. Dann kam Jasper keuchend in die Bar gestürmt und sagte:

»Wyatt Lloyd wurde ermordet.«

JUSTIZ

KAPITEL 26

Manuskript, Blut, Leiche.

Wyatts Zimmer war ein Schlachtfeld. Die Matratze der unteren Koje war herausgezerrt worden, Bettzeug und Kissen im Raum verteilt. An der Badezimmertür prangte ein blutiger Handabdruck. Zwischen dem Badezimmer und dem Tisch am Fenster, auf dem ein faustdicker Stapel Papier lag, saß Wyatt Lloyd.

Sein Kopf war nach vorne geneigt, aus seinem Nacken floss Blut über Hals und Brust, tränkte sein T-Shirt, ein grotesker roter Latz, und sammelte sich zwischen seinen Beinen in einer Pfütze. Er trug blaue Seidenboxershorts und ein ursprünglich weißes Shirt, was darauf hindeutete, dass er bereits zu Bett gegangen war, als er attackiert wurde. Es war ein würdeloses Bild, von der Tatsache, dass er blutüberströmt und tot war, mal ganz abgesehen. In seiner Hand hielt er, ebenfalls blutgetränkt, Simones blauen Schal.

Der Grund für all das Blut steckte noch in Wyatts Nacken: ein Füller von Gemini Publishing. Ich erinnerte mich an die scharfe Spitze, als Royce mit seinem Exemplar vor meiner Nase herumgefuchtelt hatte. Ich stellte mir vor, wie der Stift durch die weiche Haut glitt, wie Wyatt im Fallen Halt an der Badezimmertür suchte und schließlich das nächstbeste Kleidungsstück griff, um die Blutung zu stoppen.

In dem engen Korridor herrschte großes Gedrängel, jeder versuchte, durch die Tür einen Blick auf Wyatt zu erhaschen, ohne jedoch einen Fuß in das Zimmer zu setzen. Ganz hinten begann Royce zu hüpfen, um überhaupt etwas sehen zu können. Er wirkte verärgert, dass aus seinem Hauptverdächtigen ein weiteres Opfer geworden war. Jasper war, nachdem er uns benachrichtigt hatte, in Richtung von Aarons Kabine gestürmt.

Simone schob mich zur Seite und sah sich die Szenerie einen Moment lang an, dann wandte sie sich ab und drängte zurück in den Gang.

»Bäh!« Sie vergrub das Gesicht in ihren Händen. »Was für eine Sauerei.«

»Ja, das hat er nicht verdient.« Ich legte einen Arm um sie.

Sie schüttelte ihn ab wie ein Insekt. »Den Schal krieg ich nie wieder sauber!«

Kopfschüttelnd ging sie davon.

»Entschuldigt, kann ich mal sehen?« Royce war immer noch damit beschäftigt, einen Blick zu erhaschen. Doch er war zu klein, also blieb ihm nichts anderes übrig, als sich durch den Wald an Schultern zu quetschen. »Ich bitte Sie!«

»Nicht, dass Sie noch den Tatort verunreinigen«, sagte Lisa.

»Aber Sie brauchen meine medizinische Expertise«, murrte er.

»Die Expertise, die Sie verleitet hat, Wyatt des Mordes zu beschuldigen?«

»Vielleicht konnte er mit der Schuld nicht leben«, protestierte Royce, »und hat sich das Leben genommen.«

»Sich selbst einen Stift in den Nacken zu rammen scheint mir nicht die verlässlichste Methode für Selbstmord«, sagte Majors. »Zumal die wenigsten Selbstmörder vor ihrer Tat ihr Zimmer auseinandernehmen und dann verzweifelt versuchen, die Blutung zu stoppen, die sie selbst verursacht haben.«

»Lassen Sie mich die Leiche untersuchen, dann wissen wir es.«

»Alan.« Ich konnte mich nicht mehr zurückhalten. Ich schob mich in den Türrahmen. »Ich glaube, du solltest hier überhaupt nichts untersuchen. Wie ich hörte, ist an deiner Expertise nicht viel dran: Du warst niemals Rechtsmediziner, du warst Praktikant. Dein Lebenslauf ist so aufgeblasen wie dein Ego.«

»Das hat dich bisher auch nicht davon abgehalten, mich um Rat zu bitten«, konterte er. »Ich habe jahrzehntelange Erfahrung! Und zwei Abschlüsse! Ich war auf derselben Uni wie Arthur Conan Doyle, nur damit du es weißt. Ich habe einen Ruf, und«, er schnappte nach Luft, »die *Sunday Times* sagt, ich habe ein Händchen für realistische Geschichten.«

Die *Sunday Times* hatte Royce offensichtlich nie kennengelernt.

»Na gut, vielleicht können wir deine Laborerfahrung ja tatsächlich gebrauchen – wenn wir einen Kaffee brauchen oder so.«

Royce bebte. »Wenn du mich weiterhin so respektlos behandelst, dann … dann verrate ich euch meine Diagnose der Todesursache nicht.«

»Ein Stift steckt bis zur Hälfte in seinem Hals«, sagte ich. »Ich denke, wir kommen klar.«

Bei diesen Worten stürmte Royce davon und zwang Brooke, in die Küchennische auszuweichen. Als sie wieder auf den Gang trat, legte ihr Lisa eine Hand auf die Schulter und führte sie von Wyatts Zimmer weg. »Ganz schön grausam dadrin«, sagte sie. »Du bist zu jung, um dir so was ansehen zu müssen.«

Schließlich war es Wolfgang, der das Zimmer als Erster betrat. Er schritt neben Wyatts ausgestreckten Beinen zum Tisch und blätterte in den darauf liegenden Seiten. Ich begab mich ebenfalls ins Zimmer und sah mich nach weiteren Hinweisen um. So klein, wie die Kabine war, gab es jedoch wenig, was man nicht auch von der Tür aus sehen konnte. Ich rätselte, ob das herrschende Chaos auf einen Kampf schließen ließ oder ob jemand nach etwas gesucht hatte. Allerdings stand Wyatts Reisetasche mit geschlossenem Reißverschluss auf dem Boden, besonders gründlich wäre die Person also nicht gewesen.

Über Wolfgangs Schulter konnte ich einen Blick auf das

oberste Blatt des Stapels werfen: Es war ein auf einer Schreibmaschine verfasstes Manuskript mit dem Titel *Life, Death and Whisky*. Darunter stand das Wort *Erstentwurf* sowie das Datum unserer Abfahrt in Darwin. Unten auf der Seite stand handschriftlich in blauer Tinte: *von Henry McTavish*. Die Sache schien klar: McTavish hatte sein Manuskript am ersten Tag unserer Reise vollendet, es signiert und Wyatt überreicht, was zu den Streitereien führte, die ich in der ersten Nacht belauscht hatte.

»Das ist kein Morbund-Buch«, sagte Wolfgang und sah mich an. Ich gab mich überrascht; er wusste nicht, dass ich mit angehört hatte, wie sich Wyatt genau darüber beschwerte. »Es ist überhaupt kein Krimi, sondern, na ja … Literatur.« Er zog die Augenbrauen hoch. »Und es ist gar nicht so schlecht.«

Mir entging nicht, dass das womöglich das erste Kompliment war, das Wolfgang jemals ausgesprochen hatte. Er schien selbst überrascht.

»McTavish hat einen Roman geschrieben?«, fragte Majors.

»Ich meine, McTavish ist McTavish. Der Stil eines Schriftstellers ist wie ein Tattoo, er wird immer sichtbar sein. Aber er hat Fortschritte gemacht.« Wolfgang schien aufzufallen, dass er freundlich war, und ergänzte schnell: »Nehme ich mal an.«

Ich musste an Simone denken, wie sie Wolfgangs mickrige Einkünfte angedeutet hatte. Kein Wunder, dass Wyatt ein Problem mit dem Roman hatte: Nicht nur wollte McTavish sich von einer etablierten und beliebten Figur abwenden, sondern sich auch noch in ein Genre bewegen, in dem insgesamt weniger zu holen war. In meinen Augen war es ein bemerkenswerter Schritt, durch den McTavish ein wenig menschlicher erschien. Nach all den erfolgreichen Büchern wollte auch jemand wie er einfach nur ernst genommen werden.

»Lisa, Sie sind dran«, sagte ich. »Wem gehört *Life, Death and Whisky* jetzt? Also rein rechtlich?«

Lisa dachte einen Moment nach. »Es gehört immer noch

McTavish, auch wenn er tot ist. Das Urheberrecht gilt generell bis siebzig Jahre nach dem Tod. Also ab gestern, nehme ich an.«

»Aber Wyatt hätte doch eine Menge Geld damit gemacht – deshalb war er für Royce der Hauptverdächtige. McTavish liefert also ein Buch außerhalb des bisherigen Genres ab, Wyatt macht ihn kalt, und das Ding geht durch die Decke. Korrekt?«

»Die Verkaufszahlen mit Sicherheit«, sagte Lisa. »Aber das hat nichts mit der Frage zu tun, ob Wyatt das Buch verlegen darf. Entweder das war bereits vertraglich geklärt, dann behält der Vertrag, nun mit den Erben McTavishs, seine Gültigkeit. Oder es gab keinen Vertrag zu diesem Buch, dann hätte Wyatt das Buch aus dem Nachlass erwerben müssen.«

»Henry war sein Leben lang Junggeselle«, wandte Wolfgang ein. »Familie hatte er auch keine.«

»An wen werden die Rechte dann übertragen?«

»Vielleicht hat er in einem Testament Begünstigte festgelegt«, erklärte Lisa. »Andernfalls wird wohl ein Nachlassgericht weitere erbberechtigte Personen ermitteln.«

»Und Leute können einklagen, als solche anerkannt zu werden, richtig?«

»Genau, all das regelt das Nachlassgericht.« Lisa zuckte mit den Schultern. »Stellt sich nur die Frage, wer das in Henrys Fall sein könnte.«

»Verloren geglaubte Geschwister et cetera pp.«, murmelte Wolfgang, der noch immer im Manuskript blätterte. »Wenn es um Geld geht, kommen sie alle hervorgekrochen.«

»Und wäre Wyatt rechtlich betrachtet *erbberechtigt*?«, fragte ich.

»Weil er Henrys Verleger war? Nein.«

»Aber die beiden haben eine lange Geschichte«, sagte Majors, die beim Schminkspiegel neben dem kleinen Schrank stand. »Ist also nicht undenkbar, dass Henry Wyatt seinen Nachlass überlässt. So eine lange Freundschaft kann es schon mal ins

Testament schaffen. Damit hätte Wyatt dann doch ein Motiv für den Mord. Doch wer hat ein Motiv, Wyatt umzubringen? Die Person, die nach ihm Anspruch auf den Nachlass hat?« Sie betrachtete die Leiche des Verlegers. »Was anderes: So einen Stift, mit dem Gemini-Logo – woher bekommt man den?«

»Ist ein Geschenk für Veröffentlichungen«, sagte ich. »Royce hat auch einen.«

»Ja, er hatte ihn bei seiner kleinen Rede in der Hand«, sagte Wolfgang. »Und, sagen wir, er war sehr darum bemüht, dass das auch jeder sehen konnte.« Royce hatte seinen Stift tatsächlich auf jeden Einzelnen von uns gerichtet – eine aufmerksame Beobachtung von Wolfgang.

»McTavish musste also auch einen gehabt haben«, sagte Lisa. »Habt ihr ihn in seiner Suite rumliegen sehen?«

Ich schüttelte den Kopf, ich hatte dort nur den Filzstift bemerkt. Aber ich war auch nicht der Erste vor Ort gewesen. Was hatte Brooke gesagt? *Ich wollte mir ein Andenken holen.*

»Und Sie«, sagte Wolfgang, und ich musste seinem Blick folgen, um zu verstehen, dass er Lisa meinte. »Auch wenn Sie den Verlag gewechselt haben.«

»Kann sein, dass ich noch einen habe«, sagte Lisa. »Sicher zu Hause in irgendeiner Box begraben. Ist ziemlich lange her, dass ich bei Gemini publiziert habe.«

»Wie praktisch«, bemerkte Wolfgang.

»Was ist hiermit?« Majors zeigte auf den Schrank, in dem neben einem kleinen Safe (offen, leer) zwei kleine Holzschatullen lagen. Sie öffnete die erste und offenbarte, auf einem Bett aus weißer Seide, einen weiteren Gemini-Füller. Sie sah auch in der zweiten Box nach, mit dem gleichen Ergebnis. Erst jetzt fiel mir auf, wie sehr solche edlen Stiftboxen an Särge erinnern. »Vielleicht gab es noch eine dritte?«

»Was zum Teufel glauben Sie, was Sie hier tun?« Aaron kam, mit Jasper und Harriet im Schlepptau, den Gang entlang.

»Ermitteln«, sagte ich.

»Nachdenken«, sagte Lisa.

»Lesen«, sagte Wolfgang.

»Raus! Raus! Raus!« Aaron scheuchte uns in den Korridor und schloss die Tür hinter sich. »Ich kann nicht fassen, dass ich das sagen muss: Ein Tatort ist doch kein Spielplatz!«

»Wir spielen ja auch nicht«, sagte ich. »Aber wenn in diesem Zug ein Mörder ist, dann wüssten wir gerne, wer es ist, bevor noch jemand von uns dran glauben muss.«

»Noch jemand?«, wimmerte Brooke.

»Wie schnell bekommen wir die Polizei an Bord?«, fragte ich Aaron.

»Wir sind mitten in der Wüste – überhaupt nicht.«

»Die werden doch einen Heli haben.«

»Alle mit den Buschbränden beschäftigt.« Er kaute auf seiner Unterlippe. Dieser *Scheißvogel*, dachte ich.

»Dann fahren wir zurück nach Alice Springs«, schlug Majors vor. »Was waren das jetzt, sechs Stunden?«

»Klar, ich mach mal eben 'nen U-Turn oder was?«

»Na gut, dann halten wir an und fordern einen Bus an«, sagte ich.

»Wir befinden uns noch immer auf einer Frachtroute. Wir müssen unseren Fahrplan einhalten, damit Güterzüge uns in den Bahnhöfen überholen können.«

»Dann ändern Sie verdammt noch mal den Fahrplan«, sagte Wolfgang. So gereizt wirkte er ziemlich einschüchternd, sogar in seinem gestreiften Pyjama. Er baute sich vor Aaron auf. »Ich will raus aus diesem Schrotthaufen, und zwar *sofort*.«

Aaron war mit seiner Geduld am Ende. »Jetzt hören Sie mir mal zu! *Niemand* von Ihnen ist Detektiv oder Polizist. Ich werde Sie also wie beim letzten Mal, als eine Leiche vor uns lag, bitten, in Ihre Kabinen zu gehen und zu warten. Unser nächster Halt ist in Manguri, dort wird ein Polizist an Bord kommen, wir werden den Güterzug hinter uns passieren lassen, und dann geht's schnurstracks weiter nach Adelaide.«

»Und Coober Pedy?«, fragte Lisa. »Laut Plan ist das doch unser nächster Halt.«

»Ist nur ein kleines Städtchen, aber mit mindestens tausend Einwohnern, oder?«, mischte ich mich ein.

»Wir halten nicht in Coober Pedy, sondern in Manguri, was auf unserer Strecke Coober Pedy am nächsten ist«, erklärte Aaron. »Manguri ist kein richtiger Bahnhof, vielmehr ein Bahnsteig mitten im Nirgendwo, der Überholmanöver ermöglicht. Wir haben also gar keine andere Wahl, als dort zu halten, wenn wir nicht wollen, dass ein Güterzug uns von hinten von den Gleisen fegt. Und von der Stadt trennen uns um die vierzig Kilometer voller Minenschächte. Glauben Sie mir also, das ist der beste Plan. Dann kommen wir mit etwas Glück sogar circa zwölf Stunden früher als geplant in Adelaide an.«

Wolfgang war schon auf dem Weg in seine Kabine. »Und *mit etwas Glück* bin ich bis dahin noch am Leben«, rief er über die Schulter. »Für mich dann ab jetzt nur noch Essen aufs Zimmer. Danke.«

Aaron hielt uns die Handflächen entgegen, wie um uns zu zeigen, dass er uns mehr nicht anbieten konnte. In dem Moment tauchte Cynthia mit einem Klappstuhl auf und positionierte sich, vermutlich auf Aarons Anweisung, mit Blick auf Wyatts Zimmer am Ende des Korridors, wie auf einem Kontrollposten.

Der allgemeine Adrenalinpegel sank und wich der Müdigkeit, während sich draußen bereits der Sonnenaufgang ankündigte. Einander nach diesem Ereignis eine gute Nacht zu wünschen, fühlte sich eigenartig an: zu förmlich einerseits und doch, angesichts der Situation, nicht förmlich genug. Wer *Schlaf gut* sagte, meinte damit eigentlich *Pass auf dich auf*, und wer ein *Bis morgen* zu hören bekam, glaubte zwangsläufig, darin eine Frage zu lesen, und fühlte sich bedroht. Doch niemand schien auf derartige Floskeln verzichten zu wollen, als wir uns alle in Richtung unserer Kabinen begaben. Als ich an meiner Tür anlangte, war nur noch Lisa Fulton bei mir. An ihrem Zimmer waren wir gerade vorbeigelaufen, was bedeutete, dass sie mir absichtlich folgte.

»Was denken Sie?«, fragte sie. »Liebe oder Geld?«

»Es kann nicht nur ums Geld gehen … Niemand, der ein finanzielles Motiv hatte, McTavish zu töten, hatte auch ein Motiv, Wyatt umzubringen.« Konkret dachte ich dabei an Jasper. Meine nächtliche Grübelei, ob er vielleicht Konkurrenz aus dem Weg räumen wollte, schien mir jetzt abwegig. McTavish für einen Buchvertrag umzubringen war zwar einleuchtend genug gewesen, um ihn gestern Nacht auf die Liste der Verdächtigen zu setzen, aber gleichzeitig machte ihn das zu der Person, die am wenigsten wollte, dass Wyatt etwas zustieß. »Woher wussten Sie, dass das passieren würde?«

Lisa hob die Augenbrauen. »Das habe ich nicht gesagt.«

»Sie sagten, heute würde etwas geschehen, weshalb ich glauben würde, Sie seien die Mörderin. Vielleicht hatten Sie nicht erwartet, dass Jasper die Leiche so früh entdeckt. Also, ist es das, was Sie meinten?«

Sie sah sich in beide Richtungen um. Der abgedunkelte Flur war leer, das Mondlicht erhellte nur ihre rechte Gesichtshälfte. Sie kam noch näher und senkte ihre Stimme. »Das fragen Sie mich hier und jetzt, wo wir ganz allein sind?«

»Sie könnten sich etwas mehr ins Zeug legen, wenn sie bedrohlich rüberkommen wollen«, sagte ich. »Davon mal abgesehen sind Sie mir hierher gefolgt. Aber ich habe nachgedacht. Darüber, wie ich diese Geschichte hier zu Papier bringe, und ich habe das Gefühl, Sie wollen mir Anlass geben, Teil davon zu sein. Und zwar nicht nur als Nebencharakter, sondern es soll auch Ihre Geschichte sein. Deswegen geben Sie sich solche Mühe, meine Aufmerksamkeit zu erregen. Ich glaube nicht, dass Sie eine Mörderin sind, aber Sie wollen mich zu Ihrem Sprachrohr machen.«

Ihre Wange zuckte.

»Tote diffamiert man nicht … aber genau darum geht es, oder?« Sie schwieg noch immer, also bohrte ich weiter. »Ich wusste gar nicht, dass Wyatt früher Ihr Verleger war.«

»Es war mein Debüt, das Buch über den Autodieb. Das ist kein Geheimnis. Aber für das zweite habe ich mir einen neuen Verlag gesucht, was«, sie hob schnell einen Finger in die Höhe, »eine rein wirtschaftliche Entscheidung war – bevor Sie auf dumme Gedanken kommen.«

»Keine Sorge.«

»Sorgen macht mir nur, dass Aaron uns tatsächlich in dieser Todesfalle sitzen lässt.« Sie kam noch näher. »Sie wollten doch meine juristische Expertise. Ich habe lange genug mit Strafverfolgungsbehörden zusammengearbeitet, um zu wissen, wie so was läuft. *Natürlich* könnten sie uns mit dem Bus nach Cooper Pedy bringen. Ist zwar klein, aber es gibt dort ein Hotel, sogar einen kleinen Flugplatz. Aber je mehr Glieder in die Kette eingefügt werden – eine Busfahrt, zum Beispiel –, desto instabiler wird sie. Für den Moment ist alles unter Kontrolle: Niemand kommt rein, niemand kommt raus.«

Langsam dämmerte es mir. »Das würden sie nicht tun.«

»Und ob. Sie wollen nicht riskieren, dass der Mörder entwischt, also sperren sie uns gemeinsam mit ihm ein. Den ganzen Weg bis nach Adelaide.«

KAPITEL 27

In Coober Pedy gibt es ein Mantra: *Lauf niemals rückwärts.*

Für zwei Dinge ist die Stadt bekannt: erstens die gnadenlose Hitze, welche einen Großteil der etwa eintausend dort ansässigen Menschen dazu gebracht hat, unter der Erde zu leben. Sie haben ihre Häuser direkt in die Berghänge gebaut, den Fels in ihre Wohnzimmerwände verwandelt, die nun aussehen wie Atomschutzbunker der 1950er-Jahre. Statt durch Haustüren schlüpfen sie einfach durch Höhleneingänge hinein oder durch eine Luke auf einem kleinen Plateau. Zweitens ist Coober Pedy berühmt für seine Opalminen (den mutmaßlichen Vitamin-D-Mangel der Höhlenmenschen lassen wir einmal außen vor). Und das Bemerkenswerte daran ist, dass der Ort nicht etwa von milliardenschweren Bergbaukonzernen überrannt wurde, sondern die Ernte der verborgenen Reichtümer von kleineren Betrieben und hoffnungsvollen Schürfern eingebracht wird. Entsprechend munkelt man, in der Stadt tummelten sich unerkannt zahlreiche Millionäre, die sich für einen nach außen hin kärglichen Lebensstil entschieden haben, um den wahren Wert ihres Grundstücks vor fremder Gier zu verbergen.

Die Suche nach Opal ist eine simple Angelegenheit: Loch graben, Loch untersuchen, Loch zurücklassen. Die Stadtverwaltung gibt vor, dass Minenschächte geöffnet bleiben und die ausgegrabene Erde neben dem Loch aufgehäuft werden muss. Somit werden einerseits bereits erforschte Gebiete markiert und andererseits Unfälle vermieden, in denen Menschen in unsachgemäß aufgefüllte Grabungsstätten hineinfallen. In der Konsequenz säumen Grabungsschächte und Erdhaufen die Wüste, so weit das Auge reicht. Sogar bis zum Bahnsteig von Manguri, an dem unser Zug nun hielt und von wo die Stadt nicht einmal in Sichtweite war, erstreckte sich diese schier endlose Kraterlandschaft. Die einzelnen Löcher lagen teilweise kaum einen Meter voneinander entfernt, und während einige nur ein paar Fußlängen tief waren, konnte ein Sturz in so manches Loch tödlich enden. Die goldene Regel war also, darauf zu achten, wo man hintrat – und vor allem, niemals rückwärtszulaufen.

Das Risiko, dass ich in eine dieser Minen stürzen würde, war jedoch sehr gering, schließlich waren wir für die restliche Reise alle in unsere Kabinen verbannt worden. Ich beneidete Aarons und Cynthias Kollegen nicht, die es im anderen Teil des Zugs, der nicht zum Festival gehörte, mit Gästen zu tun hatten, die nichts von dem möglichen Mord an McTavish und dem definitiven Mord an Wyatt mitbekommen hatten und entsprechend verärgert sein mussten, dass man ihnen ein absolutes Highlight dieser einmaligen Reise vorenthielt.

In Gedanken ging ich alle Theorien, Verdächtigen und Motive durch. Ich starrte auf die Tausenden von Termitenhügeln vor meinem Fenster, als könnten sie mir eine Wahrheit offenbaren. Ein Verbrechen aufzuklären hat einiges mit der Arbeit in diesen Opalminen gemein: Man gräbt ein Loch und schaut nach, was sich darin verbirgt. Um ehrlich zu sein, ging ich zu diesem Zeitpunkt davon aus, dass ich genug gegraben und geborgen hatte, um vier Verdächtige auszuschließen, und dass ich kurz davor war, auch alle anderen zu durchschauen. Ich musste nur noch ein einziges Loch buddeln.

Eingehüllt in eine Staubwolke, bahnte sich ein Geländewagen seinen Weg durch die Opalminen und kam neben dem Zug zum Stehen. Es war ein Toyota Land Cruiser, der nicht nach einem Polizeiauto aussah, und der Mann, der ausstieg, war auch nicht in Uniform. Und doch deutete alles darauf hin, dass es sich um einen lokalen Polizisten handelte. Er trug die ausgeleierte beige Kleidung eines Farmers und einen breitkrempigen Hut, auf dem das Leben hier draußen seine Spuren hinterlassen hatte. Dasselbe galt für seinen buschigen Schnurbart, der ein hervorragender Moskitoschutz sein musste. Über seiner Schulter hing ein kleiner Rucksack. Alles in allem war er das genaue Gegenteil eines mit einem Outback-Starter-Kit ausgestatteten Pauschaltouristen, er war der Anti-Douglas. Er lehnte sich noch mal durch das Fenster der Fahrertür in den Wagen und sprach in einen auf dem Armaturenbrett installierten Fernsprecher, dann kam er zu unserem Zug gelaufen, wo er an die Außenwand des Bar-Wagens klopfte.

Auf dem Flur war es so still – die anderen Gäste hielten sich offenbar strikter an die Anweisungen als ich –, dass ich beinahe ein schlechtes Gewissen bekam, als ich aus meinem Zimmer trat. Nach dem Fahrtlärm der letzten Tage wirkte die Stille beinahe surreal. Ein Mord ist in der Literatur immer so eine aufregende Sache, im wahren Leben ist es vielmehr ein emotionales Auf und Ab. Zwischendurch wünscht man sich nichts als einen Moment der Ruhe. Und auch auf den Ghan schien sich diese Stimmung nun gelegt zu haben, ein jeder hatte sich zurückgezogen und versuchte, sich zu sammeln.

Cynthia war auf ihrem Stuhl im Flur vor Wyatts Zimmer eingeschlafen. Auf Zehenspitzen schlich ich an ihr vorbei.

In der Bar unterhielt sich Aaron mit dem Polizisten. Als er mich sah, fuhr er seinen Arm aus, den Zeigefinger auf mich gerichtet, als wollte er mich durchbohren. »Nein«, sagte er. »Nein, nein! Nicht Sie schon wieder! Wir haben jetzt einen Profi an Board, bitte gehen Sie zurück in Ihre Kabine.«

»Ich wüsste nur gerne, was hier vor sich geht«, sagte ich.

»Ist das der Amateurdetektiv?« Der Schnurrbart des Polizisten deutete ein Grinsen an. »Der, der Ihnen geholfen hat?«

»Von wegen, geholfen!«, sagte Aaron bestimmt. »Alle verrückt gemacht haben die!«

»Ernest Cunningham.« Ich ging auf die beiden zu und hielt dem Polizisten meine Hand entgegen.

Er nahm sie. »Detective Hatch.«

»Ich bitte Sie, Detective«, sagte Aaron flehend, »dieses Theater muss ein Ende haben. Wir sollten ihn nicht weiter ermutigen.«

»Irgendwann hätte ich ohnehin mit Mr Cunningham sprechen müssen, warum also nicht jetzt gleich. Ich bin sicher, er kann etwas Wertvolles zu dieser Sache beitragen.«

Wie von selbst hob sich mein Brustkorb ein wenig. *Ich kann etwas Wertvolles beitragen.* Und ob ich das kann! Der Polizist legte mir eine Hand auf die Schulter und führte mich zu einem Tisch. Durch den Stoff hindurch konnte ich seine klobigen, rauen Hände spüren. Er wirkte ruhig und geduldig. Ich schloss daraus, dass er uns den ganzen Weg bis nach Adelaide begleiten und dann mit dem nächsten Zug nach Manguri zurückfahren würde, um sein Auto zu holen. Wir setzten uns.

»Dann mal los, Partner: Erzählen Sie mal, was Sie wissen«, sagte Hatch, und ja, ich fühlte mich ein wenig geschmeichelt – *Partner*.

»Also, gestern Morgen ist Henry McTavish auf einer Veranstaltung zusammengebrochen. Wir vermuten eine Vergiftung. Möglicherweise Heroin, aber wir sind offen für weitere Theorien.«

»Wir?«

»Alan Royce und ich.«

»Ach so, der Kerl, der mal Rechtsmediziner war?«, fragte Hatch, die Hände ineinander verschränkt auf dem Tisch liegend. Er schien der Typ Polizist zu sein, der auch ohne Notizen den Überblick behielt, wie McTavishs Morbund. Dann nickte er langsam. »Nun ja, Sie liegen wohl richtig. Die Bluttests deuten auf Heroin hin.«

Hört, hört, dachte ich, *Praktikant hin oder her, der Punkt geht an Royce.*

»Was noch?«, fragte der Polizist.

»Die meisten Gäste in diesem Zug hatten ein Motiv, McTavish zu beseitigen«, sagte ich. »Von persönlicher Abneigung bis zu blankem Hass ist alles dabei. Fangen wir mit SF Majors an. Sie denkt, McTavish hätte –«

»Ok, ok.« Hatch löste seine Hände und winkte ab. »Lassen Sie uns über die Fakten sprechen, bevor wir uns in die Analyse stürzen. Wie sieht es mit dem zweiten Mord aus?«

»Das war heute Morgen, sehr früh. Nachdem wir Alice Springs verlassen hatten, fanden wir Wyatt Lloyd erstochen in seiner Kabine. Er war McTavishs Verleger, und da wird es interessant: Wyatt selbst hatte wohl das größte Interesse an McTavishs Tod, schließlich hätte er mit der posthumen Veröffentlichung von dessen nächstem Buch eine Menge Geld verdienen können.« Ich klärte ihn kurz auf, inwiefern McTavishs letzte Worte – und damit meinte ich seinen Namen, den er handschriftlich auf die Titelseite gesetzt hatte – den Wert des Manuskripts steigerten. »Aber dann stellt sich die Frage: Wer hatte ein Motiv, Wyatt umzubringen? Wenn wir noch mal einen Blick auf unsere anderen Verdächtigen werfen, zum Beispiel Lisa Fult–«

»Sehr gut! Wirklich, gute Arbeit.«

»Sie haben meine Theorie noch gar nicht gehört.«

»Wir kommen noch drauf zurück.« Er fasste in seine Brusttasche und zog nun doch ein Notizbüchlein hervor. Er klickte mit dem Kugelschreiber, bevor er ihn durch seine Finger drehte wie einen Pokerchip. »Also, zu Wyatt Lloyd … Sie haben die Leiche entdeckt, als der Zug schon wieder in Bewegung war. Beziehungsweise dieser Jasper Murdoch hat ihn gefunden, der im Zimmer neben Lloyd untergebracht ist. Er berichtete, er sei aufgewacht, als alle vor seiner Tür vorbeigewatschelt sind. Und er habe Blut gerochen. Hat irgendjemand gesehen, wie Lloyd die alte Telegrafenstation verlassen hat?«

»Ich nicht«, sagte ich. »Für die anderen kann ich nicht sprechen, aber ich könnte das beim nächsten Mal abfragen.«

»Eins nach dem anderen, bevor wir Ihnen noch mehr aufbürden.« *Klick, klack.* Der Kugelschreiber wirbelte weiter. »Seit dem Abendessen hatte ihn also niemand mehr gesehen. Wäre es denkbar, dass er starb, bevor der Zug Alice Springs verließ?«

»Eher nicht, das Blut war frisch … also relativ.«

»Relativ frisch?« Er sprach die Worte aus, als hätte er sie gerade neu gelernt. »Ist das Royces medizinische Einschätzung?«

Ich räusperte mich. »Nicht direkt. Ich hatte meine Zweifel an Royces fachlicher Eignung und entschied, in diesem Fall zunächst auf seine Unterstützung zu verzichten.«

»Klingt vernünftig. Manchmal ist es besser, sich auf die eigene umfangreiche Expertise zu verlassen.« Das Wort *umfangreich* zog er deutlich in die Länge.

Meine Brust schwoll zunehmend ab. Mir fiel auf, dass seine

Wortwahl – gute Arbeit, Partner – dieselbe war, mit der man ein Kind ablenkt, um für einen Moment seine Ruhe zu haben. *Und jetzt habe ich eine gaaanz besondere Aufgabe für dich, Partner!*

»Der genaue Zeitpunkt von Wyatt Lloyds Tod«, der Stift vollzog eine besonders elegante Drehung, »der wurde wie genau festgestellt?«

»Das war ziemlich offensichtlich.«

»Ach ja, das *relativ* frische Blut. Verstehe.«

»Machen Sie sich lustig?«

»Nein, Mr Cunningham, ich nehme die Sache sehr ernst.« Er notierte etwas in sein Notizbuch. »Es ist also doch denkbar, dass Wyatt Lloyd ermordet wurde, bevor der Ghan aus Alice Springs abfuhr.«

»Vermutlich, ja. Ich meine, das Blut *war* frisch.«

»Relativ.«

»Ja.« Ich lenkte ein. »Er hätte auch schon eine Zeit lang tot gewesen sein können, was weiß ich.«

»Aha.«

»Hören Sie …« Ich lehnte mich vor. »Ich kann Ihnen einiges zu den einzelnen Verdächtigen sagen. Ich habe mehrere Verhöre durchgeführt.«

»Verhöre? Nicht schlecht.«

»Meiner Meinung nach –«

»Mr Cunningham«, er lächelte. »Ich denke, wir halten uns weiterhin erst mal an die Fakten.«

»Meine Perspektive interessiert Sie nicht im Geringsten, habe ich recht? Sie wollen mir nur ein bisschen Honig um den Mund schmieren.«

Er ließ seine Zähne zwischen seinen Barthaaren aufblitzen, wie ein weißer Tiger, der im Schilf auf seine Beute lauert.

»Ich kann auf Ihre diffusen Theorien in der Tat verzichten, überhaupt auf Ihre Theatralik. Ich möchte nur, dass Sie mir helfen, die Zeitachse zu vervollständigen.«

Ich blickte Aaron an. »Ich werde nicht hier rumsitzen und

mich wie ein Kind behandeln lassen, während ein Mörder unbehelligt im Zug herumspaziert. Lassen Sie mich helfen.«

»Sie brauchen sich keine Sorgen zu machen, es ist überhaupt kein Mörder mehr an Bord«, sagte Aaron. »Die Verhaftung fand bereits in Alice Springs statt.«

»Das reicht, danke«, sagte Hatch bestimmt, doch Aaron hatte bereits zu viel ausgeplaudert. Als Hatch mich nun ansah, wurde mir etwas klar: Wenngleich ihm meine Ermittlungsergebnisse egal waren, versuchte er dennoch, eine bestimmte Information aus mir herauszubekommen.

»Sie haben jemanden verhaftet? Wen?« In Gedanken ging ich die Passagierliste durch. Ich hätte schwören können, dass ich alle hatte einsteigen sehen, mit Ausnahme von Wyatt. War er vielleicht wirklich schon vor der Abfahrt aus Alice Springs ermordet worden? Mir war klar, dass Hatch sich nicht auf meine medizinische Einschätzung verlassen würde, selbst wenn sein Leben daran hinge, aber er würde doch zugeben müssen, dass er mir zutraute, frisches und getrocknetes Blut zu unterscheiden. »Ich wüsste nicht, wen Sie in Alice Springs verhaftet haben sollten.« Ich blickte wieder zu Aaron. »Also glaube ich sehr wohl, dass wir uns um unsere Sicherheit sorgen sollten.«

»Sie ist in Gewahrsam«, versicherte mir Hatch. »Ihnen kann nichts mehr passieren.«

»Sie?«

Hatch schloss kurz die Augen, als er seine Unachtsamkeit bemerkte. Und mir wurde schlagartig klar, warum er mit mir hatte reden wollen. Warum er nicht wollte, dass Aaron noch mehr verriet. Und warum ich auf meine Nachrichten und Anrufe keine Reaktion bekommen hatte, als mein Handy noch Empfang hatte.

Alle Farbe wich aus meinem Gesicht. »Sie verarschen mich?«

»Juliette Henderson hat das Abendessen vor Ihnen verlassen. Sind Sie ihr vor der Abfahrt nochmals begegnet?«

»Das ist doch lächerlich.« Ich machte Anstalten aufzustehen.

Hatch legte seine Pranke wieder auf meine Schulter und drückte mich mit unerwarteter Kraft zurück auf den Stuhl. Unter seinen weiten Klamotten musste sich ein durchtrainierter Körper verbergen. »Beantworten Sie bitte die Frage«, sagte er und erhöhte den Druck leicht. »Und nein, es ist nicht lächerlich. Ms Henderson trug einen blauen Schal, der später in der Hand eines Toten wieder auftauchte. Sofern Sie dafür keine andere Erklärung haben, möchte ich von Ihnen wissen, ob Sie sie zwischen dem Abendessen und der Abfahrt gesehen haben.«

»Sie irren sich. Der Schal gehört Simone, Juliette hatte ihn sich nur ausgeliehen.«

»Ja? Und hat sie ihn dieser Simone zurückgegeben?«

»Na ja, nein … sie hat ihn nach dem Frühstück im Restaurant vergessen.« Jetzt erinnerte ich mich. »Wyatt hat ihn mitgenommen! Er wusste, dass es Simones Schal war, und sagte mir, er wolle ihn ihr übergeben.«

Hatch sah mir direkt in die Augen. »Das heißt also, dass die einzige Person, die Ihre Aussage, dass Juliette nicht mehr in Besitz des Schals war, bestätigen könnte, nun tot ist?«

»Das ist die Wahrheit«, flehte ich beinahe. »Und nein, ich habe sie nach dem Abendessen nicht mehr gesehen.«

»Aber sie ist vor Ihnen gegangen, richtig? Hat sich ein Taxi genommen. Ich habe mit dem Fahrer bereits gesprochen, er hat sie am Bahnhof von Alice rausgelassen.«

Ich war fassungslos. »Na ja, ist immerhin das Stadtzentrum, oder? Ihre Sachen waren noch in unserer Kabine. Sie war nicht noch mal an Bord.«

»Vielleicht wollte Ms Henderson, dass Sie genau das glauben. Manche Leute warten ein Leben lang auf diese Reise, warum sollte sie sie einfach abbrechen? Es sei denn, sie musste vor etwas davonlaufen.«

Mir gefiel sein Ton nicht. Hatch musste den wahren Grund für Juliettes Abreise gekannt haben. Sie hätte es bei einer Befragung mit Sicherheit sachlich erklärt.

Ich hatte genug. »Kann ich jetzt gehen?«

Hatch lockerte seinen Griff und tätschelte mir stattdessen sanft die Schulter, wie ein Arzt, der einem Kind gerade eine Spritze verpasst hatte. *Na schau, war alles halb so wild.* »Natürlich. Vielen Dank für Ihre *Expertise*.«

Als ich aufstand, konnte ich mir einen letzten Kommentar nicht verkneifen: »Meine Verlobte ist keine Mörderin.«

»Verlobt, soso …«, knurrte Hatch. »Das ist ja auch *relativ*, oder?«

Keine Sekunde zog ich in Erwägung, dass er recht haben könnte. In meiner Kabine sitzend, stellte ich mir vor, wie Juliette in der Arrestzelle auf einer kalten Aluminiumbank ausharrte. Das ganze Detektiv-Theater war nun keines mehr. Ich wollte diesen Fall nicht mehr lösen, ich *musste* ihn lösen. Und zwar schnell.

Diese Offenbarung fiel zeitlich mit zwei entscheidenden Sinneswahrnehmungen zusammen. Akustischer Natur war das Ertönen von Aarons Stimme durch die Lautsprecheranlage, die verkündete, dass das Gleis wieder frei und mit der Abfahrt nach Adelaide in fünf Minuten zu rechnen war. Im selben Moment erfassten meine Augen das eingeschlagene Fenster der Fahrertür von Detective Hatchs Land Cruiser sowie den Umriss einer Person auf dem Sitz hinter dem Lenkrad.

Ich stürmte aus meinem Zimmer. Hatch ersparte mir den Gang in die Bar: Vor sich hin murmelnd lehnte er im Türrahmen von Wyatts Kabine und sah sich um. Cynthia war inzwischen wieder wach und erhob sich, als ich mich näherte. Hatch drehte sich um und stellte sich mir in den Weg.

»Und ich dachte, wir wären uns einig, dass Sie in Ihrer Kabine besser aufgehoben sind«, sagte er. Ich konnte an ihm vorbei einen Blick in Wyatts Zimmer werfen und sah genug, um meine Vermutung bestätigt zu kommen. »Kommen Sie, Mann«, fügte er hinzu. »Das liegt nun in den Händen der Justiz.«

Ich war versucht, ihn anzufahren und ihm zu sagen, dass jemand seinen blöden Toyota klaute. Stattdessen hob ich in einer entschuldigenden Geste beide Hände und machte zwei Schritte rückwärts. Dann drehte ich mich um und ging, trotz aller Bemühung um Gelassenheit, mit steifen, schnellen Schritten davon. Am Übergang zum Wagen, in dem mein Zimmer lag, warf ich noch mal einen Blick zurück, um sicherzugehen, dass Hatch mir nicht folgte. Kaum durch die Tür, gab ich Gas und rannte durch die Gänge, bis ich auf das Raucherdeck gelangte.

Die Wüstenhitze schlug mir ins Gesicht, und das gleißende Lichte schmerzte in meinen Augen. Dann erwachte das eiserne Monstrum unter mir zum Leben, und knarzend und quietschend setzten wir uns in Bewegung in Richtung Adelaide. Zum ersten Mal sah ich bei Tag, wie sich die Gleise unter mir in ein Fließband verwandelten. Der Zug legte an Geschwindigkeit zu, der Wüstenboden begann zu verschwimmen. Ich durfte nicht länger zögern.

Ich hatte die Schnauze voll davon, Löcher zu buddeln. Es zwar Zeit, Opal zu ernten.

Ich griff nach dem eisernen Geländer, schwang mich darüber und landete mit einem Knirschen auf den Steinen zwischen den Schienen.

KAPITEL 28

Ich hatte keinen Gedanken an die Konsequenzen dieses Sprungs verschwendet. Der Zug verschwand in Richtung Horizont und ließ mich im trostlosen Wüstensand zurück, ohne Schatten oder etwas zu trinken, vierzig Kilometer von der nächsten Stadt entfernt. Auch die Tatsache, dass ich allein und zu Fuß Jagd auf einen mutmaßlichen Mörder in einem Geländewagen machen wollte, hatte ich nicht weiter hinterfragt. Der Sprung war einzig und allein das Produkt von Intuition und Adrenalin.

Ich hatte bereits vermutet, dass es früher oder später jemand auf den Land Cruiser von Detective Hatch abgesehen hätte, ich wusste nur nicht, wann. Als ich den Schatten hinter dem Lenkrad gesehen und mich an die schlafende Cynthia erinnert hatte, wusste ich jedoch, dass es so weit war. Der Blick über die Schulter des Polizisten in Wyatts Kabine reichte als Bestätigung aus: Der Tisch am Fenster war leer – *Life, Death and Whisky* war verschwunden.

Bereits durch die kurze Anfahrt des Zugs hatten wir den Wagen ein Stück hinter uns gelassen, das ich nun entlang der Gleise zurückrannte. Als das Rattern des Ghan in der Ferne entschwand, konnte ich immer deutlicher das stotternde Geräusch eines Motors aufheulen hören, den jemand mit schwitzigen Händen verzweifelt kurzzuschließen versuchte. Noch etwa fünfzig Meter lagen zwischen mir und dem Fahrzeug, als die Person schließlich von ihrem Vorhaben abließ, aus dem Wagen stieg und, nach einem kurzen Blick in meine Richtung, in Richtung der Opalminen rannte.

»Lisa!«, schrie ich ihr hinterher. »Warten Sie!«

Ich trat aus dem Gleisbett und rannte ebenfalls ins freie Feld, vorbei an einem großen Schild mit einem aufgedruckten Totenkopf und dem Hinweis *Warnung: Offene Minenschächte – Kein Zugang für Fußgänger*. Lisa war mir ein gutes Stück voraus, aber ich holte Schritt für Schritt auf. Ich versuchte, gleichzeitig Lisa im Auge zu behalten und darauf zu achten, wohin ich meine Füße setzte. Überall um mich herum klafften Löcher im Boden, markiert von den Hügeln ausgehobener Erde nebendran. Lisa bewegte sich etwas vorsichtiger voran und büßte dadurch ihren Vorsprung weiter ein.

»Ich weiß Bescheid!«, rief ich. »Bitte, lassen Sie uns darüber reden.«

Lisa rannte weiter, und ich folgte ihr im Zickzack, den Löchern und Hügeln ausweichend. Ich kam ihr immer näher, heftete meinen Blick auf ihren Rücken. Noch etwa dreißig Sekunden, dann hätte ich sie.

Ich rutschte mit dem linken Bein weg. Ich blickte nach unten und sah, wie Sand in ein tiefes schwarzes Loch rieselte. Ich ruderte mit den Armen und konnte gerade noch so das Gleichgewicht halten. Ich hielt einen Moment inne, starrte in das Loch und atmete erleichtert auf.

Als ich aufsah, war Lisa verschwunden. Ich drehte mich im Kreis und sah mich um: Am Horizont zeichneten sich Kräne und Bohrer wie Strichmännchen vor dem blauen Himmel ab, und um mich herum ragten Erdhügel wie Statuten empor – doch von Lisa keine Spur. Ich lauschte nach ihren Schritten – nichts.

Sie konnte sich unmöglich weit entfernt haben, mein Beinahe-Sturz hatte mich höchstens ein paar Sekunden gekostet. War *sie* gestürzt? Ich hätte sie vermutlich schreien hören. Blieb nur noch die Option, dass sie sich hinter einem der Hügel versteckte. Vielleicht würde sie sich sogar im Schutz der Hügel zurück zum Auto schleichen. Oder von hinten an mich heran … Ich konnte fast spüren, wie sich eine Hand nach mir ausstreckte, und drehte mich blitzschnell um. Ich war allein – mit Hunderten schweigenden Erdhügeln.

Darauf bedacht, mich lieber geräuschlos als schnell zu bewegen, setzte ich einen Fuß vor den anderen und spähte im Vorbeigehen hinter jedes mögliche Versteck. »Kommen Sie raus«, sagte ich. »Der Ghan ist längst weg, es sind nur noch wir beide hier draußen.«

Mich langsam um die eigene Achse drehend, um alles um mich herum bestmöglich im Auge zu behalten, bewegte ich mich weiter vorwärts. Plötzlich entdeckte ich einen Ellbogen. Er tauchte nur kurz hinter dem dritten Erdhügel zu meiner Linken auf. Lisa musste es tatsächlich darauf abgesehen haben, zurück zum Wagen zu gelangen, und versuchte, Hügel für Hügel an mir vorbeizuschleichen. Ich machte einen Schritt zur Seite, um bessere Sicht auf ihr Versteck zu bekommen.

Das lokale Sprichwort sollten sie wirklich ergänzen: Lauf

niemals rückwärts *oder seitwärts*! Aber es war nicht der richtige Zeitpunkt, Erbsen zu zählen. Dieses Mal hatte ich weniger Glück, und mein Schritt ging komplett ins Leere. Ich kippte sofort zur Seite, und mein Bein verschwand in einem Schaft. Im Fallen drehte ich meinen Körper, um mich abzustützen, aber ich prallte mit dem Brustkorb auf den Rand des Lochs, sodass mir die Luft wegblieb. Mein anderes Bein rutschte gezwungenermaßen hinterher. Meine Hände suchten nach Halt, doch da war nichts als Sand, Dreck und Steinsplitter, die mir die Fingerkuppen meiner bloßen Hand zerfetzten. Ich wollte schreien, aber ich hatte nicht genug Luft. Meine Beine zappelten im Nichts, während ich versuchte, mich mit meinen Unterarmen am Rand zu halten, doch, der Schwerkraft sei Dank, rutschte ich langsam, aber sicher ab. Ich hatte keine Ahnung, wie tief das Loch war, aber selbst wenn mir der Sturz nicht das Leben kostete, würde mich hier draußen mit Sicherheit niemand finden. Statt also mit gebrochenen Beinen eine Woche im Dunkeln auf den Tod zu warten, hoffte ich auf eine schnelle Erlösung beim Aufprall.

Ich vernahm Schritte, jemand rannte. Das Geräusch ging in meinem verzweifelten Scharren beinahe unter, entsprechend war es unmöglich, es zu verorten. Je mehr ich mich bemühte, desto mehr Sand und Gestein lösten sich und machten meine Lage immer aussichtsloser. Ich fühlte das Blut an meinen Fingerspitzen, klebrig und warm. *Und wieder ein paar Fingerabdrücke weniger.*

Als ich erneut ein paar Zentimeter dem Abgrund entgegenrutschte, schwand meine Hoffnung endgültig. Roter Staub bedeckte meine Haare und Augen und sammelte sich in meinem Mund. … *und zum Staub kehrst du zurück*, hmm? Tränen liefen mir übers Gesicht. Ich fragte mich, ob ich aus meinem künftigen Grab heraus wenigstens noch den Himmel sehen oder ob ich wirklich in der Dunkelheit verenden würde. Ich dachte an Juliette, wie sie allein in ihrer Zelle saß. Ob sie wohl ein Fenster hatte, aus dem sie einen Ausschnitt desselben Blaus sehen konnte, das ich hoffentlich aus meinem Loch würde sehen können? Bei diesem Gedanken fühlte ich mich nicht mehr ganz so allein.

Dann ging mir die Kraft aus.

KAPITEL 29

Finger klammerten sich um mein Handgelenk.

Ein stechender Schmerz fuhr in meine Schulter. Ich sah hoch und erkannte die Umrisse von Lisa, die sich mit beiden Beinen gegen den gegenüberliegenden Rand des Minenschachts stemmte. Für einen Augenblick baumelte ich in meinem Loch, mein Leben buchstäblich in Lisas Hand. In dieser Position konnte sie mich als Gegengewicht zwar vor dem Fall bewahren, mich aber aus eigener Kraft herausziehen war ihr unmöglich. Irgendwie gelang es mir, mich mit den Knien an der Wand abzustützen, und mit einem letzten Ruck setzten wir uns über die Schwerkraft hinweg und katapultierten mich über den Rand auf den Wüstenboden. Mit dem Gesicht im Staub liegend, erfreute ich mich meiner Lebendigkeit. Lisa saß neben mir und lehnte sich erschöpft auf ihre angewinkelten Knie.

»Danke«, brachte ich schließlich hervor.

»Ich habe ihn nicht umgebracht«, sagte Lisa ruhig. »Keinen von beiden. Ich bin keine Mörderin, deshalb lasse ich Sie auch nicht in einem dieser Löcher eingehen.« Sie wischte sich mit dem Handrücken übers Gesicht. Ihre Haare waren vom Rennen ganz zerzaust. »Aber ich nehme nicht an, dass Sie mir glauben.«

Ich rollte mich auf den Rücken, noch immer außer Atem. Spitze Steine bohrten sich in meinen Rücken. Das ist etwas, was nach derart aufreibenden Szenen in Romanen oft verschwiegen wird: Ab und an brauchen alle Beteiligten einfach mal eine Pause.

»Und ob ich Ihnen glaube«, sagte ich und stemmte mich auf

meine Ellbogen. »Ich weiß, was er Ihnen angetan hat. Damals in Edinburgh, 2003. Die sogenannte Affäre war überhaupt keine – er hat Sie vergewaltigt.«

Sie schüttelte den Kopf, und für einen Augenblick dachte ich, sie würde es abstreiten, doch dann sagte sie leise: »Er hat einfach nicht aufgehört.« Sie sah mich direkt an. »Ich habe versucht, mich zu wehren. Später hat McTavish allen erzählt, ich hätte ihn verführt. Die junge, talentierte Debütantin und der reife Starautor … Wer hätte mir denn geglaubt? Alle dachten, ich hätte ihn angehimmelt. Aber so war es nicht.«

»Ich weiß.«

»Ich habe das nie jemandem erzählt. Majors war damals mit uns in der Bar, und tief in mir drin weiß ich, dass sie geahnt haben muss, dass etwas nicht stimmte. Ich hab sie angefleht, mir zur Seite zu stehen. Aber sie schwieg aus dem gleichen Grund, aus dem ich mich schließlich selbst zum Schweigen gebracht habe. Sie können das nicht verstehen. Ich möchte für meine Kunst bekannt sein, für meine Worte, meine Stimme, und nicht für das unsichtbare Mal, das ein Typ auf mir hinterlassen hat.« Sie seufzte. »Klar, am Anfang dachte ich, alle sollten es wissen. Selbst wenn ich diesen Kampf allein führen müsste – es ging mir um Gerechtigkeit. Ich hatte ihm über die Wange gekratzt, als er nicht von mir ablassen wollte. Ich hatte also seine DNA unter meinen Fingernägeln. Aber ob Sie es glauben oder nicht: Wegen eines beschissenen Verwaltungsfehlers haben sie ein falsches Etikett auf die Probe geklebt. Als man sie wiedergefunden hat, war sie nicht mehr zulässig, weil es sich nicht ausschließen ließ, dass sie in der Zwischenzeit manipuliert wurde. Wyatt drohte mir, er würde meine Karriere ruinieren, sollte ich keine Verschwiegenheitsvereinbarung unterschreiben. Also tat ich genau das. Es ist auch Geld geflossen. Es wäre meine Aussage gegen seine gewesen, was hätte ich anderes tun sollen? Und … das Geld konnte ich auch gebrauchen.« Sie senkte den Blick. »Wie haben Sie es herausgefunden?«

»Es gab einige Hinweise. Ihr erstes Buch haben Sie mit Wyatt verlegt, aber nicht Ihr zweites – das legt einen Konflikt nahe, worüber auch immer. Rückblickend ist es nachvollziehbar, dass Sie nicht mehr mit dem Mann zusammenarbeiten wollten, der dafür gesorgt hatte, dass McTavishs Tat ohne Konsequenzen blieb. Doch davon konnte ich zunächst nichts wissen. Aber dann habe ich mit Simone gesprochen, meiner Agentin, die früher als Assistentin für McTavish gearbeitet hat. Offenbar hatte er, sagen wir, eine *besondere* Art, mit Frauen umzugehen.«

»So kann man es natürlich auch formulieren.«

»Der Typ war abstoßend – besser? Aber das muss jeder für sich entscheiden – genauso wie die Frage, ob man jemandes Vorwürfe unterstützt oder nicht. In Edinburgh haben Majors und Sie sich dagegen entschieden. Und das, obwohl Sie beide dort waren und mit Sicherheit jeweils *irgendetwas* beobachtet haben, womit Sie die Aussage der anderen hätten stützen können.«

Lisa hatte es selbst gesagt: *Sie hat sich ja auch nicht in den Zeugenstand bequemt.* Ohne eine Zeugin und zulässige Beweismittel war ein Strafverfahren aussichtslos. »Majors hätte bei der Polizei aussagen und damit die Ausgangslage für ein Verfahren zu Ihren Gunsten verändern können. Aber sie tat es nicht. Ein Jahr später muss sie mit ansehen, wie McTavish ihre Idee in einem eigenen Buch veröffentlicht. Der einzige Beweis dafür ist jene Nacht in Edinburgh – und Sie waren die einzige Zeugin. Als Majors sich an Sie wandte, hatten Sie bereits die Verschwiegenheitserklärung unterzeichnet. Und selbst wenn nicht, Sie waren zu enttäuscht, um nun ihr zur helfen. Komme ich der Sache näher?«

»Ich mache ihr keine Vorwürfe.« Lisa warf einen Stein in den Schacht und blickte ihm nach. Ich hörte keinen Aufprall und mir wurde flau im Magen. »Sie hatte ja keine Wahl, sie hätten ihr das Leben zur Hölle gemacht. Und ja, ich hätte gegen meine Vereinbarung verstoßen, hätte ich ausgesagt. Aber natürlich war ich verletzt, also war es am Ende wohl doch eine bewusste Entscheidung, ihr nicht beizustehen. Wie oft ich das schon erlebt habe.« Sie schüttelte den Kopf. »Die Gesellschaft kommt mit zwei starken, erfolgreichen Frauen nebeneinander einfach nicht klar. Wir müssen uns neiden, bekämpfen. Es ist ein System, das Menschen wie Wyatt am Laufen halten. Ich hatte nichts gegen sie … aber ich ließ Wyatt und Henry davonkommen. Auch wenn mir das zu dem Zeitpunkt nicht klar war.« Noch ein Stein verschwand in der Tiefe.

»Genau darüber habe ich nachgedacht«, sagte ich. »Wyatt ist nicht der Typ, der es einfach so hinnimmt, dass Sie zu einem anderen Verlag gewechselt sind. Und McTavish war ohnehin ein verbitterter Mensch, also haben die beiden etwas ausgeheckt. Bei Ihrem neuen Verlag waren sie sicher begeistert, als McTavish anbot, einen Blurb für Ihr Cover zu liefern, selbst unter der Bedingung, dass Sie vor Veröffentlichung nichts davon erfahren. Als Sie das Zitat dann vor Augen hatten, dachte ich zunächst, Sie seien einfach überwältigt. Das waren Sie auch, aber nicht vor Freude. Sie waren entsetzt. Es war dasselbe Wort, das Henry damals in einer Mail an Sie gebrauchte. Wie gesagt, Simone war seine Assistentin, und Royce, gut, der ist ein Lüstling, aber von beiden habe ich dieses Wort gehört: *Granate*. Wyatt und McTavish haben sich etwas gesucht, was Ihnen gehört, und sich darauf verewigt. So, dass die Erniedrigung nur für Sie sichtbar war.«

»Das alles klingt nach einem sehr guten Grund, die beiden umzubringen«, sagte Lisa. »Mir ist noch immer nicht klar, warum Sie mir dennoch glauben.«

»Ich nehme an, der Blurb hat das Fass zum Überlaufen gebracht. Sie sind zu McTavish ins Zimmer gestürmt und haben ihm gesagt, dass Sie es, Verschwiegenheitserklärung hin oder her, satthaben, ihn zu decken. Er hat Ihnen einen Scheck ausgestellt, 25 000 Dollar, und versucht, Ihr Schweigen ein weiteres Mal zu erkaufen. Aber Sie haben den Scheck vor seinen Augen angezündet, genug ist genug. War das der Punkt, an dem er Sie am Arm gepackt hat?«

Lisa nickte. »Mhmm.«

Ich seufzte. »Ich bin enttäuscht. Ich dachte, wir zwei hätten das Lügen hinter uns gelassen?«

Lisa schluckte schwer. Sie hatte zwar aufgehört, Steine in das Loch zu schleudern, blickte nun aber in den Abgrund, als würde sie abschätzen, ob sie sich mit einem Sprung dem Gespräch entziehen konnte.

Ich ließ nicht locker. »Henry hat Sie gar nicht angefasst. Seine ganze linke Seite war verkrüppelt, sein linker Arm immer auf seinen Stock gestützt. Wenn er nach Ihnen hätte greifen wollen, dann hätte er das mit der rechten Hand tun müssen. Wenn Sie also direkt vor ihm standen – anders hätten Sie ihm keine auf die Nase geben können –, hätte er nach Ihrem linken Arm gegriffen. Der blaue Fleck ist also auf der falschen Seite.«

Lisa saugte nervös an ihren Zähnen.

»Schon ok«, sagte ich. »Das ist keine Anschuldigung, ich versuche nur, alle Karten auf den Tisch zu bekommen. Ich glaube, Sie hatten von Anfang an vor, ihm wehzutun, deswegen sind Sie überhaupt erst zu ihm gegangen. Sie sind rein und haben ihm direkt einen Kopfstoß auf die Nase verpasst. Einerseits natürlich, weil Sie wussten, dass es sich gut anfühlen würde. Den blauen Fleck haben Sie sich selbst zugefügt, damit Sie, falls McTavish wegen seiner Nase Anzeige erstatten würde, auf Notwehr plädieren konnten. Aber das war nur eine zusätzliche Absicherung, denn Sie wussten bereits, dass er sich zurückhalten würde – angesichts der Brisanz Ihres Gesprächsthemas. Denn worauf Sie es eigentlich abgesehen hatten, war das Taschentuch. Oder besser gesagt, das Blut darauf. Aber an dem Punkt wird es interessant.«

Lisa lachte, ein nervöses Lachen. »Warum sollte ich ein blutiges Taschentuch von ihm wollen?«

»Sie haben ein Kind. Von *ihm*. Das ist auch der Grund, warum Sie beim ersten Mal das Schweigegeld angenommen haben – Sie waren schwanger. Jetzt, nach all den Jahren, wollten Sie beweisen, dass er der Vater ist. Dass es zwanzig Jahre gedauert hat, bis Sie ihr zweites Buch geschrieben haben, liegt in Teilen an Ihren Ressentiments gegenüber der Branche – es muss Ihnen schwergefallen sein, wieder jemandem Ihre Arbeit, Ihre Karriere anzuvertrauen –, aber vor allem daran, dass Sie allein ein Kind großgezogen haben. Sie haben also diese Auseinandersetzung inszeniert und sich geholt, was Sie wollten: McTavishs DNA. Als Henry starb, wurde Ihnen klar, dass Sie die Hauptverdächtige sein könnten. Zu Ihrer gemeinsamen Vergangenheit kam jetzt noch die nachweisbare physische Auseinandersetzung. Und plötzlich zeichnet sich ein noch viel stärkeres Motiv ab: Die Rechte an McTavishs Büchern, inklusive dem neuen, gehen an seine Erben. Das heißt an *Ihr* Kind. So soll es zumindest der DNA-Test beweisen. Also haben Sie sich das Manuskript geschnappt, um es in Sicherheit zu bringen, in der Hoffnung, der echte Mörder wäre längst gefasst, bevor jemandem auffiel, dass Sie verschwunden sind. Sie haben jedoch nicht bedacht, dass es etwas kniffliger ist, ein Auto selbst kurzuschließen, als nur darüber zu schreiben. Ach ja, und Sie mussten dafür Ihre Tochter zurücklassen.«

Lisa wurde so bleich, dass ich fürchtete, die Sonne würde sie augenblicklich verbrennen.

Ich stand auf und klopfte mir den Staub von den Klamotten. »Kommen Sie, wir geben Ihren Fähigkeiten als Autodiebin noch eine Chance. Und dann helfen Sie mir, wieder in diesen Zug zu kommen. Ich würde Brooke ihren Teil der Geschichte gerne selbst erzählen lassen.«

KAPITEL 30

Es dauerte eine Ewigkeit, bis wir wieder bei Hatchs Toyota angelangt waren. Wir durchquerten das Opalminen-Feld wie, nun ja, ein Minenfeld und prüften jedes Fleckchen Boden doppelt und dreifach, bevor wir einen Fuß darauf setzten.

»Und ich dachte, ich hätte es gut verborgen«, sagte Lisa. »Ich wollte nicht, dass Henry davon erfährt.«

»Wie die Mutter, so die Tochter …«, sagte ich und zeigte auf ihren blauen Fleck. »Falscher Arm.«

Sie atmete angespannt ein. »Er hat ihr wehgetan?«

»Nein, nein. Brooke hat einen Sonnenbrand auf dem rechten Arm. Die Festivalbesucher sind in den Wagen untergebracht, in denen die Kabinen auf der Ostseite des Zugs liegen – sie bezahlen schließlich für den spektakulären Sonnenaufgang. Die Autorinnen und Autoren sind auf der Westseite. So hat jeder einen halben Tag Sonne. Wenn sich Brooke den Sonnenbrand am Fenster ihrer Gästekabine – wo sie eigentlich hingehört – geholt hat, dann hätte es ihren linken Arm erwischt, nicht den rechten. Hätte sie ihn sich unter freiem Himmel während einem der Programmpunkte geholt, wären es beide Arme gleichermaßen gewesen. Sie muss also in einer Autorenkabine gesessen haben. Außerdem hat sie mich angelogen, als ich sie nach ihrer Zimmernummer gefragt habe. Sie ist also die Begleitung von jemandem.«

Lisa lachte in sich hinein. Wir erreichten den Wagen, und ich wischte ein paar Glasscherben vom Beifahrersitz, bevor ich einstieg. Lisa beugte sich in den Fußraum unter dem Lenkrad zu den Kabeln, die sie aus der Verkleidung gezogen hatte, bevor ich sie durch die Wüste jagte. »Wahnsinn«, sagte sie. »Was Sie alles aus einem Sonnenbrand herauslesen.«

»Es war nicht nur der Sonnenbrand«, sagte ich. »Als Royce uns alle weckte, waren Sie sehr bemüht, schnell aus Ihrer Kabine zu schlüpfen, damit niemand sehen konnte, dass noch jemand darin schlief. Royce hat explizit nur uns Schriftsteller zusammengetrommelt. Aber als sie erst einmal wach war, wurde Brooke neugierig und folgte Ihnen schließlich. Deswegen stieß sie als Letzte zu uns in die Bar – sehr zu Ihrem Missfallen, zumal sie sich auch noch neben Sie setzte. Dann war da noch Brookes Faszination für McTavish, die nicht so richtig zu ihrem Alter passen wollte. Es hat eine Weile gedauert, bis ich ausschließen konnte, dass sie eine Psychopathin ist. Ach ja, der Mutterinstinkt: Sie wollten sie davor bewahren, Wyatts Leiche zu sehen. Im Canyon hatten Sie ein Auge auf sie, als sie von Stein zu Stein hüpfte. Auch um ihren Sonnenbrand haben Sie sich gekümmert. Und schließlich war es Brooke, die sich in McTavishs Suite bereits nach dem Manuskript umgesehen hat.«

»Nicht schlecht«, nuschelte Lisa, mit einem Kabel zwischen den Zähnen.

»Außerdem schien sie alles über jene Nacht in Edinburgh zu wissen, die Nacht ihrer eigenen Zeugung. Sie hatte zum Beispiel diesen Artikel mit dem Foto von Ihnen dreien aufbewahrt. Aber sie wusste auch eine Menge über Majors Plagiatsvorwürfe. Sie redete dieses Wissen zwar als allgemein bekannt klein, doch das stimmt nicht. Die Vorwürfe wurden nie öffentlich ausgesprochen, auch nicht auf dieser Reise, sondern immer verschleiert angedeutet. Brooke konnte von alledem nur wissen, wenn jemand, der in dieser Nacht dabei gewesen war, ihr es erzählt hatte.« Brooke hatte sich in meinem Beisein selbst gefragt, ob *sie ihr die ganze Zeit über hätte glauben sollen*. Ich war davon ausgegangen, dass sie sich auf Majors bezog, während sie in Wirklichkeit ihre Mutter meinte. »Sie haben sie auf McTavish angesetzt.«

»Sie war wie besessen von ihm, von Henry als Person – ein erfolgreicher Schriftsteller –, aber vor allem von der Idee, ihren Vater kennenzulernen. Als Teenager begann sie, Fragen zu stellen – natürlich. Ich hatte lange überlegt, was ich ihr sagen würde. Ich konnte sie nicht anlügen, aber ich brachte es auch nicht über mich, ihr zu erzählen, was er mir angetan hatte. Ich hatte gehofft, ihr von Majors zu berichten, würde genügen, um ihre Sympathien für ihn zu schmälern, ohne die ganze Geschichte ans Licht zu bringen. Ich dachte, das würde niemals nötig sein, schließlich trennte uns ein ganzer Ozean voneinander. Ich dachte, sie würde ihn ohnehin niemals treffen.«

»Aber sie wünschte sich eine Vaterfigur, also hat sie sich selbst eine erschaffen – aus seinen Büchern«, sprach ich meine Vermutung aus. Ich dachte daran zurück, wie SF Majors Besessenheit definiert hatte: *Solche Menschen sind davon überzeugt, mit der anderen Person in einer gewissen Beziehung zu stehen. Sie begreifen sich als Teil einer Welt, in der sie eigentlich keine Rolle spielen.* In diesem Fall gab es sogar eine Beziehung, aber ansonsten traf die Definition voll zu. In einem der Beiträge von MongrelWrangler22 war von dem Gefühl die Rede, durch die Romane direkt angesprochen zu werden. *Wie eine Gutenachtgeschichte.* Die Geschichten von Detective Morbund zu lesen musste sich für Brooke angefühlt haben wie ein Gespräch mit ihrem Vater. Kein Wunder, dass sie Sorge hatte, die Reihe könnte enden.

»Ich habe das zugelassen. Ich hielt es für harmlos, vielleicht sogar für heilsam, wie eine Art Ventil. Wie gesagt, rein geografisch war er außer Reichweite.«

»Und dann kam dieses Festival.«

»Ja. Aua.« Zwischen den Kabelenden in Lisas Händen sprühten Funken, als sie sie aneinanderrieb. Dann stotterte der Motor und heulte auf. Lisa hievte sich in den Fahrersitz und tätschelte das Armaturenbrett. »Hat sich die Recherche endlich ausgezahlt.«

Wir fuhren los. Die einzige Straße weit und breit war die zwischen Manguri und Coober Pedy, also steuerte Lisa den Wagen querfeldein, parallel zu den Schienen. Das Gelände war eben genug, um eine Zugstrecke zu verlegen, und gleichzeitig so holprig, dass wir in unseren Sitzen ordentlich durchgeschüttelt wurden. Weit weg am Horizont konnten wir den Ghan erahnen.

»Brooke wird Sie angebettelt haben, sie mitzunehmen, als Sie diese Einladung bekommen haben.«

»Und wie. Aber das kam für mich nicht infrage, ich wollte

die Einladung selbst nicht annehmen. Auf keinen Fall wollte ich auch nur in seiner Nähe sein. Aber sie wollte ihn unbedingt endlich treffen. Wir hatten einen heftigen Streit, in dem wir uns so lange gegenseitig anschrien, bis es mir herausgeplatzt ist – dass er mich vergewaltigt hat.«

»Und sie wollte trotzdem noch hierher?«, fragte ich, obwohl ich die Antwort schon kannte. *Ich hätte ihr glauben sollen.*

»Jetzt erst recht. Es war ja nicht so, als hätte ich ihr in einem ruhigen Moment die ganze Geschichte erzählt – ich habe es im Eifer des Gefechts herausgebrüllt.« Das Flimmern in der Ferne war inzwischen wieder als Zug zu erkennen. Lisa wandte den Blick von den Gleisen ab, um meinen Gesichtsausdruck zu lesen. »Sie haben offensichtlich keine Kinder. Oder zumindest keine Tochter. Sie war so wütend, warf mir vor, ich würde all das sagen, um sie von dieser Reise abzuhalten. Sie ist zwar eine kluge junge Frau, die ihren gesunden Menschenverstand nicht einfach zugunsten von Emotionen über Bord wirft, zumal sie weiß, wozu Männer fähig sind. Aber Sie müssen verstehen: Wir reden hier von ihrem Vater. Sie hatte dieses Bild von ihm im Kopf, er war der Autor ihrer Lieblingsbücher, der Erzähler ihrer Gutenachtgeschichten. Über Jahre hatte er durch Morbund zu ihr gesprochen. Das war ihre Realität, und die konnte sie nicht einfach so aufgeben.«

»Sie hätte vermutlich also ohnehin ihren Weg in diesen Zug gefunden.«

»Sie sagte, sie würde sich selbst ein Ticket kaufen, wenn ich sie nicht mitnähme, und wenn sie dafür ihr Auto verkaufen müsste. Also gingen wir zusammen auf diese Reise, so konnte ich sie wenigstens beschützen.«

»Nun, sieht aus, als wäre nicht sie es gewesen, die Schutz benötigt hätte.«

»Sie hätte die beiden niemals umgebracht.«

»Und da sind Sie sich sicher?«

Mir gingen die Gespräche mit Brooke durch den Kopf. Wie

sie ihren Mut zusammengenommen haben musste, um sich McTavish vorzustellen. Wie er ihr seinen Zimmerschlüssel in die Hand drückte. Wie das Bild von ihm, das sie – den Warnungen ihrer Mutter zum Trotz – versuchte aufrechtzuhalten, in sich zusammenstürzte und der Schlüssel ihr beinahe in die Hand schnitt, die sie zur Faust geballt hatte. Ich dachte an die kleine Karte mit der Aufschrift *In Verehrung* – sie musste zu einem Geschenk gehört haben – und an McTavishs Flüstern: *Guter Tropfen … wäre doch zu schade, den allein zu trinken.* Und daran, wie Brooke mir in McTavishs Suite sagte: *Triff niemals deine Idole.*

Lisa krallte ihre Finger so fest um das Lenkrad, dass ihre Knöchel weiß wurden. Der Mann, der sie vergewaltigt hatte, und der Mann, der die Sache unter den Teppich gekehrt hatte, waren beide tot. Die Sache sah nicht gut aus.

Lisa mussten die gleichen Gedanken durch den Kopf gegangen sein wie mir. Ich verstand nur zu gut, warum sie Brooke allein zurückgelassen hatte. *Selbst wenn du es nur kurz gedacht hast …* Liebe schützt vor Zweifel nicht. Das wusste ich besser als jeder andere. Lisa wusste, dass sie durch ihre Flucht die Aufmerksamkeit auf sich ziehen und schuldig wirken würde – und ihrer Tochter damit etwas Zeit verschaffen konnte.

Lisa war zu mir gekommen, hatte mir erzählt, was sie mich wissen lassen wollte, in der Hoffnung, ich würde es aufschreiben. So konnte ihre Tochter eines Tages nachlesen, was sie getan hatte, um sie zu schützen.

Der Witz ist, umgekehrt hielt Brooke ihre Mutter ebenfalls für fähig, dieselben Verbrechen begangen zu haben. Weshalb hätte sie sich sonst so ins Zeug legen sollen, mich von Majors möglichem Motiv zu überzeugen, wenn nicht, um von ihrer Mutter abzulenken? Sie hatten sich beide gegenseitig geschützt.

»Warum helfen Sie mir, zurück an Bord zu kommen?«, fragte ich.

»Weil Sie den Fall gelöst haben, hab ich recht?«

Ich nickte, was dank des rumpelnden Toyotas jedoch euphorischer wirkte als geplant. »Fast«, fügte ich hinzu.

»Und, wenn ich Sie richtig verstehe, glauben Sie trotz allem *nicht*, dass sie es war.« Sie drückte das Gaspedal durch. »Vielleicht können Sie ihr also helfen.«

Ich war so auf Lisa konzentriert gewesen, dass ich beinahe erschrak, als wir plötzlich nur noch ein paar Meter hinter dem Ghan waren. Wir fuhren fast achtzig, dann zog Lisa ein Stück rüber, direkt neben den Zug, und bremste auf siebzig runter. Das als Fahrgast beinahe meditativ wahrgenommene Klackern des Zugs war hier draußen nichts anderes als ein unheilsames Dröhnen.

»Sie sind mir nicht gefolgt, weil Sie befürchten, ich könnte das Manuskript gestohlen haben.« Lisa sprach gegen den Lärm an. »Und auch nicht, weil Sie mich für die Mörderin halten. Sie wollten mich etwas fragen – aber Sie haben es bis jetzt noch immer nicht getan. Sie haben mir nur erzählt, was Sie bereits wissen. Hier ist Ihr Zug, insofern wäre das jetzt wohl die letzte Gelegenheit.«

»Majors … Sagt sie die Wahrheit?«

»Ernsthaft? Das ist Ihre Frage?«

»Sie waren dabei in jener Nacht. Ich glaube, Majors hat McTavish eine Version der Geschichte erzählt, die *nicht* in der Zeitung stand. Eine Version, die er dann für *Off the Rails* verwendet hat. Stimmt's«

»Dafür sind Sie von einem fahrenden Zug gesprungen?«

»Ich musste sichergehen.«

»Sie wissen bereits alles. Haben Sie denn nichts über Henry McTavish gelernt?« Sie nickte abwesend. »Dieser Mann nahm sich von Frauen, was er brauchte. Meinen Körper. Und ihre Geschichte.«

KAPITEL 31

Ich kann Ihnen sagen, es ist deutlich schwieriger, sich aus einem fahrenden Auto zu lehnen, als das in Filmen immer dargestellt wird – ganz davon zu schweigen, aus einem zu springen.

Um aus dem Land Cruiser zu klettern, hielt ich mich mit einer Hand am Außenspiegel fest, mit der anderen am Dach. Das Fenster ließ sich nicht vollständig herunterfahren, weshalb mir die Scheibe schmerzhaft in die Schenkel drückte. Der Wind rauschte mir um die Ohren, von den Reifen wurde mir Staub in die Augen gewirbelt und die ganzen Mücken ... es gibt einen Grund, warum Windschutzscheiben einen Scheibenwischer haben. Blinzelnd sah ich zum Zug hinüber. Lisa visierte das Raucherdeck an und lenkte den Wagen bereits so nahe an die Gleise wie möglich. Das Deck lag zu hoch, um direkt aufspringen zu können, aber ich war zuversichtlich, dass ich das Geländer zu fassen bekommen würde und dann darüberklettern konnte.

Wir holten das letzte Stück auf und waren nun mit dem Ende des Zugs auf einer Höhe. Ich erreichte das Geländer schon beinahe mit den Fingerspitzen. Ich setzte den ersten Fuß auf den Fensterrahmen, fand ausreichend Halt und bereitete mich für den Sprung vor.

»Ich springe jetzt«, schrie ich zu Lisa ins Auto. »Halt den Wagen ruhig.«

Ihr Lippen bewegten sich, aber ihre Antwort ging im Wind und dem Lärm des Zugs unter. Ich hoffte, dass sie mich verstanden hatte. Ich streckte meinen Arm wieder nach dem Geländer aus, atmete tief durch und ...

Lisa bremste und riss gleichzeitig das Lenkrad rum. Mein Fuß rutschte vom Fensterrahmen, mein Oberkörper kippte ruckartig nach vorn und ich fand mich kopfüber knapp über dem Wüstenboden hängend wieder. Dann beschleunigte der Wagen wieder und katapultierte mich ohne Rücksicht auf meine

Rippen nach hinten gegen den Fensterrahmen. Wir waren nun wieder schneller als der Ghan, und ich sah, wie wir auf dessen Heck zusteuerten. Ich ließ mich gerade rechtzeitig zurück auf meinen Sitz fallen, bevor der Zug den Außenspiegel absäbelte.

»Sorry … Strommast«, sagte Lisa.

Ich blickte durch die Heckscheibe und sah die Säule, die Lisa umfahren musste, hinter uns neben den Gleisen immer kleiner werden. »Macht nichts, wenn du mich nächstes Mal vorwarnst.«

»Hab doch gesagt: *Warte!*«

Ich konzentrierte mich wieder auf den Zug. Lisa drosselte die Geschwindigkeit und lenkte den Wagen wieder neben das Raucherdeck, diesmal leicht versetzt. Ich warf einen Blick auf den Tacho, die Nadel ruhte auf der Fünfzig, der Zug war langsamer geworden. »Wir brauchen einen neuen Plan, ich bin zu alt für solche Stunts.«

Lisa schien nachzudenken. Dann riss sie das Lenkrad herum und ließ den Wagen über die Gleise springen. Funken sprühten in alle Richtungen. Mit einer zweiten ruckartigen Bewegung lenkte sie gegen, sodass wir genau hinter dem Zug einscherten, die Schienen zwischen den Reifen des Toyota.

Ich nickte anerkennend. »Guter Plan. Behalt die Geschwindigkeit im Blick, sieht aus, als würde er abbremsen.«

»Sind jetzt bei achtunddreißig«, sagte sie.

Ich zwängte mich erneut durch das Fenster, nur dass ich dieses Mal auf die Motorhaube krabbelte, anstatt seitlich abspringen zu wollen. Das Ganze kam zwar nicht an die Hochgeschwindigkeitsszenen aus einem Actionfilm heran, trotzdem waren meine Knie weich wie Pudding. Einen Sturz bei dieser Geschwindigkeit würde ich wohl überleben. Aber sollte ich zwischen Zug und Auto eingeklemmt werden oder unter den Toyota geraten, wäre ich mit Sicherheit weg vom Fenster, völlig egal, wie schnell wir waren.

Lisa beschleunigte noch ein letztes Mal, dann erklang das befriedigende Geräusch von aufeinandertreffendem Metall.

Für mich hieß das: jetzt oder nie. Natürlich konnte ich nicht einfach rüberspazieren, denn Lisa hatte Schwierigkeiten, die Geschwindigkeit zu halten. Der Abstand variierte zwischen kaum vorhanden und unüberwindbar. In Läufer-Manier ging ich in Startposition, den hinteren Fuß gegen die Windschutzscheibe gestemmt.

In dem Moment klingelte mein Telefon.

Genauer gesagt spürte ich, wie es in meiner Hosentasche vibrierte. Verwundert, dass es hier draußen plötzlich Netz gab, friemelte ich das Handy aus der Tasche und ging, ohne aufs Display zu schauen, ran. »Juliette?«, brüllte ich hinein.

»Nee, Mann. Andy hier, stör ich?«

Ich dachte kurz nach. Ich war dabei, von der Motorhabe eines Geländewagens auf einen fahrenden Zug aufzuspringen, den wir zuvor gerammt hatten. Dass ich Andy in diesem Chaos überhaupt hören konnte, lag nur daran, dass der Zug mich vom Lärm des Fahrtwindes abschirmte. »Um ehrlich zu sein …«, sagte ich, »ist es grad unpraktisch.«

»Ich mach's schnell – es geht um Margaret.«

Unter mir ertönte die Autohupe. Ich schaute durch die Scheibe und sah Lisas gleichermaßen verärgerten wie fassungslosen Gesichtsausdruck. Ihre Hände waren nicht mehr am Lenkrad, sondern beschrieben die universelle Geste für *Was zum Teufel?*

»Wer ist Margaret?«

»Der Einbruch? Im Blumenladen?«

»Ach so, Mrs Papaver?«

»Nein, ich sagte, sie *verkauft* Papaver.«

»Hast du nicht. Andy, ich hab's dir gesagt: Die Details sind das Entscheidende.«

Lisa hupte erneut, diesmal länger. Ich sah sie an und hob einen Finger. Ihr Mund formte zwei Wörter, die besser nicht gedruckt werden sollten. Davon einmal abgesehen: Hatte ich Ihnen nicht gesagt, dass in solchen Büchern gerne mal zwei eigentlich getrennte Fälle zueinanderfinden?

»Andy, ich fasse es nicht: Du und ich arbeiten am gleichen Fall.«

»Hä? Du hast auch einen Fall?«

»Ein paar Morde …«

Andy gab ein verächtliches Schnauben von sich. »Klar, du musst immer noch einen drauflegen, oder?«

Ich ging nicht darauf ein. »Dein Einbruch … Du denkst, es war ein Junkie, oder?«

»Ja! Das will ich dir doch gerade erzählen. Einbrüche in der Blumenindustrie sind irgendwie in Mode, weil, du weißt schon, manche Pflanzen Opium enthalten. Das ist quasi Heroin, muss man nur auskochen.«

»Papaver«, sagte ich.

»Nein, so heißt sie nicht. Wie oft noch: Margaret.«

»Papaver ist Mohn – da ist Opium drin, Andy.«

»Sag ich doch! Der Laden ist auf Mohn spezialisiert –« Es knackte, und die Verbindung war kurz unterbrochen. »Merkwürdig, oder? Aber was hat das jetzt mit deinen Morden zu tun?«

»Ich glaube, dein Dieb ist mein Mörder.«

»Nicht dein Ernst?«, sagte Andy. Dann herrschte kurz Stille, bevor es lautstark aus ihm herausbrach: »Hab ich gerade den Fall für dich gelöst? Hab ich?«

Hatte er nicht. Bereits nach meinem Gespräch mit Lisa war mir das meiste klar gewesen, doch ich wollte mal nicht so sein. Vielleicht war es das Adrenalin, aber er hatte mir auch schon in der Nacht zuvor einen guten Hinweis geliefert, also sagte ich: »Ja, Andy. Du hast den Fall gelöst.«

»Geil, das kommt direkt auf die Websei–« Die Verbindung brach ab.

Dieses Mal drückte Lisa zweimal kurz auf die Hupe, und ich richtete meine Aufmerksamkeit wieder auf den Zug vor uns. Der Lärm um uns herum hatte noch weiter nachgelassen. Wieder hupte Lisa, wohl um mir zu verstehen zu geben, ich solle mich beeilen. Die Lücke zwischen Motorhaube und dem

Geländer des Raucherdecks war nach wie vor mal größer oder kleiner, aber die Schwankungen ließen nach. Ein zweites Mal dachte ich: Jetzt oder nie.

Ich schnellte hoch, lief über das Blech und sprang.

Alles halb so wild.

Angesichts der Geschwindigkeit hatte ich erwartet, mindestens eine halbe Sekunde länger in der Luft zu sein, aber ich krachte fast unmittelbar gegen das Geländer. Vor Überraschung geriet ich kurz ins Wanken, fand dann aber Halt und klammerte mich fest an das Metall. Dann atmete ich erst mal tief durch. Der Wind war hier nur noch eine leichte Brise. Ich lebte noch, und diese Erkenntnis brach mit einem Lachen aus mir heraus. Wer hätte zu Beginn dieser Reise gedacht, dass ich nach einem waghalsigen Sprung von einem Auto am Hinterteil eines dahinbretternden Zugs hängen würde? Jetzt musste ich mich nur noch einmal zusammenreißen und über das Geländer klettern.

Ich wagte es nicht, nach unten zu sehen. Noch einmal würde mein Magen diesen Anblick nicht verkraften. Aber ich schaute mich nach dem Toyota um, in der Erwartung, dass Lisa bereits abgedreht hatte und inmitten einer großen Staubwolke und mit dem Manuskript von *Life, Death and Whisky* auf der Rückbank der Freiheit entgegenfuhr.

Der Wagen hing noch immer am Heck des Zugs. Viel überraschender war allerdings, dass Lisa nicht mehr hinter dem Lenkrad saß. Sie war auch nicht auf die Motorhaube geklettert. Stattdessen stand sie neben dem Auto im Wüstensand.

Moment. Sie *stand?*

Ich sah nach unten. Nichts bewegte sich.

So viel zu *am Hinterteil eines dahinbretternden Zugs hängen.* Deshalb war der Sprung so einfach gewesen, der Wind so leise geworden. Lisa hatte mir mit der Huperei zu verstehen geben wollen, dass ich mir die Aktion sparen konnte, weil der Zug immer weiter abbremste. Zu meinem *waghalsigen* Sprung setzte ich an, während wir nur noch in Schrittgeschwindigkeit fuhren. Hier hing ich nun also, klammerte mich an das Geländer und mein Leben, während der Ghan davon völlig unbeeindruckt zum Stillstand gekommen war.

Etwas verlegen kraxelte ich auf das Raucherdeck. Lisa holte eine Umhängetasche von der Rückbank und folgte mir.

Die Tür schwang auf und Aaron stand vor uns. »Was zur Hölle machen Sie beiden hier draußen?«, fragte er.

Zu seiner – und meiner – Überraschung umarmte ich ihn. »Vielen Dank! Danke! Sie haben für uns angehalten.«

»Warum steht da ein Auto auf den Schienen?« Er sah verwirrt zwischen dem Toyota und uns hin und her. »Was haben Sie getrieben?«

»Wir haben versucht, zurück an Bord zu kommen.«

»*Zurück* an Bord?«

»Haben Sie nicht deshalb angehalten?«, fragte Lisa. »Haben Sie Ernests Tom-Cruise-Einlage gar nicht gesehen?«

»Wovon reden Sie in Gottes Namen? Ich habe nicht Ihretwegen angehalten.« Er musterte mich einen Augenblick lang: zermatschte Mücken im Gesicht, Wüstenstaub von Kopf bis Fuß, zerzauste Haare. Sein Blick fiel noch einmal auf den Toyota, dann klappte sein Kiefer runter.

»Sie mussten anhalten?« Ich konnte nur hoffen, dass nicht noch jemand umgebracht worden war. »Weshalb?«

»Kühe auf den Gleisen.« Er schüttelte ungläubig den Kopf. »Das ist doch hier kein verdammter Actionfilm.«

KAPITEL 31,5

Ich bin kurz davor, den Fall zu lösen.

Na gut, ich habe ihn schon gelöst. Ich bin kurz davor, alle daran teilhaben zu lassen. So wie Royce es versucht hat – nur erfolgreicher.

Sie wissen, wie solche großen Enthüllungen für gewöhnlich ablaufen. Gemäß dem Handlungsschema, das ich zu Beginn der Reise skizziert und an das sich die Ereignisse der letzten Tage erschreckend genau gehalten haben, haben wir gerade den »Das war's dann wohl«-Moment hinter uns gelassen (ich bin fast gestorben – sogar zweimal) und steuern schnurstracks auf die Ziellinie zu.

Dies scheint mir also ein guter Moment zu sein, noch einmal auf Pause zu drücken und Ihnen die Gelegenheit zu geben, Ihre Wetten zu platzieren. Das wird die letzte Seite in diesem Buch, mit der Sie später angeben können, Sie hätten alles schon vor mir durschaut. Und wenn Sie noch mal Stift und Papier zur Hand nehmen und einen letzten Anlauf starten wollen, Archie Bench zu dechiffrieren, dann sollten Sie das ebenfalls jetzt tun.

Ich möchte Ihnen außerdem vorankündigen, dass in den verbleibenden Kapiteln gleich sechs Personen folgenden Satz äußern werden: »Ich habe niemanden umgebracht.« Das hat nichts mit meiner mangelnden Kreativität zu tun, es entspricht schlicht der Realität. Meiner Lektorin, die sich aber just darüber beschwerte, habe ich nahegelegt, ihre Bedenken doch direkt gegenüber den betreffenden Personen zu äußern. Diesen Aufwand war es ihr dann offenbar doch nicht wert, vielleicht, weil sie dazu ein Gefängnis und eine Leichenhalle hätte aufsuchen müssen.

So, weiter im Text. Nach der folgenden Übersicht geht es ohne weiteren Zwischenhalt direkt nach Adelaide.

– ~~*Henry McTavish: 345*~~
– Alan Royce: 244
– Lisa Fulton: 163
– ~~*Wyatt Lloyd: 140*~~
– Simone Morrison: 110
– SF Majors: 106
– Wolfgang: 87
– Aaron: 78

- Brooke: 77
- Jasper Murdoch: 62
- Harriet Murdoch: 52
- Douglas Parsons: 37
- Cynthia: 30
- Der Buchclub (inkl. Veronica Blythe und Beehive): 29
- Archibald Bench: 27
- Erica Mathison: 12
- MongrelWrangler22: 8
- Troy Firth: 4
- Juliette: AUSSER WERTUNG
- Noah Witrock: AUSSER WERTUNG
- Detective Hatch: AUSSER WERTUNG

LITERATUR

KAPITEL 32

Nun war ich derjenige, der an Türen klopfte und die Autorinnen und Autoren sowie ein paar der Gäste zusammentrommelte. In Krimis gibt es per Definition häufig für alle – außer den Ermittler natürlich – lange Wartezeiten. So erging es auch den Fahrgästen dieses Zugs, die einfach nur noch nach Adelaide gelangen wollten und die ich jetzt in unterschiedlichen Stadien der Faulenzerei antraf. Majors hörte einen Podcast. Royce musste ich sogar wecken. Jasper und Harriet hatten ihr Reise-Scrabble vor sich. Douglas war nicht in seiner Kabine. Wolfgang schrieb fleißig in sein Moleskine-Notizbuch und quittierte meine Bitte, sich mit den anderen in die Bar zu begeben, mit einem skeptischen Blick und einem gemurmelten: *Ich glaube, ich habe ein Déjà-vu.* Simone war über einen Vertrag gebeugt, als ich eintrat. Sie beäugte mein etwas ramponiertes Erscheinungsbild, klopfte mir auf die Schulter und sagte: »Im dritten Akt scheint es ja heiß herzugehen.«

Brooke fiel ihrer Mutter in die Arme, nur um sich, als sie mich sah, sofort wieder von ihr zu lösen und stotternd eine haarsträubende Geschichte von sich zu geben. Sie sei gut mit Lisa befreundet und habe deshalb in ihrem Zimmer auf sie gewartet.

»Ist schon gut«, sagte Lisa und nahm sie wieder in den Arm. »Er weiß Bescheid.«

Brooke sah mich misstrauisch an.

»Ich habe Archie Bench geknackt«, sagte ich, als wäre es ein Friedensangebot.

»Oh, hört, hört«, sagte Brooke und ging in Richtung Bar davon. »Das wird ein Spaß!«

Die Leute waren entweder neugierig oder gelangweilt genug, um mir zu folgen. Selbst Aaron hatte jeglichen Widerstand aufgegeben. Die einzigen Gäste, die ich nicht einsammelte, waren Veronica Blythe und ihre beiden Freundinnen aus dem Erica-Mathison-Buchclub. Nicht etwa, weil die drei keine Rolle spielten – das taten sie durchaus –, doch ihre Anwesenheit war nicht dringend erforderlich.

In der Bar machte Cynthia gerade die Kaffeemaschine sauber, während Detective Hatch, wie praktisch, Douglas befragte. Hatch erhob sich, als wir alle den Raum betraten. »Halt!« Der Protest war aussichtslos. »Ich bin hier mitten in einem Verhör. Ich fordere Sie alle auf, zurück in Ihre Zimmer zu gehen und dort zu bleiben.«

»Haben Sie es nicht mitbekommen?«, sagte ich. »Das hier ist ein Literaturfestival und ein Programmpunkt steht noch aus: Ich kündige mein neues Buch an, es trägt den Titel *Jeder im Zug ist verdächtig.*«

Simone klatschte vor Aufregung ein paarmal in die Hände.

»Das Festival wurde abgebrochen«, widersprach Hatch empört. »Ihr Programm ist gestrichen.«

»Ich bin die Direktorin dieses Festivals«, sagt Majors bestimmt. »Und ich sage, wir haben noch eine weitere Session geplant. Und die findet genau jetzt statt. Das Festival geht weiter.«

Hatsch ließ sich zurück in den Sessel fallen und fuhr mit der Hand durch die Luft, als wollte er sagen: *Macht doch, was ihr wollt.*

»Sie brauchen sich gar nicht zurücklehnen, Detective«, sagte ich. »Ich werde Ihre Hilfe benötigen.«

Hatch seufzte. »Ach ja?«

»Haben Sie eine Waffe?«

»Taser.«

»Gut. Wie viele Handschellen?« Ich deutete auf seinen Rucksack.

»Zwei.«

»Das muss reichen.« Ich dachte einen Augenblick nach. »Fangen wir an ... Ich möchte Sie bitten, Alan Royce zu verhaften.«

DIE SIEBEN ERKENNTNISSE DES ERNEST CUNNINGHAM

KAPITEL 33

»Ich habe niemanden umgebracht!«, protestierte Royce.

»Ich lege niemandem Handschellen an, nur weil Sie es sagen«, protestierte Hatch.

»Ich habe ja nicht gesagt, Sie sollen ihn für den *Mord* verhaften«, sagte ich. »Hier geht es um, wie nennt man das noch: Behinderung der Justiz? Genauer: Verfälschung beweiserheblicher Daten?« Ich wandte mich an die gesamte Runde. »Henry McTavish hat ein abscheuliches Verbrechen begangen – und Wyatt Lloyd und Alan Royce haben ihm geholfen, es zu vertuschen.«

Jegliche Farbe wich aus Royces Gesicht. Die Leute starrten ihn an, als könnten sie so herausfinden, was er getan hatte. SF Majors sah zu Boden. Ich drehte mich zu Lisa. Die Sache war schon so schmerzhaft genug, aber damit den Fultons Gerechtigkeit widerfahren konnte, war es notwendig, die ganze Geschichte zu erzählen. »Mit Ihrem Einverständnis …«

Lisa nickte steif. Brooke drückte ihren Arm.

»Edinburgh im Jahr 2003: Henry McTavish und Lisa Fulton hatten, entgegen aller Gerüchte, keine Affäre. Er hat sie vergewaltigt.« Im Raum herrschte absolute Stille. »Es war Ihr Wort gegen seins, Lisa. Sie hatten keine Chance, hinter McTavish standen eine Menge Geld und Macht – Wyatt stand hinter ihm. Zwar hatten Sie McTavishs DNA unter Ihren Fingernägeln und damit den Beweis, dass Sie sich gegen seinen Übergriff gewehrt hatten. Doch dann ist etwas schiefgelaufen, ein kleiner Schluckauf in der Verwaltung, und plötzlich war die Probe als Beweismittel nicht mehr zulässig. Niemand war bereit, als Zeuge für Sie auszusagen, also bot Wyatt Ihnen Geld an als Gegenleistung für Ihr Schweigen – ein Scheck wie ein Teppich, unter den man die Sache kehren konnte. Und Sie nahmen das Geld an, denn McTavish hatte Sie nicht nur gedemütigt, er hat Sie auch geschwängert. Brooke ist Henry McTavishs Tochter.«

Zu meiner Zufriedenheit ging ein Raunen durch den Saal.

»Sie haben ihn niemals persönlich getroffen, Brooke, aber mithilfe seiner Bücher haben Sie sich Ihr eigenes, ideales Bild von Ihrem Vater erschaffen. Sie wollten ihn endlich kennenlernen. Als Ihre Mutter Sie vor ihm gewarnt hatte, wollten Sie ihr nicht glauben. Doch dann sind Sie ihm hier begegnet, und sie sollte recht behalten. Es brach Ihnen das Herz.«

»Da hast du doch dein Mordmotiv«, rief Royce selbstgefällig. »Erst den Vater und dann den Kerl, der ihn gedeckt hat.« Er tippte sich auf die Brust. »Un-schul-dig!«

»Ich habe niemanden umgebracht«, sagte Brooke.

»Sie hatten ein Motiv, das stimmt schon«, sagte ich. »Jeder hier hat eins. Aber wären Sie, aus eben genannten Gründen, tatsächlich die Mörderin, nehme ich an, dass inzwischen auch Royce hätte dran glauben müssen.«

»Soll das eine Drohung sein?«

»Nein, Royce. Ich sage nur: Wenn jemand Menschen umbringt, die mitgeholfen haben, Lisas Vergewaltigung zu vertuschen, dann wärst du wohl auch auf der Liste.«

Atemlos presste er etwas hervor, das wie *Wage es nicht!* klang, aber mein Mitleid hielt sich in Grenzen.

»Es mag zwar in deiner Autorenvita stehen, aber du bist kein ausgebildeter Rechtsmediziner. Du warst Praktikant. In Edinburgh, wenn ich nicht irre?«

Wenngleich Royce selbst mir dieses Detail nicht verraten hatte, genügte seine Angeberei, er sei auf dieselbe Uni gegangen wie Arthur Conan Doyle – und der hatte bekanntlich an der Universität von Edinburgh studiert. Dass Royce sein Praktikum in derselben Stadt absolviert hatte, war naheliegend. »Aber dein Traum war es, Schriftsteller zu werden. Dein Manuskript verstaubte ungelesen auf den Schreibtischen diverser Verlage. Und das, obwohl du es allein viermal an Gemini gesendet hattest. Bis eines Tages Wyatt einen Blick darauf wirft und dir kurzerhand einen Vertrag anbietet, von dem viele Autoren nur träumen können … Für einen kleinen Gefallen: ein paar Etiketten irgendwelcher Proben vertauschen. War das nicht der Deal? Du hilfst Wyatt aus, und er veröffentlicht deinen Text und lobt dich als neuen Stern am Krimi-Himmel. Oder wie ließe sich dieser Sinneswandel im Hause Gemini sonst erklären, nach vier Absagen? Deinen Lebenslauf hattest du sicherlich mitgeschickt, Wyatt konnte sein Glück gewiss kaum fassen. Auch die Zeitleiste geht auf, dein erstes Buch erschien 2004. Doch deine Verkaufszahlen sind inzwischen im Keller, und Wyatt hatte längst das Interesse an dir verloren. Ein Blurb von McTavish würde die Sache wieder ankurbeln, dachtest du. Doch statt auf deinem, prangten Henrys Worte plötzlich auf Lisas Cover – nicht nur für sie die reinste Demütigung. Du hast es selbst gesagt, als wir vor seinem Zimmer standen: Henry war dir etwas schuldig.«

Unter Royces Nase hatte sich Rotz gesammelt. Ich werde Sie nicht mit seinem Monolog behelligen, einer Mischung aus Reue und weinerlichem Selbstmitleid. Zwischen Rotzblasen und Schluchzern gab er zu, dass ich mit all meinen Annahmen richtiglag. Hatch war hellhörig geworden und richtete sich in seinem Sessel auf.

Harriet meldete sich zu Wort. »Wir sprechen also von drei Personen, die gemeinsam eine Straftat vertuscht haben, zwei davon sind tot – aber Alan ist *nicht* der Mörder?«

»Wyatt des Mordes an McTavish zu beschuldigen war sicher nur ein Ablenkungsmanöver«, schaltete sich nun Wolfgang ein. »Wollte hier eine große Show machen und jemanden verdächtigen, von dem er wusste, dass er bereits tot war, um selbst davonzukommen.«

»Ich danke euch. Aber Royce war's nicht. Ganz einfach, weil er ein Feigling ist. Ein Feigling, der einem anderen Menschen jede Chance auf Gerechtigkeit nimmt, nur um sein Buch veröffentlicht zu sehen.« Ich sah rüber zu Hatch. »Sie können ihn jetzt festnehmen, wenn Ihnen danach ist.«

Hatch zückte ein paar Handschellen. »Meine Zuständigkeit reicht zwar nicht bis nach Schottland, was auch immer dort genau geschehen sein mag. Aber so wie ich das sehe, kann es Ihnen nicht schaden, wenn Sie sich jetzt kooperativ zeigen.«

Royce nickte. Widerstandslos ließ er sich von Hatch an die Lehne eines Stuhls ketten. Wie ein Schluck Wasser in der Kurve saß er da, völlig gleichgültig, was mit ihm geschehen würde. Ich bin versucht zu sagen, jegliche Anmut hatte ihn verlassen, aber wir wissen alle, dass diese Aussage in Konflikt mit meinem Anspruch als verlässlicher Erzähler stünde. Sagen wir also, von Royce war nichts mehr zu erwarten, außer eine Entschuldigung via Twitter, welche bekanntlich ja zu den aufrichtigsten aller Entschuldigungen zählen.

»Royces Schlussfolgerung bezüglich des Mordes an McTavish mag falsch gewesen sein«, fuhr ich fort. »Was die jeweiligen Motive von manchen unter Ihnen betrifft, hatte er jedoch einen guten Riecher. Und jetzt ist auch klar, warum er sich weigerte, Sie in den Kreis der Verdächtigen aufzunehmen, Lisa.« Ich erinnerte mich, wie sie versucht hatte, ihn zu ködern. *Können Sie mir verraten, warum ich ein Motiv haben soll.* »Er ließ eine mehr als brauchbare Spur in seiner Ermittlung unberücksichtigt, weil er wusste, dass mit der Erklärung Ihres Motivs auch seine Rolle in dieser Angelegenheit auf den Tisch käme.«

Majors ging mit Tränen in den Augen quer durch den Raum und umarmte Lisa.

Hatch räusperte sich. »Dauert so was bei Ihnen immer so lange?«

Wie aus einem Mund antworteten alle anwesenden Autorinnen und Autoren: »JA!«

»Ich muss im Beisein aller die einzelnen Motive und Alibis durchgehen«, erklärte ich. »So verlangt es das Genre, wenn Sie so wollen.« Ich senkte die Stimme und flüsterte verschwörerisch: »Außerdem ist meine Agentin anwesend, und nach allem, was sie getan hat – hinter den Kulissen, sozusagen –, um dieses Buch möglich zu machen, wird sie wollen, dass ich das hier ordentlich zu Ende führe und wirklich alles raushole.«

Simone wand sich verlegen in ihrem Sessel. Und ich genoss es zu sehr, als dass ich jetzt schon näher auf sie eingehen wollte, und widmete mich zunächst SF Majors.

»Mit Ihrem Motiv hat Royce beispielsweise recht. In jener Nacht in Edinburgh erzählten Sie McTavish von der Idee für ein neues Buch. Und ein Jahr später veröffentlicht er *Off the Rails* – mit exakt derselben Handlung. Das nagt seitdem an Ihnen. Nicht nur, weil es Ihre Idee war, es war *Ihre Geschichte*. Habe ich recht?«

Majors kaute auf ihrer Unterlippe und blickte rüber zu jemandem. Ich werde Ihnen gleich verraten, zu wem.

»Sie gingen auf eine sehr kleine Grundschule in einer ländlichen Region, nicht wahr? Steht so mehr oder weniger in Ihrer Kurz-Bio des Festivals: *Als Kind las sie die drei Bücher, die in der Schulbibliothek ihrer Heimatstadt verfügbar waren, rauf und runter*. Klingt nach einer sehr kleinen Schule. Gleichzeitig kennen Sie sich in Alice Springs aus und haben uns die beste Bäckerei für Vanilla Slices empfohlen. Sie sind hier in der Gegend aufgewachsen.«

Majors nickte.

»Dieser Schulbus, den der Ghan zermalmt hat, war von Ihrer Schule, nehme ich an. Aber niemand konnte eine solche Katastrophe überleben, das heißt, Sie waren an jenem Tag nicht dabei.«

»Ich war krank«, sagte Majors. »Normalerweise hätten mir

meine Eltern Paracetamol gegeben, Taschentücher in die Hand gedrückt und mich trotzdem zur Schule geschickt. Aber es war ein Mittwoch. Sport. Also drückte ich auf die Tränendrüse und blieb zu Hause.« Ihre Stimme zitterte, und mich überkam eine Welle der Empathie. In ihren Augen las ich die Frage, mit der auch ich schon so oft gerungen hatte: *Warum ich?* »Das Mädchen in meiner Geschichte – wenn es das ist, worauf Sie hinauswollen – hieß Anna. Sie war ... meine beste Freundin.«

Jedes weitere Wort wäre Folter gewesen, also wandte ich mich an Douglas. »Dann sprechen wir doch darüber, wie Sie beide sich kennengelernt haben. Ihr Partner, Noah, war Lehrer an jener Schule und kam ebenfalls bei diesem Unfall ums Leben. Sie erzählten mir die Geschichte des Busfahrers, Troy Firth, der sich gegenüber einer Schülerin unangemessen verhalten hatte ... Anna, wie wir gerade erfahren haben. Noah hatte Anna davon überzeugt, dass sie jemandem davon erzählen musste. Um das zu verhindern, parkte Troy den Bus auf den Schienen und verriegelte die Türen.«

»Er hat fünf Menschen umgebracht«, sagte Douglas. »Vier davon waren Kinder!«

»Der Unfall sorgte in der Gegend für Schlagzeilen, eine Tragödie! Normalerweise verschwindet eine solche Geschichte irgendwann im Archiv und aus den Gedächtnissen. Nicht in diesem Fall. Einer der berühmtesten Krimiautoren der Welt lässt eine Version der Ereignisse in einem Buch weiterleben. Doch *Off the Rails* ist nicht einfach nur an den Unfall angelehnt, es ist die *wahre* Geschichte – die Inszenierung eines Mordes als Zugunglück –, die nur wenige Menschen in ihrem ganzen Ausmaß kennen: die beste Freundin eines der Opfer«, ich nickte in Majors Richtung, »und der Partner des verunglückten Lehrers. Es gibt jedoch einen entscheidenden Unterschied: Im Buch kommt der Mörder davon. Gehen wir davon aus, dass die Geschichte ganz und gar wahr ist, könnte einem ein verrückter Gedanke kommen. Was, wenn Troy Firth noch am Leben ist?«

Ich sah, wie die Frauen im Raum begannen, die anwesenden Männer zu mustern: Wolfgang, Royce, Jasper, Douglas, und sogar Aaron musste ihre Blicke über sich ergehen lassen.

»Hier kommen Sie ins Spiel, Douglas. Sie hatten einen Revolver in Ihrem Reisgepäck.« Gemurmel im Raum. »Keine Sorge, Hatch. Der liegt inzwischen in einem Mülleimer in Alice Springs. Douglas, nach dem ersten Panel haben Sie mir im Gespräch eine Frage zum Thema Rache gestellt. Sie wollten wissen, wie es sich anfühlt, jemandem das Leben zu nehmen. Als Sie diese Reise angetreten haben, waren Sie bereit zu töten.«

»Ich bin nicht –«

»Ich weiß, dass Sie nicht Troy Firth sind. Aber Sie haben nach ihm gesucht.«

Ich ließ meine Worte einen Augenblick wirken.

Simone reagierte als Erste und keuchte: »Troy Firth ist *Henry McTavish*! Seine Verletzungen …«

»Verzeihen Sie, wenn ich einen auf Lektor machen muss«, sagte Wolfgang. »Aber ist das plausibel? Majors soll gewusst haben, dass der Mann, der ihre beste Freundin belästigt und ermordet hat, frei herumläuft, und kommt nicht auf die Idee, die Cops auf ihn zu hetzen?«

»Das ist kein bisschen plausibel«, stimmte ich ihm zu. »Zumal auch das Timing nicht aufgeht. So eine Story finden wir vielleicht in einem unserer Bücher, aber nicht im echten Leben. Das Problem ist nur: Douglas hat all das für bare Münze genommen. Er ging davon aus, dass *Off the Rails* die Wahrheit darüber ans Licht brachte, wie Henry McTavish mit mehrfachem Mord davonkam. Er hat sich eingeredet, dass McTavish Firth und *Off the Rails* sein Geständnis sein musste. Schließlich gab das Buch genug Anhaltspunkte für diese Theorie. Die entscheidende Wahrheit ist jedoch, dass McTavish Majors Idee gestohlen hatte, ohne eine Ahnung zu haben, welchen Rattenschwanz das nach sich ziehen würde.«

Majors räusperte sich. »Die Idee für das Buch kam mir, als

ich eines Tages, Jahre nach dem Unfall, einen Mann traf, der *aussah* wie ein gealterter Troy Firth. Ein flüchtiger Blick, der eine zufällige Erinnerung wachrief – mehr war es nicht. So läuft das bei uns, Detective, falls Sie sich nun wundern. Schreiben ist nichts anderes, als fleißig Brennholz zu stapeln und dann zu hoffen, dass irgendwoher ein Funke auftaucht, der das Feuer entfacht. Wie alle guten Ideen war auch diese plötzlich da: *Was wäre*, wenn ich gerade Troy Firth gesehen hätte? Genau das habe ich Henry damals in Edinburgh erzählt, die *Idee* für eine Geschichte, aber eben mit Details von Anna, wahren Details. Und die reichten offenbar aus, um Douglas von der Wahrhaftigkeit der ganzen Geschichte zu überzeugen. Er kam während des Essens im Anschluss an das erste Panel, in dem ich mich mit McTavish über *Off the Rails* gestritten hatte, auf mich zu, weil er dachte, ich hegte den gleichen Verdacht wie er. Ich sagte ihm, dass wäre Quatsch und die Handlung fiktiv und dass der Grund für meinen Groll gegen McTavish ein anderer sei.« Ich erinnerte mich, die beiden, Royce ignorierend, miteinander tuscheln gesehen zu haben. »Am Abend habe ich ihm dann ordentlich meine Meinung gesagt. Troy Firth war ein furchtbarer Mensch, doch er ist längst tot. Nur hat Douglas sich vor lauter Rachegedanken mithilfe dieses Buchs eine Realität zusammengesponnen, an die er glauben *wollte*.«

Ich blickte Douglas an. »Das ist auch der Grund, warum Sie mir nach Henrys Tod gedankt und die Pistole entsorgt haben – Sie waren sehr wohl hierhergekommen, um ihn zu töten, aber Sie dachten, ich hätte das für Sie erledigt. Gestern Abend an der Telegrafenstation hat Majors Sie angeschrien, weil sie dachte, Sie hätten Ihren Worten Taten folgen lassen und Henry umgebracht. So oder so, Fakt ist: Henry McTavish war Henry McTavish. Wann in seinem Leben hätte er denn in Australien Schulbusse fahren sollen? Und davon abgesehen, dass Troy Firth bei dem Unfall ums Leben kam, stammten McTavishs Verletzungen von einem anderen Unfall mit Fahrerflucht. Das lässt sich überprüfen, aber, wie Majors eben sagte, Sie wollten etwas anderes glauben …«

»Ich habe niemanden umgebracht«, sagte Douglas und sah sich um. »Mag sein, dass Rache das Motiv war, mir die Waffe in Darwin zu besorgen. Aber ich habe meine Meinung geändert, nach dem, was Sie gesagt haben. Über den Preis, den man dafür bezahlt, und so. Ich habe den Ausflug ausgelassen und stattdessen Noahs Asche verstreut, danach war ich wie befreit.«

»Ich muss aus rechtlichen Gründen noch mal daran erinnern: Ich habe niemanden umgebracht«, sagte ich. Douglas nahm ich seinen Sinneswandel durchaus ab. Zwar war es leichter, jemandem zu vergeben, der bereits tot war, aber bereits davor hätte er genug Gelegenheiten gehabt, McTavish zu erschießen – aber er hatte es nicht getan. Letztlich war er zu Verstand gekommen und hatte den Revolver am Bahnhof von Alice Springs entsorgt. »An jenem Abend wirkten Sie tatsächlich wie befreit – jetzt begreife ich auch, warum.«

»Sie haben jetzt einige Beinahe-Verbrechen aufgeklärt«, sagte Hatch und verschränkte die Arme. »Ich bin allerdings wegen eines *Mörders* hier.«

»Stimmt. Also gut, bevor wir weitermachen, möchte ich Ihnen allen noch einmal den Gegenstand ins Gedächtnis rufen, mit dem Wyatt ermordet wurde.«

»Ein Stift«, sagte Hatch.

»Nicht irgendein Stift«, korrigierte ich ihn. »Ein Füller von Gemini Publishing, wie ihn alle von Wyatts Autorinnen und Autoren einmal geschenkt bekommen haben. Wenn ich nicht irre, sind das namentlich: Royce, McTavish und Lisa.« Jasper hatte mit Sicherheit auch einen bekommen, der Dramaturgie zuliebe verschwieg ich das jedoch zunächst. »Ach ja, und Simone, der Wyatt gestern noch einen überreicht hat.« Wyatts abfällige Bemerkung nach dem Abendessen war mir wieder in den Sinn gekommen: *Sie ist ja nicht ganz mit leeren Händen ausgegangen. Ich habe ihr einen Trostpreis überreicht. Nicht, dass sie damit irgendwen unter Vertrag nehmen würde, aber* ... Simone einen Gemini-Füller in die Hand zu drücken, vermutlich mit der Bemerkung *Vielleicht beim nächsten Mal!*, schien mir genau Wyatts Stil zu sein. »Und zu guter Letzt, natürlich, Wolfgang.«

»Ähm, Wolfgang ist bei HarperCollins unter Vertrag«, sagte Simone.

»Wolfgang.« Ich ignorierte den Einwand und drehte mich zu ihm. »Erzählen Sie doch mal, wie interaktiv ist Ihr Kunstprojekt eigentlich?«

KAPITEL 34

Wolfgang stimmte ein langsames, ironisches Klatschen an. »Sie halten sich für besonders clever, hm?« Dann breitete er die Arme aus. »Nur zu, die Bühne gehört Ihnen.«

Das ließ ich mir nicht zweimal sagen, schließlich freute ich mich schon die ganze Zeit auf diesen Teil. »Seit ich den Namen Ihres Projekts das erste Mal gelesen habe, war mir klar, dass wir es in irgendeiner Form mit einer Demütigung zu tun haben würden ... *The Death of Literature* ... Sie sind wirklich davon überzeugt, dass Ihre Arbeit das Prädikat *Kunst* verdient, während wir anderen ... Wie nannten Sie es doch gleich, was *Autoren wie ich* produzieren?« Ich malte Anführungszeichen in die Luft, um Wolfgang an seine Worte während des ersten Panels zu erinnern. »Ach ja, Schundliteraur. Nun, wer verkörpert diesen Schund derzeit wie kein Zweiter? Die einen werden sagen: Henry McTavish, der schottische Krimi-Gott. Andere würden mit dem Finger auf Wyatt Lloyd höchstselbst zeigen, der sich darauf spezialisiert hat, kommerzielle Belletristik zu veröffentlichen, neben McTavish zum Beispiel auch Erica Mathison.«

Wolfgang gähnte. »Wenn Sie nicht genauso versagen wollen wie Royce, müssen Sie sich schon ein bisschen mehr anstrengen.«

»Ihr Projekt zielte von Anfang an darauf ab, Wyatt vorzuführen. Schon während des ersten Abendessens konnten Sie Ihre Schadenfreude nicht mehr zurückhalten, und Wyatt wäre beinahe vom Stuhl gefallen, als Sie ihn einweihten. Er hat Sie angeschrien, was Sie vorhätten, würde ihn ruinieren. Also hat er versucht, Sie zu kaufen. Ich nehme an, Sie haben abgelehnt?«

»Um den Verfall der Literatur zu verhindern, braucht es schon etwas mehr als einen Scheck von – ausgerechnet – Wyatt Lloyd.«

»Wohl wahr, weshalb die eigentlich interessante Frage lautet: Was könnten Sie getan haben, das Wyatt Lloyd um seine Karriere fürchten ließ? Die Antwort lautet: Sie haben drei Personen eingeladen, an dieser Reise teilzunehmen – zwei Museumskuratorinnen und eine Literaturkritikerin. Sie alle lesen Erica Mathisons *The Eleven Orgasms of Deborah Winstock*, die Exemplare sind nagelneu aus einer Buchhandlung in Darwin. Eine Ausgabe ist sogar schon handsigniert, von einer Autorin, die niemals öffentlich in Erscheinung tritt. Und vor allem halten diese drei intelligenten und renommierten Frauen das Buch für einen Geniestreich. Warum? Weil Erica Mathison selbst Ihr Kunstprojekt ist!«

»Sie haben ja doch etwas mehr auf dem Kasten als unser Alan Royce«, sagte Wolfgang mit einem verschmitzten Grinsen.

»Aus diesem Grund sind Sie ebenfalls im Besitz eines Gemini-Füllers«, sagte ich.

In einer dramatischen Geste tat Wolfgang, als reiße er sich eine unsichtbare Maske vom Gesicht. Seine Augen funkelten. »Darf ich vorstellen: Erica Mathison. Wyatt hatte keine Ahnung, dass ich dahintersteckte. Ich habe eine eigene Agentur dafür gegründet und ein Postfach eröffnet, damit er mir Verträge oder was auch immer schicken konnte.«

»Einen Stift.«

»Zum Beispiel. Mein Plan war simpel: ihm den banalsten und kläglichsten *Schund* zu servieren.« Verächtlich schmetterte er das Wort in den Raum. »Er hat sich darauf gestürzt wie ein Hund auf einen Knochen. Dann hat er daraus den Bestseller des Jahres gemacht und meine These bestätigt: Echte Kunst hat gegen Kommerz, den sich jeder beliebig zusammenmixen kann, das Nachsehen.«

»Dabei kam Ihnen dieser kommerzielle Aspekt gar nicht ungelegen, nicht wahr? Simone erzählte mir, Ihre eigenen Texte verkaufen sich mehr schlecht als recht. Und trotzdem sind Sie in Berrimah mit einem Zweihunderttausend-Dollar-Jaguar aufgekreuzt – nicht gerade die klassische Robin-Hood-Manier.«

»Die fette Beute unterstreicht meinen Punkt. Das nennt man Ironie«, spottete Wolfgang. »Kann ich Ihnen gerne bei Gelegenheit erklären.«

»Nennen Sie es, wie Sie wollen. Ich halte Sie für einen Heuchler, um das mal klarzustellen. Aber Sie hatten Ihre Prinzipien, und das Experiment war von Anfang an darauf angelegt, enthüllt zu werden. Also haben Sie Wyatt bei jenem Abendessen gesagt, wer Erica Mathison wirklich ist. Und dass Sie damit an die Öffentlichkeit gehen würden. Aus diesem Grund haben Sie diese drei einflussreichen Personen eingeladen, deren Meinung Sie sehr schätzen. Nachdem Sie sie eingeweiht und ihre Bücher signiert hatten, konnten Sie sich sicher sein, dass sie Ihr Genie preisen würden.« Jetzt erklärten sich auch die Kommentare dieser drei vermeintlichen Kennerinnen über einen solchen gedruckten Quatsch, welche Simone so entsetzt hatten: *genial*, *horizonterweiternd*, *eine Offenbarung*.

Ich hielt einen Moment lang inne und ließ den Blick durch den Raum schweifen. Dann wandte ich mich wieder an Wolfgang. »Aber eine Sache habe ich lange nicht kapiert: Bei alledem würde ich nicht annähernd davon sprechen, dass es Wyatt *ruinieren* könnte. Was Sie beweisen wollten, könnte man auch runterbrechen auf: Jeder kann einen Bestseller schreiben. Von mir aus, das wissen wir spätestens seit Mario Puzos *The God-*

father. Möglicherweise wollten Sie auch die Aufmerksamkeit auf die obszönen Summen richten, die für manche Bücher gezahlt werden. Aber am Ende des Tages hätte sich nichts geändert: Es hätten weiterhin Millionen Menschen Erica Mathison gelesen, und für Wyatt wäre es vielleicht peinlich gewesen, aber die Umsätze von Gemini würden weiter durch die Decke gehen. *The Death of Literature* musste also etwas dramatischer in Szene gesetzt werden.«

Erica Mathison sollte sich wie ein gigantischer Mittelfinger gegen das Establishment richten und ihm einen ordentlichen Dämpfer verpassen. Was hatte sich Simone von Veronica Blythe anhören müssen? *Dabei können gerade Menschen wie Sie eine ganze Menge daraus lernen.* Ich legte nun einen Zahn zu und arbeitete mich zügiger durch meine Ermittlungsergebnisse. Aaron hatte sich immer weiter nach hinten bewegt. Seines professionellen Auftretens offenbar überdrüssig, lehnte er an der Bar und schraubte den Verschluss von einer Wodkaflasche.

»Es gibt keine Erica Mathison«, sagte ich schließlich. »Aber hier kommt die Krux: Auch die Bücher sind eine Farce.«

Bei diesen Worten entglitten Wolfgang erstmals die Gesichtszüge. Ich hatte ihn durchschaut, und das wusste er.

»Einfach ein Buch zu schreiben, das eigentlich unter Ihrer Würde war, wäre nicht drastisch genug gewesen. Also haben Sie diese Aufgabe an einen Computer ausgelagert: *The Eleven Orgasms of Deborah Winstock* stammt aus der Feder einer künstlichen Intelligenz. Das erklärt auch Ihre aktuelle Lektüre eines Fachbuchs über KI-Programmierung, *The Price of Intelligence*. Jeder kann sich an KI austoben, sogar mein Onkel schafft das. Er hat sich von ChatGPT die Texte für seine Webseite schreiben lassen. Warum also nicht auch ein ganzes Buch? Während unseres ersten Panels haben Sie selbst gesagt, dass Bücher wie meins in fünfzig Jahren von Maschinen geschrieben würden. Das ist genau das Maß an Dramatik, das Ihnen für Ihr Experiment vorschwebte: Wyatt Lloyds neuer Bestseller, geschrieben von einem *Computer*. Er würde vor Wut platzen, was für eine unerträgliche Provokation.«

»Sie können sich nicht vorstellen, wie einfach das war«, sagte Wolfgang. »Ich musste nur eingeben, was in den einzelnen Kapiteln geschehen sollte, und der Algorithmus hat mir alles ausgespuckt. Ich habe genau einen Tag dafür gebraucht. Der Text war nicht perfekt, aber Wyatts Lektorinnen und Lektoren haben alles glatt gezogen. Vor lauter Dollarzeichen in den Augen ist er auf diese Schande von einem Text angesprungen wie ein läufiger Hund und hat dabei alle Warnsignale ignoriert. Es war ihm sogar egal, dass wir uns nie getroffen hatten. Et voilà, was zu beweisen war: Für kommerzielle Belletristik braucht es nichts als ein Rezept, während wahre Kunst«, er tippte sich an die Stirn, »nur hier oben entstehen kann.«

»Wenn ich das richtig verstehe«, unterbrach Hatch, der nun wie ein übermotivierter Schüler nach vorne gebeugt und voll dabei war, »hätte Wyatt damit ein Motiv gehabt, Wolfgang zu töten. Aber nicht umgekehrt.«

»Stimmt genau«, sagt Wolfgang. »Davon abgesehen, *wollte* ich ja, dass alle davon erfahren, daher meine Gäste. Die Schlagzeilen hätten in Adelaide bereits auf uns gewartet. Das habe ich Wyatt auch so ins Gesicht gesagt. Dieses Geheimnis war darauf angelegt, enthüllt zu werden. Ich habe niemanden umgebracht, um irgendwas zu vertuschen.« Falls Sie nicht mitgezählt haben, fünf von sechs dieser Sätze sind damit aufgebraucht.

»Das stimmt wohl«, sagte ich. »Zumal Sie es waren, der mir den wichtigsten Hinweis zum wahren Mörder geliefert hat.«

»Stets zu Diensten«, sagte Wolfgang trocken.

»Ja, kaum zu glauben, aber: Sie *mochten* einen Text.«

Wolfgang grunzte verächtlich über diesen abstrusen Vorwurf.

»Ich spreche von *Life, Death and Whisky*. Als Sie in Wyatts Kabine durch das Manuskript blätterten, fiel Ihnen auf, dass McTavishs Stil sich verbessert hatte, stimmt's?«

»Minimal«, sagte Wolfgang spöttisch.

»Exakt. Sie erkannten in *Life, Death and Whisky* die kleinstmögliche Entwicklung. McTavishs erstes Buch, das einzige, das Sie gelesen haben, fanden Sie grauenvoll. Vollgemüllt mit Oxford-Kommata, so ähnlich hatten Sie es formuliert. Sie hatten mir auch erklärt, dass der Schreibstil eines Autors mit einem Tattoo zu vergleichen ist und man seine Eigenheiten nicht einfach so loswird. Und das Oxford-Komma ist eine von McTavishs Eigenheiten. Die Lösung war also die ganze Zeit über direkt vor unseren Augen.«

Angesichts der Tatsache, dass das Gespräch tief in die Gefilde literarischer Techniken vorgedrungen war, war der Groschen bei den meisten Autorinnen und Autoren im Raum längst gefallen. Für Hatch hingegen musste ich es jedoch einmal ausbuchstabieren.

»Die Lösung steckt im verdammten Titel! In *Life, Death and Whisky* fehlt das Oxford-Komma.«

Ich muss mich dann wohl entschuldigen, denn ich breche nun mit einer fundamentalen Regel. Wie es aussieht, taucht wohl doch ein Geist in diesem Buch auf.

»Henry McTavish hat seine Bücher nicht mehr selbst geschrieben«, sagte ich. »Sondern Jasper Murdoch.«

GHOSTWRITER

KAPITEL 35

Ein Ghostwriter, so einfach.

Es hätte längst jemandem aufgefallen sein müssen, dass McTavish nichts mehr selbst schrieb. Ein Blick auf die Zeitleiste reichte bereits aus: Sein erstes Buch war ein weltweiter Bestseller, das zweite jedoch ein Riesenflop, worunter sein Selbstbewusstsein stark gelitten hatte. Dann kamen der Unfall und der lange, schmerzhafte Weg der Genesung – *an seinem dritten Buch biss er sich förmlich die Zähne aus*, hatte Simone gesagt. Hätte er nicht SF Majors Idee gestohlen, wäre vielleicht nie ein drittes Buch erschienen. Aber so etwas konnte er unmöglich zweimal durchziehen. Brooke hatte es in der Präsidentensuite perfekt zusammengefasst: *Ich frage mich, ob er nicht jemand war, der auf Vergnügen aus war, aber nichts dafür tun wollte.* Er brauchte also eine neue Taktik, um weitere Bücher veröffentlichen zu können.

»Ich war ganz sicher, dass Sie mir die Erica-Mathison-Nummer abgekauft haben«, flüsterte Jasper.

»Wie ich Ihnen bereits gesagt hatte, wusste ich, dass Sie nicht unter eigenem Namen schreiben. Sie hatten Sorge, ich wäre Ihnen auf die Schliche gekommen, doch zu dem Zeitpunkt dachte ich in der Tat noch, Sie seien Erica Mathison. Sie wirkten erleichtert, als ich Ihnen das sagte, und bei einem so großen Geheimnis schien mir das absolut plausibel. Aber Ihre Erleichterung kam daher, dass das Geheimnis eben nicht gelüftet wurde. Schließlich funktioniert das Ganze nur, wenn niemand davon weiß, das haben Sie mir selbst gesagt. Also gaben Sie nur zu gerne zu, Erica zu sein, um mich auf eine falsche Fährte zu locken. Ich mag zunächst vielleicht darauf reingefallen sein, aber meine Herleitung bleibt gleichermaßen korrekt. Ihr Verhalten lässt darauf schließen, dass Sie selbst nie im Rampenlicht standen. Und es frustriert Sie, dass Harriet nicht müde wird, Sie immer wieder zu animieren, Ihre Erfolge für sich zu beanspruchen. Ich kann nur vermuten, dass Ihr Vertrag in Sachen Geheimhaltung keinerlei Spielräume lässt, weshalb Sie mehrfach versucht haben, Ihre Frau zum Schweigen zu bringen. Sie sagten mir, Harriet wolle, dass Sie unter Ihrem eigenen Namen schreiben, und vielleicht war das einst auch Ihr Traum. 2009 haben Sie Ihren ersten eigenen Roman veröffentlicht, der in der *New York Times* mit dem Werk von McTavish verglichen und zerrissen wurde, das jedoch ebenfalls aus Ihrer Feder stammte. Dabei war es sogar Harriet selbst, die dessen fünftes Buch – das zweite, das Sie für ihn geschrieben haben – bei Erscheinen, 2006, derart in den Himmel lobte, dass ihre Worte noch immer auf seine Cover gedruckt werden.

Aber diese Rezension hat Sie schwer getroffen. Danach verzichteten Sie darauf, Ihrer eigenen Stimme zu folgen, und gaben sich mit Ihrem Platz hinter den Kulissen zufrieden. Dennoch taten Sie etwas, was kein Autor jemals tun sollte: Sie haben auf die Rezension reagiert.«

Simone zuckte mit schmerzverzerrtem Gesicht zusammen.

»Und nicht nur das – Sie haben Harriet in Ihrer Antwort die Wahrheit erzählt, habe ich recht? Dass Sie ihr Urteil für unfair hielten, schließlich *waren Sie selbst* Henry McTavish. So kam es zu Ihrem ersten Treffen.«

Harriet nickte, während Jasper ausführte: »Sie hat die große Story gewittert, und ich musste sie anflehen, die Sache für sich zu behalten. Wir haben uns auf einen Kaffee getroffen … und plötzlich rückte all das in den Hintergrund.«

»Jetzt ist sie Ihre größte Unterstützerin«, sagte ich. »Und versucht seit dieser Entdeckung, Ihnen die Anerkennung zu verschaffen, die sie Ihnen damals in diesem Artikel verwehrt hatte. Während Sie selbst versuchten, keine Aufmerksamkeit zu generieren, ließ Harriet keine Gelegenheit aus, Ihnen zu schmeicheln. Oder ein bisschen zu sticheln. So fragte sie zum Beispiel während des ersten Panels, woher McTavish seine Inspiration nahm. Am ersten Tag behauptete sie mir gegenüber, Sie hätten *genauso viele Bücher verkauft wie McTavish* – eine Aussage, die man schnell als Prahlerei übergeht, dabei meinte sie genau, was sie sagte: McTavishs Verkaufszahlen waren Ihre Verkaufszahlen. Als ich sie fragte, ob sie ein Fan von McTavish sei, antwortete Harriet, dass sie seine *Bücher* möge. Ihre Bücher.«

Jasper warf Harriet einen wütenden Blick zu. Ich erinnerte mich, dass er schon verärgert war, als Harriet mir all diese Dinge erzählte, die Spannung zwischen den beiden war nicht zu übersehen gewesen. Sie wollte ihn in der Hauptrolle sehen, doch er war zufrieden mit dem, was er tat. Das behauptete er zumindest. Harriet drückte seine Schulter, ob als Entschuldigung oder um ihn zu beschwichtigen, das war schwer zu sagen.

»Aber es gibt noch mehr Hinweise«, fuhr ich fort. »McTavish schrieb seine Bücher auf einer Schreibmaschine und fertigte immer nur ein Exemplar eines Manuskripts an. Angeblich tat er das, um Leaks zu vermeiden, aber in Wahrheit ging es ihm darum, keine Metadaten auf dem Computer zu hinterlassen, die den wahren Autor preisgaben. *Life, Death and Whisky* soll er hier im Zug vollendet und es Wyatt persönlich übergeben haben, doch in seinem Zimmer war von einer Schreibmaschine keine Spur. Dafür sind Jaspers Finger ganz schwielig vom vielen Tippen auf einer alten Maschine. Und dann gab es noch dieses Panel, ganz zu Beginn.«

Ich erinnerte mich, wie McTavish angetrunken lallte und *The Night Comes* mit *The Dawn Rises* verwechselte. *Bei all den Veröffentlichungsterminen und verschiedenen Ausgaben, noch dazu in verschiedenen Ländern, kommt man leicht durcheinander*, lautete seine Entschuldigung.

»McTavish hatte keine Ahnung, über welches Buch er auf

dem Panel sprechen sollte. Und schlimmer noch: Ihm schien nicht einmal klar zu sein, dass seine Morbund-Reihe endete.« Während des Panels hatte ich noch gedacht, McTavish habe Wyatt wütende Blicke zugeworfen, weil der ihn drängte, weiter Morbund-Bücher zu schreiben. Dabei hatte er bis zu diesem Zeitpunkt gar nicht begriffen, dass Morbund in *The Dawn Rises* starb. »Im Anschluss an diese kleine Überraschung hatte er sicher ein ernstes Gespräch mit Wyatt. Er war so weit weg vom Entstehungsprozess gewesen, dass er nicht mitbekam, dass sein Goldesel ausgedient hatte. Doch Sie hatten Wyatt ein Ultimatum gestellt, Jasper: Kein weiterer Morbund-Band, bis er Ihren eigenen Roman veröffentlichte, *Life, Death and Whisky*. Aber als Sie ihm das Manuskript überreichten, wollte er es nicht haben. Er musste zuerst die Wogen mit McTavish glätten. Er stellte Ihren Deal hintan und forderte stattdessen einen neuen Morbund. Ich habe Sie darüber streiten hören.«

Es steht im Vertrag: Morbund, und sonst nichts, hatte Wyatt gesagt. *Warum sollten wir nach all dieser Zeit etwas daran ändern?* Als mir mein Denkfehler in Sachen Erica Mathison aufgefallen war, folgerte ich, dass es gar nicht McTavish war, mit dem Wyatt in seinem Zimmer gestritten hatte. Schließlich war auch das charakteristische *Tock* seines Gehstocks nicht zu hören gewesen.

»Wyatt dachte, ich hätte einen weiteren Morbund-Roman für ihn«, sagt Jasper. »Und das, obwohl *The Dawn Rises* das große Finale hätte sein sollen. Es war schwer genug gewesen, ihn davon zu überzeugen, Detective Morbund zu Grabe zu tragen. Ich musste es ihm als Werbeaktion verkaufen: fette Verkaufszahlen für das vermeintlich letzte Buch – und noch fettere für das Comeback. Ich hoffte, ich könnte ihn ganz von Morbund abbringen, wenn ich nur genug Geduld hatte und ihm etwas Außergewöhnliches vorlegte. Oder zumindest, dass ich beides schaffen würde, wenn er mir vor dem nächsten Morbund ein Jahr Zeit geben würde.« Er schnalzte mit der Zunge, er war wütend. »Nicht einmal die erste Seite hat er zu Ende gelesen.«

Harriet massierte Jaspers Schulter. Was er sagte, deckte sich mit meinen Folgerungen. *Du hast versprochen, dass du ihn zurückholst*, hatte Wyatt gesagt. *Ich weiß … Archie Bench … beschissen smarter Move.*

»Hätte Wyatt sich nicht einfach einen anderen Ghostwriter besorgen können?«, fragte Hatch.

»Nicht auf diesem Niveau«, antwortete Harriet, und sie hatte recht. Jasper hatte McTavishs Büchern mindestens so viel Charakter gegeben wie McTavish selbst. Schließlich hatte er die meisten davon geschrieben. Für Wyatt musste er unersetzlich gewesen sein.

Ich übernahm das Gespräch wieder. »Also haben Sie Archie Bench in das letzte Buch eingebaut – Ihr Versprechen an Wyatt. Für die ganz aufmerksamen Fans, wie Brooke zum Beispiel, die mir erklärte, dass Archie Bench der Grund sei, warum sie McTavish *niemals umgebracht hätte*. Archie Bench ist ein Anagramm zu *Reichenbach*, wie der Reichenbachfall, der berüchtigte Wasserfall, in dem Sherlock Holmes sein Leben ließ. Aber bekanntlich war sein Tod nur von kurzer Dauer, und Conan Doyle brachte ihn wohlbehalten wieder zurück. Womit wir beim nächsten Hinweis wären, dass McTavish das Buch nicht selbst geschrieben hat. In seinen Unterlagen fand ich eine Seite von einem Ghan-Notizblock, auf der er versucht hatte, das Anagramm zu enträtseln. Warum sollte er seinen eigenen Code knacken wollen?«

Brooke lächelte.

»Mr Murdoch«, meldete sich Hatch erneut zu Wort, »wie haben Sie reagiert, als Wyatt Ihr Buch abgelehnt hat?«

Japser seufzte. »Ich habe ihm gesagt, dass ich die ganze verdammte Sache auffliegen lassen und den Leuten die Wahrheit sagen würde.«

Wag es nicht, mir zu drohen, hatte ich Wyatt durch die Tür sagen hören.

»Kommen wir zum letzten Hinweis«, sagte ich. Ermittlungstechnisch gesprochen, hätte ich mir diesen Punkt sparen können, da ich bereits ausreichende Beweise hatte, die Jasper als McTavishs Ghostwriter enttarnten. Doch Simone hatte sich solche Mühe gegeben, mir diesen Auftritt hier zu ermöglichen, also wollte ich ihr das große Finale nicht verwehren. »Simone, du wusstest die ganze Zeit über Bescheid, nicht wahr? Genau genommen seit dem dritten Buch. Du wusstest, dass *Off the Rails* gestohlen war, Majors Vorwürfe konnten an dir als McTavishs Assistentin unmöglich vorbeigegangen sein. Und auch die Verhandlungen mit Jasper zum vierten Band waren schon im Gange. Mir sagtest du, dass du dich lieber *auf richtige Literatur fokussieren* wolltest und du deshalb den Job gekündigt hättest.«

Simone, überrumpelt, dass das Gespräch so schnell von Jasper auf sie übergesprungen war, stammelte: »Ja, so etwas bleibt an einem haften wie Scheiße am Schuh. Ich wollte da raus, bevor alles den Bach runterging.«

»Ging es aber nicht. Und du musstest dabei zusehen, wie Wyatt und McTavish mit einem Geheimnis, in das du ebenfalls eingeweiht warst, Kohle scheffelten. Du wolltest auch ein Stück vom Kuchen, also hast du versucht, McTavish in deine Agentur zu holen – mithilfe klassischer Erpressung. Du hast selbst gesagt, dass man McTavishs Aufmerksamkeit am besten wecken konnte, wenn man ihn mit Rätseln und Codes köderte. Und genau das hast du getan.

Kurz bevor wir alle an Bord gingen, hast du dich in seinen Goodreads-Account eingeloggt, von dem Wyatt immer gehofft hatte, er würde ihn nutzen. Zwar gab es die Plattform noch nicht, als du für McTavish gearbeitet hast, aber du hattest – obwohl du mir gegenüber behauptet hast, du würdest dich nicht daran erinnern – sein Passwort, das er deiner Aussage nach immer und überall verwendete. Du hast dich also eingeloggt und im Namen von Henry McTavish fünf individuelle Bewertungen abgegeben.«

Simone setzte zu einem Widerspruch an, brachte ihn aber nicht über die Lippen.

»McTavish, der mir angeblich nur einen Stern gegeben hatte, war irritiert, als Wolfgang so tat, als würden sie beide gleichermaßen wenig von meiner Arbeit halten. Er hat die Plattform schlicht nie selbst verwendet, vor den fünf Bewertungen gab es auf seinem Profil keinerlei Aktivität. Das war auch der Grund, warum du Wyatt nicht überzeugen wolltest, die Bewertungen zu löschen – sie waren eine Botschaft an McTavish. Genauer gesagt: eine Drohung.«

Es stand in Royces Notizbuch, wie auf einem Silbertablett, und ich schämte mich beinahe, dass ich diesen Teil nicht früher kapiert hatte.

*Ernest: * Grauenvoll.*

*Wolfgang: ** Himmlisch.*

*SF Majors: *** Obsolet.*

*Ich: **** Sensationell.*

*Flittchen: ***** Tadellos.*

»Du hast einen Code mit fünf Buchstaben in diese Bewertungen eingebaut. Deshalb passen Wolfgangs zwei Sterne nicht zu der Beschreibung *Himmlisch* und Majors' *Obsolet* nicht zu ihren drei Sternen. Die Sterne brauchtest du nur für die Reihenfolge. Nimmt man von der schlechtesten zur besten Bewertung den jeweils ersten, groß geschriebenen Buchstaben, erhält man das Codewort: GHOST.«

Hinten an der Bar nahm Aaron einen ordentlichen Schluck Wodka direkt aus der Flasche. Nicht jeder kann sich für Kryptologie begeistern.

»McTavish nutzte seinen Goodreads-Account nicht selbst, aber du konntest davon ausgehen, dass Wyatt ihn darauf hinweisen würde. Und mit Codes kannte er sich gut genug aus, um die Botschaft zu entziffern. Wyatt selbst konnte es nicht gewesen sein, weshalb er dich verdächtigte, sich in seinen Account eingeloggt zu haben. So bekamst du deinen Pitch. McTavish musste dich in seine Suite eingeladen haben, damit ihr unter vier Augen sprechen konntet – der Blaubeerduft deiner E-Zigarette hing dort noch lange in der Luft. Deine Drohung, ihn auffliegen zu lassen, hat anscheinend nicht ausgereicht, um McTavish zu einer Unterschrift zu bewegen. Doch nicht nur hast du von ihm eine Abfuhr bekommen, sondern auch noch ein verhöhnendes Trostpflaster von Wyatt, den Gemini-Füller. Allerdings starb McTavish dann, und dir kam der Gedanke, dass ich womöglich darüber schreiben würde. Du gabst mir den Tipp, dass erhöhte Komplexität und kryptische Hinweise sich besonders gut verkaufen. Außerdem hast du mir beim Abendessen subtil wieder McTavishs Bewertungen in Erinnerung gerufen – *fünf Sterne für deine Mühen*. Du hast versucht, meinen Mordverdacht in Richtung Jasper zu lenken. Wenn ich das beweisen könnte, hättest du doppelt gewonnen: Ich hätte gute Chancen auf einen weiteren Bestseller und gleichzeitig Wyatt für dich bloßgestellt. Blöd nur, dass er starb, bevor er seinen Namen in der Zeitung lesen konnte.«

Simone verschränkte die Arme. »Manches von dem, was du sagst, mag stimmen. Aber ich bringe nicht einfach Leute um, damit du dein blödes Buch schreiben kannst, Ernest. Und außerdem hab ich dir deshalb nur einen Stern gegeben, weil ich dachte, du könntest das verkraften. Ich wusste nicht, dass du so zartbesaitet bist.«

»Dann kennst du mich nicht besonders gut«, sagte ich.

»Bedeutet trotzdem nicht, dass ich anderen etwas antue.« Und dann war sie die Letzte, die es aussprechen durfte: »Ich habe niemanden umgebracht.« Sie marschierte rüber zur Bar, schnappte sich Aarons Wodkaflasche und gönnte sich einen großen Schluck. Dann stellte sie die Flasche auf den Tresen. »Würden Sie nun endlich Jasper verhaften?«, fragte sie an Hatch gewandt.

Hatch schien genug gehört zu haben und ging einen Schritt auf Jasper zu. Der wich langsam zurück, stieß dann jedoch gegen den Bartresen hinter ihm. Er konnte nirgendwohin. In einem Akt der Solidarität griff Harriet nach seiner Hand.

»Das Problem ist nur«, schaltete ich mich ein, »Jasper hat sehr wohl einen Deal mit Wyatt gemacht. Für eine Verdopplung seines Vorschusses als Ghostwriter hat er sich einverstanden erklärt, dass *Life, Death and Whisky* als posthumes Werk von Henry McTavish erscheint. Er mag vielleicht ein Motiv gehabt haben, McTavish zu töten, aber nicht Wyatt. Jasper ist nicht unser Mörder.«

Bevor ich ihren Namen aussprechen konnte, gab sich die Person selbst zu erkennen. Eine ziemliche Frechheit, wenn man es genau betrachtet, mich auf diese Weise meines großen Moments zu berauben. Es steht dem Detektiv zu, des Rätsels Lösung zu verkünden, woraufhin sich alle Augenpaare langsam auf die Täterin oder den Täter richten. In diesem Fall hatte sie bereits nach der Wodkaflasche gegriffen, diese am Tresen zertrümmert und den zersplitterten Flaschenhals an Simones Kehle gehalten, bevor alle Augen überhaupt bei Harriet Murdoch ankamen.

KAPITEL 36

»Harriet?«, fragte Jasper verwirrt in meine Richtung. Dann sah er seine Frau an. »Harriet?« Es klang wie: *Bist das wirklich du?* Und schließlich drehte er sich wieder zu mir und fragte noch mal: »Ernsthaft, Harriet?« Seine Ungläubigkeit war ein Segen für meine Strichliste.

Harriet war Simone in Körpergröße und Kraft überlegen und hielt sie fest an sich gedrückt. Wir anderen, Jasper inklusive, wichen ein Stück zurück. In einer direkten Konfrontation hätten es einige von uns mit ihr aufnehmen können, doch die gesplitterte Glasflasche an Simones Hals hielt uns davon ab.

»Tut mir leid, Jasper«, sagte ich.

»Sag ihnen, dass das nicht wahr ist«, flehte er seine Frau an. »Los, sag's ihnen! Du wolltest das bestimmt nicht. Es war ein Unfall. Bitte, Harriet …«

Harriet schwieg. Ein einzelner roter Tropfen lief am Flaschenhals entlang. Simone hatte die Augen weit aufgerissen, mit flatternden Handbewegungen gab sie uns zu verstehen zurückzubleiben. In einer übertriebenen Geste legte Hatch seinen Taser auf den Boden in der Hoffnung, die Situation etwas zu entschärfen.

»Es war kein Unfall«, erklärte ich. »Als Harriet in diesen Zug gestiegen ist, hatte sie einen Plan und eine Tasche voller gestohlener Blumen, mit denen sie ihn in die Tat umsetzen wollte. Ob sie allerdings zu diesem Zeitpunkt schon allen Mut beisammenhatte, wirklich zu töten, das wage ich zu bezweifeln.«

»Wollen Sie damit sagen, bei der Mordwaffe handelt es sich um *Blumen*?«, fragte Hatch.

»Um Mohn, um genau zu sein, in Fachkreisen Papaver genannt. Mohnkapseln enthalten Opioide, aus denen sich Heroin herstellen lässt. Man kann sie zum Beispiel als Tee aufgießen. In Tasmanien werden sie zu medizinischen Zwecken gezüchtet. Es kommt immer wieder vor, dass Drogenabhängige versuchen, die Blumen zu entwenden, um ihren eigenen Stoff daraus herzustellen. Aber Ihnen brauche ich das nicht zu erzählen, nicht wahr, Harriet? Was Sie jedoch interessieren dürfte: Die Person, von der Sie die Blumen gestohlen haben, ist eine ganz reizende alte Dame, Margaret. Und die hat nicht nur einen ausgeprägten Gerechtigkeitssinn, sondern auch eine Schwäche für Nullachtfünfzehn-Privatdetektive.«

»Tasmanien?«, fragte Jasper und starrte Harriet an wie ein abstraktes Gemälde.

»Dort haben Sie Ihre Reise begonnen, oder?« Ich sah Jasper an. »Sie haben erwähnt, dass Sie Australien in voller Länge von unten nach oben durchqueren und dabei – wie wir nun wissen – Ihre Arbeit an *Life, Death and Whisky* vollenden wollten. Außerdem haben Sie Wyatt versehentlich Ihre Tabletten gegen Seekrankheit gegeben, als er welche gegen Heuschnupfen gebraucht hätte. Wer es wirklich ernst meint mit einer Durchquerung Australiens von Süden nach Norden, muss in Tasmanien starten und dann mit der Fähre aufs Festland übersetzen. Das erklärt auch die Tabletten. Der Heuschnupfen, mit dem Wyatt, der sein Zimmer direkt neben Ihrem hatte, am ersten Tag zu kämpfen hatte, wurde ausgelöst von den Mohnblumen, die Harriet in ihren Taschen hatte. Die Pollen setzten sich in Ihrer Kabine und auf Ihren Klamotten ab und verteilten sich so im Zug. Ein paar Blütenblätter lagen sogar im Gang herum, was ich zunächst noch für eine romantische Geste gehalten hatte.«

Harriet machte einen Schritt rückwärts in Richtung des Speisewagens. Das spitze Glas hinterließ einen langen roten Streifen auf Simones Hals, die Mühe hatte, sich der Bewegung anzupassen.

»Ich hab es für dich getan, Jasper«, sagte Harriet. »Mir sind die Konsequenzen meiner blöden Rezension klar geworden. Sie hat jegliches Streben nach etwas Größerem in dir ausgelöscht, stattdessen hast du dich im Schatten der Karriere von jemand anderem eingerichtet. Weißt du, wie sich das angefühlt hat? Die Verantwortung dafür zu tragen, dass du dich deines eigenen Namens unwürdig erachtest? Ich bin es leid, meine Worte immer wieder auf seinen beschissenen Covern zu lesen … *einmalig … unübertroffen.*« Harriet schäumte vor Wut. »Diese Worte sollten auf deinen Covern stehen, sie gehören *dir*! Nein … ich musste das in Ordnung bringen. Du solltest deinen eigenen Namen haben, deinen eigenen Erfolg. Dein eigenes *Vermächtnis*!«

»Nur, dass es so weit niemals kommen konnte, solange McTavish am Leben war«, sagte ich. »Jasper hatte sogar versucht, Morbund und damit die ganze Reihe sterben zu lassen, aber Wyatt hat ihm einen Strich durch die Rechnung gemacht.

Er hat *Life, Death and Whisky* abgelehnt. Warum einen Jasper-Murdoch-Roman veröffentlichen, wenn er noch mehr McTavish haben konnte? McTavish musste also aus dem Weg geräumt werden. Aber am Ende hat etwas ganz anderes das Fass zum Überlaufen gebracht, nicht wahr?«

Harriet nickte.

»Noch hatten Sie Zweifel, ob Sie es wirklich durchziehen könnten, bis ein Stück Pappe die Frage für Sie beantwortet und Sie von einer hypothetischen zu einer echten Mörderin hat werden lassen, und zwar: ein Bierdeckel.«

Ich erinnerte mich, wie Jasper auf McTavish zugegangen war und sich ihm vorstellte. McTavish hatte sich einen Bierdeckel geschnappt und darauf unterschrieben. *Für Jasper Murdoch*, hatte Harriet laut vorgelesen. *Wow! Das glaubt dir keiner.*

»Er kannte nicht einmal deinen Namen!«, schrie Harriet jetzt. Die stolpernde Simone fest im Griff, manövrierte sie sich rückwärts in den schmalen Gang neben der Bar, der zur Waggontür führte.

Jasper, Hatch und ich folgten ihr vorsichtig, ohne den Abstand zu verringern.

»Was du alles für ihn getan hast; die Kohle, die du ihm eingebracht hast! Und er hält dich für einen x-beliebigen Fan, der sich ein Autogramm abholen will? *Ein beschissenes Autogramm?*«

Ich ergriff wieder das Wort. »Sie haben den Opiumtee in der kleinen Küchennische am Ende des Gangs zubereitet. Den Wasserkocher haben Sie weggeworfen, damit sich niemand sonst versehentlich zudröhnt. Sie wussten, dass McTavish eine Schwäche für guten Whisky hatte, also haben Sie sich einen feinen Tropfen besorgt und den Tee untergemischt. Die Flasche haben Sie ihm vor die Tür seiner Suite gestellt, wo er sie am Morgen entdeckt hat – zusammen mit einer anonymen Grußkarte: *In Verehrung*. McTavish dachte, das Geschenk sei von Brooke, der er bereits am Vorabend ein eindeutiges Angebot gemacht hatte, ohne die leiseste Ahnung zu haben, dass sie seine

Tochter ist. Folglich bot er ihr am Morgen seines Todes an, ihn mit ihr zu teilen.«

Guter Tropfen … wäre doch zu schade, den allein zu trinken, waren seine Worte.

»Natürlich hatten Sie nicht geplant, ihn so dramatisch zu ermorden. Sie gingen wohl davon aus, er würde sich noch ein Betthupferl genehmigen und im Schlaf sterben. Oder, noch besser, erst nach der Reise davon trinken, weit weg im fernen Schottland. Unglücklicherweise war McTavish Alkoholiker und hat sich den Whisky ohne mit der Wimper zu zucken in seinen Flachmann gefüllt.«

Das Glas bohrte sich tiefer in Simones Hals.

»Harry, bitte –«, sagte Jasper.

»Ganz ruhig, Harriet«, sagte ich. Selbstverständlich musste ich ihr das eigene Verbrechen nicht bis ins Detail erzählen, aber mir schien, als hielte sie mein Vortrag davon ab, eine Kehle durchzuschneiden. Also fuhr ich fort. »Sie hätten noch immer damit davonkommen können – Ihr Plan war gut durchdacht –, hätte McTavishs Tod nicht genau das Gegenteil von dem bewirkt, was Sie beabsichtigt hatten: *Life, Death and Whisky* – das Buch, das Wyatt nicht wollte, als McTavish noch am Leben war – wurde zu einem Schatz.

Anstatt Jasper aus seinen Ketten zu lösen, hatten Sie ihm einen neuen Klotz ans Bein gebunden. Sie hatten es in Ihrer Rezension in der *New York Times* auf den Punkt gebracht: Selbst wenn er unter seinem eigenen Namen schreibt, er klingt wie McTavish. Wyatt erkannte, dass er *Life, Death and Whisky* problemlos unter McTavishs Namen würde veröffentlichen können, und verdoppelte kurzerhand Jaspers üblichen Vorschuss. Und schon gehörte der Schatz ihm: ein posthumer Roman, ein *literarischer* McTavish.« Als ich Wyatt in Alice Springs am Telefon diskutieren sah, hatte er sich grünes Licht für den Deal geholt, das wurde mir jetzt klar. »So viel Geld … Jasper nahm dankend an. Für ihn zählte nur, dass seine Arbeit das Licht der

Welt erblickte, egal, welcher Name auf dem Cover prangt. Während des Ausflugs zu Simpsons Gap haben Sie sich darüber gestritten. Sie waren wütend, schließlich hatten Sie alles aufs Spiel gesetzt, damit Jasper endlich er selbst sein konnte. In dieser Nacht haben Sie Wyatt zur Rede gestellt. Ich kann nur vermuten, wie das Gespräch ablief, aber ich glaube zu wissen, wie es endete. Er machte Ihnen klar, dass er Jasper in der Tasche hatte und Sie nichts dagegen tun konnten. Um Ihnen das zu beweisen, zückte er seinen Gemini-Füller und kritzelte *von Henry McTavish* auf das Titelblatt von Jaspers Werk. Es sind die einzigen handschriftlichen Worte im gesamten Manuskript, eine letzte Beleidigung, die Sie einfach nicht hinnehmen konnten. Sie entrissen Ihm den Stift und –«

»Du bist frei!«, unterbrach mich Harriet. Sie stand mit dem Rücken zur Tür des Waggons. Ihre Augen ruhten auf Jasper. Das Motiv, hatte Lisa gesagt, ist immer Liebe. Und so war es. »Du hast so viel mehr verdient. Und was die beiden verdienen, haben sie jetzt bekommen. Ich liebe dich über alles. Ich habe es für dich getan.«

Jasper schluchzte. »Das hast du nicht ... Sag so etwas nicht, Harriet.«

»Ich liebe dich.«

»Sag das nicht.«

»Ich liebe dich.« Sie hatte eine Entscheidung getroffen. Ich habe genug Mördern in die Augen gesehen, um diesen Moment zu erkennen. Ihr Blick bekommt einen neuen Glanz. Es ist, als würde jemand aus dem Koma erwachen. »Jasper? Ich liebe dich.«

»Harriet ... Ich ... ich«, Jasper brachte kaum einen geraden Satz zustande. »Ich erkenne dich kaum wieder.«

Es war nur der Hauch einer Bewegung, aber ich sah, wie sich eine Sehne in Harriets Arm spannte, und mir wurde klar, dass sie gleich von der Flasche Gebrauch machen würde. Ich machte einen Schritt auf sie zu. Harriet reagierte, indem sie mir Simone entgegenschubste, was in dem engen Korridor einem Strike beim Bowling gleichkam. Während wir alle das Gleichgewicht verloren, sah ich, wie Harriet durch die Tür aus dem Waggon schlüpfte.

Wir entknoteten unsere Gliedmaßen. Hatch stöhnte und hielt sich das Handgelenk. Simone schien nichts zu fehlen, ihr Hals war mit Blut verschmiert, doch ich erkannte keine offene Wunde. Sie richtete sich auf. »Mir geht's gut«, knurrte sie. »Los, hinterher!«

Ich stürmte in das Restaurant, Jasper dicht hinter mir. Der Raum war leer.

»Wo zum Teufel will sie denn hin?«, fragte Jasper.

Aus dem nächsten Waggon ertönte das Geräusch einer splitternden Scheibe, gleich darauf heulte der Wind durch jeden Winkel des Zugs. Als wir durch die nächste Tür traten, sah ich sofort das zerbrochene Fenster, Glasscherben lagen auf dem Teppich. Ich steckte meinen Kopf nach draußen und sah gerade noch, wie Harriets Fuß auf dem Dach des Zugs verschwand. Sie war die Trittbügel hinaufgeklettert, die an der Außenseite eines jeden Waggons befestigt waren. Ich blickte Jasper an und deutete nur nach oben. Das Rauschen des Fahrtwinds war ohrenbetäubend.

Hatch kam hinter uns durch die Tür getaumelt, mit schmerzverzerrtem Gesicht hielt er sich das Handgelenk. Er blieb neben mir stehen und reichte mir seinen Taser. Niemals würde er es die Leiter hoch schaffen. Ich nickte und gab ihm zu verstehen, zum anderen Endes des Waggons zu gehen, wo ich zu Beginn der Reise die Notbremse entdeckt hatte.

Ich hatte die erstrebenswerte Menge an Fahrzeugen, auf denen ich in voller Fahrt balancieren wollte, längst überschritten (sie liegt bei null), doch zu meiner großen Enttäuschung – und zur Enttäuschung der armen Sau, die dieses Buch mit bescheidenen Mitteln verfilmen möchte – war ich dabei, schon zum zweiten Mal innerhalb von vierundzwanzig Stunden aus einem Fenster zu klettern.

Das Adrenalin ließ mich den Schmerz in meinen geschundenen Fingerspitzen vergessen, als ich eilig die Trittbretter hinaufstieg. Oben angekommen, musste ich die Augen im Fahrtwind zusammenkneifen. Obwohl Harriet nur ein paar Meter vor mir auf allen vieren über das Dach krabbelte, konnte ich sie nur verschwommen wahrnehmen. Der Wind schob mich rückwärts, und meine Schuhe rutschten über das gewölbte Zugdach. Mein Körper bot zu viel Angriffsfläche, also nahm ich mir ein Beispiel an Harriet und ließ mich auf die Knie fallen. Schließlich legte ich mich sogar flach auf den Boden und robbte ihr hinterher.

Etwas berührte meinen Fuß, und ich sah nach hinten: Jasper war ebenfalls die Leiter hochgeklettert. Den Taser fest im Griff, zog ich mich vorwärts. Die Geschwindigkeit des Zugs schien unverändert. *Wie lange kann es dauern, so einen Hebel runterzuziehen?* Aaron musste doch sicherlich auch per Funk mit dem Zugführer in Verbindung stehen. *Aber tausendvierhundert Tonnen,* überlegte ich, *kommen wohl nicht auf Kommando zum sofortigen Stillstand.*

Plötzlich spürte ich, wie mich etwas an der Hand traf. Gegen den Wind blinzelnd erkannte ich einen Schuh und sah gerade noch, wie mein Taser nach hinten über das Dach rutschte. Wie gerne würde ich Ihnen beschreiben, wie er noch einen Moment lang in perfekter Balance auf der Kante verharrt und im letzten Augenblick von einer ausgesteckten Hand erreicht wird. Aber während viele Thriller in Kampfszenen auf glückliche Fügung setzen, begnügt sich dieses Buch mit etwas, das die anderen meist außer Acht lassen: physikalische Gesetze. Der Taser polterte direkt in den Abgrund.

Ich wedelte mit meinem Arm vor mir durch die Luft in der Hoffnung, Harriet zu erwischen. Kurz darauf erkannte ich ihre Umrisse deutlich vor mir. Sie hatte sich offenbar umgedreht und kam jetzt auf mich zu. In ihrem Windschatten sah ich klar und deutlich, wie sie ihren Arm nach oben riss und mir den zerbrochenen Flaschenhals tief in die Schulter rammte.

Sofort trat Blut aus der Wunde, und das nicht zu knapp. Es war, als hätte mir jemand einen Eimer warmes Wasser auf den Rücken geleert. Ich versuchte nach Harriet zu greifen, aber mein rechter Arm gehorchte mir nicht. Ein stechender Schmerz zuckte durch meinen ganzen Körper, als sie das Glas wieder herauszog. Dann sah ich sie davonkrabbeln – so viel zur spektakulären Kampfszene. Schwindel erfasste mich, und mir blieb nichts anderes übrig, als mich flach hinzulegen und zu hoffen, dass mich der Wind nicht vom Dach fegte, bevor der Zug zum Halten kam.

Ich spürte eine Hand auf meiner Schulter sowie warmen Atem an meinem Ohr. Jasper lehnte über mir.

»Verwende meinen Namen«, sagte er. »Meinen echten Namen.«

Dann schritt er gegen den Wind gebeugt über mich hinweg. Als er bei Harriet anlangte, breitete er die Arme aus. Sie ließ die Flasche fallen. Ich konnte nicht hören, was er zu ihr sagte, aber sie wischte sich mit dem Handrücken übers Gesicht. In dem Moment machte Jasper einen Satz nach vorne.

Er umarmte sie.

Es war eine innige Umarmung, so eng, dass ihre Herzen aneinandergeschlagen haben mussten. Wie bei Soldaten, die aus dem Krieg heimkehren, in die Arme ihrer Liebsten. Harriet legte ihren Kopf auf Jaspers Schulter. Es schien, als würden die beiden für einen kurzen Moment alles um sie herum vergessen: den Wind, das Blut, den Tod, den Schmerz. Es waren nur sie beide.

Dann verlagerte Jasper ruckartig das Gewicht, und die beiden stürzten Arm in Arm vom Dach des fahrenden Zugs.

Von: ECunninghamWrites221@gmail.com
An: <ZENSIERT>
Betreff: Prolog

Hi <ZENSIERT>,

der Epilog gestaltet sich schwierig, nicht zuletzt, weil die Geschichte noch nicht zu Ende ist.

Ich sollte dich kurz auf den aktuellen Stand der Dinge bringen, nachdem die Klimax nun hinter uns liegt – das ist schnell geschehen, keine allzu großen Überraschungen: Royce wurde verhaftet, weil er die Vergewaltigung vertuscht hat; Douglas Parsons muss meines Wissens ein Bußgeld wegen illegalen Schusswaffenbesitzes zahlen; Lisa Fulton ist gerade so um eine Anklage wegen ihrer Grand-Theft-Auto-Aktion herumgekommen, allerdings murmelte Hatch etwas von einem neuen Land Cruiser, den sie ihm schulde. Angesichts der Tatsache, dass Brooke nun McTavishs offizielle Erbin ist (DNA-Test sei Dank), gehe ich davon aus, dass er auf ein nagelneues Modell besteht. Und Jasper und Harriet, nun ja, von denen ist nicht mehr übrig als eine große Sauerei an der Außenwand des Ghan. Du hast das Foto sicher in der Presse gesehen.

Majors Plagiatsvorwürfe sind nun in aller Munde, sie bekommt also endlich die Klage, auf die sie so lange gewartet hat. Ich kann es nicht beweisen, aber mein Gefühl sagt mir, dass sie jeden Hinweis auf eine Vertraulichkeitserklärung, die sie genau wie Lisa damals unterzeichnet hat, vernichten wird. Außerdem könnte sie McTavish, der sich nicht mehr wehren kann, nun alles Mögliche unterstellen. Ich habe auch den Verdacht, dass sie insgesamt mehr wusste, als sie zugegeben hat. Warum hätte sie sonst ausgerechnet McTavish, Royce und Lisa gemeinsam auf diesen Trip eingeladen? Vielleicht hatten Lisa und sie es sogar gemeinsam geplant: die ultimative Gelegenheit, McTavish für beide Verbrechen gleichzeitig an den Pranger zu stellen. Was uns andere Gäste betrifft, wir waren wirklich bloß Beiwerk: Wolfgang war, wie sie zugegeben hat, der Köder, um Gelder einzutreiben, und ich, nun ja, war ja offenbar überhaupt nicht eingeladen. Ein Platz war noch frei gewesen, und Majors wollte unbedingt einen Blurb von Juliette.

Du denkst sicher, ich sei zu streng mit Simone. Die Sache mit der Ein-Stern-Bewertung ist mir egal, wirklich. Aber wenn sie mir die Sache mit dem Ghostwriter früher erzählt hätte, anstatt darauf zu setzen, dass ich das Rätsel selbst löse und das Buch dadurch noch spannender wird, wären Wyatt und Jasper jetzt noch am Leben. Möglicherweise auch Harriet, die dann für ihre Taten zur Rechenschaft gezogen worden wäre. Es wurden an Board dieses Zugs weitaus üblere Dinge erlogen und vertuscht, aber damit hat sie einen Keil zwischen uns getrieben. Ich denke also, es wäre das Beste, diese professionelle Beziehung zu beenden.

Das eigentliche Problem aber sehe ich im Ende des Buchs.

Bücher erwecken häufig die Illusion, dass ihre Handlung, wenn sie in der ersten Person erzählt wird, in Echtzeit abläuft. Entsprechend empfinden die Lesenden Spannung, wenn, sagen wir, eine der Figuren auf dem Dach eines fahrenden Zugs herumkraxelt. Es ist wie eine stillschweigende Vereinbarung, die Tatsache zu ignorieren, dass der Autor in einem Hotelzimmer sitzt und in die Tasten haut. Aber natürlich wissen sie Bescheid und können entsprechend davon ausgehen, dass ich bis zur letzten Seite am Leben bleibe.

Sie lassen mich noch immer nicht aus dem Hotel, weshalb sich Handlung und Echtzeit an diesem Punkt so nahe kommen wie überhaupt nur möglich. Ich weiß nicht, wie lange sie brauchen werden, um alles zu überprüfen, aber ich kann mit Sicherheit sagen: Hatch ist kein Ermittler, der es wert wäre, dass jemand ein Buch über ihn schreibt. Er mag die Dinge genau nehmen, er ist sorgfältig und kompetent – aber er ist eben auch verdammt langsam. Ich habe inzwischen jedenfalls die ganze Geschichte niedergeschrieben. Zugegeben, die Pillen, die sie mir für meine Schulter gegeben haben – die ich übrigens immer noch nicht richtig bewegen kann, sollte ich mir Sorgen machen? –, lassen meine Finger nur so über die Tasten fliegen.

Ich hatte so außerdem jede Menge Zeit, ein paar Sachen zu googeln. Wusstest du, dass Mathison der Zweitname von Alan Turing ist? Du weißt schon, der Typ, der mit seiner Maschine die Codes der Nazis geknackt hat. Er gilt als der Begründer des maschinellen Lernens – oder wie wir heute sagen: KI … Typisch Wolfgang.

Nun zu deinen Anmerkungen: Ja, ich sprach von sieben Autorinnen und Autoren, die diese Reise antraten. Aber McTavish kann man schon eine ganze Weile nicht mehr als solchen bezeichnen, denkst du nicht auch? Dafür haben wir Juliette und Jasper, die Rechnung geht also auf. Und ich sagte: Am Ende der Reise bleiben fünf übrig. Jasper hat den Sprung nicht überlebt – ja, ich habe gesehen, wie er unter die Räder kam (oh Mann, das wäre dann meine zehnte Leiche) – und Juliette ist auf halber Strecke ausgestiegen. Man kann das als kleinen Hinweis für die Mathe-Asse schon drin lassen, würde ich sagen.

Was Aaron und Cynthia angeht, da ist nicht mehr rauszuholen – dunkle Vergangenheit: Fehlanzeige. Dennoch kann ich die beiden nicht einfach verschweigen, schließlich arbeiten sie in diesem Zug. Wenn mir jemand ein Ablenkungsmanöver vorwerfen will, weil die zwei keinerlei Beitrag zur Handlung leisten, bitte schön. Ich kann nichts dafür, wenn die Leute zu viele Bücher mit unrealistischen Wendungen lesen. Ich habe zu Beginn klargestellt, dass auf die Bediensteten kein Verdacht fällt.

Was ich ebenfalls erklärt habe, ist, dass sich in Büchern wie diesem immer zwei Fälle kreuzen. Bei Andy klingeln die Leute offenbar Sturm, nachdem sich seine Mohn-Diebin als zweifache Mörderin entpuppt hat: Soll er seine Version erzählen. Ich habe ihm sogar gesagt, er könne dieses Mal die ganze mediale Aufmerksamkeit bekommen – und auf alle Events gehen.

Also, zurück zum Epilog. Ich kann mir vorstellen, worauf du anspielst: das große Wiedersehen zwischen Juliette und mir. Die Umarmung, die Tränen, dann ein Knie auf dem Boden (Memo an mich selbst: Pilates!). Selbstverständlich habe ich inzwischen mit ihr gesprochen und habe mich entschuldigt. Aber über FaceTime kommt man doch schnell an seine Grenzen. Sie sollte bald hier sein. Hat eine Weile gedauert, bis sie sie in Alice Springs aus der Untersuchungshaft entlassen haben. Und dann gab es keine Flüge wegen der Buschbrände. Jetzt sitzt sie in einem Mietwagen, aber es sind gut fünfzehn Stunden Fahrt hier runter, und sie wird zur Sicherheit ein paar Stopps einlegen.

Ich meinte noch, sie könne vielleicht einen Zug nehmen. Kam nicht gut an.

Worauf ich hinauswill, ist, dass unser Wiedersehen noch aussteht. Ich weiß, du hättest gerne noch eine Prise Romantik im Buch, aber davon gibt es eben momentan nicht sehr viel. Unser Gespräch lief zwar besser als der Antrag, aber die Latte lag ja nicht allzu hoch.

Selbstverständlich werde ich mich noch mal bei Juliette entschuldigen. Während ich alles aufgeschrieben habe, hatte ich genug Zeit, mir darüber Gedanken zu machen. Als ich mit dem Buch begann, dachte ich, hier gehe es um Vermächtnisse. Schließlich sind sie der Grund, warum Schriftsteller überhaupt schreiben, oder nicht? Egal ob Royces Eitelkeit, Majors Wahrheit, Wolfgangs Prinzipien, Lisas Wut oder meine Erinnerungen – es geht darum, dass wir etwas hinterlassen, unseren Namen unter etwas setzen. Zumindest dachte ich das.

Aber ein Vermächtnis ist eben kein Stempel. Es geht nicht darum, seine Fingerabdrücke irgendwo zu hinterlassen, sondern darum, überhaupt Fingerabdrücke zu haben. Für Bücher heißt das: Ein Vermächtnis entsteht nicht durch das Schreiben – es entsteht, indem Menschen das Geschriebene lesen, indem sie es interpretieren, erinnern und erleben, und die Worte dadurch bereichern und erstrahlen lassen. Ich spreche von Leidenschaft, Tränen. Von Internetforen und MongrelWrangler22. Ich spreche von Juliette, die ihre Einladung ohne großes Tamtam an mich weitergibt. Jasper Murdoch wusste, dass sein Name nicht das Wichtigste für sein Werk war. Nun weiß ich es auch ... Ein Buch ist erst dann ein Buch, wenn es gelesen wird.

Ich erzähle dir das, weil ich inzwischen verstanden habe, was Juliette meinte. Sie hatte mich gefragt, wessen Geschichte das hier ist.

Jetzt weiß ich es.

Herzlich,
Ernest

PS: Wenn man vom Teufel spricht ... Es klopft gerade an der Tür. Vielleicht bekommst du deinen Epilog ja doch noch.

CO-AUTORIN

EPILOG

Dies ist nicht der Ort, um damit zu prahlen, aber ich habe Ernest gewarnt: Seine blöden Regeln würden ihn noch das Leben kosten.

Wie oft habe ich ihm gesagt, dass die Dinge im echten Leben nicht laufen wie im Kriminalroman? Aber hört er etwa auf seine Freundin? Nein. Doch hier der Beweis: Ich-Perspektive bedeutet nicht automatisch Überleben. Natürlich ist es schlicht unmöglich, über seinen eigenen Tod zu schreiben, aber ein Buch kann sehr wohl vor der Geschichte zu Ende sein. Man kann zum Beispiel auf dem Weg, das Manuskript beim Verlag abzugeben, von einem Bus überfahren werden. Oder, wie in Ernests Fall, in einem Hotelzimmer von der Frau überfallen werden, die man vor vier Tagen von einem fahrenden Zug hat stürzen sehen.

Ich weiß nicht, wie Harriet ihn ausfindig machen konnte, aber jetzt ist klar, warum Hatch ihn zunächst im Zug, später im Krankenhaus und dann im Hotel isoliert hat: zu seinem Schutz. Die menschlichen Überreste waren schwer zu identifizieren, so zerfleddert, wie sie im Gleisbett lagen. Doch es stellte sich schnell heraus, dass – dank einer Verkettung physikalischer Umstände – nur Jasper unter die Räder geraten war. Hatch hatte Ernest gesagt, dass sie noch nicht alle Körperteile beisammenhatten, was nicht einmal gelogen war. Nur dass es eben ein ganz bestimmter Teil war, den sie nicht finden konnten: Harriet.

Szenenwechsel: Hotelzimmer. Harriet hat es irgendwie bis nach Adelaide geschafft und an Ernests Tür geklopft. Ihr Gesicht war eine Kruste aus Blut und Staub, zwei Zähne fehlten, und ein Arm hing schlaff herab wie eine Windhose an einem ruhigen Tag. Ihr anderer Arm jedoch war einsatzbereit, ausreichend zumindest, um ihm ein Messer in den Bauch zu rammen.

Ob es nun Schicksal war oder einfach gutes Timing, ich trat durch die offene Tür in das Hotelzimmer, als Harriet sich über Ernie beugte, ein Arm leblos schwingend wie der Rüssel eines Elefanten, den anderen in die Höhe gerissen und bereit, erneut zuzustechen. Sie brüllte ihn an, er habe ihr Jasper genommen. Ich habe nie zuvor jemanden geschlagen und war überrascht, wie schnell ich sie außer Gefecht setzen konnte. Auch wenn ich mir dabei vier Knochen in meiner Hand brach. So etwas erfährt man in Büchern sonst auch nicht.

Ernie ist übrigens nicht tot, ich war rechtzeitig bei ihm – aber Sie sehen, worauf ich hinauswill. Es mag vielleicht ein wenig kindisch sein, ihm das unter die Nase zu reiben, während er mit Medikamenten vollgepumpt und mit einem guten Liter fremden Bluts in seinen Venen vor mir liegt … aber das hätte er sich mal überlegen sollen, bevor er mich des Mordes beschuldigte.

Das ist nun also wirklich das Ende. Ernie ist wach, er redet, doch er hat mich gebeten, dieses letzte Kapitel für ihn zu schreiben. Um die Sache abzuschließen. Ich habe mich auch seiner Strichliste angenommen: Wenn Sie mitgespielt haben, wissen Sie, dass Harriet nun bei ihren 106 Nennungen angelangt ist (wenngleich 5 davon auf meine Kappe gehen).

Eine Sache noch. Ich denke, Fortsetzungen sind nicht immer eine Enttäuschung. Manchmal ist ein zweiter Anlauf sogar genau das Richtige, eine Gelegenheit, die Fehler der ersten Runde auszubügeln. Oder eine gewisse Frage erneut zu stellen. Was ich damit sagen will: Beim zweiten Mal habe ich Ja gesagt.

Der Grund dafür ist simpel. Vermutlich ist es der gleiche Grund, aus dem er mich gefragt hat, diesen Epilog zu schreiben.

Ernest hat endlich begriffen, wessen Geschichte das hier ist: unsere.

COMING SOON

Life, Death and Whiskey
»Manche würden für dieses Buch töten.«
ERNEST CUNNINGHAM
Jasper Murdoch

ANMERKUNG DES VERFASSERS

ODER:

EINE ENTSCHULDIGUNG

Diejenigen unter Ihnen, die sich mit Zügen auskennen, werden bemerkt haben, dass ich mir einige Abweichungen gegenüber dem echten Ghan erlaubt habe, um den Anforderungen der Handlung gerecht zu werden. Die Erfindung eines Raucherdecks mag die offensichtlichste unter ihnen sein, aber auch die Präsidentensuite habe ich mir aus einem anderen Zug entliehen. Die Mordlust der anwesenden Klientel sowie jegliche dargestellten Mängel in Sachen Reisekomfort dürfen Sie ebenfalls als Ungenauigkeit meinerseits verbuchen. Meine Dankbarkeit gilt insbesondere dem großartigen Ghan-Team, das kein einziges Mal drohte, die Polizei zu rufen, während ich es zur Umsetzbarkeit diverser Morde ausgefragt habe.

DANKSAGUNG

Keiner der in diesem Buch auftretenden Charaktere basiert auf realen Personen, im Gegenteil, sie sind die Antipoden dieser unglaublich herzlichen Gemeinschaft von talentierten Autorinnen und Autoren sowie der Profis in den Verlagen und Buchhandlungen, die mich auf unterschiedlichste Weise unterstützt haben – nicht nur bei diesem Buch, sondern schon meine gesamte Karriere lang.

Ernest hat dieses Mal etwas gelernt, was ich längst begriffen habe: Niemand schreibt ein Buch allein.

Ich bin dankbar, von so vielen talentierten Menschen umgeben zu sein: meine großartigen Verlegerinnen (Beverly Cousins, Katherine Nintzel und Grace Long); meine brillanten Agentinnen und Agenten (für die Bücher: Pippa Masson und ihre Assistentin Caitlan Cooper-Trent; für die Filmrechte: Leslie Conliffe und ihr Assistent Kris Karcher sowie Jerry Kalajian, dem mein unendlicher Dank gebührt); eine hervorragende Lektorin (Amanda Martin); fantastische Marketing- und Presse-Teams (Tavia Kowalchuk, Tanaya Lowden, Hannah Ludbrook und Jennifer Harlow); diejenigen, die sich um die internationale Vermarktung kümmern (Sarah McDuling, Neil Godwin und Anna Ristevski bei Penguin Random House Australia sowie Kate Cooper und Nadia Mokdad bei Curtis Brown London); mein Cover-Designer (Adam Laszczuk); meine Korrektorin (Sonja Heijn) und Setzer (Midland Typesetters).

Vielen Dank an jede Buchhändlerin und jeden Buchhändler, die in den letzten eineinhalb Jahren jemandem *Everyone In My*

Family Has Killed Someone – in unterschiedlichen Sprachen – in die Hand gedrückt haben und die nun auch dieses Buch mit Gefühl und Leidenschaft empfehlen. Vielen Dank an alle Leserinnen und Leser! Was Ernest über Vermächtnisse und Fingerabdrücke sagt, ist wahr – danke, dass Sie Ihre in diesem Buch hinterlassen.

Zu guter Letzt, wieder einmal der Dank an meine liebenswerte Familie für ihre Unterstützung: Peter, Judy, Emily und James Stevenson sowie Gabriel, Elizabeth, Lucy und Adrian Paz.

Und Aleesha Paz. Unsere Geschichte ist mir die liebste.